SUSANNE EDER

Die Verschwörung der Fürsten

Buch

Hoftage zu Worms, 1065 n. Chr.: Adalbert, Erzbischof von Bremen und engster Berater König Heinrichs IV. entgeht nachts auf dem Pfalzhof nur knapp einem Mordanschlag. Am nächsten Tag wird Bandolf von Leyen, der Burggraf von Worms, mit der Aufklärung des Verbrechens betraut. Nur ungern übernimmt Bandolf den Auftrag, zumal der Bischof von Worms ihn unverhohlen dazu drängt, die Tat möglichst schnell einem einfachen Dieb anzulasten. Bandolf ist aber überzeugt, dass der Täter im Umfeld des Erzbischofs zu finden ist, denn Adalbert steht hoch in der Gunst des jungen Königs und hat sich dadurch mächtige Feinde unter den einflussreichen Fürsten bei Hof geschaffen.

Bandolf, ein Mann, der seine Mahlzeiten ebenso schätzt wie die Lektüre des Vergil, ist noch damit beschäftigt, sich mit den politischen Verhältnissen auseinanderzusetzen, da passieren zwei Morde. Der Gerber Schnorr wird erwürgt in seiner Grube, der Edelmann Ludger von Blochen nur wenig später mit durchschnittener Kehle auf dem Kirchhof von St. Johannes aufgefunden. Bandolf ist sich noch nicht schlüssig, ob all die Geschehnisse womöglich zusammenhängen, da bekommt er unerwartet Hilfe.

Die Heilerin Garsende kümmert sich um Ludgers Witwe und bemerkt dabei einige Ungereimtheiten in der Familie des ermordeten Edelmanns. Zunächst steht Bandolf der klugen Frau misstrauisch gegenüber, hegt er doch einen tiefen Argwohn gegen ihren Stand und ihr Handwerk, das er für ketzerische Zauberei hält. Erst allmählich schwindet sein Misstrauen, und er entdeckt, wie nützlich ihm Garsendes Fähigkeiten sind. Gemeinsam kommen sie einer infamen Intrige auf die Spur. Einer Intrige, bei der politische, finanzielle und private Interessen eine unheilvolle Allianz miteinander eingegangen sind …

Autorin

Susanne Eder wurde in Karlsruhe geboren und arbeitete lange als Angestellte im Steuerbereich, bevor sie sich vor einigen Jahren selbstständig machte. Ihr großes Steckenpferd ist die Geschichte. Mit »Die Verschwörung der Fürsten« legt sie ihren ersten Roman vor. Eine Fortsetzung ist bereits in Vorbereitung. Die Autorin lebt mit ihrem Mann und zwei Katzen in Ludwigshafen.

Susanne Eder

Die Verschwörung der Fürsten

Roman

GOLDMANN

FSC
Mix
Produktgruppe aus vorbildlich
bewirtschafteten Wäldern und
anderen kontrollierten Herkünften

Zert.-Nr. SGS-COC-1940
www.fsc.org

Verlagsgruppe Random House FSC-DEU-0100
Das FSC-zertifizierte Papier *München Super* für Taschenbücher
aus dem Goldmann Verlag liefert Mochenwangen Papier.

1. Auflage
Originalausgabe Dezember 2007

Dieses Werk wurde vermittelt durch die Literarische Agentur
Thomas Schlück GmbH, 30827 Garbsen
Umschlaggestaltung: Design Team München
Umschlagfoto: © Bridgeman + Corbis
BH · Herstellung: Str.
Redaktion: Eva Wagner
Satz: DTP-Service Apel, Hannover
Druck und Bindung: GGP Media GmbH, Pößneck
Printed in Germany
ISBN: 978-3-442-46484-5

www.goldmann-verlag.de

Für Mutsch

Und all ihre wunderbaren Geschichten
Über Wichtelmännchen, Feen und Zwerge

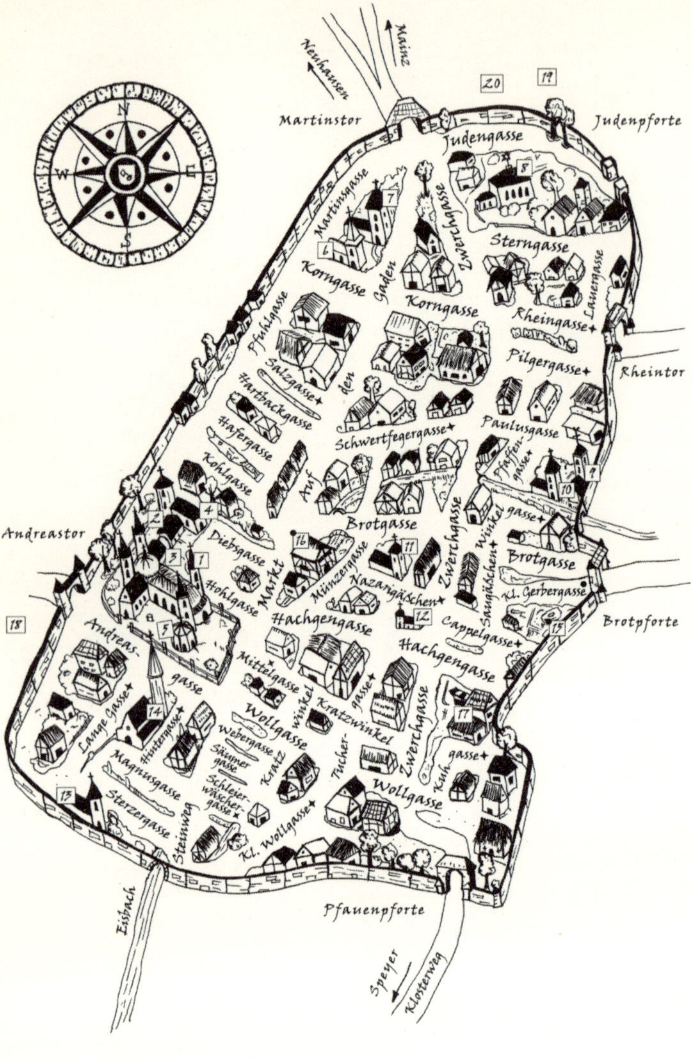

N
S
W
O
Neuhausen
Mainz
20
19
Martinstor
Judenpforte
Judengasse
8
7
Martinsgasse
6
Zwerchgasse
Sterngasse
Lauergasse
Korngasse
Gaden
Korngasse
Pfuhlgasse
Rheingasse
Pilgergasse
Rheintor
Salzgasse
Hartbackgasse
den
Hafergasse
Schwertfegergasse
Paulusgasse
Pfaffengasse
9
10
Kohlgasse
Auf
Winkelgasse
Andreastor
2
4
Brotgasse
3
1
Diebsgasse
16
11
Zwerchgasse
Brotgasse
Markt
Münzergasse
Nazarigäschen
Saugäßchen
Kl. Gerbergasse
Hohlgasse
12
Cappelgasse
18
Hachgengasse
15
Brotpforte
Andreasgasse
5
Hachgengasse
Mittelgasse
Kratzgasse
winkel
Kratzwinkel
14
Lange Gasse
Hintergasse
Wollgasse
17
Webergasse
Zwerchgasse
Säumergasse
Kratz
Tuchergasse
Kuhgasse
Magnusgasse
Schleierwäschergasse
Wollgasse
13
Sterzergasse
Steinweg
Kl. Wollgasse
Eisbach
Pfauenpforte
Speyer
Klosterweg

1. Dom „St. Peter u. Paul“
2. Bischhofspfalz
3. Pfalzhof
4. St. Stephan
5. St. Johannes
6. St. Lampertii
7. St. Martin
8. Synagoge
9. St. Rupert
10. St. Paulus
11. St. Nazarius
12. St. Kilian
13. St. Andreas
14. St. Magnus
15. Gerbgruben
16. Bandolfs Haus
17. Viehmarkt
18. Judenfriedhof
19. Pestfriedhof
20. Friesenspitze

● fiktiv
✦ nicht eindeutig belegt

Kapitel 1

Hoftage zu Worms, Herbst im Jahre des Herrn 1065

Penelope, die Domkatze, lag eingerollt auf einem Fenstervorsprung der Bischofskirche St. Peter und Paul zu Worms und schien tief zu schlafen. Hinter ihr erhob sich die Nordfassade des mächtigen Doms mit seinen gewaltigen Mauern und Türmen. Vor dem Hintergrund der mit hohen Säulen und runden Bögen eingerahmten Fenster wirkte Penelope selbst wie ein Teil der Einfassung, als hätte ein begnadeter Steinmetz ihren reglosen grauen Katzenkörper zum Gedenken an Gottes Schöpfung in das steinerne Sims gemeißelt.

Um Mitternacht hatte die Glocke zur Matutin gerufen, dem letzten Gebet des Tages, und aus dem Innern des Doms waren die Gesänge und Gebete der Domherren auf den Pfalzhof gedrungen. Jetzt waren die Gebete verstummt. Die Domherren hatten sich zur Nachtruhe in ihr Kapitelhaus hinter dem Dom zurückgezogen. Nur noch die nörgelnde Stimme von Wipert, dem Thesaurarius, war zu hören, dessen Aufgabe es war, zur Nacht die Türen und hölzernen Läden zu schließen und alle Kerzen, Fackeln und Talglichter zu löschen.

Von ferne drangen schwache Geräusche vom Marktplatz herüber, der jetzt, kurz vor Michaeli, auch nachts mit Mensch und Vieh überfüllt war. Irgendwo in der Stephansgasse miaute ein Kater laut seine Ballade an die Auserkorene, und von der rückwärtigen Seite des Doms – vom Friedhof der Taufkirche St. Johannes – konnte man das Kichern einer Hure und gedämpftes Grölen hören. Gegen das strikte Verbot der Kirche und sehr zum Verdruss des Burggrafen von Worms pflegte sich dort nachts das zwielichtige Gesindel der Stadt zu treffen – Trunkenbolde, Spieler, Dirnen, Bettler und Beutelschneider und andere üble Gesellen, die im Schutz der Kirchhofsmauer ihren lasterhaften Geschäften und Vergnügungen nachgingen.

Schabende Geräusche von groben Holzsohlen auf Stein kamen von der Friedhofsmauer, und die Katze stellte die Ohren auf. Meist kletterte das Lumpenpack auf der anderen Seite, zur Andreasgasse hin, über die Friedhofsmauer; zum einen, weil sie dort niedriger war, zum anderen, weil der pflichtvergessene Gehilfe von Pater Emeram auch manchmal versäumte, die Pforte abzuschließen. Jetzt aber kletterte jemand ungeschickt über den Teil der Mauer, die den Kirchhof zur Ostseite hin abgrenzte, und fluchte dabei wie ein Ochsentreiber.

»Gottverdammeusch«, nuschelte die schwerzüngige Stimme. »Ich werdscheuchschonnochzeign. Gottverfluchtesch Pack, elendigesch.« Ein Geruch von Gerbstoffen, Schweiß und Fusel, Urin und fauligem Fleisch eilte Schnorr, dem Gerber, voraus, und seine Ausdünstungen verdrängten den erdigen Duft der Herbstblätter.

Es war nicht das erste Mal, dass Schnorr nach einem nächtlichen Gelage auf dem Friedhof die Richtung verfehlte und über den Pfalzhof nach Hause wankte. Ärgerlich vor sich hin brabbelnd, torkelte der Gerber unter Penelopes Sims vorbei und schwankte dann im Zickzackkurs hinter die Quartiere der Hörigen. Schnorrs trunkener Monolog ging jäh in Würgen und leises Grunzen über. Es ertönten noch ein paar halb erstickte Schnarchlaute, dann war es still. Penelope, offenbar wieder beruhigt, begann sich zu putzen. Ihre kleine rosa Zunge fuhr eifrig über ihr Fell, und mit der Akribie eines Miniaturenmalers nagte sie mit ihren spitzen Zähnen die Krallen ihrer Pfoten sauber. Bis sie erneut gestört wurde. Vorsichtige Schritte kamen aus der Diebsgasse in ihre Richtung. Eine dunkel verhüllte Gestalt schlich an den Ställen vorbei, huschte unter dem Fenstervorsprung der Katze zum Ostchor und verschwand dort hinter einem Pfeiler. Penelope reckte den Kopf über das Sims. Eine Weile lauschte die Katze mit angespanntem Körper, dann schien sie sich davon überzeugt zu haben, dass von der Gestalt keine Gefahr für sie drohte. Sie rollte sich ein und schloss die Augen.

Nicht lange danach verließ ein hochgewachsener Mann die gegenüberliegende Stephanskapelle und spazierte über den Platz. Er trug das knielange Obergewand eines hochgestellten Geistlichen – eine rote, mit prächtigen Goldstickereien verzierte Dalmatika – über seiner weißen, bodenlangen Albe und hielt eine Laterne in seiner Rechten. Seiner Anwesenheit auf dem Pfalzhof zollte Penelope nur mehr ein kurzes Blinzeln.

Seit Adalbert, der Erzbischof von Bremen und Hamburg, vor ein paar Tagen zusammen mit dem König und dessen Gefolge in Worms eingetroffen war, hatte er sich stets nach der Matutin noch einmal kurz die Beine vertreten, bevor er seine Kammer in der Bischofspfalz aufsuchte.

Unter einem Baum in der Nähe vom Sims der Katze blieb Adalbert stehen, nestelte an seinen Gewändern und schlug sein Wasser ab.

Dann ging alles blitzschnell.

Kaum hatte der Erzbischof seine Robe wieder in Ordnung gebracht, als die kapuzenverhüllte Gestalt hinter dem Ostchor hervorstürzte und sich auf ihn warf. Eine Dolchspitze glänzte vor Adalberts Gesicht, und er kreischte lauthals um

Hilfe. Penelope fauchte, sprang mit gesträubtem Fell vom Fenstersims und brachte sich in einem Gebüsch in Sicherheit. Irgendwo hinter den Quartieren der Hörigen waren ein schlaftrunkenes Stöhnen und dann verwischte Schritte zu hören, während Adalbert von Bremen auf dem Pfalzhof keuchend um sein Leben rang. Es gelang ihm, der vermummten Gestalt den Dolch aus der Hand zu schlagen, und seine Dalmatika zerriss, als er versuchte, sich aus dem Griff der anderen Hand zu befreien. Schließlich bekam der Angreifer Adalberts Lampe zu fassen, holte damit aus und schlug das schwere Gehäuse mit aller Kraft gegen den unbedeckten Kopf des Erzbischofs. Adalbert röchelte, verdrehte die Augen und fiel wie ein Stein zu Boden.

Sein Geschrei hatte Leben in die umliegenden Häuser gebracht. Rufe wurden laut, und verängstigte Gesichter zeigten sich hinter halbgeöffneten Türen und Verschlägen. Der Angreifer ließ die Laterne fallen, griff nach seiner Kapuze, um sie vor seinem Gesicht festzuhalten, und rannte wie der Teufel in Richtung Hohlgasse davon. Auch Penelope suchte das Weite und verschwand im Schatten der Bäume.

Nach und nach bevölkerte sich der Pfalzhof beim Ostchor mit Neugierigen, die den reglos am Boden liegenden Erzbischof händeringend und ratlos umstanden.

»Man muss den Kämmerer rufen«, sagte einer der Knechte schließlich.

»Schickt nach dem Burggrafen«, meinte ein anderer.

Sie taten beides.

Die kleine Schar, die um den Erzbischof Maulaffen feilhielt, spekulierte bereits flüsternd darüber, ob der Kirchenfürst mit allem Pomp und Prunk in ihrem Dom beigesetzt oder ob er nach Bremen geschafft werden würde, wo man von den Reliquien, die seine Gebeine zweifellos hergaben, so gar nichts haben würde, als der Burggraf von Worms eintraf.

Mit einer Fackel in der einen, dem gezückten Schwert in der anderen Hand und vier bewaffneten Dienstleuten im Schlepptau kam Bandolf von Leyen über den Pfalzhof gestapft und verschaffte sich mit lauter Stimme Platz.

»Auseinander, Leute! Was gibt es da zu gaffen? Schafft euch fort!«

An seinen finster zusammengezogenen Brauen, den vorgeschobenen Lippen und dem zerknitterten Obergewand, das unordentlich über seinem Gürtel hing, konnte man unschwer erkennen, dass man ihn mitten aus dem Schlaf gezerrt hatte.

»Gottverflucht, was für ein Schlamassel«, entfuhr es ihm, als er erkannte, wer da niedergestreckt auf dem Boden lag.

Für einen so großen und stämmigen Mann unerwartet geschmeidig, kniete Bandolf sich auf den Boden und beugte sein breites, bärtiges Gesicht über Adalbert von Bremen. Die Augen des Erzbischofs waren geschlossen, und auf seiner bleichen Stirn klaffte eine faustgroße Wunde. Reichlich Blut war geflossen, beschmutzte seine kostbare Dalmatika und nistete in seinem weißen Haar, wo es bereits trocknete. Ein handtellergroßes Loch verunzierte das Gewand, und eine mit Blut beschmierte Laterne lag neben Adalberts Körper im niedergedrückten Gras.

»Was ist hier passiert?«, fragte Bandolf scharf.

»Der Teufel hat den Erzbischof des Königs geholt«, raunte einer der umstehenden Knechte.

»Dummkopf. Ich will wissen, was …«

Bandolf unterbrach sich, denn nun kam auch Pothinus, der Kämmerer des Domstifts, mit gewichtiger Miene auf den Platz gerauscht. Wie immer umschwebte ein penetranter Geruch nach Weihrauch seine füllige Gestalt, als würde er sein Habit darin baden. Er nahm die Anwesenheit des Burggrafen mit einem verärgerten Blick zur Kenntnis und hob pikiert die Brauen.

»Was hat der Aufruhr hier zu bedeuten?«, wollte er wissen.

Dann erst sah er Adalbert von Bremen leblos auf dem Boden liegen.

»Allmächtiger!« Bevor Bandolf ihn noch zurückhalten konnte, hatte Pothinus auch schon nach einer Trage geschickt, um die Leiche des Erzbischofs in die Stephanskapelle zu bringen.

»An Eurer Stelle hätte ich es nicht so eilig damit, das Ableben Seiner Eminenz zu verkünden«, bemerkte Bandolf trocken.

»Wie meint Ihr das?« Pothinus starrte den Burggrafen mit schlecht verhohlener Abneigung an. »Und was habt Ihr hier eigentlich zu schaffen?«

»Ein paar übereifrige Narren hämmerten an mein Tor, machten einen fürchterlichen Lärm und schrien, es hätte auf dem Pfalzhof Mord und Totschlag gegeben. Aber was ich eigentlich sagen wollte …«

Der Kämmerer unterbrach ihn. »Der Erzbischof ist offenbar gestrauchelt und unglücklich auf seine Laterne gefallen. Ein tödlicher Unfall. Äußerst tragisch. Ich werde umgehend Bischof Adalbero davon in Kenntnis setzen«, erklärte er spitz. »Wie Ihr also selbst seht, Burggraf, hat es keinen Mord gegeben, und Eure Anwesenheit ist hier nicht länger vonnöten.«

Bandolf schenkte dem Kämmerer ein sparsames Lächeln.

»Ihr habt Recht. Es hat hier keinen Mord gegeben«, gab er zu. Mit der flachen Hand klopfte er auf Adalberts Wangen. »Seine Eminenz atmet ja noch.«

»Was?« Pothinus' Stimme überschlug sich. »Das kann doch nicht sein?«

Er drängte den Burggrafen umstandslos beiseite und starrte mit zusammengekniffenen Augen auf das aschgraue

Gesicht des Erzbischofs. Bandolf erhob sich und zuckte mit den Schultern.

»Ich habe schon öfter Leichen gesehen, als Ihr gebeichtet habt«, meinte er, »und das ist keine.«

Pothinus ignorierte ihn, und der Burggraf beobachtete amüsiert, wie es hinter der Stirn des Kämmerers augenscheinlich zu arbeiten begann und er eifrige Tätigkeit entfaltete.

»Holt mir auf der Stelle den Bruder Apotheker hierher«, rief er, während er nun seinerseits umständlich Adalberts Wangen tätschelte. »Und du da« – unvermittelt packte er einen der gaffenden Hörigen am Kittel, der erschrocken zurückwich –, »du läufst hinüber in die Pfalz und weckst den Vogt des Bischofs«, raunte er ihm zu. »Aber dass du mir ja keinen Krach schlägst, hörst du? Ich werde dem Bischof selbst Bericht erstatten.«

Mit Interesse registrierte der Burggraf, dass von einem Bericht an den König über das Unglück, das seinem engsten Berater widerfahren war, nicht die Rede war.

Endlich schienen Pothinus' hektische Bemühungen um den Bewusstlosen Erfolg zu haben. Die Lider des Erzbischofs flatterten. Er röchelte und schlug die Augen auf. Offenkundig verwirrt blickte er in die Gesichter, die ihn umringten und auf ihn herabstarrten. Schließlich blieb sein Blick auf dem dunklen Bart des Burggrafen haften, und er murmelte etwas Unverständliches.

»Eminenz«, säuselte der Kämmerer und schob sein rundes Gesicht mit der spitzen Nase in Adalberts Blickfeld. »Welch ein Glück, dass Ihr wohlauf seid.«

»Was ist passiert?«, krächzte Adalbert von Bremen und versuchte sich aufzurichten.

»Ihr müsst liegen bleiben«, beschwor ihn Pothinus. »Gleich kommt eine Trage. Dann werden wir Euch in Eure Kammer schaffen, wo Ihr Euch ausruhen könnt.«

»Man hat mich überfallen«, flüsterte der Erzbischof von Bremen so erstaunt, als könne er seine Worte selbst nicht glauben.

»Sprecht jetzt nicht«, bemühte sich Pothinus zu beschwichtigen. »Ihr braucht Ruhe und müsst still liegen. Der Bruder Apotheker wird gleich hier sein.«

»Konntet Ihr Euren Angreifer erkennen, Eminenz?«, fragte der Burggraf.

»Herr im Himmel«, zischte Pothinus gereizt. »Lasst doch jetzt die Fragerei. Seht Ihr nicht, wie übel Seine Eminenz zugerichtet ist? Er braucht Muße und Pflege. Und wenn ich Euch daran erinnern darf: Ihr steht hier auf dem Gebiet des Bischofs.«

Der Burggraf zuckte mit den Schultern, doch Adalbert von Bremen hob abwehrend die Hand. Seine Größe war durch seine liegende Position schwer zu bestimmen, doch Bandolf kannte ihn vom Sehen und wusste, dass er hochgewachsen war und trotz seines Alters eine straffe Haltung besaß. In seinem Gesicht spiegelten sich eine wache Intelligenz und eine glatte Würde, die über seinen Eigendünkel und seinen maßlosen Ehrgeiz hinwegtäuschten. Er ignorierte die Bemühungen des Kämmerers und schaute den Burggrafen abwägend an.

»Kenne ich Euch nicht?«, fragte er.

»Ich bin Bandolf von Leyen, Eminenz, Burggraf der Stadt Worms. Ihr wart in der Großen Halle, als der König mich vor ein paar Tagen in meinem Amt bestätigt hat.«

»Ja, ich erinnere mich.« Der Erzbischof seufzte. »Der Mann, der mich angegriffen hat, trug einen dunklen Mantel. Sein Gesicht konnte ich aber leider nicht erkennen. Er hatte es mit einer Kapuze verhüllt.« Mit einem Anflug von Zorn fügte er hinzu: »Er hat mich hinterrücks überfallen. Er packte meine Lampe und schlug sie mir auf den Kopf, und daraufhin verlor ich wohl das Bewusstsein.«

»Hatte er denn keine Waffe bei sich?«, fragte Bandolf erstaunt.

Adalbert runzelte die Stirn.

»Doch, ja. Er hatte etwas in der Hand. Ich glaube, es war ein Dolch.«

Er stöhnte und fasste sich an den Kopf. Pothinus warf dem Burggrafen einen empörten Blick zu, aber bevor Bandolf weiterfragen konnte, sorgte die Ankunft von Bruder Anselm, dem Apotheker, für Ablenkung. Auch die Männer, die der Kämmerer um eine Trage geschickt hatte, kehrten mit einer Leichenbahre zurück. Bandolf und Pothinus traten beiseite, und während der Burggraf seine Dienstleute nach Hause schickte, sah er, wie Pothinus sich bückte und etwas vom Boden aufhob. Der Kämmerer schob den Gegenstand in seinen weiten Ärmel, und Bandolf fragte sich müßig, was es gewesen sein mochte. Inzwischen protestierte Adalbert von Bremen so heftig wie vergeblich dagegen, dass man ihn auf der Leichenbahre zur Pfalz hinübertragen wollte.

»Wenn ich tot bin, könnt ihr mich auf einer Leichenbahre davonkarren, aber noch lebe ich«, rief er schwach.

»Aber Ihr müsst Euch niederlegen«, beschwor ihn Bruder Anselm, »Eure Körpersäfte sind durcheinandergeraten, und bis ich Euch zur Ader lassen kann, müsst Ihr Euch ruhig verhalten.«

Schließlich fügte sich der Kirchenfürst. Unter viel Aufhebens wurde er auf die Bahre gehievt und im Gefolge des Bruders Apotheker und seines Gehilfen zur Bischofspfalz hinübergetragen. Langsam löste sich auch die Versammlung der Gaffer auf, und Bandolf, der der Trage mit Adalbert hinterhersah, zitierte leise: »Wund aber flüchtete gleich der Hirsch zur vertrauten Behausung.«

»Was wollt Ihr damit sagen?«, fragte Pothinus misstrauisch.

Der Burggraf lächelte. »Nichts, Kämmerer, gar nichts.«

Pothinus schickte sich an, der Prozession zu folgen, doch Bandolf hielt ihn zurück.

»Was habt Ihr denn vorhin im Gras gefunden?«

Pothinus runzelte die Stirn. »Ich weiß nicht, was Ihr meint.«

»Ihr habt doch etwas vom Boden aufgehoben und in Euren Ärmel gesteckt?«, beharrte Bandolf.

»Ach das?« Der Kämmerer rang sich ein Lächeln ab und streckte seine Hand vor. An seinem Mittelfinger steckte ein silberner Ring mit einem polierten Amethysten. »Der Ring ist mir vom Finger geglitten, und ich habe ihn aufgehoben.« Er zuckte mit den Schultern. »Das ist alles.«

»Ein Glück, dass er Euch nicht verlorenging«, meinte Bandolf mit schmalen Augen.

»Ja, ein Glück«, bestätigte der Kämmerer und starrte den Burggrafen eisig an. Dann machte er sich eilig davon, um den Einzug des Erzbischofs in die Pfalz nicht zu verpassen.

Bandolf sah sich noch einmal auf dem Platz um, der sich allmählich leerte. Breitbeinig stand er vor dem niedergedrückten Gras, wo Adalbert von Bremen gelegen hatte, und biss sich auf die Lippen. Er hatte deutlich gesehen, dass Pothinus etwas in seinen Ärmel geschoben hatte. Wieso hatte der Kämmerer gelogen? Schließlich zuckte er mit den Schultern und wandte sich zum Gehen.

Bandolf war tief in Gedanken versunken, als er die Hohlgasse zum Marktplatz hinunterstapfte. In den Häusern der Eigenleute des Bischofs war am Vortag geschlachtet worden, es roch nach rohem Fleisch, Pökelsalz und Gedärm. Schafs- und Rinderblut mischte sich mit Urin und Fäkalien, die in schmalen Bächen die Gasse hinabflossen, um sich dann auf dem flacher gelegenen Marktplatz in schlierigen Pfützen zu sammeln. Schlachttage waren Festtage für die Ratten von

Worms, und Bandolf fluchte laut, als ein knopfäugiger, fetter Nager über seine Stiefel huschte.

Unter dem hölzernen Marktkreuz, das am vergangenen Tag bei der Hofgasse errichtet worden war, blieb der Burggraf stehen und warf gewohnheitsmäßig ein scharfes Auge über den Marktplatz. Er wollte sehen, ob alles seine Ordnung hatte. Trotz der späten Stunde herrschte hier noch Unruhe, denn zu Michaeli in zwei Tagen war Jahrmarkt in Worms. Das Ereignis hatte fahrende Händler und Kaufleute von weither angelockt, die mit ihren schwer beladenen Karren draußen vor den Toren der Stadt lagerten. Seit Tagen waren Leute des Bischofs schon damit beschäftigt, Buden und Stände auf dem Markt und in den umliegenden Gassen aufzubauen. Bauern und Hörige von den Höfen und Klöstern der Umgebung, die ihre Marktgebühr bereits entrichtet hatten, schliefen zwischen den Ständen bei ihren Hühnerverschlägen, Gemüsekarren, Säcken, Gehegen und Fässern. In ganz Worms waren die Gastunterkünfte der Stifte und die Böden der Schankstuben restlos belegt, und gewiefte Bürger hatten jeden freien Platz in ihren Ställen und Scheunen teuer an Unterkunftsuchende vermietet. Hie und da flackerte noch ein Feuer zwischen eigens dafür aufgeschichteten Steinen, und aus jeder Ecke schnarchte, grunzte, blökte oder gackerte es. Bandolf hörte jedoch nichts, was verdächtig gewesen wäre. Er nickte zufrieden und war im Begriff, den Platz zu überqueren, als er unversehens über ein Bündel stolperte.

»Hundsfott, dämlicher!« Ein verschlafener Bauer kam fluchend auf die Beine, fuchtelte mit einem Knüppel herum und spuckte dem Störenfried auf die Schuhe. Dann erst bemerkte er das gute Leder dieser Stiefel, und ihm schwante Übles. Seine trüben Augen glitten an Bandolfs stämmigen Beinen hoch, über den bestickten Saum des knielangen Gewandes bis zu dem breiten Schwert, das an einem silberbeschlagenen Gürtel hing. Schließlich blieb sein Blick knapp unterhalb der zornigen, winterblauen Augen des Burggrafen hängen, und er versuchte lahm, den Knüppel hinter seinem Rücken verschwinden zu lassen.

»Gib das her, du Trottel!« Bandolf riss ihm den Knüppel aus der Hand, packte das Ohr des Missetäters mit seiner kräftigen Pranke und drückte zu.

»Das ist für den ›Hundsfott‹ und deinen faulen Rotz auf meinen Stiefeln«, knurrte er erbost.

Der Bauer jammerte zum Steinerweichen, und Bandolf ließ ihn los.

»Was glaubst du, was du hier machst? Waffen jeder Art sind unter dem Marktkreuz verboten«, sagte der Burggraf, während sein Blick über den mager bestückten Karren des Mannes glitt.

»Ich hab's doch nicht so gemeint, Herr.« Der Bauer zupfte an seinem schlaffen Kittel und rieb sich sein misshandeltes Ohr.

»Wie ist dein Name?«

»Ich heiße Boso, Herr. Ich komme aus Roxheim mit einer Fuhre Dinkel für den Markt.«

»Ein freier Bauer?«

Eingeschüchtert nickte der Mann. Bandolf unterdrückte ein Seufzen, dann stellte er sich breitbeinig auf. »Du hast den Marktfrieden gebrochen und hast eine Waffe gegen den Burggrafen von Worms gerichtet.« Der Bauer sackte vollends in sich zusammen, doch Bandolf fuhr unbeirrt fort: »Nach dem Gesetz des Königs und dem des Bischofs verurteile ich dich zu einer Buße von …« – noch einmal schaute er auf die spärliche Ware des Bauern – »… von einem Pfennig.« Geflissentlich überhörte er das erleichterte Aufatmen des Mannes.

»Ich schicke morgen meinen Schreiber bei dir vorbei. Und in der Hölle sollst du braten, wenn du dann nicht hier bist.« Drohend starrte er den Bauern an.

»Ja, Herr. Danke, Herr. Gott segne Euch und Euer Vieh und Euer Weib und Eure …«

»Spar dir die Worte«, schnitt Bandolf ihm unwirsch das Wort ab und schüttelte den Kopf.

Eigentlich hätte er den Bauern in Haft nehmen und morgen vor das Marktgericht schleppen müssen. Aber die Buße, die Boso dann für sein Vergehen hätte berappen müssen, wäre dreimal so hoch gewesen, und Bandolf bezweifelte, dass der Mann so viel hätte aufbringen können. Den freien Bauern ging es schlecht genug, denn der Wettstreit mit den Feudalherren war groß. Herzöge und Grafen, Bischöfe und Äbte hatten längst das meiste gute Land an sich gerissen, mitsamt den Bauern, die es bearbeiteten. Kriege, Missernten, Hungersnöte und die immer wieder wie die Geißel Gottes auftauchende Pest taten ein Übriges, sodass viele freie Bauern ihr Land, ihre Habe und ihre Freiheit einem Herrn übereignet hatten, weil ihr karges Land sie nicht mehr ernährte.

Bandolf ließ den Bauern stehen und setzte seinen Weg quer über den Marktplatz fort. Ein dumpfes Stöhnen vom Schandpfahl am anderen Ende des Platzes, leises Gezänk und Schnarchlaute begleiteten ihn, bis er in die Hachgengasse einbog. Bald darauf stand der Burggraf in der Münzergasse hinter dem Mehlhaus vor seinem Heim. Egin, sein Höriger, der die Pforte der Mauer um Bandolfs Anwesen bewachen sollte, kauerte vor dem Tor und schnarchte mit offenem Mund. Sein Atem stank durchdringend nach schalem Bier.

»Egin«, brüllte Bandolf und stieß ihn mit seinem Stiefel kräftig in die Seite. Der Hörige kam schwankend auf die Beine und starrte seinen erbosten Herrn benommen an.

»Du stinkst wie zehn Schankstuben zusammen. Und wo, zum Teufel, bist du vorhin gewesen, als die Leute des Bischofs mir die Tür einrannten?«

Egin setzte zu einer lahmen Erklärung an, doch der Burggraf ließ ihn nicht weiter zu Wort kommen. »Wenn ich dir anschaffe, das Tor zu hüten, dann hast du deinen Hintern hier nicht wegzurühren. Und wenn ich dich noch einmal erwische, wie du vor dich hin schnarchst, verkaufe ich dich nach Lorsch. Und glaub mir, die Klosterbrüder sind nicht so nachsichtig wie ich.«

Eilig öffnete Egin die Pforte. »Es geht auf Michaeli zu, Herr. Da ist es kalt nachts. Man muss sich doch irgendwie warm halten«, nuschelte er undeutlich.

Der Burggraf schenkte ihm noch einen letzten, drohenden Blick, warf dann das Tor hinter sich zu und durchquerte den überwölbten Eingang zum Hof. Für einen Augenblick blieb er stehen, kniff prüfend die Augen zusammen und lauschte. Friedliche Stille lag über seinem Haus, dem Stall und der Scheune. Bandolf nickte zufrieden. Als er über den Hof ging, entdeckte er Penelope, die mit eingerolltem Schwanz auf der kniehohen Gartenmauer hockte. Aus ihren bernsteinfarbenen Augen schaute sie ihm aufmerksam entgegen. Der Burggraf beugte sich zu ihr hinunter, strich über ihr glattes Fell und kraulte sie zwischen den Ohren.

»Nun, meine Schöne – hattest du eine erfolgreiche Jagd?«

Penelope erwiderte seine Zärtlichkeiten mit einem behaglichen Schnurren und rieb ihren Kopf an seinem Bein. Dass Bandolf der grauen Katze einen Namen gegeben hatte und Gespräche mit ihr führte, war für Matthäa, seine Frau, ein ständiger Quell der Belustigung.

»Bist du heute Nacht auf dem Pfalzhof gewesen?«, fragte er. »Hast du gesehen, wer den Erzbischof überfallen hat?«

Er knetete ihre weichen Ohren, und Penelope gurrte ekstatisch. Nicht zum ersten Mal wünschte sich Bandolf, Gott hätte der Katze eine Stimme verliehen. Würde Penelope sprechen können, wie einst Odins Raben, die für ihren gewaltigen Herrn die Welt ausgeforscht hatten, würde ihm das seine Arbeit beträchtlich erleichtern. Bevor er ins Haus ging, sah er noch, wie Penelope auf den vorgewölbten Torbogen sprang und dort von der Dunkelheit verschluckt wurde.

Außer den nächtlichen Geräuschen seiner Hauseigenen, die in der Halle schliefen, war das Haus still. Der Burggraf bahnte sich einen Weg zwischen den Schlafenden zum Kamin und entzündete einen Kienspan in der noch schwelenden Glut. Im spärlichen Licht der kleinen Flamme stieg er die Treppe hoch und öffnete vorsichtig die Tür zur Schlafkammer, um seine Frau nicht zu wecken. Kaum hatte er die Kammer betreten, knirschten die Holzbohlen unter seinem Gewicht protestierend, und Matthäa bewegte sich. Bandolf hielt die Flamme an den Docht einer Talglampe neben der Bettstatt. Als das Talglicht brannte, löschte er den Kienspan sorgsam in einem mit Sand gefüllten Tongefäß und begann sich auszuziehen.

Matthäa drehte sich zu ihm um. Ihr prachtvolles, rotblondes Haar war zerzaust, und sie blinzelte ihn schläfrig an. Bandolfs Gemahlin war keine jener zarten Schönheiten, wie sie die Mönche gerne als Vorbild für ihre Darstellungen der Heiligen Frauen nahmen; aber Bandolf hatte sich in ihre rundlichen Formen und in ihr reizvolles Gesicht mit der kleinen Nase und den großen dunklen Augen vernarrt. Der Wärme wegen, die diese Augen ausstrahlten, hatte er einst um sie geworben.

»Ihr seid schon wieder zurück?«, fragte sie und setzte sich auf. Ihre Miene schien ihm ein wenig bedrückt zu sein, doch sie lächelte ihn an, und Bandolf dachte, dass das unstet flackernde Licht der Lampe ihn getäuscht hatte.

»Hmm.«

»Was ist denn passiert?«

»Adalbert von Bremen ist auf dem Pfalzhof überfallen

worden«, antwortete Bandolf, warf seine Beinlinge über das Obergewand auf die Truhe und nestelte an den Bändern seines weißen Leinenhemdes.

»Der Erzbischof?«

»Hmm.«

»Allmächtiger«, entfuhr es Matthäa. »Ihm ist doch nichts geschehen?«

Bandolf schüttelte den Kopf, kratzte sein bärtiges Kinn und gähnte, während er den Holzverschlag des kleinen Fensters einen Spalt breit öffnete. Matthäa sah ihm stirnrunzelnd zu.

»Schließt mir nur den Laden wieder zu. Wer weiß, was des Nachts hereinkommt«, schalt sie auch gleich. »Ich will nicht, dass wir morgen alle siech sind. Oder Schlimmeres.«

»Unsinn«, brummte der Burggraf ignorant. Er legte noch seinen Schurz ab und kroch dann nackt, wie Gott ihn erschaffen hatte, zu seiner Frau unter Laken und Fell. Wohlig streckte er sich aus. Matthäa schaute zu, wie ihr Gatte die Augen schloss, ohne ihre Neugier befriedigt zu haben. Spielerisch zupfte sie an seinem Bart. »Was war denn nun? Ist der Erzbischof verletzt? Habt Ihr den Täter gefasst?«, schmeichelte sie.

»Hmm.«

Matthäa versetzte ihrem Gatten einen Schubs und zog ihre Hand zurück. »So lasst Euch doch nicht jeden Wurm aus der Nase ziehen«, rief sie ärgerlich. »Wenn Ihr mir nicht auf der Stelle erzählt, was passiert ist, spreche ich kein Wort mehr mit Euch.«

»Ein Segen«, entschlüpfte es Bandolf, er setzte sich dann aber doch gehorsam auf. Auch wenn die Priester lehrten, die Frau sei dem Manne untertan, so hatten ihm doch über zehn Ehejahre gezeigt, dass es besser für ihn war, ihr in manchen Dingen nachzugeben.

»Ich habe keine Ahnung, wer der Angreifer war«, sagte er. »Als ich auf dem Pfalzhof eingetroffen bin, ist schon alles vorbei gewesen. Tatsache ist: Der Erzbischof ist niedergeschlagen worden. Offenbar hat er mit dem Mann gerungen, aber er sagt, er hätte sein Gesicht nicht gesehen.« Der Burggraf grinste breit. »Wer immer es gewesen ist, er hat Adalbert eine Laterne über den Schädel gezogen, und morgen wird er höllische Kopfschmerzen haben. Aber als ich ihn verließ, war er schon wieder recht munter.«

»So eine Unverfrorenheit«, empörte sich Matthäa. »Was glaubt Ihr, wer könnte es gewesen sein? Ein Dieb?«

Bandolf zuckte mit den Schultern. »Ich finde es schwer vorstellbar, dass sich ein kleiner Dieb am engsten Vertrauten des Königs vergriffen hätte.«

»Vielleicht wusste der Dieb ja nicht, wen er vor sich hat«, bemerkte Matthäa. Sie kuschelte sich zufrieden an ihren Gatten. Bandolf legte einen Arm um sie und strich abwesend über ihr dichtes Haar.

»Adalbert trug seine Robe«, meinte er. »Und außerdem hat er sein Gesicht oft genug in der Stadt gezeigt, seit der Hof in Worms ist. Jedes Streunerkind würde ihn erkennen.«

»Wollt Ihr damit sagen, jemand hätte den Erzbischof absichtlich überfallen? Jemand wollte ihm ans Leben?«, hauchte Matthäa. Ihre Wangen hatten an Farbe verloren, und sie bekreuzigte sich. Wer würde es wagen, sich an einem Fürsten der Kirche zu vergreifen? Musste das nicht schreckliche Höllenqualen im Jenseits nach sich ziehen?

»Wäre wohl möglich«, nickte Bandolf. Aus dem Augenwinkel sah er einen schmalen Schatten durch den Fensterverschlag schlüpfen und hinter die Truhe huschen. Er lächelte und rutschte tiefer in die Laken.

»Zum Glück ist es nicht an mir, das herauszufinden«, meinte er und gähnte wieder.

»Ich dachte, das wäre Eure Aufgabe als Burggraf?« Matthäa ließ sich anstecken und gähnte ebenfalls.

»Pothinus hat sich aufgebläht wie ein Gockel, als ich Fragen stellte, und hat mich daran erinnert, dass der Dom sein Misthaufen ist, auf dem ich nichts zu kratzen hätte«, brummte Bandolf.

Matthäa nickte. Es war nicht das erste Mal, dass ihr Mann und der Kämmerer des Bischofs aneinandergerieten. Die Kirche von Worms war mit großen Gebieten der Stadt belehnt worden, und in diesen Bezirken galt das Recht der Kirche, das Pothinus als Kämmerer des Bischofs vertrat. Gleichzeitig war Worms jedoch auch die Burg des Königs, und die Bürger der Stadt genossen königliches Recht, das der Burggraf als Beamter des Königs ausübte.

Matthäa, nun auch wieder müde geworden, griff nach dem Talglicht. Als sie die Flamme ausblasen wollte, gerieten zwei bernsteingelbe Augen in ihr Blickfeld, und sie sah Penelope eingerollt auf Bandolfs Beinlingen liegen. »Diese freche Katze hat sich schon wieder hier hereingeschlichen«, rief sie ärgerlich und schlug die Laken zurück, um das lästige Tier zu entfernen.

Bandolf hielt sie zurück. »Löscht das Licht, und lasst es gut sein für heute Nacht«, sagte er. »Was kann sie schon anrichten?«

Matthäa schüttelte den Kopf über seine Unvernunft, murrte etwas von zerrupften Gewändern und von Katzen, die ihr nachts den Atem stehlen würden, gab dann aber doch nach und blies die Lampe aus. Halbherzig schwor sie sich, dass es das allerletzte Mal gewesen war, dass sie die Katze in ihrer Schlafkammer duldete.

Kapitel 2

Es dämmerte, und Morgennebel lag noch über der Waldlichtung, auf der ihr Heim stand, als Garsende von der rückwärtigen Seite der Hütte zurückkam. Sie hatte ihre beiden Ziegen gefüttert und trug Holz für ihr Herdfeuer unter dem Arm. Prüfend warf sie einen Blick in den Himmel. Dann nickte sie zufrieden. Die ersten blauen Streifen durchzogen das Grau der Dämmerung, und keine Wolke war zu sehen. Es würde ein sonniger Tag werden. Genau das richtige Wetter, um Baldrian vom Flussufer auszustechen, dachte sie. Aber sie würde noch warten müssen, bis der Nebel sich gehoben hatte. Im Gegensatz zu anderen Kräutern, deren Wirksamkeit nur dann erwuchs, wenn man sie bei Mondschein erntete, mochten Baldrianwurzeln bei trockenem Wetter und Tageslicht ausgegraben werden, damit sie ihre Kraft für ein ruhiges Gemüt entfalteten.

»Ich werde mich mit der Ernte sputen müssen«, überlegte sie laut. Fastrada, die Gemahlin Ludgers von Blochen, würde heute kommen, um sich ein Schlafpulver zu holen, das Garsende für sie gemischt hatte.

Ein Schatten flog über ihr Gesicht. Sie hatte Fastrada angeboten, ihr das Schlafpulver ins Haus zu bringen, denn sie wollte ohnehin in die Stadt, um auf dem Markt nach echtem Theriak Ausschau zu halten. Doch Ludgers Gemahlin zog es vor, zu ihr zu kommen. Der Fußmarsch durch den Wald würde ihr guttun, hatte sie behauptet, doch Garsende wusste es besser. Die Bauersleute sahen in Garsende noch immer die Heilerin, die Weise Frau, wie es noch zu Zeiten ihrer Großmutter gewesen war, und kamen ohne Scheu zu ihr. Doch just Frauen von Stand, zu denen auch Fastrada gehörte, pflegten oft hinter den Ärmeln ihrer Gewänder über sie zu tuscheln, weil sie ohne männlichen Schutz lebte und einer Tätigkeit nachging, die von der Kirche nur mehr geduldet wurde.

Ärgerlich warf Garsende ihren langen Zopf in den Nacken und seufzte. Sie hatte Glück, dass schon ihre Großmutter und Mutter hier gelebt und sich einen guten Ruf erworben hatten, sonst hätte sie es sehr schwer gehabt, sich ihr Auskommen zu sichern. Zwar kamen die Frauen noch immer lieber zur Heilerin als zu den gestrengen Brüdern der Stifte in der Stadt, doch taten sie es oft mit Vorbehalt und ließen die Anerkennung ihrem Tun gegenüber vermissen.

Garsende schüttelte die leise Bitterkeit ab, die in ihr aufgekommen war, legte das Bündel Holz vor der Tür zur Hütte ab und ging weiter zu einem Verschlag, um den das Holzhaus erweitert worden war. Als sie die Klappe öffnete, schlug ihr ein durchdringender Geruch entgegen. Hier lagerten, geschützt vor Wind und Regen, viele der Pflanzen und Wurzeln zum Trocknen, die sie im Lauf des Jahres gesammelt hatte.

Das Schnauben eines Pferdes in ihrem Rücken ließ sie herumfahren, und misstrauisch sah sie dem Reiter entgegen. Sie kannte ihn nicht, sah aber an seiner Gewandung, dass es ein Mann von Stand sein musste. Was mochte er so früh am Morgen von ihr wollen? Ein Kranker, der Heilung suchte? Garsende unterdrückte einen Anflug von Angst, der bei seinem unerwarteten Auftauchen unwillkürlich in ihr aufgekeimt war, und rief ihm ein »Grüß Euch Gott« zu.

Der Reiter ignorierte den Gruß und stieg erst ab, als er kaum eine Armeslänge vor der Heilerin zum Stehen kam. Er schien noch recht jung zu sein und hochgewachsen, doch sein Körper zeigte bereits erste Ansätze von Fettleibigkeit. Garsende, selbst groß für eine Frau, musste zu ihm aufschauen, als er sie von ihrem haselnussfarbenen Schopf bis zu ihren bloßen Füßen, die mit Erde behaftet unter ihrem geschürzten Gewand hervorschauten, einer beleidigenden Musterung unterzog.

»Du also bist der Bastard meines Großvaters«, stellte er endlich fest.

Garsende zuckte zusammen. Seit ihrer Zeit im Kloster hatte niemand mehr sie so genannt. Aber nun wusste sie auch endlich, wen sie vor sich hatte.

»Weigand von Rieneck«, sagte sie leise und zwang sich zu einem Knicks.

»*Graf* Weigand von Rieneck«, betonte er.

»So lebt Konradin nicht mehr?« Die Nachricht stimmte sie traurig. Auch wenn sie ihren Halbbruder kaum gekannt hatte, berührte sie sein Ableben doch, schließlich waren sie von gleichem Blut gewesen.

»Ganz recht. Und deshalb bin ich hier.«

»Um mir die Nachricht persönlich zu überbringen?«, fragte Garsende überrascht.

Der neue Herr von Rieneck verzog die Lippen und lachte spöttisch: »Du maßt dir zu viel an, Weib. Ich bin hier, weil es an der Zeit ist, dass du von hier verschwindest.«

Die Furcht griff so plötzlich nach ihr, dass Garsende vor ihm zurückwich, bis sie den Pfosten des Verschlags in ihrem Rücken spürte.

»Was … was meint Ihr damit?«, hörte sie sich mit spröder Stimme fragen.

»Was meint Ihr damit?«, äffte Weigand sie nach und schüttelte den Kopf. »Du hast hier lange genug vom Jagdprivileg profitiert, das mein Großvater dir törichterweise überlassen hat. Mein Vater hat es geduldet, doch ich werde das nicht tun. Es ist höchste Zeit, dass Land und Recht in die Familie zurückkehren. Das meine ich damit.« Seine Stimme war lauter geworden, und seine plumpe, geäderte Nase färbte sich rot.

Die Leber, schoss es Garsende durch den Sinn, und beinahe hätte sie gelacht. Ihre Anspannung löste sich ein wenig, und ebenso plötzlich wie die Furcht gesellte sich ein Gutteil Zorn zu ihrem Schrecken. Mit einer Hand griff sie nach dem Pfosten, als könne er ihr Halt geben, und straffte sich.

»Wald und Land vom Weg nach Roxheim bis hinunter zum Rhein gab mir Graf Konrad von Rieneck selbst zu Eigen als meine Mitgift, und dafür habe ich Brief und Siegel«, erklärte sie fest.

»Mitgift? Was du nicht sagst.« Weigand schnaubte verächtlich. »Und wo ist dein Ehemann?«

»Die Ausstattung ist an keine Bedingung geknüpft, und Bischof Arnold hat mein Recht noch letztes Jahr bestätigt«, sagte Garsende schnell. Sie stieß sich vom Pfosten ab und trat einen Schritt vor. »Ihr könnt mich nicht von hier vertreiben.«

»Und was willst du gegen mein Wort ausrichten, Drude? Bischof Adalbero speist an meiner Tafel, und der Landgraf geht mit mir zur Jagd. Hast du einen Bürgen von edlem Blut, dem es zusteht, gegen mich zu sprechen?« Weigand setzte seinen Stiefel in den Steigbügel und zog sich in den Sattel. »Du kannst von Glück sagen, dass mich dringende Geschäfte nach Speyer rufen und du Zeit hast, deine Habseligkeiten zu packen. Zum Tag des Heiligen Lukas werde ich wieder zurück sein, und dann will ich dich hier nicht mehr vorfinden.«

Er wendete seinen Gaul, drehte sich im Sattel aber noch einmal um und zeigte ihr ein herablassendes Lächeln. »Und was die Bestätigung von Bischof Arnold betrifft, hat es damit keinerlei Bewandtnis. Das Waldstück hat niemals zum bischöflichen Eigen gezählt. Du hättest schon den König um Bestätigung bemühen sollen«, rief er noch, dann stieß er dem Pferd seine lederbewehrten Fersen in die Flanken und ritt grußlos davon.

Niedergeschmettert und wütend zugleich starrte Garsende ihm nach. Er hatte Recht. Die Herren von Rieneck waren Edelleute mit Land und Gütern, Vogteien und Privilegien; sie dagegen war nur eine Frau und noch dazu eine, die ohne Ehemann und Vormund dastand. Weder die Besitzurkunde noch ihr guter Ruf würden gegen sein Wort genügen. Wenn es ihr nicht gelang, einen Mann von Stand zu beschaffen, der für ihre Sache eintreten und für sie bürgen würde, dann wäre ihr Eigen – Brief hin, Brief her – verloren. Aber wo, bei allen Heiligen, sollte sie nur einen solchen Bürgen bis zum Lukastag auftreiben?

»Auf dass Euch die Leber platzen und Eure Galle überlaufen möge!«, schrie sie ihm endlich zornentbrannt hinterher, doch der Reiter war längst hinter den Bäumen verschwunden.

Als Matthäa kurz vor Sonnenaufgang erwachte, hatte sich Penelope bereits aus dem Staub gemacht. Bandolf schlief noch tief und fest, und Matthäa schlüpfte leise in ihr Gewand, um ihn nicht vorzeitig zu wecken. Der Burggraf schätzte seinen Schlaf und reagierte übellaunig auf Unterbrechungen. Hildrun hatte schon das Feuer im Kamin geschürt, und die stämmige Filiberta rührte mit vor Qualm zusammengekniffenen Augen im Kessel über der Feuerstelle, als Matthäa nach unten kam. Dem großen eisernen Topf entstieg ein Duft nach Hirse, Milch, Kümmel, Lauch und Zwiebeln.

In der Halle war der Überfall auf den Erzbischof von Bremen bereits in aller Munde. Der Kurze Thomas hatte die aufregende Neuigkeit noch vor Sonnenaufgang zusammen mit einem Eimer Wasser ins Haus gebracht, und die Hauseigenen und Dienstleute des Burggrafen, die sich nach und nach zum Frühstück in der Halle einfanden, stürzten sich mit schaudernder Begeisterung auf das Ereignis.

»Der Kurze Thomas meint, dass man ihn halbtot und mit zerrissenem Gewand auf dem Pfalzhof aufgefunden hat«, bemerkte Prosperius, der wie immer als Erster seinen Platz am Tisch eingenommen hatte. Der junge Schreiber war nur eine Handbreit größer als die Hausherrin, und sein Kittel hing lose um seinen schmächtigen Körper. Braunes Haar fiel lang und wirr in sein schmales Gesicht, und die großen dunklen Augen erweckten stets den täuschenden Eindruck engelsgleicher Unschuld. Wohlgefällig schnupperte er an der Schüssel, die Matthäa auf den Tisch stellte.

»Hildrun, hast du nicht gesagt, der Erzbischof hätte splitterfasernackt vor dem Altar der Pfalzkapelle gelegen?«, wollte Werno, der kahlschädelige Hausmeier des Burggrafen, wissen.

Die junge Magd, die sich untätig an der Feuerstelle herumdrückte, wurde bis über die Ohren rot. Werno wandte sich an seinen Nachbarn. »Was meinst du, Stallmeister, hatte er seine Kleider noch am Leib?« Herwald, Bandolfs schweigsamer Marschalk, verzog jedoch nur mürrisch den Mund und grunzte etwas Unverständliches.

»Der Erzbischof trägt stets nur die feinsten Gewänder aus kostbaren Stoffen. Sogar sein Hemd unter der Albe soll aus purer Seide sein. Das sagt dir jeder«, gab Hildrun mit glänzenden Augen zum Besten und warf dabei Jacob, dem Pferdeknecht, einen bedeutsamen Blick zu.

»Dummes Ding. Du hast nur Unsinn im Kopf«, brummte Filiberta unwirsch und drückte ihr einen Stoß Holzteller in die Hand. »Seide, wie?« Sie warf sich in die Brust. »Seine Eminenz trägt natürlich ein härenes Hemd unter seiner Albe. Das erinnert ihn an die Leiden Unseres Herrn.«

»Woher weißt du das?«, fragte Prosperius mit ernster Miene.

Filiberta quittierte das Gelächter der Männer mit einem empörten Schnauben und gab Hildrun einen Stoß. »Nun trödel nicht herum, und verteile die Teller.«

Hüfteschwingend bewegte sich die junge Magd zum Tisch.

»Das Gör beträgt sich wie eine läufige Hündin und ist dabei so faul wie ein Bettelmönch«, beschwerte sich Filiberta.

»Ja, ich weiß. Aber war soll ich mit ihr machen?«, seufzte Matthäa.

»Verkauft sie.«

Matthäa lächelte. »Ich könnte sie genauso wenig verkaufen wie dich, das weißt du«, sagte sie. »Ihr seid doch die Einzigen, die ich aus meines Vaters Haus mit in dieses genommen habe.«

»Dann helfen vielleicht Prügel«, schlug Filiberta vor.

Matthäa zuckte mit den Schultern. Laut sagte sie: »Bewege dich, Hildrun. Da fehlt noch Bier auf dem Tisch und der Becher des Herrn.«

Hildrun, der der scharfe Tonfall ihrer Herrin nicht entgangen war, beeilte sich, ihrer Aufforderung nachzukommen, und Filiberta nickte zufrieden.

Schläfrig und wortkarg wie jeden Morgen, kam der Burggraf als Letzter in die Halle und setzte sich an das Kopfende des langen Holztisches, an dem nun Herrschaft, Hauseigene und Dienstleute Platz genommen hatten. Nachdem er ein kurzes Gebet in seinen Bart gemurmelt hatte, machte er sich schweigend über sein Essen her. Erst als Bandolf gesättigt die Schüssel beiseiteschob, die er heute mit seinem Marschalk geteilt hatte, zog ein gutgelauntes Lächeln über sein Gesicht, und er begann, seinen Leuten Anweisungen für den Tag zu erteilen.

»Was soll ich mit zwei Fuhren Mist anfangen?«, stöhnte der Burggraf.

Er war mit seinem Schreiber allein in der Halle zurückgeblieben. »Ich hatte in Dreieich ausdrücklich befohlen, dass man mir als Abgabe zu Michaeli eine Fuhre Mist, Gänse, Wein und Weizen bringt. Und jetzt schleppt man mir zwei Fuhren Mist ins Haus, aber keine einzige Gans. Mein Weib wird mir die Hölle heiß machen, wenn sie zu Michaeli ihre Gans nicht bekommt.«

Prosperius stand vor ihm, hielt seine Hände auf dem Rücken verschränkt und betrachtete angelegentlich die Darstellung des heiligen Christophorus an der Wand hinter seinem Herrn. Der Maler hatte der Bekehrung der beiden Dirnen, Nicaea und Aquilina, durch den Heiligen mit üppigen Farben und noch üppigerer Phantasie Ausdruck verliehen.

»Behaltet eine Fuhre und verkauft die andere«, schlug er mit nicht ganz sicherer Stimme vor.

Bandolf warf seinem Schreiber einen forschenden Blick zu, um zu sehen, ob Prosperius sich etwa an seinem Missgeschick weidete. Er hatte den jungen Wandermönch halb verhungert zu Petri Kettenfeier mit der Hand am Beutel eines Kaufmanns erwischt. Natürlich hatte der junge Bursche nicht die Mittel gehabt, um seine Buße zu begleichen. Aber er konnte lesen und schreiben, und so hatte der Burggraf ihn kurzerhand für die Dauer eines Jahres als seinen Schreiber in die Pflicht genommen. Dank Matthäas Kost hatte Prosperius mittlerweile wieder etwas Fleisch auf die Rippen bekommen, und die Arbeit schien ihm zu gefallen.

»Na schön«, gab Bandolf endlich nach und entließ ihn aus seiner scharfen Musterung. »Du kannst Werno sagen, dass der Mann die beiden Fuhren abladen kann und er ihm Proviant für die Rückreise mitgeben soll. Und was gibt es sonst noch?«

Augenscheinlich erleichtert zog Prosperius seine Wachstafel zurate. »Aginulf aus der Webergasse führt Klage gegen den Schankwirt von der Schwertfegergasse, weil der seine Brottunke mit Schafspisse gewürzt hätte. Der Kannengießer Jacobus beschwert sich wegen eines Zaunes vom Obstgarten des St.-Paulus-Stifts, der, wie er behauptet, auf seinem Eigen steht«, berichtete er. »Und dann gab's noch eine Rauferei auf dem Viehmarkt zwischen Wigmar aus Köln und dem Egbert, welcher Gehilfe des Juden Adam, des Gewürzhändlers, ist.«

Bandolf strich sich nachdenklich über seinen Bart, der trotz seiner Bemühungen immer ein wenig struppig von Kinn und Wangen abstand. »Der Kannengießer soll das mit dem Propst vom St.-Paulus-Stift ausmachen. Das ist Sache der Kirche«, wies er Prosperius an. »Sag ihm, er kann sich zur Not an den Bischof um Recht wenden, wenn er für seinen Anspruch Zeugen beibringen kann und der Propst nicht mit sich reden lässt.« Er runzelte die Stirn. »Die Rauferei trägst du dem Kämmerer Pothinus vor. Wenn Belange der Juden betroffen sind, so ist es seine Aufgabe, den Streit zu schlichten. Und was nun Aginulf aus der Webergasse angeht …«

Bandolfs Geschäfte wurden jäh unterbrochen, als ein Bote eintraf und mit wichtigtuerischer Miene die Aufforderung des Bischofs von Worms überbrachte, der Burggraf möchte sich umgehend in der Pfalz bei ihm einfinden. Der Bischof habe eine wichtige Nachricht für ihn.

»Es wundert mich, dass Bischof Adalbero so früh auf den Beinen ist«, bemerkte Prosperius, nachdem der Bote gegangen war.

»Ich bezweifle, dass der Bischof auf seinen Beinen ist«, meinte Bandolf sarkastisch.

Zu Ostern hatte Adalbero, der Bruder des Schwabenherzogs Rudolf von Rheinfelden, die Nachfolge des verstorbenen Arnold als Bischof von Worms angetreten. Noch niemals zuvor war Bandolf einem derart fettleibigen Menschen begegnet wie Adalbero von Rheinfelden, der bei seiner Ankunft zur allgemeinen Belustigung von zwei kräftigen Männern aus seiner Sänfte gehievt werden musste.

Der Burggraf rief nach seinem guten Mantel und schickte sich an zu gehen. Prosperius folgte ihm vor die Tür.

»Dann werde ich mich um die beiden Fuhren Mist kümmern, während Ihr fort seid«, meinte er, doch Bandolf hielt ihn zurück.

»Nein, mein Lieber. Du wirst mich zum Bischof begleiten. Was immer er Dringendes für mich hat, es wird nichts Gutes sein. Ich traue dem Mann nicht.«

Prosperius schluckte. »Aber ich könnte die Fuhre Mist für Euch verkaufen und Euch statt der Gans einen Pfau besorgen«, schlug er hastig vor. »Da ist ein Bauer auf dem Markt, der mir noch eine Gefälligkeit schuldig ist.«

Bandolf starrte seinen jungen Schreiber argwöhnisch an. »Gibt es einen besonderen Grund, weshalb du der Pfalz fernbleiben möchtest?«, fragte er. »Du hast doch die vierteljährliche Abrechnung mit dem Vogt des Bischofs gemacht, wie ich dir aufgetragen habe, oder?«

»Natürlich, Herr«, beeilte sich Prosperius zu versichern und blinzelte den Burggrafen unschuldig an, doch über seine Wangen breitete sich eine zarte Röte aus.

Bandolf zog die Brauen hoch. »Und?«, fragte er scharf.

Prosperius schlug die Augen nieder, und die Röte in seinem Gesicht vertiefte sich. »Nun ja, Herr – der Vogt und ich haben gemeinsam beschlossen, hie und da eine winzig kleine Änderung vorzunehmen. Versteht Ihr? Wirklich ganz unauffällig, da habt Ihr mein Wort.«

»Herr im Himmel«, stöhnte der Burggraf. »Wie oft habe ich dir schon gesagt, dass ich den Leuten keine Ehrlichkeit abverlangen kann, wenn meine eigenen Leute korrupt sind?«

»Aber Herr, wer redet denn von Korruptsein?« Empört riss der junge Schreiber die Augen auf. »Wir haben doch nichts getan, was nicht jeder kluge Mann tun würde.«

»Wo hast du es?«

»Das Silber liegt in Eurer Schatulle, aber das Ferkel ist aufgegessen«, gestand Prosperius. Kleinlaut fügte er hinzu: »Eigentlich wollte ich das Ferkel aufsparen, doch dann …« Er verstummte unter dem strengen Blick seines Herrn.

Bandolf rollte seufzend die Augen. Mönch hin, Mönch her – man hatte ganz offenkundig verabsäumt, Prosperius beizubringen, was Mein und Dein war. Es schien unmöglich, dem jungen Burschen klarzumachen, dass seine Mauscheleien nicht die Art von Zubrot waren, die Bandolf als Burggraf dulden konnte. Er hielt ihm diesbezüglich eine strenge Strafpredigt, bis sie aus dem Haus und auf der Brotgasse waren, in der sicheren Erwartung, dass seine Vorhaltungen ja doch nichts fruchten würden.

Der September neigte sich dem Ende zu, und eine warme Herbstsonne tauchte die Stadt in ein goldenes Licht. Es hatte seit Tagen nicht mehr geregnet, und so konnte man die Gassen passieren, ohne knöcheltief in verschlammtem Unrat zu versinken. Ein lauer Wind brachte aus den Gärten den Duft nach Äpfeln, Birnen und Kräutern mit sich. Je näher der Burggraf und sein Schreiber dem Marktplatz kamen, desto mehr verdrängte der Geruch von scharfen Gewürzen, Schweiß, fauligem Fleisch und jedem nur denkbaren Unrat von Mensch und Tier den zarten Duft der Obstbäume, und der Verkehr wurde turbulenter.

Am Ende der Brotgasse mussten sie eine Gänseschar passieren lassen, die ein Knecht zum Marktplatz trieb, doch als Bandolf sich anschickte weiterzugehen, bemerkte er, dass Prosperius winkend und gestikulierend stehengeblieben war.

»Was gibt es denn?«, fragte er ungeduldig.

»Ich wollte die Herrin begrüßen, aber sie hat uns wohl nicht gesehen«, antwortete Prosperius und ließ die Arme sinken.

Bandolf schaute in Richtung Brotpforte, in die sein Schreiber gezeigt hatte. Zwei Frauen, beide von Kopf bis Fuß in dunkle Umhänge gehüllt, liefen schnellen Schrittes der Stadtmauer zu. Sie kehrten dem Burggrafen den Rücken, und während die eine fest einen Korb umklammert hielt und es offenbar sehr eilig hatte, schaute sich die andere immer wieder um. Ohne Zweifel war es Hildrun, die sich so verstohlen umsah. Die andere Frau trug einen alten fleckigen Umhang, der auf keinen Fall zu Matthäas Gewändern gehörte. Ein schwerer pelzbesetzter Mantel hatte zu ihrer Mitgift gezählt, und für wärmere Tage hatte Bandolf ihr einen blau gefärbten Umhang mit breiter bestickter Borte geschenkt.

»Bist du sicher, dass du die Burggräfin erkannt hast?«, fragte Bandolf zweifelnd. Prosperius nickte, und der Burggraf kniff angestrengt die Augen zusammen. Tatsächlich. Dieser leichte, wiegende Gang war ihm vertraut. Bandolf runzelte die Stirn. Wohin, bei allen Heiligen, wollte Matthäa so eilig und in diesem schäbigen Mantel? Er überlegte noch, ob er sie rufen sollte, doch ein Heukarren bog aus der Münzergasse auf die Brotgasse und versperrte ihm die Sicht. Als der Karren endlich vorbeigerumpelt war, hatte er die beiden Frauen aus den Augen verloren.

Nicht nur Handwerker, Händler und Bauern hatte die Aussicht auf gute Geschäfte in die Stadt gelockt. Auch Pilger drängten sich in den Gassen, angezogen von den zahlreichen Reliquien, die der Dom und die anderen Stiftskirchen der Stadt beherbergten. Wanderprediger, Reliquienverkäufer, Wunderheiler, Bettler und Pantomimen mischten sich unter das Volk und nutzten die Markttage zu Michaeli, um Geschäfte zu machen oder an die Barmherzigkeit der Leute zu appellieren.

Bandolf, der schweigsam ausgeschritten war und über Matthäas merkwürdigen Aufzug nachgegrübelt hatte, blieb stehen und ließ seinen Blick über das Gewimmel schweifen. Langsam huschte ein breites Lächeln über sein Gesicht. All die Leute, die sich hier tummelten, würden seiner Stadt guten Gewinn einbringen. Da waren der Marktzins und die Standplatzgebühren, und nicht zu vergessen die Bußgelder, die diejenigen zu entrichten hatten, welche den Frieden des Königs störten. Der Bischof würde von allem zwei Drittel kassieren, während ein Drittel dem Burggrafen zustand. Bandolf rieb sich vergnügt die Hände.

»Der Jahrmarkt wird unsere Schatulle kräftig füllen«, bemerkte er. Er musste seine Stimme heben, um all den Lärm zu übertönen. »Und weiß Gott, wir haben es nötig.«

Seine Dienstleute und Torwachen trugen veraltete Waffen; das Pfauentor benötigte einen neuen Anstrich, die Stadtmauer musste dringend ausgebessert werden, und dann war da noch sein geheimer Wunsch, einen neuen Turm zwischen Martins- und Andreaspforte errichten zu lassen. Während sich die beiden Männer durch das Gedränge schoben, verfinsterte sich Bandolfs Gesicht wieder.

»Und Worms wird seinen neuen Turm auch bekommen, falls mich der fette Adalbero so lange im Amt lässt«, brummte er düster.

»Warum sollte er nicht?«, erkundigte sich Prosperius verwundert. »Es ist doch kaum eine Woche her, dass König Heinrich Euch erneut mit dem Blutbann für Worms belehnt hat.«

Bandolf schüttelte zweifelnd den Kopf. »Bischof Arnold war bis zu seinem Tod ein aufrechter Mann des Königs«, sagte er. »Er hat mich zu seinem Burggrafen ernannt, weil er wusste, dass meine Familie stets treu zum salischen Königshaus gestanden hat.«

Er wich einem Pferdeapfel aus und verzog angewidert das Gesicht, als er stattdessen in eine schlierige Pfütze trat. An einem Grasbüschel wischte er seinen Stiefel notdürftig sauber.

»Mit dem neuen Bischof verhält es sich anders. Adalbero ist der Bruder des Herzogs von Schwaben, und die Fürsten kochen ihr eigenes Süppchen. Sie nutzen die Jugend des Königs aus, und Heinrich sitzt noch lange nicht fest genug im Sattel, um sich dagegen wehren zu können.« Wieder schüttelte er grimmig den Kopf. »Nein, Prosperius. Der neue Bischof ist kein Königsmann. Und ganz bestimmt hatte er auch niemals die Absicht, einen Königsgetreuen wie mich zum Burggrafen zu ernennen. Ich wurde ihm aufgedrängt, und das lässt er mich spüren. Er würde liebend gerne einen Vorwand finden, um mich loszuwerden.«

Prosperius nagte auf seiner Unterlippe und schaute unglücklich drein. Die Welt des Hofes mit seinen tausend Gesichtern und Winkelzügen, den Intrigen und geheimen Absprachen war ihm offenbar nicht geheuer.

Bandolf schlug ihm aufmunternd auf die Schulter. »Dennoch kein Grund, Trübsal zu blasen. Du glaubst doch nicht, dass ich mir von einem Rheinfeldener Pfaffen den Braten vom Brot nehmen lasse?«

Prosperius, um gut einen Kopf kleiner als sein Herr und lange nicht so kräftig, stolperte keuchend vorwärts, und Bandolf lachte.

Sie bogen in die Diebsgasse ein und stiegen den Hang hinauf zum Pfalzhof. Die Morgensonne fiel auf die Osttürme des Doms und auf die Silberkammer, die sich an den Ostchor schmiegte. Die Nordfassade des Doms lag noch im Schatten. Immer wieder aufs Neue beeindruckt von dem gewaltigen Bauwerk zu Ehren des Herrn, blieb Bandolf stehen und bewunderte den herrlichen Anblick, den der Dom, in Licht gebadet, bot.

»Damit kann sich nicht einmal Speyer messen«, behauptete er stolz.

Prosperius, dessen Gedanken wohl immer noch bei den Stolperfallen der Hofpolitik weilten, hatte anscheinend für architektonische Betrachtungen nichts übrig. »Was kann der Bischof denn bloß von Euch wollen?«, grübelte er laut. »Ihr denkt doch nicht, er hat etwa Wind bekommen von meiner kleinen Absprache mit dem Vogt?«

Sein offenkundiges Unbehagen entlockte Bandolf ein Lächeln. »Wir werden es bald erfahren. Ich hoffe aber, es ist nicht das, was ich befürchte«, sagte er und dachte an den Vorfall der vergangenen Nacht.

Prosperius seufzte. »Ich auch.«

Sie überquerten den Pfalzhof und schritten durch den Torbogen, der zwischen Aula Major und Aula Minor, der großen und der kleinen Halle des bischöflichen Wohnsitzes, auf den rückwärtigen Domplatz führte. In der Aula Minor hatten sich schon einige Gruppen von Menschen versammelt. Priester, Ordensbrüder, Höflinge, Kaufleute und Bauern warteten darauf, dass der Bischof sie empfangen und sich um ihre Anliegen kümmern würde. Bandolf, keinesfalls gewillt, sich in der Halle stundenlang die Beine in den Bauch zu stehen, nachdem man ihn so dringend hierherbeordert hatte, begrüßte hier und dort ein bekanntes Gesicht und nahm mit Prosperius im Schlepptau den direkten Weg zum Türsteher, der die Kammer des Bischofs bewachte. Zu seiner Erleichterung ließ man ihn auch gleich eintreten.

Adalbero von Rheinfelden, der Bischof von Worms, thronte auf einem reich mit Schnitzereien verzierten Stuhl, der eigens für seinen gewaltigen Umfang gezimmert worden war. Seine Robe bestand aus auserlesenen, teuren Stoffen;

auf seiner ausladenden Brust prangte eine goldene Gliederkette, an der ein edelsteinbesetztes Kreuz baumelte, und jeder einzelne seiner dicken Finger war mit einem Ring geschmückt. Sein massiger Leib drückte über die Armlehnen des Stuhls und quoll, durch die faltenreiche Dalmatika nur mangelhaft kaschiert, über seine fetten Oberschenkel. Neben seinem Stuhl stand ein kleiner Tisch mit Wein und Spezereien, und dahinter wartete ein Höriger auf den Wink des Bischofs. So gewandet und beringt, die Füße auf einem Schemel ruhend und in der Hand einen silbernen Becher haltend, nahm sich Adalbero aus wie ein morgenländischer Potentat, der sich versehentlich in eine christliche Pfalz verirrt hatte, und Bandolf ertappte sich dabei, wie er nach tanzenden Heidenmädchen Ausschau hielt. Außer dem Bischof und seinem Diener war jedoch nur noch ein Schreiber anwesend, der im Hintergrund an seinem Pult stand und gelangweilt an einer Feder kaute.

Prosperius machte seine Referenz und verschwand dann in einer Ecke der Kammer, wo er versuchte, sich unsichtbar zu machen. Bandolf verscheuchte seine lästerlichen Gedanken an halbnackte Mädchenkörper, beugte ein Knie und küsste die Luft zwischen seinen Lippen und Adalberos juwelenschwerer Hand.

»Wie erfreulich, dass Ihr meiner Bitte so rasch entsprochen habt, Burggraf«, sagte der Bischof und verzog seinen kleinen Mund zu einem angedeuteten Lächeln, das in den Wülsten seiner Wangen verschwand.

»Euer Bote vermittelte den Eindruck, dass es dringend sei, Eminenz«, erwiderte Bandolf.

»Dringend? Nun ja, wahrhaftig, das könnte man sagen.« Adalbero hob träge den Becher in seiner Hand und nickte seinem Diener zu.

»Bring uns Wein.«

»Gönnt Euch doch auch einen Schluck, Burggraf«, bot er

an. »Das ist ein feiner, weißer Mosler, den ich mir eigens aus Trier kommen lasse.«

Ungeduldig zog Bandolf seinen Zinnbecher aus der Tasche seines Mantels und ließ sich einschenken, während er sich fragte, welchen Knüppel der Bischof ihm dieses Mal zwischen die Beine werfen würde. Adalbero ließ ihn zappeln.

»Ich hatte nach Euch schicken lassen, nicht nach Eurem Schreiber«, bemerkte der Bischof, und seine flinken Augen, mit denen er Bandolf taxierte, straften seine müde Stimme Lügen.

»Vier Augen und Ohren mögen Euch besser dienen als nur zwei.« Bandolf lächelte kalt und trank einen Schluck aus seinem Becher. In der Tat schmeckte der Wein vorzüglich.

»Wie Ihr meint.« Adalbero griff nach einem der gelben Küchlein, die zu seiner Erfrischung auf dem Tisch standen, und betrachtete es wohlgefällig, bevor er es in den Mund schob. Während er sich schmatzend die Finger ableckte, sagte er beiläufig:

»Ich erwarte morgen meinen Archidiakon in Worms. Es wird doch keine Schwierigkeiten an der Rheinfähre für ihn geben?«

»Was für Schwierigkeiten?«

»Nun mein Lieber, ich möchte nicht, dass die Fährleute die Hand aufhalten, wenn sie einen Mann der Kirche übersetzen«, meinte der Bischof glatt und schielte nach einem weiteren Kuchen.

Bandolf, der genau wusste, worauf Adalbero hinauswollte, kniff die Augen zusammen. »Dann soll ich also die Fahrt Euch in Rechnung stellen lassen?«, fragte er.

»Aber mein lieber, guter Graf«, schalt Adalbero. »Ihr wisst doch, was ich meine.«

»Der Fährdienst ist ein Privileg der Stadt, nicht der Kirche. Euer Archidiakon wird bezahlen müssen, wie jeder andere auch«, brummte Bandolf verärgert und fragte sich, ob die Fährleute um ihren Lohn zu prellen alles war, was der Bischof von ihm wollte. Adalbero schüttelte den Kopf, als hätte er ein ungezogenes Kind vor sich, das die elementarsten Dinge des Lebens nicht begreifen wollte. »Wenn dem also so ist ...«, seufzte er. Fragend sah er den Burggrafen an. Nachdem aber Bandolf hartnäckig schwieg, nahm sich der Bischof noch ein Stück Kuchen und kam dann endlich zur Sache.

»Da ist noch eine andere Angelegenheit, die Eurer Aufmerksamkeit bedarf«, sagte er und räusperte sich. »Wie Ihr wisst, wurde Seine Eminenz, Adalbert von Bremen, heute Nacht überfallen. Der König ist über alle Maßen empört und verlangt, dass der Dieb, der Seine Eminenz berauben wollte, unverzüglich gefasst werde. Und er besteht darauf, Euch mit dieser Aufgabe zu betrauen.« In seiner Stimme klang unverhohlener Ärger.

Das hat mir noch gefehlt, dachte Bandolf und unterdrückte ein Stöhnen. Laut sagte er: »Und wenn es nun kein Dieb war, sondern jemand, der einen persönlichen Groll gegen Adalbert von Bremen hegt?«

»Unsinn. Natürlich war es ein Dieb.« Adalbero ließ den Wein in seinem Becher kreisen. Dann starrte er Bandolf durchdringend an. »Haltet Euch an das Offensichtliche, Burggraf, und bringt mir den Dieb.«

Er krümmte den Zeigefinger, und der Schreiber brachte ihm ein versiegeltes Pergament, das der Bischof an Bandolf weiterreichte. »Das ist ein Schriftstück, das Euch weiterhelfen sollte«, bemerkte Adalbero. »Vom König persönlich geschrieben und gesiegelt. Falls Ihr nicht lesen könnt, lasst es übersetzen.«

Mit einem Zug trank Bandolf seinen Becher leer, verstaute ihn in seiner Manteltasche und wandte sich mit einer Verbeugung und einem Wink in Prosperius' Richtung zum Gehen. Der Stuhl des Bischofs ächzte, als Adalbero seine Leibesmasse darin aufrichtete. »Ich erwarte ein schnelles Ergebnis, Burggraf«, sagte er leise. »Denkt daran, der König ist kein geduldiger Mensch.« Dann entließ er Bandolf und seinen Schreiber mit einem in die Luft gewedelten Segen.

Als die beiden Männer die Aula Minor verlassen hatten, brach Bandolf das Siegel auf und studierte den Inhalt des Schreibens. »Falls Ihr nicht lesen könnt, lasst es übersetzen«, äffte er den Bischof nach. »Ich wette um das Euter meiner besten Milchkuh, dass dieser Rheinfeldener Prahlhans mein Curriculum Vitae genau studiert hat, als er hierhergekommen ist. Mit Sicherheit ist ihm bekannt, dass ich meine Buchstaben gelernt habe.«

Prosperius räusperte sich: »Nun, Herr, der Bischof wird sich womöglich gedacht haben, dass Ihr es nicht könnt, da Ihr ja kein Mann der Kirche seid und obendrein noch einen Schreiber habt.«

Doch Bandolf ging es im Grunde gar nicht um die spitze Bemerkung des Bischofs.

»Ich stecke in Schwierigkeiten, Prosperius«, brummte er.

Sein junger Schreiber fragte erstaunt: »Warum denn, Herr? Glaubt Ihr etwa, Ihr könnt den Dieb nicht fangen?«

»Wenn es denn ein Dieb gewesen ist, dann sollte er sich schon längst aus dem Staub gemacht haben, nachdem sein Überfall auf den Erzbischof von Bremen fehlgeschlagen ist«, versetzte der Burggraf. »Aber das habe ich nicht gemeint. Allem Anschein nach ist der Bischof mehr als verärgert darüber, dass der König mich mit dieser Angelegenheit betraut und die Kirche übergangen hat. Wenn ich den Täter nun nicht fassen kann, wird er sich die fetten Hände reiben und mir mit einem hinterhältigen Lächeln einen Strick daraus drehen. Und item …«, grübelnd strich er sich über seinen Bart, »… item hat er sehr nachdrücklich darauf bestanden, dass es ein Dieb gewesen sein muss. Warum?«

»Wer soll es denn sonst gewesen sein?«, fragte Prosperius sorglos.

»Wie man so hört, hat Adalbert von Bremen hochgesteckte Ziele, und ein solcher Mann hat nicht nur Freunde«, entgegnete Bandolf, faltete das Pergament wieder zusammen und verstaute es in seiner Manteltasche.

»Was steht denn nun in dem Papier?«, erkundigte sich Prosperius neugierig.

»Der König schreibt darin, dass ich in seinem persönlichen Auftrag handle«, gab Bandolf mit düsterem Gesicht zur Antwort. »Er hat es bestimmt gut gemeint, aber ich bezweifle, dass das Schreiben die Zungen lockern wird, wenn die Leute lieber schweigen wollen.« Er zuckte mit den Schultern und seufzte. »Na schön, dann lass uns den Ort des Überfalls noch einmal in Augenschein nehmen.«

Auch wenn der Pfalzhof längst nicht so übervölkert war wie der Marktplatz, herrschte hier am Tag reger Durchgangsverkehr. Boten und Dienstleute eilten zwischen der Pfalz und ihren Quartieren hin und her. Gefolgsleute des Königs standen in Grüppchen zusammen, um den neuesten Klatsch auszutauschen und kleine Intrigen zu schmieden. Pferde wurden an die Tränke geführt, und Eigenleute des Bischofs schöpften Wasser aus dem Brunnen. Einige Brüder des Domstifts gingen gemessenen Schritts über den Platz, und Mägde folgten mit schweren Körben ihren Damen, die auf dem Markt eingekauft hatten.

Aus der Hohlgasse schoss ein kleiner Mann in der Robe der Domherren auf den Platz. Seine ganze Aufmerksamkeit galt einem mit einem Tuch verhüllten, kastenförmigen Gegenstand, den er auf den Armen trug. Er schien so darauf bedacht, ihn ja nicht fallen zu lassen, und hatte es dabei so eilig, dass er direkt in den Burggrafen hineinstolperte.

»Aufgepasst!«, rief Bandolf, und Prosperius griff geistesgegenwärtig nach dem Arm des schon älteren Domherrn, bevor er fallen konnte.

»Ihr rennt ja, als wären die apokalyptischen Reiter hinter Euch her, Bruder Arbogast«, sagte Bandolf, als er den Sakristan, Hüter der Reliquien und Schätze des Domstifts, erkannte.

»Burggraf? Ich habe Euch gar nicht gesehen.« Verträumte blaue Augen richteten sich auf Bandolf und seinen Schreiber, und der kleine, rundliche Sakristan blinzelte. »Die apokalyptischen Reiter? Der Herrgott bewahre mich.« Er versuchte, ein Kreuz zu schlagen, was angesichts seiner Last kläglich misslang. »Nein, nein. Niemand ist hinter mir her. Ich will nur die heilige Afra schnell wieder an ihren Platz zurückbringen.« Mit dem Lächeln eines Verliebten lüftete er das Tuch und zeigte dem Burggrafen stolz ein Elfenbeinkästchen. Es war rechteckig, mit Blattgold verziert, und um den Deckel führte eine Borte mit schön geschnitzten Tannenzapfen. »Seht nur. Einer der Zapfen war beschädigt. Ich habe es reparieren lassen, und nun ist die Schlafstatt der heiligen Afra wieder ganz.«

Prosperius bestaunte den kostbaren Reliquienschrein mit glänzenden Augen und bekreuzigte sich ehrfürchtig. Auch Bandolf schlug ein Kreuz. »Ihr habt doch nicht den Knochensplitter der heiligen Afra aus der Hand gegeben?«, fragte er mit einem Zwinkern, doch Ironie war an den Sakristan verschwendet.

»Aber nein, wo denkt Ihr hin?«, rief Arbogast entrüstet. »Sie ruhte selbstverständlich vorübergehend in einem anderen Schrein. Aber jetzt bekommt sie wieder ihren eigenen.«

»Wenn er könnte, würde er seine Heiligen nachts in den

Schlaf singen«, bemerkte Bandolf, als er dem eiligen Sakristan hinterherschaute. Prosperius, dessen Glaube an Reliquien schon in frühester Jugend durch reichlich abenteuerliche Geschichten seines fantasiebegabten Novizenmeisters gewürzt worden war, warf seinem Herrn einen schockierten Blick zu.

Die Stelle, an der Adalbert von Bremen überfallen worden war, wies keinerlei brauchbare Spuren auf. Der Burggraf stand breitbeinig über dem niedergedrückten Gras und ließ seine Augen aufmerksam über den Boden und die nähere Umgebung schweifen. Sein Gesicht verfinsterte sich von Minute zu Minute. »Der Teufel soll den Bischof holen«, knurrte er. »Hier gibt es nicht den geringsten Hinweis auf einen Dieb oder auf sonst jemanden.« Er drehte sich um und starrte mit zusammengekniffenen Augen auf die Behausungen der Eigenleute des Bischofs und die Häuser der Handwerker, die sich an den Rand des Marktplatzes schmiegten.

»Wenn der Angreifer nicht zufällig hier vorbeigekommen ist, dann muss er durch die Diebsgasse oder durch die Hohlgasse gekommen sein und sich hinter den Quartieren der Hörigen auf die Lauer gelegt haben.«

»Oder er kam über die Mauer vom Kirchhof«, warf Prosperius ein. »Ihr wisst doch, was für ein Gesindel sich nachts dort zuweilen trifft.«

Bandolf nickte. »Ja«, sagte er grübelnd. »Einer dieser Halunken könnte vom Friedhof aus über die Mauer geklettert und von dort aus zwischen dem Ostchor und den Häusern auf den Platz gelangt sein. Und was dann? Dann hat er Adalbert von Bremen über den Platz spazieren sehen und sich gedacht, ein Erzbischof gäbe wohl eine fette Beute ab?« Der Burggraf schnaubte. »Wenn es sich so verhalten hat und ich erwische den Kerl, dann lasse ich ihn zweimal baumeln.

Einmal für seine Unverfrorenheit und ein zweites Mal wegen seiner Dummheit.«

Prosperius grinste. »Wieso nicht auch ein drittes Mal wegen des Ärgers, den er Euch macht?«

»Na schön«, sagte Bandolf ohne große Hoffnung. »Dann lass uns bis zur Friedhofsmauer gehen und sehen, ob es dort einen Hinweis gibt.«

Doch außer einer fliegenumsummten Pfütze mit Erbrochenem, in die Prosperius beinahe hineingetreten wäre, gab es auch dort nichts Auffälliges zu sehen. Die steinerne Mauer begrenzte von den beiden Osttürmen des Doms bis zur Andreasgasse hinunter den Kirchhof der Taufkirche St. Johannes. Zur Andreasgasse hin gab es eine Pforte, die nachts verschlossen wurde. Dicht an die Südfassade des Doms geschmiegt, konnte man das noch nicht ganz fertig gestellte, zehneckige Baptisterium mit seinem hohen Glockenturm sehen. Bandolf überlegte, ob es sich lohnen würde, den Kirchhof selbst zu begutachten, entschied sich aber dagegen. Vielleicht würde er zwischen den Holzkreuzen und Steinplatten der Gräber noch Spuren eines nächtlichen Gelages vorfinden, aber er bezweifelte, dass sie ihm Aufschluss über die Person liefern würden, die den Erzbischof von Bremen überfallen hatte.

»So hat das keinen Sinn«, rief er plötzlich ungehalten und schlug mit der Faust gegen den rotbraunen Backstein der Mauer. »Hier kommen wir nicht weiter, und ich muss auf dem Markt nach dem Rechten sehen. Nur weil ein Rheinfeldener Pfaffe meinen Kopf gerne auf einem Silbertablett serviert bekommen würde, kann ich nicht alle meine Pflichten vernachlässigen.«

Mittlerweile war der halbe Vormittag vorbei, und ihm knurrte der Magen. Wenn er Hunger hatte, wurde er übellaunig, und wenn er übellaunig war, konnte er nicht denken.

»Zeit, sich den Magen zu füllen, Prosperius«, verkündete

er, und die Züge seines jungen, stets hungrigen Schreibers hellten sich auf.

»Geh nach Hause, und sag meinem Weib, dass ich beim Wirt am Markt speisen werde. Danach will ich Bruder Goswin im Kapitelhaus einen Besuch abstatten. Der Scholasticus kann mir vielleicht das eine oder andere über den Erzbischof von Bremen berichten. Vielleicht sehe ich dann klarer.« In Vorfreude auf eine dicke Scheibe weißen Brots mit Braten und dunkler, würziger Tunke und einen ordentlichen Schluck Bier rieb er sich den Bauch.

Prosperius, offenbar ebenfalls beflügelt vom Gedanken an eine große Schüssel Brei, die er der sonst so strengen Filiberta stets mühelos abschwatzen konnte, wandte sich zum Gehen. Aber Bandolf war mit seinen Anweisungen noch nicht fertig. »Nimm den Weg über die Hohlgasse zum Markt«, befahl er. »Beim Marktkreuz findest du einen Bauern mit Namen Boso. Ich habe ihn heute Nacht mit einem Knüppel in der Hand erwischt.«

»Dann nehme ich einen Büttel mit, der ihn zum Marktgericht bringt«, nickte Prosperius, doch der Burggraf winkte ab.

»Er soll mir einen Pfennig geben, und damit lass es gut sein.« Prosperius runzelte unzufrieden die Stirn, und Bandolf sah ihm an, dass er gerne widersprochen hätte, aber er ließ ihn nicht zu Wort kommen. »Zuhause kannst du dich mit Werno der Leute annehmen, die heute schon ihren Michaelipfennig bringen. Und vergiss nicht, ein paar meiner Büttel zu den Stadttoren zu schicken. Besonders den Zöllnern an der Pfauenpforte und am Rheintor sollen sie auf die Finger schauen.« Er schüttelte den Kopf. »Nein, besser ist, wenn du selbst nach dem Rechten schaust. Letztes Jahr zu Michaeli haben sich die Zöllner fettgefressen von allem, was man ihnen heimlich zugesteckt hat.«

Über das Gesicht des jungen Schreibers huschte ein vergnügtes Lächeln und veranlasste Bandolf, streng hinzuzufügen: »Und dass du auch deine Finger bei dir lässt, hörst du? Ich will kein Zubrot in deinem Beutel finden.«

Prosperius versprach hoch und heilig, dass er gewiss nicht im Sinn hätte, arme Leute zu schröpfen. Bandolf gab sich damit zufrieden, und erst, als er Prosperius beschwingt die Hohlgasse hinunterstreben sah, kam ihm der ernsthafte Augenaufschlag seines jungen Schreibers verdächtig vor.

Hoffentlich hat er nun nicht im Sinn, die Reichen zu schröpfen, dachte er bei sich und seufzte.

Penelope, die Domkatze, rekelte sich im Gras hinter dem Kapitelhaus und streckte ihren wohlgefüllten Bauch der Herbstsonne entgegen. Markttage waren für die Katzen von Worms ebenso ergiebig wie für den Bischof oder den Burggrafen. Ratten und Mäuse tummelten sich zuhauf zwischen den Getreidesäcken der Bauern, und bei den Ständen mit Fleisch, Geflügel und Fisch lag immer ein unbewachtes Stück Leckerei herum, an dem eine flinke Katze sich laben konnte.

Weiter hinten bei den Gärten des Domstifts waren einige Brüder mit der Apfelernte beschäftigt. Ein paar arbeiteten auch im Kräutergarten, und der Wind trug ihr müßiges Geplauder, ihre Rufe und ihren Gesang bis zum Kapitelhaus herüber. Die Luft roch nach späten Wiesenblumen, aufgeworfener Erde und Obst. Dann wurde der Duft plötzlich von Schweiß und Weihrauch, Wein, scharfem Gewürz und gebratenem Fleisch überlagert.

Pothinus, der Kämmerer, und Osbert, der Cellerar des Domstifts, schlenderten über den Pfad auf den Grasflecken der Katze zu. Der Tonfall ihrer Stimmen schien Penelope zu missfallen, denn sie rollte sich flink herum und reckte mit angelegten Ohren den Kopf.

»Ihr braucht Eure Übellaunigkeit nicht an mir auszulassen, Bruder Kämmerer«, sagte Osbert mit weinseliger Stimme.

Pothinus rief erbost: »Meine Stimmung hat nicht das Geringste mit der Tatsache zu tun, dass aus dem Fass Mosler für den Bischof schon wieder ein Gutteil fehlt.«

»Wollt Ihr mir vielleicht unterstellen, ich hätte den Wein des Bischofs gestohlen?« Bruder Osbert reckte sich so hoch, wie es seine kurzen Beine erlaubten.

»Wer hat denn sonst noch Schlüssel zur Kellerei außer Euch und Propst Eginhard?«, fragte Pothinus spitz. »Und Eure Vorliebe für Wein stinkt geradezu zum Himmel.«

»Das ist eine infame Unterstellung. Und überhaupt: Was habt denn Ihr in meiner Kellerei zu suchen?«, schrie Osbert. »Noch seid Ihr nicht Dompropst.«

»Aber das könnte sich bald ändern«, sagte Pothinus mit Würde.

»Was Ihr nicht sagt. Seit bekannt ist, dass Bruder Eginhard nach Magdeburg geht, kriecht Ihr dem Bischof in den Hintern, damit er Euch das Amt des Propstes überträgt. Aber denkt daran, Kämmerer, wir anderen haben da auch noch ein Wörtchen mitzureden.«

»Ich habe es nicht nötig, mich bei Bischof Adalbero einzuschmeicheln. Seine Eminenz ist ein Mann, der weiß, auf wen er sich verlassen kann. Er kennt meine Fähigkeiten und weiß sie zu schätzen. Vielleicht solltet Ihr das auch tun, wenn Ihr klug seid.«

»Oho«, höhnte der Cellerar. »Der Bischof weiß Eure Fähigkeiten so sehr zu schätzen, dass er es dem Burggrafen überlässt, den Überfall auf Adalbert von Bremen zu klären, anstatt die Sache Euch zu überlassen – dem Kämmerer.«

»Dann lasst Euch gesagt sein, Bruder Cellerar, dass es sehr wohl die Absicht des Bischofs gewesen ist, die Angelegenheit in meine Hände zu legen. Nur der König hat es anders bestimmt«, gab Pothinus zurück.

Osbert brach in Gelächter aus. »So ist das also«, gluckste er. »Da hat Euch der König einen Strich durch die Rechnung gemacht« – er versuchte sich an einem mitleidigen Lächeln –, »dabei wäre es Euch doch sicher zupassgekommen, wenn Ihr Euch gerade jetzt mit einem gefassten Beutelschneider vor dem Hof hättet großtun können.« Er lachte, bis ihm die Tränen kamen.

»Ihr wisst doch gar nicht, was Ihr da schwatzt«, erklärte Pothinus, raffte seine Robe und seine Würde zusammen, drehte sich um und stapfte mit hochgerecktem Rücken zum Kapitelhaus.

Osbert wischte sich die Lachtränen aus den Augen und blickte dem Kämmerer vergnügt hinterher. »Hochmut kommt vor dem Fall«, murmelte er.

Penelopes Nase zuckte, als er beschwingt an ihr vorbeiging, und sie folgte seiner bratenduftenden Robe auf leisen Pfoten.

Kapitel 3

»Ich habe noch eine Winzigkeit Aronstabwurzel beigemengt. Zur Melisse und Hagebutte wird der Trank Euch beruhigen und einen erholsamen Schlaf bescheren«, erklärte Garsende und überreichte Fastrada einen verschlossenen Krug. »Trinkt dreimal am Tag davon. Zwei Fingerbreit zur Sext und zwei zur Non', und am Abend, bevor Ihr Euch niederlegt, vier Fingerbreit in einem Becher mit klarem Wein. Aber nicht mehr«, mahnte sie. »Sonst wird es Euch schaden.«

Sie hatte noch immer über den unerfreulichen Besuch des Grafen von Rieneck und über einen Ausweg aus ihrer verzwickten Lage nachgegrübelt, als Ludger von Blochens Gemahlin angekommen war, und war dankbar für die Ablenkung gewesen.

Nun musterte sie ihre Besucherin besorgt.

Fastrada trug ein teures Gewand aus dunkelgrüner, sehr fein gesponnener Wolle, das ihre hageren Gesichtszüge noch bleicher erscheinen ließ, als sie ohnehin schon waren. Ihr Tuch hatte sie so eng um ihre hochgezogenen Schultern geschlungen, als ob sie fröstelte.

»Ich empfehle Euch mithin, einen Chalcedon zu beschaffen«, fügte Garsende vorsorglich hinzu. »Ihr solltet ihn des Morgens kräftig anhauchen und dann auf der Haut tragen. Er wird Euch wärmen und Euch zu einem wohlgemuten Sinn verhelfen.«

Fastrada nickte und schenkte ihr ein sparsames Lächeln. Hinter ihr stand die mit Korb und Beutel beschwerte Magd, und neben der Magd ein junges Mädchen von seltenem Liebreiz. Das goldblonde, gelockte Haar des Mädchens fiel offen auf seine Schultern und unterstrich die Zartheit des rundlichen Gesichts. Sie hatte eine Haut wie Milch und Honig, die Lippen waren voll und schön geschwungen, und die großen blauen Augen schienen abwesend in der Ferne zu verweilen. Seit ihrer Ankunft hatte sie außer einer gehauchten Begrüßung noch kein Wort gesprochen.

Fastrada, die Garsendes Neugier offenbar bemerkte, gab dem Mädchen einen kleinen Stoß.

»Das ist Hermia«, sagte sie, und in ihrer Stimme lag so viel Abneigung, dass Garsende verwundert die Brauen hochzog. »Ihr Bruder, Rainald von Dachenrod, ist meiner Schwägerin Adeline versprochen.«

»Wie gefällt es Euch in Worms?«, wandte sich Garsende aus Höflichkeit an das Mädchen, obwohl das junge Ding nicht den Eindruck machte, als läge ihm viel an müßigem Geplauder. Hermias Gesicht überzog sich mit tiefer Röte, und sie schien den Kopf noch tiefer senken zu wollen. »Noch niemals habe ich so viele wunderbare Gotteshäuser gesehen wie hier«, flüsterte sie so leise, dass sie kaum zu verstehen war. Ihre Stimme klang, als wäre sie voller Tränen. Garsende warf ihr einen scharfen Blick zu, doch das Gesicht des Mädchens war unter ihren schönen Locken verborgen.

Fastrada räusperte sich. »Wir müssen weiter«, erklärte sie unwirsch, als wäre ihr Hermias Äußerung peinlich. »Frau Elgard sieht es nicht gerne, wenn ich meine Zeit mit Schwatzen und Trödelei verbringe.« Ein kleines, unechtes Lachen unterstrich ihre Worte.

Garsende begleitete sie vor die Tür und sah den dreien hinterher, wie sie den Pfad über die Lichtung zum Waldweg hinuntergingen. Kaum hatten sie den Waldsaum erreicht, als zwei andere Frauen vom Waldweg kommend auf die Lichtung traten. Garsende kniff neugierig die Augen zusammen. Eine der beiden war offenbar eine Magd. Die andere Frau trug einen alten Umhang, und rotblondes Haar lugte unter der Kapuze hervor, die sie über ihren Kopf gestülpt hatte.

Gütiger Himmel, die Burggräfin, schoss es Garsende durch den Kopf, als sie das Gesicht der Frau erkannte. Womöglich war das die Antwort auf ihre Gebete um Beistand gegen den Grafen von Rieneck. Wenn es ihr gelingen würde, Matthäas Wohlwollen zu gewinnen, würde die Burggräfin vielleicht ein gutes Wort für sie bei ihrem Gatten einlegen, dachte Garsende, während sie beobachtete, wie Matthäa stehenblieb und ein paar Worte mit Fastrada und dem jungen Mädchen wechselte. Obwohl sie ihr schon einige Male in Worms begegnet und überraschend freundlich von ihr gegrüßt worden war, hatte die Burggräfin sie noch nie aufgesucht. Als Matthäa sich verabschiedet hatte und auf sie zukam, fragte sich Garsende, was ihr wohl fehlen mochte.

»Setzt Euch doch«, bot Garsende an.

Matthäa hatte ihrer Magd beschieden, draußen zu warten, und war der Heilerin ins Haus gefolgt. Sie setzte sich und sah sich neugierig um. Garsendes Heim war angefüllt mit Töpfen und Krügen, denen ein Gemisch aus scharfen und süßen Gerüchen entströmte. Kräutersträuße, Zwiebelgirlanden und Pflanzenbündel baumelten, fein säuberlich aneinandergereiht, zum Trocknen von der niedrigen Decke. Über dem Herdfeuer hing ein schwerer Eisentopf, in dem ein scharf riechender Sud köchelte. Ein Schneidbrett lag neben einigen Wurzeln, an denen noch feuchte Erde haftete, auf dem Tisch, andere hatte sie bereits gesäubert und in einem flachen Korb aufgestapelt.

Während Matthäa ihre Stube einer Prüfung unterzog, musterte Garsende ihre Besucherin. Trotz ihres Lächelns wirkte die Haltung der Burggräfin verkrampft, und ihre frische Gesichtsfarbe konnte über die Schatten unter ihren Augen nicht hinwegtäuschen.

»Ich war überrascht, Fastrada hier zu begegnen«, bemerkte Matthäa endlich. »Ich hoffe doch, ihr fehlt nichts Ernstes?«

»Ein Anflug von Melancholie, der sie nachts nicht schlafen lässt«, antwortete Garsende leichthin. Sie nahm den Korb und die Wurzeln vom Tisch, um Platz für einen Krug mit Lavendelwein zu schaffen, den sie ihrem hohen Gast anbieten wollte.

Matthäa warf ihr einen abwägenden Blick zu. Es war ein langer Blick, doch was immer er ihr auch sagen mochte – was sie sah, schien die Burggräfin zu befriedigen. »Es ist wohl eher die Sorge wegen ihres Tunichtguts von Gatten, die ihr nachts den Schlaf raubt«, sagte sie überraschend offen, und ein Lächeln umspielte ihre Mundwinkel. »Es heißt, Ludger stelle den Röcken nach und es bliebe dabei nicht nur beim Anschauen.«

Garsende seufzte. »Das mag ein Grund für ihre Unruhe sein. Doch mir will scheinen, als würde sie noch mehr bedrücken.«

»Du hast ein scharfes Auge, Heilerin. Ich denke, du hast Recht«, sagte Matthäa, und ihr Lächeln vertiefte sich. »Elgard, Ludgers Mutter, scheint im Haus das Zepter zu schwingen, und Fastrada hat offenbar nicht viel dabei zu sagen.« Sie schwieg einen Moment, schien zu überlegen, dann trübte sich ihr Blick, und ihre Stimme wurde spröde. »Hinzu kommt, dass Elgard ihr gram ist, weil Fastrada ihrem Mann noch keine Kinder geschenkt hat.«

Garsende merkte auf. Das schien ein wunder Punkt zu sein, den anzusprechen der Burggräfin augenscheinlich schwerfiel. Sie ließ den Weinkrug Weinkrug sein, setzte sich Matthäa gegenüber auf einen niedrigen Schemel und legte ihre Hände ruhig in den Schoß.

Die Burggräfin räusperte sich. »Ich sollte so etwas nicht sagen«, seufzte sie. »Man kann es Elgard wohl nicht verdenken, dass sie sich Kinder im Haus wünscht.«

»Ihr habt auch noch keine Kinder?«, fragte Garsende behutsam. Matthäa schüttelte den Kopf und brach in Tränen aus.

Die Glocken hatten die Vesper verkündet, und im Haus des Burggrafen war endlich Ruhe eingekehrt. Die Abgaben seiner Lehnsleute und Pächter, die schon heute ihren Michaelipfennig gebracht hatten – Säcke mit Dinkel und Roggen, Äpfel, Saubohnen und goldener Weizen; Wachteln, ein Ferkel, Hühner und Eier –, waren in Scheune und Keller verstaut worden. Prosperius hatte berichtet, dass bei den Zöllnern noch alles seine Ordnung hätte, und eine vorsorgliche Überprüfung seines Beutels hatte nurmehr Bosos Bußpfennig zutage gefördert. Auch Bandolf selbst war erfolgreich gewesen. Sein Besuch beim Scholasticus des Domstifts, Bruder Goswin, hatte ihm neue Erkenntnisse über Erzbischof Adalbert von Bremen beschert.

Im Lauf der vergangenen Jahre war aus seiner und Goswins gemeinsamer Vorliebe für die Werke der alten Griechen und Römer, namentlich die von Vergil, eine Freundschaft erwachsen, die auf gegenseitigen Respekt gegründet war. Bruder Goswins größte Leidenschaft galt jedoch seiner Chronik. Er arbeitete schon seit Jahren daran, denn sie sollte vom Anbeginn der Zeit bis zum heutigen Tag alle wichtigen Ereignisse rund um Stadt und Dom beinhalten. Bandolf kannte niemanden, der über all die Fürsten, welche die Geschicke des Reiches lenkten und gelenkt hatten, so viel wusste wie Goswin.

Der Burggraf saß am Ende der Halle und starrte abwesend auf die aufgeschlagenen Seiten eines Buches. Fackeln an der Wand gegenüber warfen ihr flackerndes Licht auf die Buchstaben und die Bilder, mit denen der Text geschmückt war. Seine Hauseigenen hatten sich bereits vor der Feuerstelle der Halle niedergelegt, und ihr Schnaufen und Schnarchen begleitete Bandolfs Gedanken.

Matthäa, die über einer qualmenden Talglampe bei ihm saß und sich damit abgemüht hatte, einen Riss in seinem Obergewand zu stopfen, legte ihre Näharbeit beiseite und rieb sich die Augen. Dann warf sie einen nachdenklichen Blick auf ihren schweigsamen Gatten.

»Euch muss etwas Unangenehmes beschäftigen, wenn Ihr so lange in dieses Buch stiert, ohne auch nur einmal umzublättern«, bemerkte sie. Bandolf fuhr aus seinen Grübeleien auf.

»Das könnt Ihr wohl laut sagen«, platzte er heraus. »Der fette Adalbero hat mir den Auftrag erteilt, den Mann zu finden, der Adalbert von Bremen vergangene Nacht angegriffen hat. Auf ausdrückliches Geheiß des Königs. Und das jetzt zu Michaeli, wo ich genug anderes um die Ohren habe.«

»Du meine Güte.« Matthäa runzelte besorgt die Stirn.

»Und weil das eigentlich die Aufgabe des Kämmerers wäre, nimmt er mir das Ansinnen des Königs übel. Ich stehe ja ohnehin nicht in der Gunst des Bischofs. Da könnt Ihr Euch vorstellen, was passieren wird, wenn ich den Dieb nicht finde. Wenn es denn überhaupt ein Dieb gewesen ist.«

»Aber wer sollte es denn sonst gewesen sein?«

»Das muss Euch nicht bekümmern«, sagte Bandolf, fuhr aber gleich damit fort, ihr zu erklären, was sie nicht zu bekümmern brauchte. Matthäa lächelte.

»Wenn man Bruder Goswin glauben darf – und ich habe keinen Grund, es nicht zu tun –, dann kämen eine ganze Reihe von Männern in Frage, denen es sehr gelegen käme, wenn Adalbert das Zeitliche segnen würde«, erklärte er und klappte Vergils Äneis zu.

Er war sehr stolz auf seine kleine Bibliothek. Sie bestand aus einer Bibel, die er von seinem Vater geerbt hatte, aus einem mit Gold umrandeten Stundenbuch, das ihm der verstorbene Bischof Arnold geschenkt hatte, einer Abschrift des Augenzeugenberichts von Dictys Cretensis über den Trojanischen Krieg und aus Vergils Äneis. Sie war ihm das liebste Buch, und obwohl er äußerst sorgfältig mit seinen Schriften umging, war das Kalbsleder der Hülle an den Rändern schon abgewetzt.

Seufzend strich Bandolf über den Einband, stand dann auf und begann, vor der Bank hin und her zu laufen.

»Nehmt als Beispiel den Erzbischof von Köln. Um nur einen zu nennen«, betonte er. »Während der Vormundschaft über den König haben sowohl Anno von Köln wie auch Adalbert von Bremen viele Pfründe und Ländereien des Reiches mit offenen Armen verteilt. Adalbert hat in das Säckel seiner eigenen Kirche gewirtschaftet, und Anno hat die Güter sich selbst, seiner Verwandtschaft und den Fürsten zugeschanzt, um sich bei ihnen lieb Kind zu machen.«

»Wo liegt denn da der Unterschied?«, wollte Matthäa wissen.

»Anno will die Macht in seinen eigenen Händen wissen, unterstützt von den Fürsten und mit Papst Alexander als Oberhaupt des Reiches. Wenn es so weit käme, wäre Heinrich jedoch nur noch ein Schattenkönig in den Fängen der Fürsten und völlig abhängig vom Papst«, erläuterte er. »Adalbert dagegen verfolgt andere Ziele. Wie es scheint, will er seine nordische Diözese zur Eigenkirche des Reiches erheben, unabhängig von Rom und mit dem König als Oberhaupt. Damit macht er sich aber nicht nur Anno von Köln zum Feind, sondern auch die Fürsten, die befürchten, der König könne auf diese Weise zu viel Macht in den Händen halten und ihre eigenen Privilegien beschränken.«

Endlich blieb er stehen und sagte nachdenklich: »Als ich

zur Bestätigung meines Amts in der Bischofspfalz gewesen bin, habe ich selbst bemerkt, wie man über Adalberts Anmaßung und seine ständigen Forderungen an die königliche Schatulle geflüstert hat. Die Fürsten sind eifersüchtig auf den Einfluss, den Adalbert auf den jungen König ausübt, und sie neiden ihm die Gunst, mit der Heinrich ihn überschüttet.«

»Aber steht der König denn nicht ohnehin über den Fürsten, und haben nicht alle ihm Treue geschworen?«, protestierte Matthäa. »Wie können sie denn jetzt gegen ihn handeln?«

»Pah«, schnaubte Bandolf. »Was gilt den hohen Herren ein Treueschwur, wenn es sich um Land und Macht handelt?«

»Dann glaubt Ihr also, jemand aus dem Gefolge des Königs hätte den Erzbischof von Bremen angegriffen?«

Bandolf zuckte mit den Schultern. »Bruder Goswin sagte, es gehe auch das Gerücht, dass Adalbert vom König die Reichsabteien Lorsch und Corvey für sein Erzbistum gefordert hat. Und wie es scheint, ist Heinrich drauf und dran, ihm diese Gunst zu gewähren. Die beiden Klöster sind reich und mächtig und wollen ihre Unabhängigkeit als Reichsabteien natürlich behalten. Wer weiß schon, mit welchen Mitteln?«, antwortete er und fügte kopfschüttelnd hinzu: »Dieser Mann hat mehr Feinde als ich Ratten im Keller.«

Matthäa raffte ihr Nähzeug zusammen und stand auf. »Ich bin mir ganz sicher, dass Ihr den Täter finden werdet«, sagte sie und strich ihm liebevoll über die stoppelige Wange.

Der Burggraf warf ihr einen zärtlichen Blick zu. Eine rotblonde Strähne hatte sich aus ihrem aufgesteckten Haar gelöst und umschmeichelte ihr Gesicht. Sie schien viel heiterer zu sein als in den vergangenen Tagen, fand Bandolf und beglückwünschte sich, dass er Prosperius' Rat befolgt und auf dem Markt einen Pfau anstelle der Gans für sie erstanden hatte. Ihre Freude darüber war offenkundig gewesen. Für einen Moment erwog er, sie zu fragen, wohin sie am Morgen in dem merkwürdigen Aufzug unterwegs gewesen war, entschied dann aber, dass es im Grunde unwichtig war. Sicher hatte sie sich den schäbigen Mantel geborgt, weil ihr eigener schmutzig gewesen war. Matthäa war ihm eine gute Frau und gab ihm nicht oft Anlass, sich über sie zu ärgern, doch konnte sie auch hin und wieder recht starrköpfig sein, wenn sie sich beleidigt fühlte oder meinte, dass er sich in ihre Belange einmischte. Und er verabscheute es, wenn sie tagelang mit hochgerecktem Näschen durchs Haus spazierte und ihn in aller Höflichkeit ignorierte.

Matthäa streckte sich und blinzelte ihn an. »Was werdet Ihr als Nächstes tun?«, unterbrach sie seine Gedanken.

Ein verwegenes Grinsen breitete sich über Bandolfs Gesicht. »Das werde ich Euch oben in der Schlafkammer zeigen.«

Matthäa lachte.

Hinreichend gestärkt durch etliche Humpen Bier und voller Befriedigung über seine eigene Schlauheit, schlurfte Schnorr, der Gerber, die Cappelgasse entlang. Eine halbe Mondscheibe am Nachthimmel begleitete seine unsicheren Schritte und den Gassenhauer, den er misstönend vor sich hin summte.

Was für ein Glück, dass es heute Mondlicht gibt, dachte er.

In der Zwerchgasse war er über einen Hundekadaver gestolpert und in einen Abfallhaufen gefallen, und dabei hatte er seine Lampe verloren. Er hatte den ganzen Müll danach durchwühlt, sie aber nicht wiederfinden können. Zunächst hatte er seinen Verlust mit wüsten Flüchen bedacht, bis ihm eingefallen war, dass er heuer auf dem Markt einfach eine neue Lampe erstehen konnte; eine gute Lampe und feines Öl dazu, zusammen mit dem besten Friesenstoff für einen neuen Kittel und Beinlinge.

Schnorr strauchelte erneut und fing seinen Sturz am Holzpfosten einer Hauswand ab. Er kicherte über sein Missgeschick. »Und falls mein altes Weib mich morgen früh nicht angeifert, dann soll sie auch ein neues Tuch kriegen«, raunte er dem Pfosten vertraulich zu, während er sich wieder aufrappelte. »Oder vielleicht sage ich ihr besser nichts davon. Die Weiber können den Hals doch nicht voll genug bekommen, wenn sie irgendwo ein gefülltes Säckel vermuten.«

Unwillkürlich tastete er nach seinem schäbigen Beutel, der an der Schnur um seine Hüfte hing. Das leise Klimpern darin entlockte ihm ein zufriedenes Lächeln, das urplötzlich wieder verschwand. Er umklammerte seinen kostbaren Beutel und sah sich hastig um. Ob außer ihm sonst noch jemand den anheimelnden Klang gehört hatte? Womöglich ein Beutelschneider, der ihm an der nächsten Ecke auflauern würde? Und war da nicht ein verdächtiges Kratzen gewesen, direkt hinter ihm? Gut, dass er nicht alles mitgenommen, sondern einen Teil seines kleinen Schatzes im Boden unter seiner Bettstatt vergraben hatte. Er lauschte, doch die Nacht war still, und auf der Gasse war niemand zu sehen.

Schnorr seufzte erleichtert auf und setzte seinen Weg fort. Er hatte es nicht mehr weit. Hinter dem Saugässchen begann das Gerberviertel, und dann noch ein paar Schritte weiter und er war dort, wo er hinwollte.

Als er an seiner Hütte vorbeischlurfte, den Gerbgruben zu, warf Schnorr einen abfälligen Blick auf den morschen Holzverschlag, hinter dem seine vielköpfige Familie schlief und den er in der Dunkelheit nur schemenhaft erkennen konnte.

»Da schnarcht Gutrun, mein altes Weib«, gluckste er und wollte sich plötzlich ausschütten vor Lachen. Er presste seine Hände vor den Mund, damit er nicht lauthals herausprustete und womöglich noch jemanden aufweckte.

Das würde ihm jetzt noch fehlen, wenn seine Gutrun daherkäme, auf der Gasse krakeelte und wissen wollte, wohin er wohl um die späte Stunde unterwegs sei. Nein, jetzt hieß es Maul halten und schlau sein!

Und ich bin schlau, dachte Schnorr triumphierend. Einer, der nicht so schlau war wie er, der hätte doch nicht gewusst, was tun, aber er, Schnorr, ja, er hatte die Gunst der Stunde genutzt und das Rechte getan. Ab morgen würde er es sich wohl sein lassen. Seine Gerbgrube konnte sein Ältester bestellen, und er würde vielleicht nach Bamberg gehen, nach Würzburg oder nach Köln. In Köln, hieß es, ließe sich gut leben, wenn man wüsste, wie man es anstellen musste. Vielleicht würde er auch eine große Pilgerfahrt machen, nach Santiago de Compostela zum Grab des heiligen Jacob, oder gar nach Rom, wo es unvorstellbare Reichtümer und Wunder zu sehen gab.

Schnorr verlor sich in seinen Träumereien und hatte unversehens die Gerbgruben erreicht. Ein Knacken, das in der nächtlichen Stille laut wie ein Donnerschlag klang, ließ ihn zusammenzucken. Schnorr fuhr herum und starrte in die finstere Gerbergasse zurück, aus der er gekommen war. Die Umrisse der Hütten schienen ein wenig zu schwanken. Der Gerber hielt den Atem an und kniff die Augen zusammen. War da hinten jemand? Ein dunkler Schatten, der sich von all den anderen dunklen Schatten abhob und näher kam?

Vielleicht ist er das schon?, beruhigte er sich.

Er war sich ziemlich sicher, dass er früh genug losgegangen war, um noch vor ihm bei den Gruben zu sein, wo sie sich verabredet hatten. Aber die Suche nach der Lampe hatte ihn aufgehalten, und vielleicht hätte er ja doch lieber auf den einen oder anderen Humpen Bier verzichten sollen.

Eine Weile starrte und lauschte Schnorr noch, dann wandte er sich ab, schlurfte an den Gruben der anderen Gerber vorbei, duckte sich unter den aufgespannten Häuten hindurch und machte an seiner eigenen Grube Halt.

Jetzt hieß es warten.

Schnorr musste nicht lange neben seiner Grube ausharren. Er kam, wie er es versprochen hatte, mit einem gut gefüllten Säckel, und der Handel war schnell abgeschlossen. Breit grinsend nahm Schnorr seinen Lohn in Empfang, wog den Beutel zufrieden in seiner Hand und dachte an Rom, wo es die feinsten Wirtsstuben gab, wo die Huren jung und glutäugig waren und mit nichts als ihrer Haut am Leib tanzten, wo der Wein reichlich floss und sogar die Börsen der Pfaffen gut gefüllt und locker am Gürtel hingen.

Gleich morgen werde ich den Beutel vergraben, aber vorher gönne ich mir noch einen Schlummertrunk, beschloss er und leckte sich in Vorfreude die Lippen. Laut sagte er: »Nun, da wir beide einig geworden sind …«

Weiter kam er nicht. Kräftige Hände lagen plötzlich um seinen Hals und drückten zu. Der Beutel entglitt ihm und fiel auf den Boden. Von blankem Entsetzen gepackt, fühlte er seinen Urin warm an seinen mageren Schenkeln hinunterlaufen. Er japste und rang nach Luft.

»Hast du jemandem davon erzählt?«, raunte die vertraute Stimme an seinem Ohr. »Heraus damit, und lüge mich ja nicht an, sonst quetsche ich dir dein restliches bisschen Leben aus dem Hals.«

Schnorr wand sich in wilder Panik, würgte und krächzte hervor, was der Mann offenbar hören wollte.

Der Druck ließ nach, und Schnorr schnappte erleichtert nach Luft. Doch der Augenblick währte nur kurz. Die Finger gruben sich noch tiefer in seinen Hals, pressten zu, bis Schnorrs Kopf zu bersten schien und seine Traumgespinste zerstoben.

Der Burggraf erwachte noch vor Morgengrauen. Sein Arm war eingeschlafen und prickelte pelzig. Der Fensterladen, den er am vergangenen Abend nur angelehnt hatte, stand weit offen, und kalter Wind blies ihm ins Gesicht. Noch halb im Schlaf bewegte Bandolf die Finger und stellte fest, dass er seinen Arm nicht heben konnte. Er öffnete erschrocken die Augen und starrte auf ein Bündel aus grauem Fell, das eingerollt auf seiner Armbeuge ruhte. Penelope blinzelte ihn verschlafen an. Grunzend schubste er die schwere Katze von seinem Arm herunter, und sogleich begann das Blut darin wie tausend Nadelstiche durch seine Adern zu kreisen. Ein deftiger Fluch entfuhr ihm. Matthäa rührte sich, kuschelte sich fröstelnd in die Pelze und schaute ihrem Gatten zu, wie er die Katze am Genick packte und vor die Tür setzte. »Ihr seid schon wach?«, fragte sie träge blinzelnd.

»Die Katze hat mich geweckt«, antwortete er, schloss den Fensterladen und kehrte zur Schlafstatt zurück.

»Das geschieht Euch nur recht«, sagte Matthäa. »Wie oft habe ich Euch schon gesagt, Ihr sollt nachts den Laden zumachen, damit …« Bandolf beugte sich über sie und verschloss ihren Mund mit einem Kuss. Als er ihre Lippen wieder freigab, japste sie nach Luft und lachte. »Am frühen Morgen schon so stürmisch?« Sie streckte die Arme aus, und Bandolf warf sich neben sie auf die Bettstatt. Ein Becher, der neben Matthäas Seite auf dem Boden gestanden hatte, fiel um, als Bandolf seine Arme um seine Frau schlang. Der Inhalt sickerte in die Binsen und verströmte einen merkwürdigen Duft.

»Was ist das für ein Geruch?«, fragte Bandolf, während er

sich mühte, die Felle, in die sich Matthäa gewickelt hatte, von ihrem Körper zu streifen.

»Nur ein Trank, den mir die Kräuterfrau gegeben hat«, murmelte Matthäa und drängte ihm entgegen.

Bandolf stieß sie schroff zurück und richtete sich auf. Sein Gesicht war plötzlich weiß vor Zorn, und seine winterblauen Augen schossen Blitze, als er sie anbrüllte: »Ihr seid bei einer dieser gottverdammten Zauberdruden gewesen?«

Matthäa, erschrocken von dem heftigen Ausbruch, konnte nur nicken.

»Herrgott, Weib! Seid Ihr von allen guten Geistern verlassen?«, schrie Bandolf, und seine Stimme überschlug sich. »Wollt Ihr Euch umbringen?« Er griff nach dem Becher, roch daran und schleuderte ihn mit angewidertem Gesicht an die Wand. Dann sprang er auf.

Matthäas Augen füllten sich mit Tränen, und sie schüttelte den Kopf. Bandolf packte ihr Handgelenk. »Heraus damit! Wie lange schleicht Ihr Euch schon heimlich davon?« Sein barscher Ton und die unsanfte Behandlung entfachten nun auch in Matthäa den Zorn. Sie riss ihre Hand aus seinem festen Griff. »Was fällt Euch ein, mich so grob zu behandeln?«, schrie sie aufgebracht zurück und rieb ihr Gelenk. »Ich bin dort gewesen, weil ich es leid bin, dass mein Schoß leer bleibt, wo andere Frauen gesegnet sind.«

»Ihr könnt doch nicht ernsthaft glauben, das Teufelszeug dieser Kräuterdirnen würde dabei helfen?«, donnerte Bandolf.

Matthäa rang um Fassung und versuchte, ihren Ton zu mäßigen. »Ich weiß, warum Ihr so aufgebracht seid, aber glaubt mir, Ihr irrt Euch. Garsende ist Heilerin und tut nichts Verwerfliches.«

Aber Bandolf schenkte seiner Gattin keinen Blick mehr und warf sich stattdessen in seine Gewänder. Argwöhnisch schaute Matthäa zu, wie er sich auch den Schwertgürtel umschnallte. »Was habt Ihr vor?«, fragte sie.

»Ich werde der Quacksalberei ein Ende bereiten und das Drudennest ausräuchern!«

Matthäa sprang von ihrer Bettstatt, schlang eines der Felle um ihren nackten Körper und versuchte, ihn am Arm festzuhalten. »Nein, das dürft Ihr nicht tun«, rief sie erschrocken.

»Und ob ich das tue!« Bandolf rauschte aus der Kammer und warf donnernd die Tür hinter sich zu.

Als der Burggraf die Treppe hinunterstapfte, sah er Filiberta in der Diele stehen. Die Magd bedachte ihren Herrn mit einem vorwurfsvollen Blick, drehte ihm dann ostentativ den Rücken zu und verschwand in der Halle. Hildrun lugte um die Ecke und zog rasch den Kopf zurück, als Bandolf ihrer ansichtig wurde. Der Burggraf stürmte in die Halle und packte Hildrun unsanft am Arm. »Wo bist du gestern Morgen mit deiner Herrin hingegangen?«, herrschte er sie an.

»Wir gingen gar nicht weit … Nur zu Garsende, zur Heilerin …«, stammelte Hildrun eilig.

»Und wo finde ich dieses Weib?«

Hildrun rollte ängstlich mit den Augen und tat dann ihr Bestes, um den Weg zu beschreiben.

Betreten sahen die beiden Mägde zu, wie Bandolf zornig aus der Halle stürzte und nach Jacob um sein Pferd brüllte.

Kapitel 4

Als der Burggraf durch die Brotpforte hinaus aufs Land ritt, hatte sich bereits eine kleine Gruppe von Bauern der Umgebung vor dem Tor versammelt, die jeden Tag bei Sonnenaufgang, wenn die Pforten geöffnet wurden, in die Stadt drängten, um Eier, Kohl, Rüben und andere Feldfrüchte anzubieten. Bandolf, der es kaum erwarten konnte, die Quacksalberin, die sein häusliches Wohl bedrohte, in die Finger zu bekommen, preschte ungeduldig durch die wartende Menge hindurch, sodass die Bauersleute auseinanderstoben und ihm wütende Flüche hinterherriefen.

Als er sein Pferd in Richtung Südosten auf dem Weg nach Roxheim durch den Wald lenkte, der Worms von den sumpfigen Auen des Rheins trennte, begann sein Zorn langsam zu verrauchen. Zurück blieb die Furcht, die ihn jäh bei der Vorstellung überfallen hatte, dass seine Frau sich den quacksalbernden Händen einer Kräuterdrude ausgeliefert hatte. In seiner Jugend hatte er grausige Bekanntschaft mit einer solchen Vettel gemacht. Das entsetzliche Sterben ihres Opfers stand noch immer deutlich vor seinen Augen, und er schauderte bei der Vorstellung, was der Trank, den sein Weib zu sich genommen hatte, anrichten mochte.

Ich hätte sie prügeln sollen, dachte er verdrossen und schalt sich einen weichherzigen Narren. Unwillkürlich gab er seinem Braunen die Sporen.

Wie Hildrun es beschrieben hatte, fand der Burggraf die Hütte der Kräuterdrude auf einer sanften Anhöhe inmitten einer Waldlichtung. Rauch stieg aus einer Öffnung im Dach auf. Die Kräuterdrude war also zuhause. Bandolf saß in einiger Entfernung ab und band sein Pferd an einen Baum. Dann stürmte er mit grimmigem Gesicht den Pfad hinauf zur Hütte und riss die niedrige Holztür so heftig auf, dass die Angeln protestierend quietschten.

Was jedoch als gebieterischer Auftritt gedacht gewesen war, schlug fehl. Bei seinem ungestümen Eintritt stolperte der Burggraf über einen Tonkrug, ruderte wild mit den Armen, um nicht zu stürzen, und riss dabei noch eines der Kräuterbündel herunter, die vom Dachgebälk baumelten. Knapp vor der Kräuterfrau kam er endlich zum Stehen, rot im Gesicht vor Zorn und Verlegenheit.

»Willkommen, Burggraf«, sagte Garsende mit einem Lachen in der Stimme.

Auf den ersten Blick herrschte das Durcheinander in der Hütte vor. Überall standen Töpfe und Krüge in allen Größen zwischen Flechtkörben und Kästchen aus Holz, und die aufgebockte Holzplatte zwischen Bank und Schemel verschwand unter der Last von Schüsseln, Schneidbrett und Utensilien zum Hacken, Rühren und Zerstoßen. Federn eines halb gerupften Huhnes, die bei Bandolfs Eintritt aufgestoben waren, schwebten in der Luft und hefteten sich an die Kräutersträuße und Pflanzenbündel, die von der Decke hingen. Dennoch wirkte die kleine Kammer sauber, und sie roch auch nicht nach Moder und Fäulnis, wie Bandolf erwartet hatte.

»Womit kann ich Euch wohl dienlich sein?«, fragte Garsende, während sie die Scherben des Krugs aufhob, über den Bandolf gestolpert war.

Sie mochte um wenige Jahre älter sein als Matthäa, und ihre schlanke Gestalt reichte beinahe an seine heran. Braunes Haar, ordentlich zu einem langen Zopf geflochten, umrahmte ihr schmales Gesicht. Nur die großen dunklen Augen und ein schön geschwungener Mund verliehen ihren herben Zügen einen gewissen Reiz. Hätte sie nicht ein so schlichtes, an etlichen Stellen schon geflicktes Gewand getragen, so hätte sie mit ihrer gepflegten Rede sogar für eine Frau von Stand gelten können.

Bandolf, der hier die Vorhölle und die schmutzige Vettel seiner Erinnerung vorzufinden erwartet hatte, blinzelte verunsichert und klaubte seinen Zorn zusammen.

»Du kannst mir sagen, womit du mein Weib vergiftet hast«, knurrte er.

Garsende schaute auf. »Ich habe nichts dergleichen getan. Ich bin Heilerin und keine Giftmischerin«, sagte sie ärgerlich. »Die Kräuter, die ich Eurer Gattin mitgegeben habe, sind völlig harmlos.«

»Völlig harmlos, wie?«, höhnte Bandolf. »Und ehe ich mich versehe, spuckt mein Weib Schleim und Galle.«

Garsende stand auf und legte die Scherben auf den Tisch. »Das ist doch Unsinn«, beteuerte sie, doch Bandolf ließ sie nicht ausreden. »Ich werde nicht dulden, dass du hier noch länger dein Unwesen treibst. Du wirst von hier verschwinden. Und wenn ich dich noch einmal hier antreffe, dann wirst du es bereuen!«, drohte er.

»Hat sich nun plötzlich jedermann mit Rang und Namen gegen mich verschworen?«, rief sie aufgebracht.

»Was soll das heißen?«

Garsende biss sich auf die Lippen. »Ach, nichts weiter«, winkte sie ab. Entschieden fügte sie hinzu: »Die Hütte und das Waldstück, auf dem sie steht, ist mein Eigen, und dafür gibt es Schrift und Siegel. Ihr seid der Burggraf von Worms, doch außerhalb der Stadtmauer habt Ihr keine Befugnis, mich von hier zu vertreiben. Oder wollt Ihr den Landgrafen bemühen? Oder gar den Bischof?«

Bandolf setzte zu einer scharfen Erwiderung an, doch jetzt ließ sie ihn nicht zu Wort kommen. Ärgerlich fuhr sie fort: »Was ist nur los mit der Welt? Unser Handwerk war früher hoch angesehen, aber jetzt beginnt man uns scheel anzuschauen, redet schlecht gegen uns und will uns, so scheint es, allerorts vertreiben. Trüge ich einen Nonnenschleier oder wäre ich ein Mann mit Kutte und barbiertem Schädel und würde Euch ein Kraut anbieten, Ihr würdet es bedenkenlos schlucken.«

»Die Mönche und die frommen Frauen verhökern aber keine Zaubertränke, die die Menschen umbringen«, knurrte Bandolf. »Ich habe Weiber deiner Art gesehen und weiß, was sie anrichten.«

»Und wenn Ihr nun in Eurer Suppe ein paar harte Linsen findet, pickt Ihr sie dann heraus, oder schüttet Ihr gleich die ganze Suppe fort?«, konterte Garsende spitz. Sie schüttelte den Kopf und holte tief Luft. »Unter uns mag es Quacksalberinnen geben, das will ich zugeben. Aber gibt es nicht überall schwarze Schafe unter den weißen?«

Bandolf, dessen Wut langsam verebbte, brummte verdrossen etwas von Druden, die es verstanden, den Geist eines Mannes zu verwirren.

»Das sind nichts als dumme Reden«, versetzte Garsende. Ihre dunklen Augen blitzten. »Welchen Grund sollte ich denn haben, Eurer Gemahlin oder sonst jemandem Leid zuzufügen?«

»Weil du es nicht besser verstehst«, murrte Bandolf in seinen Bart, doch widerstrebend gestand er sich ein, dass in ihren Worten etwas Wahres lag.

Die Heilerin presste die Lippen aufeinander und schwieg. Einen langen Augenblick starrten sie sich an, als wollten sie aneinander Maß nehmen. Endlich senkte Garsende den Kopf und sagte: »Ich schwöre Euch bei meinem Seelenheil, dass mein Aufguss der Burggräfin nicht schadet. Der Trank wird sie des Nachts ruhiger schlafen lassen und ihren Schmerz lindern.«

Der letzte Rest von Zorn in Bandolf verpuffte augenblicklich, und er rief bestürzt: »Was redest du denn da? Matthäa ist doch nicht etwa krank?« Er hatte so fest daran geglaubt, sein Weib wäre um einen obskuren Zaubertrank hier gewesen, dass ihm ein ernstes Leiden gar nicht in den Sinn gekommen war.

Garsende schien einen Moment lang nachzudenken, dann griff sie nach einem Krug. »Setzt Euch, Burggraf«, lud sie ihn ein. »Ich werde Euch erklären, was Eurer Gemahlin fehlt.«

»Vortrefflich hast du das gemacht. Wirklich ganz famos«, schalt Garsende mit sich selbst, nachdem der Burggraf sie verlassen hatte. Anstelle ihn mit Schmeicheleien versöhnlich zu stimmen, hatte sie nichts Besseres gewusst, als ihm Widerworte zu geben und sich mit ihm anzulegen.

Es hatte ihn zwar offenkundig erleichtert, als sie ihm erklärte, seiner Frau fehle nichts weiter als ein Ungleichgewicht ihrer Körpersäfte und eine leichte Schwarzgalligkeit, die ihre Reinigung begleitete. So der Allmächtige es wollte, wäre seine Gemahlin durchaus in der Lage, ein Kind zu empfangen. Aber gänzlich schien auch das den Burggrafen nicht zu beschwichtigen.

Dabei wäre es doch so dringlich gewesen, gerade jetzt, gerade ihn, den Burggrafen von Worms, für sich einzunehmen und ihn für ihre Sache zu gewinnen. Garsende seufzte. Es fiel ihr doch sonst nicht mehr so schwer, ihre Zunge zu zügeln.

Im Kloster, als sie noch ein junges Ding gewesen war, da hatte sie sich oft den strengen Ordensregeln widersetzt und sich verstockt gegen die Schwestern aufgelehnt. Sie hatte es ihrem Vater übelgenommen, als er sich auf sein Bastardkind besann und Garsende gegen den Wunsch ihrer Mutter in einem Kloster unterbrachte. Die Schwestern hatten ihr Bestes getan und versucht, mit milden Vorhaltungen und mit dem Rohrstock ihrem Trotz beizukommen, und widerstrebend hatte sie sich schließlich eingefügt. Im Stillen aber hatte sie, blutjung und unwissend, fest daran geglaubt, dass man überall freier atmen würde als im Kloster.

Als Konrad von Rieneck über ihre Zukunft verfügte und sie vor die Wahl stellte, entweder den Schleier zu nehmen oder zu heiraten, hatte sie sich daher ohne zu zögern für die Ehe entschieden.

Aber es war nicht dazu gekommen. Bevor der Graf eine Heirat für sie arrangieren konnte, war er gestorben, und Garsende kehrte zu ihrer Mutter nach Worms zurück.

Sie lächelte belustigt.

Schnell hatte sie begriffen, dass das Leben außerhalb der Klostermauern längst nicht so unbeschwert war, wie sie es sich als junges Ding vorgestellt hatte. Nicht, dass eine Ehe sie freier gemacht hätte, doch eine unverheiratete Frau hatte es ungleich schwerer, als respektabel zu gelten.

Die kantigen Züge eines Mannes und sein humoriges Lachen, das stets einen Beiklang von Spott zu haben schien, standen plötzlich vor ihren Augen.

Der Dorn in meinem Fleisch. Der Stachel in meinem Herzen, dachte Garsende widerwillig und seufzte. Sie hatte sich nun einmal für dieses Leben entschieden und die Stelle ihrer Mutter aus freien Stücken eingenommen, als sie gestorben war. Und dazu gehörte ein untadeliger Leumund, den sie nicht durch leichtsinnige Tändeleien aufs Spiel setzen durfte. Das hatte sie Lothar deutlich gemacht und ihn seither nicht wiedergesehen. Garsende hoffte, dass er ihr auch in Zukunft fernbleiben würde, sodass ihr Entschluss nicht wieder ins Wanken geriet.

Energisch schüttelte sie den Gedanken an ihn ab. Sie hatte ganz andere Sorgen, die um vieles dringlicher waren!

Und während sie ihre unterbrochene Arbeit an den Baldrianwurzeln wieder aufnahm, überlegte sie, was zu tun sei, um der Drohung des jungen Schnösels von Rieneck zu begegnen.

Der Burggraf verließ Garsendes Hütte mit gemischten Gefühlen. Sein Gespräch mit der Heilerin war anders verlaufen, als er erwartet hatte, dennoch fiel es ihm schwer, sich von seiner Vorstellung von ihr gänzlich zu verabschieden. Ihr Handwerk flößte ihm nach wie vor Misstrauen ein, und dass sie offenbar weder Ehemann noch Vormund hatte, trug nicht zu seiner Beruhigung bei. Andererseits musste er zugeben, dass ihre verständige Art ihn nicht unbeeindruckt gelassen hatte, und ihr Bericht über Matthäas Befinden ließ ihn ein wenig hoffnungsfroher in die Zukunft schauen. Auch musste die Kräuterfrau wohl eine gewisse Bildung genossen haben, und Bandolf fragte sich, wie es kam, dass sie dennoch allein in dieser Abgeschiedenheit lebte. Er beschloss, der Sache auf den Grund zu gehen, sobald er den Kopf wieder frei hätte.

Wie erwartet, empfing ihn Matthäa kühl, und auch Hildrun und Filiberta gingen ihm so weit wie möglich aus dem Weg. Sein spätes Frühstück wurde ihm in unwirtlichem Schweigen serviert. Mit Unbehagen dachte er an das Päckchen mit Kräutern in seiner Manteltasche, das die Kräuterfrau ihm für Matthäa mitgegeben hatte. Wie in aller Welt sollte er seiner Gattin Garsendes Geschenk nur überreichen, ohne sich eine Blöße zu geben? Endlich, nachdem er sich durch einen großen Humpen Bier ausreichend gestärkt fühlte, gab Bandolf seiner Gattin das Päckchen mit einem schiefen Grinsen. »Ich will Euch erlauben, die Kräuterfrau zu besuchen. Aber merkt Euch wohl, keine Heimlichkeiten mehr«, brummte er.

Matthäa senkte den Kopf, und Bandolf bemerkte mit Erleichterung, dass ein angedeutetes Lächeln ihre Mundwinkel umspielte.

»Ihr seid schon manchmal ein recht ungehobelter Klotz«, sagte sie, noch nicht ganz besänftigt, und schaute ihn unter ihren Wimpern hervor an.

»Das mag so sein«, gab er widerstrebend zu. »Aber ich habe nur Euer Wohl im Sinn, das wisst Ihr doch.« Er drückte ihr einen herzhaften Kuss auf die Wange.

»Schafft Euch fort«, rief sie lachend und stieß ihre kleinen Fäuste gegen seine Brust. »Ich habe zu tun und keine Zeit für Eure Tändelei.«

Sie wandte sich ab, und Bandolf fragte sich, wie seine Frau es anstellte, dass er sich jedes Mal fühlte, als hätte er den Kürzeren gezogen, obwohl er doch die Oberhand behalten zu haben glaubte.

Er konnte nicht lange darüber nachsinnen. Kaum hatte er sich beglückwünscht, dass die häuslichen Wogen wieder geglättet waren, als ein junger Bursche in seinen Hof gestürmt kam und aufgeregt nach ihm verlangte. Der Burggraf müsse sogleich mit ihm kommen, stieß er atemlos hervor, denn bei den Gerbgruben habe man einen Toten gefunden.

»Herrgott, wieso denn gerade ich?«, wollte Bandolf wissen und rümpfte die Nase über den Gestank nach Pfuhl und Jauche, den der Junge verströmte. »Hat der Tote denn keinen Herrn, der sich darum kümmern kann?«

»So ist das nicht«, zischelte der Bursche durch seine Zahnlücken, und in seinem pockennarbigen Gesicht mischte sich die Gier nach Spektakel mit abergläubischer Furcht. »Schnorr, der Gerber, war ein Freier, Herr.«

»Dann ist seine Familie für das Begräbnis zuständig«, erklärte Bandolf unwirsch.

»Aber sie haben Würgemale an Schnorrs Hals gefunden«, rief der Junge aufgeregt. »Und die alte Gutrun, welche Schnorrs Weib ist, hat gesagt, da müsse der Burggraf her und herausfinden, wer's war, der den alten Schnorr um die Ecke gebracht hat.«

»Das hat mir gerade noch gefehlt«, brummte Bandolf. Er brüllte nach Prosperius, und gemeinsam mit dem Gerberjungen verließen sie das Haus.

Sie nahmen den Weg über die Zwerchgasse, bogen bei der kleinen Kapelle St. Kilian in die Cappelgasse ein, und schon dort schlug ihnen der unangenehme Geruch des Gerberviertels entgegen.

Der Burggraf, der darüber nachgrübelte, was er unternehmen sollte, um Licht in die Angelegenheit des Erzbischofs von Bremen zu bringen, hörte nur mit halbem Ohr zu, als Prosperius den Gerberjungen über den Toten ausfragte. Der magere Bursche, der sich zum ersten Mal in seinem jungen Leben im Mittelpunkt der Ereignisse sah, fand offensichtlich schnell Gefallen an seiner Rolle und spann eine abenteuerliche Lebensgeschichte um den dahingeschiedenen Gerber Schnorr. Leichter zu beeindruckende Geister als der des Burggrafen hätten bald geglaubt, dass es sich bei dem Gerber um eine hochgestellte Persönlichkeit gehandelt haben musste, der durch widrige Umstände dem Trunk verfallen und von Gott und der Welt verfolgt worden war. Als dem Jungen endlich die Fantasie ausging, kratzte sich Prosperius verblüfft am Kopf, während Bandolf in seinen Bart grinste.

Die ärmlichen Hütten der Gerber und die Gruben, in denen Felle und Häute eingeweicht wurden, lagen nahe der Mauer am äußersten Rand der Stadt. Der Gestank nach Fäulnis, scharfer, mit Wasser versetzter Lohe, Säuren und Dorschlebertran, mit denen die Felle gewalkt wurden, lag über dem Viertel wie eine Glocke.

Um eine der Gruben hatte sich eine kleine Menschenmenge versammelt, die aufgeregt miteinander schwatzte. Als der Burggraf mit seinem Schreiber näher kam, machten die Leute respektvoll Platz, und die Gespräche verstummten.

Vor der Grube lag die Leiche des Gerbers mit dem Gesicht nach unten. Die abgetragene Hose war trocken, doch der Kittel des Toten triefte, und sein schütteres graues Haar klebte nass an seinem Schädel. Ein durchdringender Gestank nach Fäule und Gerbstoffen stieg von der Leiche auf. Bandolf hielt sich den Ärmel vor die Nase und kniete neben dem Toten nieder.

»Hilf mir, ihn umzudrehen«, wies er Prosperius an. Sein junger Schreiber wurde blass, starrte ihn erschrocken an und wich kopfschüttelnd zurück. »Da … da ist doch sicher Blut«, stammelte er.

Bandolf runzelte die Stirn. »Du willst mir doch nicht sagen, dass es dir vor ein bisschen Blut graust?«

Prosperius presste nur die Lippen aufeinander und schwieg.

Seufzend mühte sich Bandolf ab, den steifen Körper allein umzudrehen. Sein Schreiber würgte und hielt sich die Hand vor den Mund. Bandolf schüttelte resigniert den Kopf, doch dann entfuhr ihm ein »Bei allen Heiligen!«, und er begrub die vage Hoffnung, dass der Junge übertrieben hätte und Schnorr, der Gerber, doch eines natürlichen Todes gestorben wäre.

Das Gesicht des Toten war aufgequollen und verzerrt. Die gelbliche Haut warf Blasen und hatte rotbraune Flecken wie eine verfaulende Rübe. Die weit aufgerissenen Augen des Gerbers stierten in den Himmel, und seine Zunge hing schwärzlich verfärbt aus dem fast zahnlosen Mund. An seinem mageren Hals, der mit Blasen und Flecken übersät war, konnte man deutlich schwarzblaue Würgemale erkennen.

Bandolf holte tief Atem und warf einen strengen Blick in die Menge.

»Wer hat den Toten gefunden?«, fragte er.

»Das war ich, Herr.« Einer der Männer, ein großer Kerl mit massigen Schultern und einem Gesicht wie ein Kind, schob sich zögernd nach vorne. Er roch fast ebenso unangenehm wie die Leiche. Unsicher blieb er vor dem Burggrafen stehen und bemühte sich, nicht auf den Toten zu starren, der zu ihren Füßen lag.

»Nun?« Bandolf nickte dem Mann aufmunternd zu. »Wer bist du?«

»Sie rufen mich Brun, Herr«, gab der Mann zögerlich Auskunft. Dann verstummte er wieder, und Bandolf seufzte.

»Also schön, Brun. Und weiter?«

»Ich bin Gerbergehilfe.«

»Nun mach schon«, sagte der Burggraf ungeduldig. »Ich will wissen, was sich zugetragen hat. Wann und wie hast du den Toten gefunden?«

»Ach so.« Brun runzelte die Stirn, kratzte sein stoppeliges Kinn und schien ernsthaft über die Frage nachzudenken. Die anderen Gerber und Gehilfen, die sich im Hintergrund hielten, begannen zu flüstern und zu lachen. Der Burggraf warf einen Blick um Beistand auf Prosperius, doch sein junger Schreiber stand noch immer mit ungesunder Gesichtsfarbe abseits und kämpfte offenkundig mit einem Anfall von Übelkeit.

Bandolf unterdrückte ein Seufzen, dann donnerte er: »Ruhe!« Die Männer verstummten, und der große Gerbergehilfe begann endlich zu sprechen.

»Das war so, Herr: Ich bin heut früh der Erste bei den Gruben gewesen. Und wie ich so zu den Häuten geh«, er deutete auf eine Ansammlung von Gestängen unweit der Grube, an denen gespannte Häute in der Luft trockneten, »da seh ich jemanden über der Grube hängen. Und wie er da so hängt, denk ich, das ist Schnorr, der etwas aus der Grube herausholen will. Weil es doch seine Grube ist. Und weil er so komisch über dem Rand hängt. Doch dann merk ich, dass er sich nicht rührt, und geh rüber, um nachzusehen, was er da macht.« Hilfe suchend schaute er die anderen an, und als niemand etwas sagte, zuckte er mit den Achseln. »Ich dachte, Schnorr wäre vielleicht noch vom Suff hinüber und würde in die Grube kotzen.«

»Wär nicht das erste Mal gewesen, dass Schnorr in die Grube kotzt«, bemerkte einer der Männer, und zustimmendes Gelächter ertönte.

»Heut kotzte er aber nicht«, schloss Brun lapidar. »Tot hing er kopfüber bis zum Bauchnabel in der Brühe. Erwürgt wie ein Kaninchen.«

Der Burggraf zog nachdenklich die Brauen zusammen, während er die Kleidung des Toten abtastete. »War außer dir noch jemand da?«, fragte er. »Irgendwo bei den anderen Gruben vielleicht?«

»Ich war der Erste heut«, wiederholte Brun. »Da war sonst niemand.«

»Und ist dir vielleicht jemand entgegengekommen, als du zu den Gruben gegangen bist?«

Der große Mann schüttelte den Kopf.

»Na schön.« Bandolf warf noch einen letzten Blick auf den toten Gerber, dann stand er auf. Er trat ein paar Schritte beiseite, um die anderen Männer vom lähmenden Anblick der Leiche abzulenken. Noch einmal wandte er sich an den Gerbergehilfen. »Wann genau hast du ihn denn gefunden?«

»Na, heut in der Früh. Die Glocke von St. Magnus hatt gerade zur Laudes geschellt.«

Bandolf entließ ihn mit einem Nicken und schaute sich bei der Grube um. Dort, wo der Gerber über dem Grubenrand gelegen hatte, war der Boden fest und trocken. Ein Stapel säuberlich aufgeschichteter Häute lag vor der Grube, ebenso ein paar Werkzeuge, die zum Schaben und Schneiden gebraucht wurden, und daneben stand ein großer Wassereimer. Bandolf beugte sich über den Rand der Grube und starrte mit krauser Nase und angewidertem Gesicht in die stinkende Brühe. Als ihm die Augen von der scharfen Flüssigkeit zu tränen begannen, zog er seinen Kopf wieder zurück und hatte nichts weiter gesehen als Häute, die in der Brühe schwammen.

»Wer von euch war gestern der Letzte, der bei den Gruben war?«, fragte er die Männer, die ihn neugierig beobachteten.

»Das war ich, Herr«, meldete sich der pockennarbige Junge, der Bandolf die Nachricht von Schnorrs Tod überbracht hatte. »Ich war der Letzte. Ich ging kurz vor Sonnenuntergang. Aber da ist Schnorr schon längst nicht mehr dagewesen.«

»Bei Sonnenuntergang war Schnorr also schon fort«, stellte der Burggraf fest. »Wann ist er denn weggegangen?«

Der Junge runzelte die Stirn. »Ja, das war komisch. Zur Mittagsstunde ist er noch da gewesen, aber zur Non' hab ich ihn nicht mehr gesehen.« Fragend schaute Bandolf in die Runde. »Hat ihn sonst jemand nach der Sext noch gesehen?« Doch die Männer schüttelten einmütig den Kopf.

»Ist es oft vorgekommen, dass Schnorr seine Arbeit schon nach dem Mittag verlassen hat?«, wollte Bandolf wissen.

Einer der Gerber bemerkte bissig: »Wir können's uns nicht erlauben, den halben Tag auf der faulen Haut zu liegen wie die Großen. Und Schnorr schon gar nicht.« Die anderen nickten beifällig.

Bandolf ignorierte den Ausbruch von Unmut und fragte weiter: »Hat er jemandem gesagt, wohin er wollte?«

Die Männer sahen sich an und schüttelten dann die Köpfe. »Schnorr hat den ganzen Vormittag damit geprahlt, dass sein Schicksal sich bald wenden würde«, meinte einer der Männer mit einem Achselzucken. »Aber das war nichts Neues. Das hat er andauernd behauptet. Von uns hat jedenfalls keiner etwas auf sein Geschwätz gegeben.« Zustimmendes Gemurmel ertönte.

»Schnorr hat sich mächtig was drauf eingebildet, dass er

ein Freier war«, bemerkte ein anderer und spuckte verächtlich aus. »Wir Übrigen gehören zum Bischof, aber Schnorr hat seine eigene Grube bestückt. Nicht, dass es ihm was genützt hätte. Er war nicht besser dran als wir. Eher noch schlechter.«

»Und das, was es ihm eingebracht hat, hat er dann mit den Dirnen und im Suff schnell wieder verjubelt«, gab ein schmalbrüstiger Gehilfe zum Besten und grinste. »Wenn er abends ging, dann nicht nach Haus zu seinem Weib.«

»Und wohin ist er gegangen?«, wollte Bandolf wissen, obwohl er die Antwort schon zu kennen glaubte.

Der Gerberjunge lachte. »Zum alten Fischerwirt hinter der Rheingasse. Der braut schlechtes Bier, dafür bekommt man es billig. Und die Weiber dort …«, er hob vielsagend die Brauen und pfiff durch seine Zahnlücke. »Na, und wenn dann beim Fischerwirt dichtgemacht wurde, dann ging's quer durch die Stadt zum …« Sein Nachbar stieß ihm unsanft den Ellenbogen in die Seite. »Du sollst nichts Schlechtes über die Toten sagen«, zischte er. »Schon gar nicht, wo er doch noch daliegt.« Der Junge blickte bestürzt hinüber zu dem toten Gerber und schlug hastig ein Kreuz.

»Schon gut«, brummte der Burggraf und dachte bei sich, dass es nicht schwer war zu erraten, wo Schnorr sein Vergnügen gesucht hatte, wenn der Ausschank geschlossen worden war.

»Hatte Schnorr Streit mit einem von euch? Oder mit jemand anderem, von dem ihr wisst?«, fragte er laut.

Der Schmalbrüstige reckte sein Kinn. »Schnorr war nicht eben ein freundlicher Kerl, aber so übel, dass man ihm den Hals umdrehen musste, so übel war er nun auch nicht.«

Die anderen nickten mit Nachdruck.

Bandolf zog die Brauen zusammen und starrte mit finsterem Ausdruck auf den Toten hinunter. Irgendjemand hatte Schnorr doch übel genug gefunden, um ihm den Hals umzudrehen. Wem aber konnte der Gerber solch ein Dorn im Auge gewesen sein? Bandolf seufzte.

»Was geschieht jetzt mit ihm?«, wollte der Nachbar des Gerberjungen wissen.

»Schickt jemanden zur St.-Rupert-Kirche hinüber, damit man ihn abholt«, antwortete der Burggraf. »Wenn seine Witwe nicht für die Beerdigung aufkommen kann, werde ich für ein Armenbegräbnis sorgen.«

»Du warst mir ja äußerst hilfreich«, brummte Bandolf auf dem Weg zu Schnorrs Hütte, wo er die Witwe befragen wollte.

»Ich kann doch nichts dafür, Herr«, versicherte Prosperius, dessen Gesicht noch immer die Farbe einer überreifen Birne hatte. »Bei solch einem Anblick stülpt sich mein Gedärm von außen nach innen, und Schleim und Galle kriechen mir in den Schlund und …«

»Schon gut«, winkte Bandolf hastig ab. Mit Wehmut dachte er an seinen alten Schreiber, der vergangenes Jahr an einem Lungenfieber gestorben war. Just in solchen Dingen war er ihm stets eine große Hilfe gewesen. Der junge Prosperius hingegen … Bandolf seufzte.

Die Hütte des toten Schnorr duckte sich zwischen den anderen Gerberhütten und machte den Eindruck, als würde sie nur mangelhaften Schutz gegen Regen und Kälte bieten. Die Witwe Gutrun, eine magere Frau mit abgehärmtem Gesicht und schwieligen Händen, empfing den Burggrafen und seinen Schreiber vor der Tür, wo sie auf dem Boden hockte und Roggen spelzte. Es wurde den beiden schnell klar, dass Gutrun weniger Trauer als Zorn über das Hinscheiden ihres Gatten empfand, weil er sie und ihre Kinderschar mittellos zurückgelassen hatte.

»Immer hat er sich großgetan und aufgeplustert, und

dann ist er hingegangen und hat alles mit schlechten Weibern und Bier durchgebracht«, klagte sie, während sie das unschuldige Getreide wütend bearbeitete. Auf Bandolfs Frage, ob sie wüsste, wer einen Groll gegen ihren Mann gehabt haben könnte, zuckte sie nur uninteressiert mit den Schultern.

»Wann hast du deinen Mann denn das letzte Mal gesehen?«, wollte der Burggraf wissen. Gutrun runzelte die Stirn, und die Furchen in ihrem Gesicht vertieften sich.

»Gestern früh. Als er zu den Gruben ging.«

»Hast du dir denn keine Sorgen gemacht, als er heute Nacht nicht nach Hause kam?«, fragte Prosperius erstaunt.

Die Witwe lachte bitter auf und warf dem jungen Schreiber einen erbosten Blick zu. »Da hatt ich Bessres zu tun, als mir jedes Mal graue Haare wachsen zu lassen, wenn der nicht heimkam«, giftete sie.

Prosperius schien krampfhaft bemüht zu sein, nicht auf die dünnen grauen Strähnen zu starren, die unter dem fleckigen Kopftuch der Witwe hervorschauten. Bandolf verbiss sich ein Lachen und wandte sich an die Witwe: »Und als du ihn gestern früh gesehen hast, war Schnorr da anders als sonst?«

Gutrun schaute ihn verständnislos an, und Bandolf versuchte es anders. »Dein Mann hat seine Grube gestern nach der Sext im Stich gelassen. Hat er dir vielleicht gesagt, wo er nachmittags hinwollte?«

Gutrun kniff ihre trüben Augen zusammen und schüttelte den Kopf. »Nichts hat er mir gesagt, Herr. Gar nie nichts. Er hatte einen Brummschädel von seiner Zecherei in der Nacht zuvor. Aber er war trotzdem guter Dinge.« Sie runzelte die Stirn und brach dann plötzlich in Tränen aus. »Immer hat er gesagt, es würde besser werden und er würde bekommen, was ihm zustände. Noch gestern hat er's gesagt. Ach, und dann lässt er sich den Hals umdrehen, und ich steh da mit den Kindern und weiß nicht, wie das Begräbnis bezahlen. Er muss doch anständig unter die Erde«, jammerte sie.

Unter dem missbilligenden Blick seines Schreibers kramte Bandolf einen Hälbling aus seiner Börse, den er der Witwe Gutrun in die schwieligen Hände drückte, und verabschiedete sich.

»Ich finde, der König hat den Gumbertsjungen zu hart bestraft«, bemerkte Prosperius mit undeutlicher Stimme. Sein schmaler Körper schwankte, als säße er auf einem Maultier. »Das Wort des alten Gumbert hat Gewicht in der Stadt. Da wäre es doch klug vom König gewesen, sich gut mit ihm zu stellen.«

»Unsinn«, brummte der Burggraf. »Der Bursche hat mutwillig die Töpfe der Bauersfrau zerschlagen und ist dabei erwischt worden. Der Leumund des Weibes war bestens, und sie hatte zwei Zeugen und einen guten Bürgen.« Auch Bandolfs Stimme klang nicht mehr allzu sicher, und seine Augen glänzten. Er hoffte, der Weg von der Bischofspfalz bis zu seinem Heim würde genügen, um den weinseligen Nebel in seinem Kopf wieder etwas zu lichten. »Ich denke, ein Ferkel und zwei Sack Roggen sind als Buße angemessen.« Er grinste breit. »Wie ich Gumbert kenne, wird er sich jedes einzelne Getreidekorn von seinem Sprössling zurückerstatten lassen, und in nächster Zukunft wird der junge Schnösel anderes zu tun haben, als müßig mit seinen Kumpanen zu saufen und Unfug anzustellen.«

Prosperius wackelte skeptisch mit dem Kopf.

Sie bogen in die Brotgasse ein und wichen einem Karren aus, der bis obenhin mit Holz beladen war und gefährlich schwankte.

»Der Zorn eines Krämers auf den König macht mir kein

Kopfzerbrechen. Im Grunde weiß er nämlich genau, dass das Urteil gerecht war«, meinte Bandolf. »Was mir Sorgen macht, waren die versteckten Anspielungen, die man mir heute in Gesellschaft des Hofes zugeflüstert hat.«

In der Regel stand Bandolf, als Burggraf mit dem Blutbann belehnt und Stellvertreter des Königs, dem Gerichtstag zu Michaeli vor. Doch dieses Jahr war Heinrich selbst mit großem Gefolge beim Richtplatz vor der Pfalz erschienen und hatte das Gepränge offensichtlich ebenso genossen wie die Wormser Bürger, die zum ersten Mal miterlebten, dass ihr junger König Gericht hielt. Danach besuchten Heinrich und sein Hofstaat die Messe im Dom, und anschließend hatte man sich in der Bischofspfalz zu einem Festmahl versammelt.

Bei seiner Rückkehr vom Bankett des Königs war Bandolf vor der Marktschänke auf seinen Schreiber gestoßen, der Michaeli offensichtlich schon auf seine Weise gefeiert hatte.

»Was für Anspielungen meint Ihr denn, Herr?«, fragte Prosperius. Er rieb sich die Augen und schnäuzte sich dann lautstark in den Ärmel seines Kittels.

Bandolf runzelte die Stirn. »Es waren weniger die Worte als der Tonfall und die vielsagenden Blicke, die man mir dabei zugeworfen hat, verstehst du?« Prosperius schüttelte den Kopf.

»Nimm den Schwabenherzog Rudolf als Beispiel«, erklärte Bandolf. »Er hat mich nach der Messe beiseitegenommen und gefragt, ob ich den Beutelschneider schon gefunden hätte, der Adalbert von Bremen überfallen hat. Als ich verneinte, meinte er, der Überfall habe die Gemüter bei Hof sehr erregt, und es solle nicht zu meinem Schaden sein, wenn ich sobald wie möglich einen Schuldigen beibringen würde.«

»Und was ist nun daran verkehrt?«

»Hast du mir nicht zugehört?«, rief der Burggraf verärgert. »Er sprach von *einem* Schuldigen. Nicht von *dem* Schuldigen.«

Prosperius gluckste. »Hört Ihr da nicht zu viel hinein, Herr?«

»Durchaus möglich. Aber Bischof Adalbero hat mich kurz darauf dasselbe gefragt. Er wiederum gab mir zu verstehen, dass meine Tage als Burggraf gezählt wären, wenn ich nicht bald einen Schnapphahn vorzuweisen hätte. Und zwar noch bevor der König Worms wieder verlässt. Als Bruder des Herzogs von Schwaben hat der fette Adalbero genügend Einfluss bei Hof, um seine Drohung wahr machen zu können. Nichts würde ihn mehr freuen, als wenn ich versagte«, knurrte Bandolf düster. »Andere, wie der Herzog von Bayern, ließen Bemerkungen über die besorgniserregenden Zustände in den Gassen der königlichen Städte fallen, in denen nicht einmal Männer der Kirche mehr sicher vor den Übergriffen des Gesindels wären.«

»Da ist der Erzbischof bei Hof wohl recht angesehen, wenn jedem so an der Ergreifung des Diebs gelegen ist«, mutmaßte der junge Schreiber.

»Pah«, schnaubte Bandolf. »Mir dagegen will scheinen, den hohen Herren ist nur darum zu tun, dass der Vorfall so schnell wie möglich in Vergessenheit gerät.«

Aus einem Durchlass stürmte eine Gruppe junger Burschen auf die Brotgasse. Sie trugen ihre besten Gewänder, hielten Kränze in den Händen und grölten ausgelassene Lieder. Offenbar wollten sie vor die Stadt, wo am Abend auf der Gemeindewiese Michaeli gefeiert werden würde. Es war ein alter Brauch, dass die jungen Männer das Fest damit eröffneten, die Mädchen ihrer Wahl mit einem Kranz zu küren.

Prosperius sah der beschwingten Gruppe ein wenig wehmütig hinterher. »Und der König? Was meint der König dazu?«, fragte er schließlich.

Bandolf schüttelte den Kopf. »Der Erzbischof von Köln klebte wie eine Klette an seinem Gewand, was Heinrich sichtlich unbehaglich war. Er schien mehr Vergnügen in der Gesellschaft seiner jungen Ritter zu finden und verteilte seine Gunst augenfällig unter den Männern niedrigen Standes. Die Herren von Laufen und Hohenhardt, von Blochen und Steinach waren entzückt über die Aufmerksamkeit, die der junge König ihnen schenkte. Anno maßregelte ihn deshalb ganz offen, und Heinrich verließ die Tafel ziemlich abrupt in miserabler Stimmung, noch bevor ich mit ihm sprechen konnte.«

»Und der Erzbischof von Bremen?«, bohrte Prosperius weiter.

»Seine Eminenz scheint noch ans Krankenlager gefesselt zu sein. Er war weder bei der Messe noch auf dem Bankett.«

Eine Weile brütete der Burggraf dumpf vor sich hin, dann stieß er plötzlich zornig hervor: »Ich werde den Attentäter finden, Prosperius. Komme, was da wolle. Ich habe nicht die geringste Lust, mich zum Spielball der Herren am Hof machen zu lassen.«

»Aber was, wenn es nun doch ein Dieb gewesen ist?«, wandte sein Schreiber ein, doch Bandolf wedelte wegwerfend mit der Hand. »Das glaube ich nicht. Kein Beutelschneider, dem ich bisher über den Weg gelaufen bin, wäre so dämlich, sich an den Habseligkeiten eines Kirchenfürsten zu vergreifen. So etwas ist den Herren selbst vorbehalten. Nein, wir müssen den Täter woanders suchen.«

»Beim Wirt am Markt saßen heute Brüder aus Lorsch beisammen«, berichtete Prosperius. »Sie waren nicht gut auf Seine Eminenz von Bremen zu sprechen. Der Herrgott selbst hätte eingegriffen, meinten sie, damit Adalbert ihr Kloster in Frieden ließe. Vielleicht ist da ja mehr an ihrem Geschwätz?« Er legte den Kopf schief und sah den Burggrafen treuherzig an. »Ich könnte mich doch ein wenig umhören. Die Brüder wissen einen guten Tropfen zu schätzen, und wenn Michaeli gefeiert wird und reichlich Wein und Bier fließen, wer weiß, was ein aufmerksamer Zuhörer da nicht alles aufschnappen könnte?«

Bandolf warf dem jungen Burschen einen argwöhnischen Blick zu, und Prosperius bedachte ihn mit einem unschuldigen Augenaufschlag.

Schließlich nickte Bandolf. »Na schön. Aber sieh zu, dass du nicht selbst in Weinseligkeit verfällst. Wenn du betrunken auf der Gasse landest, wäre das keineswegs von Nutzen«, mahnte er. Prosperius versicherte eifrig, dass er sich um nichts in der Welt von seiner Aufgabe ablenken lassen würde und niemand am Abend so nüchtern bliebe wie er und dass der Burggraf sich gänzlich auf ihn verlassen könnte.

»Ich will außerdem, dass du dich morgen in der Stadt einmal umhörst, was man über die Kräuterfrau Garsende zu sagen weiß«, beendete Bandolf seine Beteuerungen. »Erkundige dich nach ihrem Woher und ihrem Leumund.«

Prosperius fragte erstaunt: »Was hat denn eine Kräuterfrau mit dem Erzbischof von Bremen zu schaffen?«

»Das musst du nicht wissen«, beschied ihn Bandolf streng, und Prosperius seufzte enttäuscht.

»Du musst dich auch bald beim Fischerwirt nach den Kumpanen des toten Schnorr erkundigen«, fuhr Bandolf fort. »Ich will wissen, wieso der Gerber seine Arbeit vor der Zeit im Stich gelassen hat und wo er gewesen ist. Vielleicht hat er sich mit seinem Mörder getroffen.«

Sein Schreiber zog eine Grimasse. »Ist das denn noch so wichtig, Herr?«, fragte er. »Der Gerber wird sich betrunken haben. Dann gab es sicher einen Streit mit einem seiner Zechkumpane, und wenn nicht zufällig jemand gesehen hat, wie es passiert ist, und das Maul aufmacht, werden wir nie erfahren, wer ihm den Hals umgedreht hat.«

»Ich weiß nicht recht. Irgendetwas stimmt da nicht.«

»Das verstehe ich nicht. Es kommt doch oft vor, dass eine Prügelei unter Trunkenbolden ausartet und dabei dann ein armes Schwein zu Tode kommt. Wenn jemand den Streit beobachtet hat, dann findet Ihr den Täter leicht. Und wenn nicht« – Prosperius zuckte mit den Schultern –, »dann eben nicht.«

Der Burggraf ignorierte den Einwand. »Als ich mir die Leiche heute früh angeschaut habe, war der Körper noch steif. Das heißt, er muss irgendwann gestern Abend gestorben sein. Allzu spät wird es nicht gewesen sein, denn sonst wäre der Körper noch nicht hart gewesen«, grübelte er laut. »Der Gerber lag über seiner Grube zwischen einem Stapel mit Häuten und einem vollen Wasserkübel. Hätte es einen Kampf gegeben, dann wäre eines von beiden sicher umgefallen. Und Schleifspuren habe ich auch keine gesehen. Das bedeutet, der Mord hat dort stattgefunden, wo auch die Leiche war. Für mich sieht das so aus, als wäre der Gerber überrascht worden.«

»Und wenn man nun die Leiche zu den Gerbgruben getragen hätte?«, wandte Prosperius ein.

»Möglich wäre es, aber wozu?« Er seufzte. »Wenn ich doch bloß wüsste, wann der Gerber gestorben ist.«

Prosperius fiel offenbar keine Antwort dazu ein.

»Zudem hatte der Gerber außer den Würgemalen am Hals keine anderen Verletzungen«, führte Bandolf weiter aus. »Schnorr scheint sich nicht gewehrt zu haben. Auch das sieht mir nicht danach aus, als hätte es einen Streit oder einen Kampf gegeben.«

»Aber Schnorrs Gesicht war voller Blasen und verschrumpelt, nachdem er in der Gerbbrühe gelegen hat. Hättet Ihr da die Schläge überhaupt erkennen können?«

»Womöglich nicht«, gab Bandolf zu. »Aber wieso sollte Schnorr einen Streit mit seinem Zechkumpanen ausgerechnet bei seiner Grube austragen? Was hat der Gerber denn dort gewollt? Und mit wem ist er dort gewesen?« Er schüttelte den Kopf. »Nein«, erklärte er bestimmt. »An dieser Sache ist etwas faul, das weiß ich bestimmt.«

Hinter seinem Haus und den Nachbarhäusern hatten sich bereits die Ärmsten der Stadt versammelt. Es war Brauch, dass sie vom Festtagsmahl alles bekamen, was übrigblieb. Nichts durfte von den Resten im Haus bleiben, denn das würde Unglück bringen für jeden, der zu Michaeli geizte.

Bratenduft begrüßte Bandolf, als er mit Prosperius ins Haus trat. Aus Stall und Scheune ertönte Gesang und Gelächter. Matthäa hatte dafür gesorgt, dass für die Haus- und Dienstleute des Burggrafen ebenso wie für die Herrschaft ein Festmahl auf den Tisch kam. Schüsseln mit Eierspeisen und fetten Soßen, weißes Brot, gewürzt mit Knoblauch und Zwiebeln, Platten mit gekochtem Barsch und eingelegten Turteltäubchen, Süßspeisen mit Mandeln und Honig und als Krönung der gebratene Pfau wurden nacheinander aufgetragen und mit Bier und Wein heruntergespült. Matthäa trug ihr Festtagskleid aus blauem Barchent über einem Unterkleid mit fein bestickter Borte, das am Hals mit einer silbernen Fibel zusammengehalten wurde. Ihr wundervolles Haar hatte sie mit einer Spange zurückgesteckt. Die syrischen Granate, mit denen Spange und Fibel besetzt waren, funkelten wie ihre Augen, und das Perlmutt an ihrem Gürtel, der sich um ihre Hüften schmiegte, schimmerte im Licht so weich wie ihre Wangen. Stolz und glücklich betrachtete Bandolf seine hübsche Frau und dachte bei sich, dass vielleicht heute die Nacht der Nächte wäre, und bald würde auch in seinem Haus Kindergeschrei zu hören sein.

Je länger das Festmahl dauerte, umso zufriedener strahlte er in die Runde. Er fand, dass er es für den Sohn eines kleinen Vogts, der erst am Ende seines Lebens die Freiheit erlangt hatte, weit gebracht hatte. Erst in der Nacht, als das reichhaltige Festmahl in seinem Magen rumorte und der Wein ihn in einen schweren Schlummer fallen ließ, huschten der tote Gerber und Adalbert von Bremen wieder durch seine Träume.

KAPITEL 5

»… und deshalb hat der König entschieden, im nächsten Jahr keine Romfahrt zu unternehmen. Heinrichs Krönung zum Kaiser wird warten müssen.«

Der Tonfall Adalberts von Bremen machte deutlich, dass der Beschluss unumstößlich war und er keine Erwiderung darauf erwartete. Der Erzbischof neigte den Kopf, sprach einen kurzen Segen und erhob sich. Dies war das Zeichen, die Morgentafel aufzuheben, zu der sich die Großen des Reiches nach der Frühmesse versammelt hatten. Der König selbst glänzte durch Abwesenheit. Er hatte sich schon bei Sonnenaufgang aus dem Staub gemacht und war mit einem kleinen Gefolge unternehmungslustiger junger Ritter zur Jagd aufgebrochen.

Allmählich leerte sich die kleine Halle. Nur die beiden Erzbischöfe, Anno von Köln und Siegfried von Mainz, und Rudolf, der Herzog von Schwaben, blieben an der Tafel sitzen. In befehlsgewohntem Ton scheuchte Rudolf auch die Hörigen hinaus, die sich anschickten, die übriggebliebenen Speisen abzuräumen.

Kaum hatte der Letzte den Raum verlassen, rief Siegfried empört: »Habt Ihr gehört? Habt Ihr das gehört?«

»Ich bin ja nicht taub«, knurrte Anno von Köln. Unter den grauen Augenbrauen, die widerborstig wie bei einem alten Dachs abstanden und seinem hageren Gesicht einen Ausdruck düsterer Askese verliehen, glühten seine Augen vor Groll. Wieder einmal war es seinem Rivalen gelungen, über seinen Kopf hinweg eine wichtige Entscheidung zu fällen.

Drei Jahre war es her, seit Anno den Streich gewagt und den König, der damals noch keine zwölf Lenze zählte, unter den Augen seiner machtlosen Mutter entführt hatte. Widerstandslos händigte Kaiserin Agnes ihm die Reichsinsignien aus und übertrug ihm die Vormundschaft über ihren Sohn. Ein wunderbares Jahr lang hielt Anno von Köln die Macht im Reich nahezu allein in seinen Händen. Bis Adalbert, der Erzbischof von Bremen, sich als zweiter Vormund des Königs in seine Herrschaft drängte. Heinrich hatte schnell Gefallen an dem einnehmenden Wesen und dem prunkvollen Gehabe des Bremer Erzbischofs gefunden, und seither war Adalberts Einfluss auf den jungen König ständig gewachsen, während Anno nur noch selten Gehör bei ihm fand. Und seit Heinrich zu Ostern dieses Jahres mündig gesprochen worden war, hatte sich Annos Lage bei Hof noch mehr verschlechtert.

»Es gäbe Unruhen in Sachsen, und die Slawen würden sich an der unteren Elbe rühren«, zeterte Siegfried weiter. »Und das wagt der König uns als Begründung anzubieten? Herr im Himmel! Die Slawen rühren sich jedes Jahr an der Elbe. Und Unruhen in Sachsen gibt es immer. Das sind doch nur Ausflüchte. Wem will er denn damit Sand in die Augen streuen?«

Anno musterte ihn mit einem sparsamen Lächeln. Siegfried hatte seinen Aufstieg zum Erzbischof von Mainz nur ihm zu verdanken und war durch Annos Großzügigkeit reich und fett geworden. Seine Habsucht war sprichwörtlich, doch hatte der Zuwachs an Macht bedauerlicherweise keinen Zuwachs an Klugheit bei ihm bewirkt.

»Das war doch abzusehen«, meinte Rudolf. Mit einer geschmeidigen Bewegung erhob er sich und schlenderte zum Fensterverschlag hinüber, der weit offen stand. Er schloss ihn, bevor er fortfuhr: »Solange Adalbert von Bremen noch das Ruder in der Hand hat, wird er nicht zulassen, dass König Heinrich nach Rom zieht. Papst Alexander würde von

Heinrich verlangen, dass er ihn auf dem Heiligen Stuhl endgültig bestätigt und seine Reformpläne anerkennt, bevor er ihm die Kaiserkrone aufs Haupt setzt. Und das wiederum würde Adalberts eigene Pläne empfindlich stören. Adalbert wird alles tun, um das zu verhindern.« Rudolf zuckte mit den Schultern. »Seine Machenschaften scheinen sich durch nichts unterbinden zu lassen.«

Annos abschätzender Blick huschte zu Rudolf hinüber. Hinter dem einnehmenden Äußeren des Herzogs von Schwaben verbargen sich Verstand und Ehrgeiz, und die Art, wie er sich sein Herzogtum und die Verwaltung über das Königreich Burgund gesichert hatte, ließ auch ein gerüttelt Maß an Skrupellosigkeit vermuten. Rudolf hegte eine tiefe Abneigung gegen Adalberts Eigendünkel und Machtgier, und so war es Anno nicht schwergefallen, ihn auf seine Seite zu ziehen.

Anno runzelte die Stirn. Die letzten Ereignisse bei Hof hatten seine beiden Verbündeten unruhig werden lassen. Nun galt es, sie bei der Stange zu halten.

Eindringlich beugte er sich vor. »Wollt Ihr es Euch nun wirklich unter Adalberts Albe bequem machen und abwarten, bis er den Rest des Reiches an sich gerissen hat, so wie er just darauf aus ist, Lorsch und Corvey an sich zu reißen?«, fragte er. Ein Hauch von Verachtung schwang in seiner Stimme mit. »Wollt Ihr zusehen, wie der Rest Eures Einflusses auf den König schwindet? Dann ist es aus mit Land und Pfründen für Euch und die Euren.«

»Nicht zu vergessen auch mit Euren Pfründen«, erwiderte Rudolf spöttisch und offenbar unbeeindruckt.

Die drei Fürsten tauschten einen langen Blick.

»Adalbert sieht angegriffen aus«, meinte Siegfried endlich. »Ich habe gestern den Bruder Apotheker sagen hören, wenn sein Angreifer nur ein bisschen fester zugeschlagen hätte, dann …«

»Das hat er aber nicht«, fuhr Anno ihn an. »Wäre dieser Angreifer nicht solch ein Stümper gewesen und hätte es nicht verpatzt, dann müssten wir uns jetzt den Kopf nicht mehr darüber zerbrechen, wie Adalberts Einfluss am besten beizukommen ist.« Er bezähmte seinen Unmut und sagte mehr zu sich selbst: »Wenigstens eines scheint mir sicher: Der Kämmerer wird den Angreifer kaum aufspüren. Pothinus ist ein selbstgefälliger Trottel.«

»Ihr seid nicht auf dem Laufenden, Eminenz«, bemerkte Rudolf trocken. »Nicht der Kämmerer führt die Untersuchung wegen des Überfalls auf Adalbert von Bremen, sondern der Burggraf von Worms.«

»Was? Wieso erfahre ich das erst jetzt?«

»Das ist kein Geheimnis, und Ihr hättet eigentlich schon längst davon hören müssen. Auf dem Bankett zu Michaeli war von nichts anderem die Rede.«

Anno schien nicht zuzuhören. »Und Bischof Adalbero war einfältig genug, das anzuordnen?«

»Mein Bruder hatte keine Wahl«, erwiderte Rudolf. »Der König hat es so verlangt.«

»Burggraf oder Kämmerer, was spielt das schon für eine Rolle?«, meinte Siegfried mit einem Achselzucken.

»Das weiß ich noch nicht.« Anno kaute nachdenklich auf seiner Unterlippe. Wie hatte ihm das nur entgehen können? Wäre er nicht so damit beschäftigt gewesen, Heinrichs lächerliche neue Vorliebe für Männer niederen Standes im Auge zu behalten, dann … Gleichwohl, die Neuigkeit gefiel ihm nicht und musste sorgfältig bedacht werden. Er erhob sich.

Rudolf sah ihn neugierig an. »Was habt Ihr vor?«

»Es wird höchste Zeit, dass ich noch ein offenes Wort mit Bischof Adalbero wechsle«, erklärte Anno und rauschte mit flatternder Robe aus der Halle.

Kapitel 6

Penelope hatte sich neben dem Platz des Burggrafen zusammengerollt und schmiegte ihren runden Rücken eng an Bandolfs mächtigen Oberschenkel. Ihre Pfoten lagen ausgestreckt über einem Stück Pergament, das dem Burggrafen unbemerkt heruntergefallen war. Die Glocken hatten noch nicht zur Terz geläutet, und Bandolf brütete über einer Liste der Abgaben aus seinen Lehen, die er zu Michaeli erhalten hatte. Prosperius hatte ihm die Aufstellung am vergangenen Abend zur Prüfung vorgelegt. Bandolf, dem die Begeisterung für derlei Arbeiten völlig abging, war nicht recht bei der Sache, und seine Gedanken schweiften immer wieder ab. Er spielte mit dem Tintenfass und der Feder und schob das Pergament unschlüssig auf der Tischplatte hin und her. Schließlich warf er die Feder auf den Tisch und lehnte sich mit halbgeschlossenen Augen zurück. Penelope, offenbar gestört durch seine heftige Bewegung, krallte ihre Pfote in seinen Schenkel. Abwesend streckte Bandolf die Hand aus und strich über das weiche Fell der Katze. Penelope reckte sich, spreizte ihre Pfoten und schnurrte. Ein angenehmes Geräusch, das ihn kurz von seinen Sorgen ablenkte.

Vier Tage waren vergangen, seit der Erzbischof von Bremen auf dem Pfalzhof überfallen worden war. Und nichts, rein gar nichts, war geschehen, das Licht in diese Angelegenheit hätte bringen können. Prosperius, der sich in der Nacht von Michaeli unter das feiernde Volk gemischt hatte, war erst wieder beim ersten Hahnenschrei zurückgekehrt. Vollgestopft mit fettem Fleisch, Bier und einer Menge Klatsch und Gerüchten berichtete er dem Burggrafen mit schwerer Zunge, dass er niemanden hatte auftreiben können, der wusste, wer sich an dem Erzbischof vergriffen hatte. Keiner schien etwas gehört und niemand wollte etwas gesehen haben.

Bandolf strich sich nachdenklich über seinen Bart, und Penelope setzte sich auf. Es schien, als würde die Katze ihn mit mildem Vorwurf anblicken.

»Es ist ja nicht so, als hätte ich auf der faulen Haut gelegen«, rechtfertigte er sich laut. Die Katze blinzelte, und Bandolf fühlte sich veranlasst fortzufahren. »Ich habe die Hörigen des Bischofs, die Dienstleute, jeden Knecht und jede Magd befragt, die sich für gewöhnlich in der Nähe vom Pfalzhof aufhalten. Ich habe persönlich die Domherren und jeden Gehilfen aus dem Kapitelhaus und der Pfalz ausgehorcht, und alles, was es mir eingebracht hat, war ein missbilligendes Blöken vom Vogt des Bischofs und vom Sauertopf Pothinus. Als Nächstes wird mir nichts anderes übrigbleiben, als das Gefolge des Königs zu befragen. Kannst du dir vorstellen, was das für ein Knurren und Lamentieren geben wird?« Bandolf stand auf und streckte seinen Rücken. »Und glaubst du etwa, dass die Hohen Herren einem kleinen Burggrafen wie mir Auskunft über ihren Verbleib in der Nacht des Überfalls geben würden? Pah!«

Er schüttelte den Kopf und seufzte. »Nicht einmal in der Angelegenheit des toten Gerbers bin ich weitergekommen«, vertraute er der Katze an, die majestätisch auf der Bank thronte, den Schwanz um ihren Leib geringelt, und ihre bernsteingelben Augen auf ihn heftete. »Am Tag seines Todes ist Schnorr weder beim Fischerwirt noch bei seinen anderen Zechkumpanen gewesen. Zumindest hat es keiner zugegeben. Seit gestern liegt der arme Kerl unter der Erde, und ich kann seiner Witwe nicht einmal sagen, wer daran schuld ist.« Bandolf schnitt eine Grimasse und zermarterte sich wie so oft in den letzten Tagen das Hirn, ob er nicht etwas übersehen hätte, doch ihm wollte einfach nichts einfallen.

»Der fette Adalbero wird zu Recht behaupten, ich sei unfähig, und den König wird es einen Furz kümmern, ob ich den Rest meiner Tage auf meinem Lehen versauere«, meinte er schließlich und schüttelte den Kopf.

Penelope sprang mit einem Satz auf den Tisch. Der Federkiel schien ihr ein Dorn im Auge zu sein, denn sie stupste ihn erst vorsichtig an und fegte ihn dann schwungvoll vom Tisch. Nachdem sie auf diese Weise Platz geschaffen hatte, ließ sie sich auf der Inventurliste nieder. Der Burggraf zog eine Braue hoch, überlegte, ob er sie verscheuchen sollte, ließ es dann aber bleiben. Penelope streckte sich aus und fing an, eifrig an einer Ecke des teuren Pergaments zu kauen. Bandolf beobachtete sie mit stierem Blick, ohne ihr Einhalt zu gebieten. Die Zerstörungswut der Katze schien so gut zu seiner eigenen Stimmung zu passen. Erst, als sie die Ecke ganz durchgekaut und gefressen hatte, packte er Penelope im Genick und hob die fauchende Katze vom Tisch.

Düster betrachtete der Burggraf seine misshandelte Liste und hielt dann der offensichtlich uninteressierten Penelope einen langen Vortrag über die Folgen der Zerstörung fremden Eigentums. Seine wohlformulierte Rede wurde jäh unterbrochen.

»Mit wem sprecht Ihr da? Mit der Katze?« Matthäa war unbemerkt in die Halle getreten und schaute amüsiert von ihrem Gatten zu Penelope, die mit offensichtlicher Hingabe ihre Pfoten putzte.

»Ich führe ein Selbstgespräch«, erklärte der Burggraf würdevoll. »Schon Vergil hielt das für eine angemessene Form des Dialogs«, behauptete er. Matthäa verbiss sich ein Lächeln.

»Draußen ist ein Bote. Emeram, der Pfarrer von St. Johannes, hat ihn geschickt«, sagte sie, und ihr Gesicht wurde ernst. »Auf seinem Kirchhof hat man einen Toten gefunden.«

Bandolf spürte, wie sich seine Nackenhaare aufstellten. Noch ein Toter? Was war nur los in seiner Stadt?

Der Burggraf und sein Schreiber nahmen den Weg über den Markt zur Andreasgasse und betraten den Kirchhof durch die Pforte in der mannshohen Mauer, die den Bereich der Taufkirche von der Gasse abschirmte. Ein schmaler Pfad führte zu dem zehneckigen Baptisterium, das sich immer noch im Bau befand, seit Bischof Burchard vor einem halben Jahrhundert das Fundament hatte legen lassen. Das südliche Langhaus des Doms mit der Kapelle, die dem Heiligen Nikolaus geweiht war, bildete den eindrucksvollen Hintergrund der Taufkirche. Zur Linken, hinter der Kirchhofsmauer, befanden sich das Kapitelhaus der Domherren und die Domspeicher. Auf der anderen Seite in Richtung des Pfalzhofes lag in Mauernähe das weiß gekalkte Beinhaus.

Die beiden Männer achteten sorgfältig darauf, auf dem Weg zu bleiben, damit sie nicht versehentlich auf ein unmarkiertes Grab traten. Nicht jedermann konnte es sich leisten, die letzte Ruhestätte seiner Lieben mit einem Kreuz oder einer Steinplatte zu schmücken. Vom bewölkten Himmel blinkten vereinzelte Sonnenstrahlen zwischen den Türmen des Doms hervor und fielen auf den Kirchhof herab. Bandolf sandte ein stummes Dankeschön an seinen Schöpfer, dass das Wetter trocken geblieben war. Wenn starke Regenfälle die Erde aufweichten, wollte so mancher Tote nicht in seinem nassen Grab verweilen. Dann konnte es passieren, dass man unversehens über ein halb verwestes Bein, einen gebleichten Schädel oder über die fahlen Knochen einer Hand stolperte, die sich Licht suchend aus gluckerndem Schlamm nach oben reckte.

Zwischen der Kirche und dem Beinhaus hatten sich einige Männer in der Robe der Domherren um ein windschiefes Kreuz versammelt. Als Bandolf und Prosperius sich vorsichtig einen Weg durch das Gräberfeld bahnten, löste sich ein stattlicher Mann im Priesterrock daraus und kam ihnen eilig entgegen.

»Gott sei's gedankt, dass Ihr endlich hier seid, Burggraf.« Emeram, der Priester von St. Johannes, war ein Mann, der für gewöhnlich Ruhe und Gelassenheit an den Tag legte. Doch heute zeigte der hochgewachsene Priester alle Anzeichen von Nervosität und Niedergeschlagenheit. Gelinde erstaunt nahm Bandolf die blasse Müdigkeit in seinem hageren Gesicht, die rot geränderten Augen und die schweren Lider wahr und fragte sich beiläufig, was dem Pater wohl so zugesetzt haben mochte.

»Mein Lieber, Ihr habt also einen Gast auf Eurem Friedhof, der nicht hierhergehört«, rief Bandolf mit einem Augenzwinkern, aber die aufmunternde Geste ging an Emeram verloren.

Der Priester schüttelte müde den Kopf. »Wohin geht es mit der Welt, wenn nicht einmal ein Gottesacker gegen Raub und Totschlag gefeit ist?«, fragte er. »Mein Kirchhof soll eine friedliche Heimstatt für die Dahingeschiedenen sein und kein Vorhof der Hölle.«

Bandolf klopfte ihm beschwichtigend auf die Schulter. »Auch Jesus musste Spieler und Huren aus dem Tempel von Jerusalem vertreiben«, erinnerte er ihn mit einem schrägen Lächeln.

»Die Welt mag sich ändern, aber die Menschen bleiben, scheint's, wie sie sind.« Emeram schüttelte seufzend den Kopf. »Da wird ein junger Mann von Stand einfach ausgeraubt und hinterrücks ermordet. Und das auf meinem Kirchhof.«

Bandolf hob mit flauem Gefühl im Magen die Brauen.

»Ein Mann von Stand?« Er wechselte einen bedrückten Blick mit Prosperius. Das bedeutete nichts Gutes.

»Darum habe ich auch nach Euch rufen lassen«, sagte Emeram. »Der Tote ist Ludger von Blochen.«

Prosperius stieß überrascht den Atem aus, und Bandolf entfuhr ein halblautes: »Verflucht, auch das noch.« Laut fragte er: »Was, zum Henker, hatte ein Mann wie Ludger auf Eurem Kirchhof zu suchen?«

»Ludgers Vater Odilo, Gott hab ihn selig, liegt bei meiner Kirche begraben«, antwortete Emeram mit einem Achselzucken und wies auf die mit beschrifteten Steinplatten abgedeckten Gräber an der Außenmauer seiner Kapelle. »Vielleicht wollte Ludger am Grab seines Vaters beten.« Es klang nicht sehr überzeugt.

Prosperius entschlüpfte ein neidvoller Seufzer. Nahe der Kirche beim Altar und der wundertätigen Reliquie, die er beherbergte, begraben zu werden, das wünschte sich jedermann. Doch ein so bevorzugter Platz war stets nur den Reichen und Mächtigen vorbehalten.

»Und wer hat ihn gefunden?«, wollte Bandolf wissen.

Er blickte zu der Stelle hinüber, wo die Dombrüder um das schiefe Holzkreuz herumstanden. Der Kämmerer Pothinus schien in einen heftigen Wortwechsel mit Folbert, dem Dekan des Domstifts, verwickelt zu sein. Osbert, der untersetzte Cellerar, verfolgte den Disput der beiden, und Wipert, der Thesaurarius, hatte sich mit verschränkten Armen neben einem zugedeckten Bündel platziert, als wolle er es bewachen. Auch Arbogast, der Sakristan, hatte sich der kleinen Gruppe zugesellt. Er stand etwas abseits, wippte rhythmisch auf seinen Füßen und wusste offenbar nicht so recht, was er eigentlich hier wollte.

»Ich habe ihn gefunden«, antwortete Emeram. »Heute Nacht wurde ich in die Hütte des Tuchschlägers Egmund gerufen. Seine Frau war niedergekommen, doch das Kind war schwächlich und musste schnell getauft werden. Als ich heute früh aus der Tuchergasse zurückkehrte, fand ich den toten Ludger.«

»Wieso denkt Ihr, dass er ausgeraubt und ermordet wurde?«, hakte Bandolf nach. Emeram schaute ihn verständnislos an, und Bandolf half ihm auf die Sprünge. »Ihr sagtet, dass ein junger Mann von Stand auf dem Kirchhof ausgeraubt und hinterrücks ermordet wurde.«

»Ach so«, sagte Emeram langsam und runzelte die Stirn. »Ludger trug keinen Mantel. Auch keinen Gürtel. Und keinen Schmuck.«

»Und habt Ihr etwas gesehen, oder vielleicht gehört, als Ihr heute Nacht über den Kirchhof gegangen seid? Ist Euch irgendetwas aufgefallen?«

»Nein, da war niemand«, antwortete der Priester. »Für einen Moment glaubte ich zwar, dort hinten«, er deutete vage in Richtung des Beinhauses, »ein Licht flackern zu sehen, aber ich muss mich getäuscht haben.«

»Wieso?«, fragte Bandolf schnell.

Emeram lächelte schwach. »Der Eindruck währte keinen Lidschlag lang, und es war wieder dunkel.«

»Wer hat Euch denn über das kranke Kind benachrichtigt?«

»Egmund hat mich selbst geholt.«

Bandolf nickte und merkte sich vor, den Tuchschläger ebenfalls zu fragen, ob er vielleicht etwas gesehen oder gehört hatte.

Das morsche Holzkreuz, zu dessen Füßen der zugedeckte Tote lag, befand sich etwa fünfundzwanzig Schritte vom Beinhaus entfernt in der Nähe der Mauer, die den Kirchhof zur Andreasgasse hin abgrenzte. Die meisten der Gräber, die hier abseits der Kapelle lagen, waren schon älter, und viele waren auch nicht mehr als solche zu erkennen. Die steinige Erde um das Kreuz war trocken und fest, nur hie und da sprossen noch ein paar Büschel Gras, Löwenzahn und Klee.

Als Bandolf, Prosperius und der Priester die Stelle erreichten, unterbrachen Pothinus und der Dekan ihren Disput. Pothinus starrte den Burggrafen, der die Umstehenden mit einem Nicken begrüßte, ungnädig an, und Folbert, ein großer kräftiger Mann, trat mit unbewegter Miene einen Schritt zurück, um Bandolf passieren zu lassen.

»Was für ein Jammer, dass Ihr Euch umsonst hierherbemüht habt«, näselte der Kämmerer. »Ich habe den guten Pater wegen seiner Voreiligkeit bereits gescholten. Ihr seht ja selbst, der Tote befindet sich im bischöflichen Bezirk, und die Angelegenheit obliegt meiner Aufmerksamkeit.«

»Das mag so sein. Dennoch ist dieser Todesfall meine Sache«, brummte Bandolf ungehalten. Er war es langsam leid, um jeden Vorfall mit dem eitlen Kämmerer streiten zu müssen. Gleichzeitig schalt er sich einen Narren und fragte sich, warum er den toten Ludger nicht einfach Pothinus' Obhut überließ. Hatte er mit dem Angriff auf Adalbert von Bremen nicht schon genug Sorgen am Hals? Trotzdem fuhr er schneidend fort: »Bei Ludger von Blochen handelt es sich um einen Mann von Stand, der Eigen in der Stadt besitzt. Wie Ihr zugeben müsst, fällt der Tote somit in meinen Bereich.«

Pothinus verzog wütend das Gesicht, stritt Bandolfs Worte jedoch nicht ab. Stattdessen bemerkte er spitz: »Wie ich höre, seid Ihr mit der Suche nach einem gewissen Beutelschneider noch nicht weit gediehen?«

»Wie erfreulich, dass Ihr so gute Ohren habt, Kämmerer«, konterte Bandolf.

Osbert grinste. Wipert hüstelte und schlug dann schnell die Augen nieder, als der Dekan ihm einen missbilligenden Blick zuwarf.

Pothinus richtete seine Augen auf den bewölkten Himmel und sagte zu niemand Besonderem: »Die kläglichen Versuche des Burggrafen, das Diebesgesindel aus Worms zu vertreiben, scheinen mir jedenfalls nicht von Erfolg gekrönt zu sein. Der Bischof sollte hier einschreiten. Und das wird er tun, wenn ich in dieser Angelegenheit etwas zu sagen habe.«

»Was nicht der Fall ist«, bemerkte Folbert trocken.

Pothinus warf dem Dekan einen ärgerlichen Blick zu und sagte zwischen zusammengebissenen Zähnen: »Das wird sich noch zeigen.«

»Vielleicht könnte man die Wachen an den Stadttoren verstärken«, versuchte Wipert einzulenken. Der Thesaurarius war von schmächtigem Wuchs, und der trübsinnige Ausdruck in seinem schmalen Gesicht wurde noch verstärkt durch die lange Nase, die traurig über seinen dünnen Lippen hing.

»Und was sollte das nützen?« Folbert richtete seine scharfen blauen Augen starr auf den Kämmerer. »Leider sieht man es keinem am Gesicht an, ob er ein Schurke ist oder nicht.«

»Was wollt Ihr damit sagen?«

Folbert tat so, als hätte er den Kämmerer nicht gehört, und zuckte nur mit den Schultern.

Zornige Flecken bildeten sich auf Pothinus' runden Wangen, und er rief hitzig: »Es ist die Aufgabe des Burggrafen, die Stadt von jedem Geschmeiß frei zu halten, das etwas derart Verabscheuungswürdiges tut.« Pathetisch wies er auf den zugedeckten Leichnam. »Und wenn der Mann des Königs versagt, dann muss ein Mann der Kirche einschreiten.« Er warf einen herausfordernden Blick auf den Burggrafen, der mit unbewegtem Gesicht darauf wartete, dass die beiden Zankhähne zu einem Ende kamen. »Der Bischof wird nicht erfreut sein, wenn er von dieser neuerlichen Schandtat erfährt.«

»Und was, glaubt Ihr, sollte der Burggraf unternehmen?«, erkundigte sich Folbert.

»Wenn ich Propst wäre, würde ich selbstverständlich dafür Sorge tragen, dass der Burggraf …«, begann Pothinus.

Bandolf, der es leid war, dass in der dritten Person von ihm gesprochen wurde, räusperte sich. »Hier liegt ein Toter, meine Herren«, sagte er trocken. »Vielleicht solltet Ihr Euren Disput an einem anderen Ort austragen.«

Pothinus schnaubte, drehte sich auf dem Absatz um und schritt mit hocherhobenem Haupt davon. Folbert nickte dem Burggrafen zu und folgte dem Kämmerer. »Einem Dompropst würde es schlecht zu Gesicht stehen, wenn er wie Ihr …«, hörten ihn die anderen seinen Streit mit Pothinus fortsetzen, dann wurde seine tiefe Stimme von der Glocke übertönt, die die Terz verkündete.

Bandolf seufzte erleichtert auf, nachdem die beiden Domherren den Platz verlassen hatten. Emeram lächelte ein wenig gequält.

»Seit Propst Eginhard nach Magdeburg abberufen worden ist«, erklärte er, »bewerben sich Pothinus und Folbert um das freigewordene Amt.«

»Und zanken sich wie Weiber auf dem Markt«, konstatierte Bandolf. »Verzeiht, Wipert. Tretet ein Stück beiseite.«

Der Thesaurarius trat zurück, und aus den Augenwinkeln bemerkte Bandolf, dass Arbogast, der kleine Sakristan, auf Zehenspitzen davonhuschte. Sein Interesse beschränkte sich offenbar auf Leichen älteren Datums, denen der Duft der Heiligkeit anhaftete, und nicht der banale Geruch nach Blut.

Bandolf rief nach Prosperius, doch sein hasenfüßiger Schreiber nutzte Bruder Osberts Rücken als Deckung und rührte sich nicht.

Ärgerlich zog der Burggraf das Tuch selbst beiseite, mit

dem Emeram den Toten den neugierigen Blicken der Lebenden entzogen hatte, und drückte es dem blassen Priester in die Hand. Stirnrunzelnd musterte er den Leichnam.

Ludger von Blochen lag lang ausgestreckt mit dem Gesicht nach unten auf der Erde. Arme und Beine lagen am Körper an, als hätte man seine Gliedmaßen nachträglich so arrangiert. Er trug ein knielanges Hemd aus fein gesponnenem, dunkelgrünem Leinen, das am Saum und an den langen Ärmeln mit einer bestickten Borte geschmückt war. Seine Beinlinge, ebenfalls aus teurem Stoff, waren safrangelb, und er trug Schuhe aus Leder, die über seine Knöchel reichten und an den Sohlen und Spitzen mit dunkler Erde beschmutzt waren. Kleine dünne Zweige, Erde und trockene Blattkrümel hafteten in seinem dichten, blonden Haar, das nach neuester Mode halslang geschnitten war. Nur die Haarspitzen klebten zusammen und standen wie rot gefärbte kleine Eiszapfen von seinem Kopf ab. Auch an seinem Hinterkopf gab es eine Stelle, die Blutspuren aufwies. Bandolf tastete behutsam darüber.

»Da ist eine Beule«, sagte er laut. »Jemand hat ihn auf den Kopf geschlagen.« Er bekam keine Antwort, aber Bandolf hatte auch keine erwartet. »Hmm«, murmelte er. »Stark geblutet hat er aber nicht.« Er wandte sich an Emeram. »Hat Ludger schon so dagelegen, als Ihr ihn gefunden habt?«

»Nun, mehr oder weniger hat er so dagelegen«, sagte der Priester zögernd.

»Habt Ihr ihn umgedreht?«

»Nein, umgedreht habe ich ihn nicht«, antwortete Emeram leise. Osbert, der Cellerar, reckte den Hals, um besser hören zu können, was der Priester sagte, und hinter seiner Schulter lugte das grünlich verfärbte Gesicht von Prosperius hervor.

»Ich habe nur seine Beine zurechtgelegt«, gab Emeram

schließlich zu, und eine tiefe Röte schoss in seine blassen Wangen, was ihn noch ungesünder aussehen ließ. »Es sah so … so ungebührlich aus, wie er dalag.«

»Ungebührlich?« Bandolf hob fragend die Brauen.

»Sein Gemächt«, hilflos zuckte der Priester mit den Schultern. »Sein Gemächt lag bloß.«

Osbert gluckste, und Wipert presste missbilligend seine dünnen Lippen aufeinander. Prosperius bekam kugelrunde Augen. »Wollt Ihr damit sagen, Ludger hätte vor seinem Tod bei einem Weib gelegen?«, platzte er heraus. »Und wäre dabei … also währenddessen …?« Vor Aufregung geriet er ins Stammeln.

»Natürlich nicht«, wies Emeram seine Vermutung streng von sich. »Vielleicht ist sein Latz verrutscht, während er sich seines Angreifers erwehrt hat.«

Bandolf schwieg und kaute nachdenklich auf seiner Unterlippe. Wenn Prosperius Recht hatte und Ludger mit einem Weib beisammengelegen hätte, dann gäbe es vielleicht eine Zeugin. Oder aber es könnte die Frau gewesen sein, die ihn ermordet hatte. Bandolf schüttelte den Kopf. Zu früh, um sich an Spekulationen zu versuchen. Er packte den Toten an der Schulter und drehte ihn um. Die Vergänglichkeit des Menschen grinste ihm wie der rote Schlund eines Dämons entgegen, und für einen Augenblick durchzuckte Bandolf der erschreckende Gedanke an seine eigene Sterblichkeit. Vielleicht lag es an Ludgers Jugend, der Bandolf sich immer noch näher fühlte als der zerfurchten Lebensneige des Gerbers, dass ihn dieser Tod betroffener machte. Ludgers einnehmendes Gesicht mit der hohen Stirn, der wohlgeformten Nase und den geschwungenen Lippen war bis auf ein paar Blutspritzer unversehrt. Der Hals jedoch war eine einzige klaffende Wunde.

Der Schatten einer dunklen Regenwolke, die sich plötzlich vor die Sonne geschoben hatte, huschte über den Kirchhof und schien das Licht, das noch zuvor zwischen den Gräbern getanzt hatte, zu verschlingen. Ein dicker Regentropfen fiel auf Bandolfs Hand, ein weiterer auf die fahle Stirn des Toten. Unfreiwillig fasziniert sah der Burggraf zu, wie der Tropfen sich mit einem Spritzer getrockneten Bluts vermischte und die rötliche Flüssigkeit in Ludgers Auge rann, das nicht mehr blinzeln konnte. Es fielen nur einige Regentropfen, dann zog die Wolke weiter und gab das Morgenlicht wieder frei.

Bandolf atmete hörbar auf, und Prosperius' Würgen im Hintergrund riss ihn vollends aus seinen melancholischen Betrachtungen.

»Da hat jemand aber ganze Arbeit geleistet«, bemerkte Osbert, der Cellerar.

»Wohl wahr.« Der Burggraf beugte sich tiefer hinunter, um die Wunde genauer in Augenschein zu nehmen. Es war nicht das erste Mal, dass er einen Toten sah, dem man die Kehle durchgeschnitten hatte. Aber an dieser Wunde machte ihn etwas stutzig. Sie war unsauber und breit, als hätte der Angreifer mehrere Anläufe gebraucht, um sein Werk zu vollenden. Bandolfs Blick glitt weiter über das blutbesudelte Hemd und die beschmutzten Beinlinge des Toten. Der Latz des Mannes war verrutscht, wie der Priester gesagt hatte, und die bläulich grauen Genitalien, die schlaff im Schritt ruhten, boten mehr einen traurigen als obszönen Anblick. Doch ob Ludger sich selbst entblößt hatte oder ob der Latz infolge eines Kampfes verrutscht war, konnte Bandolf nicht feststellen. Vielleicht hatte der Mann nur Wasser gelassen, als er überfallen wurde? Das Band, mit dem der Latz um seine Hüfte gebunden war, saß jedenfalls noch an seinem Platz. Auch Hemd und Beinlinge waren zwar verschmutzt, schienen ansonsten jedoch unversehrt, und nur die Innentasche in seinem Hemd wies einen kleinen Riss auf und war leer. Mit leichtem Widerwillen nahm Bandolf eine Hand des Toten, die schon steif zu werden begann. Am Ringfinger und am Zeigefinger fanden sich schmale Streifen, die blasser waren als die übrige Haut. Ein Hinweis, dass er Ringe getragen hatte, die nun fehlten. Die Handinnenflächen zeigten Schwielen und Hornhaut, wie es bei einem Mann zu erwarten war, der seit seiner Kindheit im Umgang mit Schwert und Pferd geübt war. Bandolf wollte die Hand schon loslassen, als ihm auf den Handballen eine weiße Färbung auffiel. Stirnrunzelnd fuhr er mit dem Finger darüber. Das Weiß war pulvrig und leicht abzuwischen. Bandolf zerrieb die Farbe nachdenklich zwischen Daumen und Zeigefinger.

»So etwas habe ich doch schon irgendwo gesehen«, sagte er, aber es wollte ihm nicht einfallen. Schließlich warf er noch einen letzten Blick auf die Leiche und stand ächzend auf.

Zwei Ermordete und ein missglückter Überfall, und das innerhalb von wenigen Tagen. Zustände wie in Köln, dachte er missmutig und rieb sich den schmerzenden Rücken. Er bemerkte, dass vier Augenpaare neugierig und erwartungsvoll auf ihn gerichtet waren, und seufzte.

»Könnt Ihr den Toten in Euer Beinhaus schaffen lassen, bis ich die Familie verständigt habe?«, wandte er sich an Emeram.

Der Priester nickte. »Ich werde den Mann ein wenig herrichten lassen, damit der Anblick für seine Angehörigen nicht ganz so schlimm werden wird. Besonders für die arme Fastrada.« Leise setzte er hinzu: »Nun ist ihre letzte Hoffnung dahin.«

»Was meint Ihr damit?«, wollte der Burggraf wissen, doch der Priester zuckte nur mit den Schultern.

Kapitel 7

Ein Streit zwischen Leuten des Grafen von Laufen und dem Gefolge des Herzogs von Bayern war zu einer Prügelei vor dem Martinstor ausgeartet, und der damit hoffnungslos überforderte Torwächter hatte den Burggrafen zu Hilfe rufen lassen. Es hatte geraume Zeit gedauert, die Zankhähne zu beschwichtigen, und nun läuteten die Glocken schon zur Sext, als Bandolf, um einiges später als beabsichtigt, vor Ludger von Blochens Heim eintraf. Der Stammsitz der Familie lag irgendwo im Nahetal, aber sie hatten auch Land und Güter in der Umgebung von Worms. Wie andere von Stand besaß die Familie von Blochen außerdem ein Anwesen innerhalb der Stadt und nahm zu besonderen Anlässen wie Ostern oder Weihnachten, zu Gerichts- und Hoftagen, hier ihren Aufenthalt. Der Hof lag hinter einem schmalen Durchlass zur Hafergasse. Das neue Fachwerkhaus prunkte mit dunklen Holzbalken und strahlend weißem Putz, und neben dem großzügigen Hof mit hauseigenem Brunnen standen Scheune und Stall.

Bandolf holte tief Luft, dann klopfte er an die kleine, eisenbeschlagene Pforte im Hoftor. Ein Hauseigener öffnete ihm, und eine Magd führte ihn in die Halle, wo sich Ludgers Angehörige bereits versammelt hatten.

In dem fensterlosen Raum herrschte eine spannungsgeladene Stille, die hin und wieder durch das bitterliche Schluchzen einer Frau unterbrochen wurde. Die Halle wirkte düster. Obgleich man ein paar Lampen aufgestellt und im Kamin ein Feuer entfacht hatte, reichte das flackernde Licht kaum aus, um an die mit reichen Schnitzereien verzierten Balken der Decke vorzudringen.

Bei Bandolfs Eintritt erhob sich eine schlanke dunkelhaarige Frau von der Bank und begrüßte ihn mit ausgestreckten Händen. Er wusste sofort, dass er Ludgers Mutter gegenüberstand, auch wenn ihr Sohn blondes Haar und blaue Augen gehabt hatte. Elgards Ähnlichkeit mit Ludger war unverkennbar. Sie war auf herbe Weise anziehend, obwohl sie die Mitte ihres Lebens schon um eine Spur überschritten hatte. Ihre Züge spiegelten eine nur mühsam kontrollierte Anspannung wieder, und in ihren Augen schienen Tränen zu glänzen. Trotzdem wirkte Elgard auf Bandolf eigentümlich kalt und unbeeindruckt.

»Ich weiß, warum Ihr gekommen seid, Burggraf«, sagte sie und neigte langsam den Kopf, als gewähre sie einem Bittsteller trotz widriger Umstände ihre Gunst. »Bruder Pothinus vom Domstift hat uns die Nachricht vom schrecklichen Tod meines Sohnes bereits überbracht.«

Der Burggraf warf einen Blick in die Ecke des Raums, wo der rundliche Kämmerer herausfordernd die Nase hob. Musste sich der kleine Domtroll denn überall einmischen? Bandolfs Stirnrunzeln vertiefte sich, als er aus dem Augenwinkel auch noch die Heilerin Garsende auf der Bank sitzen sah.

Hat sich denn halb Worms in Ludgers Halle versammelt?, fragte sich Bandolf verärgert. Die ersten Reaktionen der Angehörigen auf einen plötzlichen Todesfall konnten von Nutzen sein, doch die Gelegenheit war jetzt verpasst. Garsende schien seinen grimmigen Blick nicht zu bemerken, doch der Kämmerer stand auf und murmelte: »Jemand musste der leidgeprüften Familie den Beistand der Kirche versichern.«

Elgard nahm seine Hand, während sie ihn unmerklich

zur Tür schob. »Wir sind dankbar für Euer Kommen, Bruder Pothinus. Doch ich fürchte, dass der Domstift Euch schon schmerzlich vermissen wird. Wir dürfen nicht selbstsüchtig sein und Euch von Euren schweren Pflichten abhalten.« Der Kämmerer machte ein verdutztes Gesicht, als er sich durch die Tür komplimentiert fand, und Bandolf dachte bei sich, dass er selten einen so eleganten Rauswurf erlebt hatte. Er erwartete, dass Elgard auch die Kräuterfrau wegschicken würde, doch sie wandte sich stattdessen an ihn: »Auch Euch danke ich von Herzen für Euer Kommen und für die Sorge um unser Wohlergehen. Aber lieber Burggraf, ich muss Euch bitten, Euren Besuch zu verschieben. Lasst uns Zeit, gebührend um meinen Sohn zu trauern.«

Ums Haar hätte sich der Burggraf ebenso unversehens wie der Kämmerer und unverrichteter Dinge draußen vor der Tür wiedergefunden. Da rief ihm das spöttische Glitzern in den Augen des Mannes, der lässig neben Elgard an der Wand lehnte, wieder in Erinnerung, warum er gekommen war. Ärgerlich auf sich selbst, kämpfte Bandolf die Verlegenheit, die Elgard in ihm hervorgerufen hatte, nieder.

»Ich bin nicht nur gekommen, um mein Beileid auszusprechen. Ich muss auch einige Fragen an Euch richten«, erklärte er und warf sich in die Brust.

»Fragen? An uns? Aber warum?« Elgard schaute den Burggrafen erst verständnislos an, dann schien sie zu begreifen. »Ihr glaubt doch nicht etwa, jemand von uns hätte auch nur das Geringste mit dem Tod meines Sohnes zu tun?« Sie rang nach Atem und lehnte sich Hilfe suchend an den Mann neben sich.

»Ich denke nichts dergleichen, das versichere ich Euch, gute Frau«, sagte Bandolf beschwichtigend. »Es würde mir aber sehr helfen, wenn ich wüsste, was Euer Sohn gestern den Tag über gemacht hat.«

»Also wirklich, Burggraf. Hätte das nicht Zeit bis morgen

gehabt?« Der Mann neben Elgard war Sigurt von Siersberg. Bandolf kannte Elgards Bruder nur vom Sehen und musterte ihn interessiert. Sigurt war dunkelhaarig und ähnelte seiner Schwester, doch sein Gesicht wirkte verlebter. Tiefe Falten hatten sich um seine Mundwinkel gegraben, und schwere Tränensäcke hingen unter seinen Augen. Dennoch war es ein einnehmendes Gesicht, das den Frauen wohl gefallen mochte. Er war aufwendig gekleidet. An seinem Gürtel prangte eine große, runde Schnalle aus getriebenem Silber, und anstelle von Bändern war sein reich besticktes Hemd mit einer kostbaren Spange am Hals geschlossen. »Wenn ich den Kämmerer richtig verstanden habe, dann wurde mein Neffe von einem gemeinen Dieb ermordet und ausgeraubt. Ich wüsste nicht, wie wir Euch bei der Suche nach solchem Geschmeiß helfen sollten?«

Hemmungsloses Schluchzen unterbrach seine Worte. Fastrada, Ludgers Ehefrau, hatte ihren Kopf in der Armbeuge vergraben, und ihre mageren Schultern bebten. Garsendes Bemühungen, sie zu beschwichtigen, schienen nicht von Erfolg gekrönt.

»Nehmt Euch doch zusammen, Fastrada«, sagte Elgard scharf, und die schluchzende Frau zuckte zusammen. Sie hob ihr bleiches Gesicht, stieß den Becher, den die Heilerin ihr bereithielt, heftig weg und schnäuzte in ihren Ärmel. Dann warf sie Ludgers Mutter aus rot verquollenen Augen einen zornigen Blick zu. »Warum habt Ihr wohl keine Tränen für Euren ältesten Sohn?«, fragte sie herausfordernd.

Elgard bedachte ihre Schwiegertochter mit einem kühlen Blick. »Die Witwe«, fügte sie, an Bandolf gewandt, hinzu.

Über Garsendes Kopf hinweg, die sich still zurückgelehnt hatte und die Anwesenden aufmerksam zu betrachten schien, deutete Elgard auf die junge Frau, die neben der Heilerin auf der Bank saß.

»Und das ist Richenza von Montclair, die meinem Sohn

Detmar versprochen ist«, begann sie, ihm die übrigen Versammelten vorzustellen.

Pusteln verunzierten das blasse, hagere Gesicht des jungen Weibes, und Tränenspuren glänzten unter ihren Augen. Sie hatte dünnes, hellblondes Haar und eine lange, schnabelartige Nase. Mit fest aufeinandergepressten Lippen musterte Richenza den Burggrafen und warf ihm feindselige Blicke zu.

Gegenüber den drei Frauen lümmelte ein groß gewachsener junger Mann am Tisch: Rainald von Dachenrod, der in Kürze mit Adeline, der Tochter des Hauses, den Bund der Ehe schließen sollte. Wie Sigurt trug er ein Hemd und Beinlinge aus feinem Leinen, und um die Hüfte vervollständigte ein breiter Gürtel mit verschnörkelter Schnalle seine Aufmachung. Trotz seiner Jugend begann sein rotbraunes Haar bereits schütter zu werden. Seine grob geschnittenen Züge hatten eine Farbe, die Bandolf an ungebackenes Brot erinnerte, und er trug einen gelangweilten Ausdruck zur Schau. Neben ihm saß seine Verlobte. Adeline, ein hübsches Mädchen mit aufgeweckten braunen Augen, schenkte dem Burggrafen ein Lächeln.

Rainalds Schwester, Hermia von Dachenrod, hatte den Kopf gesenkt, und ihr goldblond gelocktes Haar fiel wie ein Schleier über ihre zarten Schultern. Als ihr Name fiel, wandte sie dem Burggrafen ein herzförmiges Gesicht zu, aber die tiefblauen Augen schauten an ihm vorbei. Hektische rote Flecken überzogen ihre makellose Haut, und ihr schön geschwungener Mund zuckte unruhig. Bandolf fragte sich, wie so ein ungeschlachter Mensch wie Rainald ein so schönes Mädchen zur Schwester haben konnte.

Als Letzte stellte Elgard Teudeline, die Tante der Dachenroder Geschwister vor. Die schmächtige alte Dame saß kerzengerade auf der Bank und erwiderte Bandolfs Gruß mit einem messerscharfen Blick.

»Sollte Detmar nicht auch hier sein?«, fragte Bandolf.

Elgard zuckte ungeduldig mit den Schultern. »Er ist unterwegs in Geschäften«, erwiderte sie knapp.

»Welche Geschäfte? Und wann wird er wieder zurück sein?«

»Geht das nicht eine Spur zu weit, Burggraf? Was haben denn die Geschäfte meines Neffen mit dieser unleidigen Sache zu tun?«, fragte Sigurt ungehalten.

»Lasst gut sein, Bruder«, sagte Elgard leise und legte ihm leicht ihre Hand auf die Schulter. »Der Burggraf wird Gründe haben, warum er solche Fragen stellt.« An Bandolf gewandt, antwortete sie: »Detmar sieht bei unserem Gutshof bei Eich nach dem Rechten. Er ist heute kurz vor der Laudes aufgebrochen. Als wir erfuhren, was geschehen ist, schickte Sigurt einen Boten hinter ihm her, aber es wird wohl Morgen werden, bevor mein Sohn wieder zurückkommt.«

Bandolf nickte und merkte sich vor, Ludgers Bruder am nächsten Tag zu befragen. Dann räusperte er sich. »Wie hat Ludger den gestrigen Tag verbracht?«, fragte er und schaute in die Runde. »Mit wem hat er gesprochen, und wer hat ihn zuletzt gesehen?«

Hermia schluchzte leise auf, und Rainald sprang von der Bank. »Eure Fragerei ist pure Zeitverschwendung«, rief er und legte seiner Schwester den Arm um die Schulter. »Der Mann wurde von einem gemeinen Halunken umgebracht. Sucht bei dem Gesindel und stellt dort Eure Fragen. Wenn der König erfährt, wie rücksichtslos Ihr hier mit uns umspringt, seid Ihr die längste Zeit Burggraf von Worms gewesen, das versichere ich Euch.«

Bandolf hob eine Augenbraue und sah den erregten jungen Mann kalt an. Einschüchterungsversuche dieser Art hatte er schon des Öfteren gehört. Er seufzte. »Jemand hat den Stadtfrieden gebrochen und ein grausames Verbrechen begangen. Ob gemeiner Dieb oder nicht: Es ist meine Aufgabe herauszufinden, wer das war. Ihr steht nicht über dem Gesetz des Königs. Und deswegen solltet Ihr meine Fragen auch beantworten.«

Rainald stierte den Burggrafen wütend an, doch schließlich gab er achselzuckend nach und setzte sich wieder auf die Bank. »Nun gut, Burggraf«, knurrte er. »Stellt Eure Fragen, und dann lasst uns in Frieden.«

»Wie hat Ludger den gestrigen Tag verbracht?«, fragte Bandolf noch einmal und versuchte, sich seine Erleichterung nicht anmerken zu lassen, dass der junge Hitzkopf eingelenkt hatte.

»Ich habe nicht die leiseste Ahnung«, erklärte Rainald bestimmt. Er trommelte mit den Fingern auf dem Tisch und schaute zur Decke. »Ich sah ihn zum letzten Mal beim Abendbrot hier in der Halle. Was er danach gemacht hat, weiß ich nicht. Ich lag in meiner Kammer und habe geschlafen wie jeder anständige Christenmensch.«

Aus dem Augenwinkel bemerkte Bandolf, wie Garsende sich mit gerunzelter Stirn nach vorne beugte, doch Fastradas Stimme lenkte ihn ab.

»Ludger kam nach dem Nachtmahl mit mir hinauf in unsere Kammer«, ließ sie überraschend vernehmen. Sie sprach leise und hielt ihren Blick starr auf den Zipfel ihres Ärmels gesenkt, den sie mit zittrigen Händen zu einer Wurst zusammendrehte. »Ich dachte, er würde …« Sie stockte und atmete tief ein. »Aber er holte nur seinen Mantel aus der Truhe. Dann ging er fort.«

Mitleidig schaute Bandolf sie an und fragte: »Wisst Ihr, wohin er wollte?« Fastrada schüttelte den Kopf. »Ich habe die ganze Nacht auf ihn gewartet.« Ihre Stimme klang traurig und so leise, dass Bandolf sie kaum verstand. Plötzlich hob sie den Kopf, zeigte auf Rainalds Schwester, und ihr Gesicht verzog sich zu einer wütenden Grimasse.

»Fragt doch sie.«

Aller Augen richteten sich auf Hermia, die verstört aufblickte. Ihre großen Augen huschten umher wie bei einem verängstigten Kaninchen. Fastrada rief anklagend: »Ja, ich habe Euch im Hof gesehen, kurz nachdem Ludger gegangen war. Fragt sie doch, was sie dort gemacht hat. Seid Ihr ihm nachgelaufen? Habt Ihr …«

»Fastrada!«, rief Elgard scharf und starrte die junge Frau eisig an. Fastrada verstummte abrupt, erwiderte trotzig den Blick der Älteren, und Bandolf bemerkte, wie ein eigenartiges Lächeln über ihr verzerrtes Gesicht flog. Dann senkte sie den Kopf und ließ sich gefallen, dass Garsende ihr ein Tuch über die Schultern legte.

»Aber ich war nur auf dem Abtritt«, flüsterte Hermia. »Nur auf dem Abtritt.«

»Und dazu brauchtet Ihr einen Mantel und einen Schal um Euren Kopf?«, fragte Fastrada bissig.

Hermia zuckte hilflos mit den Schultern und schaute den Burggrafen beschwörend an. »Die Nächte sind jetzt schon so kalt«, sagte sie.

»Schon gut, Kindchen«, brummte die alte Teudeline und bedachte Bandolf mit einem bösen Blick. Der Burggraf, der einen neuerlichen Protest seitens Rainald erwartet hatte, schaute zu ihm hinüber, doch der Dachenroder nagte nur stirnrunzelnd an seinem Daumen und sah seine Schwester an.

Als würde ich in einem Dachsbau herumstochern, dachte Bandolf und wandte sich noch einmal an die Witwe. »Woher wusstet Ihr denn, dass Hermia auf dem Hof war?«

»In unserer Kammer gibt es ein Fenster. Von dort kann man den Hof einsehen«, sagte sie leise. »Und wenn man wartet und nicht schlafen kann …« Sie beendete den Satz nicht und warf einen, wie es schien, ängstlichen Blick auf Elgard, die wie eine Statue mitten in der Halle stand und den Blick mit unbewegtem Gesicht erwiderte.

»Was hat Euer Gatte getragen, als er Eure Kammer verließ?«, wollte Bandolf wissen. An Fastradas Stelle antwortete Ludgers Mutter, ohne ihre Schwiegertochter aus den Augen zu lassen: »Er trug safranfarbene Beinlinge und ein grünes Hemd; dazu Schuhe aus Leder und einen blaufarbenen Mantel, der mit einer Silberspange geschlossen war.«

»Trug er noch andere Schmuckstücke außer der Spange?«

Elgard nickte. »Er trug einen Siegelring und einen Goldring, der mit einem Granaten besetzt ist, außerdem noch einen Gürtel mit einer kostbaren Schnalle aus Silber.«

»Gürtel und Schnalle gehörten einst seinem Vater«, fügte sie noch hinzu, und zum ersten Mal schwankte ihre Stimme.

Nachdenklich strich Bandolf über seinen Bart und bemerkte: »Mantel, Spange und Gürtel sowie die Ringe fehlten.«

»Ludger hatte sicher auch seinen Dolch bei sich«, mischte sich Sigurt ein, der bisher schweigend zugehört hatte. Seine Finger spielten mit dem prachtvoll polierten Bergkristall an seiner Spange.

»Einen Dolch haben wir nicht gefunden«, gab Bandolf zu.

»Wie es scheint, müsst Ihr Euren Mörder doch unter den Strauchdieben suchen, Burggraf«, spöttelte Sigurt, aber Bandolf überging die Bemerkung und fragte Ludgers Mutter:

»Ihr habt Euren Sohn also noch gesehen, als er das Haus verließ? Könnt Ihr Euch noch daran erinnern, wann das war?«

Elgard runzelte die Stirn. »Es war nach Sonnenuntergang, aber ich glaube, noch vor der Komplet«, sagte sie. »Ich war in der Halle, um nach dem Rechten zu sehen, da hörte ich seine Schritte auf der Treppe. Ich ging hinaus, um zu fragen, wo er um diese Zeit noch hinwollte, aber er sagte es mir nicht, und es stand mir nicht zu, weiter zu fragen.« Sie zuckte gleichmütig mit den Schultern. »Danach ging ich in meine Kammer und habe mich schlafen gelegt.«

»Und wie steht es mit Euch? Habt Ihr Ludger nach dem Abendbrot noch gesehen?«, wollte Bandolf von Sigurt wissen.

»Ich habe meinen Neffen seit dem Nachmittag nicht mehr gesehen«, erwiderte Ludgers Onkel. »Ich hatte Geschäfte mit dem Grafen von Laufen, und wir begossen den Abschluss beim Wirt am Markt. Das Nachtmahl haben wir in seinem Stadtquartier in der Korngasse eingenommen.« Er lächelte maliziös. »Ihr könnt den Grafen fragen. Er hat einen wunderbaren Roten kredenzt, und als ich den Weg hierher schließlich gefunden hatte, muss Ludger schon aus dem Haus gewesen sein.« Er neigte sich vertraulich vor. »Leider lief ich meiner Schwester über den Weg, als ich nach Hause kam. Sie nannte mich einen widerlichen Trunkenbold und weigerte sich, mir noch einen Schlaftrunk bringen zu lassen.«

»Und danach habt Ihr geschlafen, nehme ich an?«

»Wie ein Hirsch nach der Brunft.«

Elgard kniff peinlich berührt die Lippen zusammen und nickte.

Adeline, deren Augen aufmerksam zwischen Mutter und Onkel hin und her huschten, sagte plötzlich: »Ich habe meinen Bruder gesehen, als er aus dem Haus ging. Er war offenbar guter Dinge und pfiff vor sich hin.«

»Es steht dir nicht an, so vorlaut zu sein, Tochter«, tadelte Elgard ungnädig.

Adeline schlug die Augen nieder, sah aber keineswegs reuig aus.

»Verzeiht, Mutter«, murmelte sie.

»Und nachdem Ihr Euren Bruder gesehen habt …?«, ermunterte Bandolf das Mädchen weiterzusprechen.

Adeline warf ihrer Mutter einen trotzigen Blick zu. »Bin ich hinaufgegangen in meine Kammer«, sagte sie.

Ein unangenehmes Schweigen stellte sich ein. Selbst Fastradas Schluchzen hatte aufgehört, und die plötzliche Stille ließ die angespannte Atmosphäre in der Halle umso bedrückender erscheinen. Hätte der Bursche nicht einfach vom Pferd fallen und sich das Genick brechen können?, dachte Bandolf. Mannhaft unterdrückte er seinen drängenden Wunsch, der düsteren Halle den Rücken zuzukehren. Stattdessen holte er tief Luft und wandte sich an Teudeline.

»Ich nehme an, Ihr habt auch fest geschlafen?«

Die alte Dame hob eine eisengraue, dünne Augenbraue und sagte scharf: »Ich bin alt und gebrechlich, junger Mann. Mich plagt die Gicht und anderes. Da ist an guten Schlaf nicht zu denken. Ich habe alle möglichen Geräusche im Haus gehört, aber nichts, was mich veranlasst hätte, von meiner Schlafstatt zu steigen und nachzusehen, wer sich wo aufgehalten hat.«

Bandolf kratzte sich, um eine Antwort verlegen, am Bart und fing dabei ein amüsiertes Lächeln auf, das über das Gesicht der Heilerin huschte. Ärgerlich ließ er die Hand sinken und räusperte sich.

Unvermittelt meldete sich Richenza zu Wort. »Ich hatte mich schon vor dem Abendbrot zurückgezogen und habe Ludger nicht mehr gesehen.« Ihre Stimme klang hoch und offensichtlich empört darüber, dass sie bisher übergangen worden war. Elgard nickte ihr lächelnd zu, und Bandolf fragte sich, ob das farblose Mädchen Elgards Wohlwollen dem edlen Namen ihrer Familie zu verdanken hatte. Die Montclair waren eine Sippe, die über großen Besitz und Einfluss verfügte. Der junge Detmar würde sich reich verheiraten.

»Habt Ihr denn etwas gesehen oder gehört, was Euch auffällig vorgekommen ist?«, wollte Bandolf wissen.

Richenza schüttelte den Kopf. »Ich habe einen festen Schlaf«, erklärte sie und warf herausfordernd ihren Kopf zurück.

Der Burggraf seufzte. »Warum habt Ihr Euch schon vor dem Nachtmahl zurückgezogen?«

Richenza errötete und sagte spitz: »Ich fühlte mich nicht wohl.«

Bandolf ließ es dabei bewenden. Nachdenklich betrachtete er die Versammelten. »Hatte Ludger Feinde?«, fragte er. »Gab es vielleicht jemanden, der ihm neidete, was er besaß? Hatte er Streit mit jemandem, vielleicht wegen eines misslungenen Geschäfts?«

»Die Frage ist absurd, Burggraf«, antwortete Elgard scharf. »Mein Sohn war ein guter Christ, ein umsichtiger Sohn und ein treusorgender Gatte. Sein Leumund war ohne jeden Makel. Ein solcher Mann hat keine Feinde.«

Dazu gab es nichts mehr zu sagen. Der Burggraf verabschiedete sich mit einem unguten Gefühl im Magen.

Sigurt folgte Bandolf auf den Hof, um ihn zur Pforte zu begleiten.

»Ich hoffe, Ihr verzeiht die brüske Art meiner Schwester, Burggraf«, bemerkte er mit einem Lächeln. »Sie ist vom Schmerz über Ludgers Tod zerrissen und wie jede Mutter unfähig, etwas Schlechtes von ihren Söhnen auch nur zu denken.« Bandolf zuckte nichtssagend mit den Schultern. Schmerzzerrissen war ihm Elgard nicht vorgekommen – allenfalls besorgt, Haltung zu bewahren und jede Äußerung zu vermeiden, die ihre Familie in ein schlechtes Licht hätte setzen können.

An der Pforte blieb Sigurt stehen und verschränkte die Arme vor der Brust.

»Habt Ihr noch etwas auf dem Herzen?«, erkundigte sich Bandolf.

Sigurt runzelte die Stirn. »Ich habe gehört, Ihr wärt ein kluger Mann, Burggraf, und ich möchte Euch nichts vormachen«, sagte er ernst. »Ich will meinem Neffen natürlich nichts Schlechtes nachsagen, aber das Tugendlamm, als das ihn meine Schwester immer sah, war er natürlich nicht.« Er senkte die Stimme. »Ludger ist in schlechte Gesellschaft geraten. Durch meine Schuld.«

Bandolf zog fragend die Brauen hoch, und Sigurt fuhr fort. »Ihr müsst wissen, dass ich seit einigen Jahren Witwer bin. Da ist kein Weib, auf das ich Rücksicht nehmen müsste, wenn ich mein Horn mit Gleichgesinnten hebe, hin und wieder mein Glück mit den Würfeln versuche oder mich zu jenen Weibern geselle, die sich nicht um kleinliche Bedenken scheren.« Er zwinkerte Bandolf verschwörerisch zu. »Ihr versteht doch, was ich meine?«

Der Burggraf nickte, ohne die Miene zu verziehen.

Sigurt seufzte. »Odilo, mein verblichener Schwager, hatte für derlei Dinge nichts übrig. Als meine beiden Neffen in das Alter kamen, um sich die Hörner abzustoßen, war ich es, der ihnen zeigte, wo sie ihr Vergnügen finden konnten. Leider fand Ludger mehr Gefallen daran, als ihm guttat. Selbst als sein Vater starb und er das Oberhaupt der Familie wurde. Und vor allem suchte er sein Vergnügen in einer Gesellschaft, mit der er nicht umzugehen verstand.« Wieder zuckte er mit den Schultern. »Ich bin ein Mann mit Erfahrung, Burggraf. Ich weiß das Lumpenpack zu nehmen, das sich auf dem Kirchhof herumtreibt. Ludger dagegen wusste das nicht. Er war leichtsinnig und im Grunde ein schwacher Mann.«

»Habt Ihr ihn denn nicht vor solchem Umgang gewarnt?«, fragte Bandolf.

Sigurt warf unwillig die Arme hoch. »Natürlich habe ich ihn gewarnt. Wofür haltet Ihr mich?« Er beruhigte sich und sagte, offenbar bekümmert: »Mein Neffe hegte ein gewisses

Maß an Bewunderung für mich. Er glaubte wohl, er würde sich als rechter Mann erweisen und mich beeindrucken, wenn er sich in solcher Gesellschaft hervortat.«

»Eurer Ansicht nach war Ludger also gestern auf dem Kirchhof, um sich unter die Dirnen und Spieler zu mischen?«, vergewisserte sich Bandolf.

Sigurt nickte. »Ich bin mir sicher, dass er das tat.«

»Habt Ihr ihn dort gesehen?«

Sigurt warf Bandolf einen gereizten Blick zu. »Ich habe Euch doch schon gesagt, dass ich den Abend beim Grafen von Laufen verbracht habe und Ludger bereits aus dem Haus war, als ich zurückkam.«

»Richtig, das habt Ihr gesagt«, bestätigte Bandolf.

»In gewisser Weise fühle ich mich für den Tod meines Neffen verantwortlich«, seufzte Sigurt.

»Er war ein erwachsener Mann«, sagte Bandolf trocken.

Sigurt lächelte ihn dankbar an. »Ich wusste, Ihr würdet das verstehen«, meinte er. »Ich kann mich doch darauf verlassen, dass das, was ich Euch erzählt habe, weder Ludgers Mutter noch seiner Gemahlin zu Ohren kommt?«

Bandolf nickte nur, und Sigurt verabschiedete sich, augenscheinlich erleichtert.

In Gedanken versunken verließ Bandolf das Anwesen und schlug den Weg zu den Gaden ein. Er sann über das Gespräch mit Sigurt nach. »Ein eigentümlicher Mann«, sagte er laut.

»Und so mitteilsam«, meinte eine Stimme hinter ihm. Bandolf fuhr herum.

Pater Emeram hastete die wenigen Stufen hinauf, die zur Pforte seiner Kapelle führten, und stolperte, blind für seine Umgebung, durch die schwere Holztür. Er bemerkte nicht, dass die große graue Domkatze mit ihm durch die Pforte huschte, bevor sie hinter ihm zufiel. Kühle, dämmrige Stille empfing den Priester, und für einen kurzen Moment fühlte er den vertrauten Trost des geweihten Ortes. Staubflimmerndes Herbstlicht fiel durch die Fenster und warf ein Schattenspiel auf das Schachbrettmuster des Bodens.

Emeram blieb stehen und atmete tief ein, doch die Last seiner Gedanken drückte ihn nieder, und das tröstliche Gefühl verschwand so schnell, wie es gekommen war. Mit schweren Schritten ging er am Taufbecken vorbei und warf sich vor dem schlichten Altar aus rotem Sandstein auf den Boden. Die Kälte der Steinplatten drang durch seine Robe, und der Priester fröstelte, ohne es zu merken.

»Libera me, Domine, de morte aeterna in die illa tremenda. Errette mich, oh Herr, von dem ewigen Tode an jenem furchtbaren Tage«, murmelte er. »Quando coeli movendi sunt, et terra ... Wann die Himmel erschüttert werden und die Erde ...« Seine Stimme sank zu einem Flüstern herab. »Dum veneris judicare saeculum per ignem. Tremens factus sum ego ... Wann Du kommen wirst zu richten die Welt durch das Feuer. Furcht überfällt mich...« Er verstummte.

Penelope tappte auf ihren weichen Pfoten an der Wand entlang, als wolle sie den unsichtbaren Spuren des Menschen folgen. Sie hatte keinen Blick für die schlichte Symmetrie des Ortes oder die frischen Farben der Wandgemälde, die das Leben des Täufers darstellten, dem die Kirche geweiht war. Hinter einer Säule in der Nähe des Altars verharrte die Katze und heftete ihre gelben Augen starr auf die Gestalt, die reglos vor dem Altar kauerte.

So blieb sie sitzen, und ihr mitleidig anmutendes Schnurren begleitete die Gedanken des Priesters, ohne dass er es hörte.

»Tremens factus sum ego ...«, wiederholte er leise. Furcht überfällt mich ...

Und ich fürchte mich zu Recht, dachte er, und sein Herz zog sich voller Gram zusammen. Würde der Allmächtige ihm jemals vergeben? Er hatte Verrat begangen. Und Schlimmeres. Ein Mann lag tot auf seinem Kirchhof. Was sollte er jetzt tun? Verzweifelt presste Emeram seine heiße Stirn auf den kalten Steinboden.

Nur die Beichte konnte ihn erlösen. Aber wem sollte er seine Schuld bekennen? Sollte er den Bischof bitten, ihm die Beichte abzunehmen? Die Wendung, die in dem Gedanken lag, ließ ihn bitter auflachen. Das halb erstickte Geräusch erschütterte die Stille und erschreckte ihn selbst.

Ob es meine Seele erleichtern würde, wenn ich dem Burggrafen mein Vergehen bekennen würde?, überlegte er, verwarf den Gedanken aber gleich wieder. Wenn er das tun würde, würde er zum zweiten Mal Verrat begehen, würde ein zweites Mal Schuld auf sich laden.

Seufzend richtete er sich auf. Nein. Für ihn würde es keine Erlösung mehr geben. Er würde im ewigen Feuer der Hölle braten, von Dämonen gejagt. Die Posaune des sechsten Engels würde in seinen Ohren dröhnen; er würde die Rösser mit den Löwenhäuptern erblicken, und sie würden ihn mit Feuer, Rauch und Schwefel verschlingen …

Das Quietschen der Pforte riss ihn aus seinem apokalyptischen Alptraum. Am ganzen Leib zitternd, drehte Emeram sich um und sah seinen Gehilfen unschlüssig unter dem Türbogen stehen. »Ich wollte Eure Andacht nicht stören«, flüsterte der Mann verlegen.

Emeram riss sich mühsam zusammen, atmete tief durch und erhob sich schwerfällig auf die Knie. Sein Blick fiel auf das hölzerne Kruzifix über dem Altar, und er bekreuzigte sich. Dann stand er auf und fragte mit so viel Ruhe, wie er nur aufbringen konnte: »Was willst du?«

»Ihr solltet zum Beinhaus kommen, Herr«, antwortete der Gehilfe hastig. »Wir haben den Toten vom Kirchhof hergerichtet, wie Ihr befohlen habt. Dabei haben wir etwas entdeckt, das Ihr Euch vielleicht anschauen wollt.«

»Ich komme«, sagte Emeram. Er folgte dem Gehilfen durch die Pforte und schloss sie hinter sich.

In der Kapelle bot Penelope ein Bild der verkörperten Entrüstung und kratzte vergebens an der verschlossenen Tür.

Kapitel 8

»Herrgott, Weib! Was schleichst du hinter mir her?«, knurrte der Burggraf. Garsende lächelte entschuldigend.

Die Heilerin hatte im Schutz eines Eckpfostens gewartet, bis der Burggraf sein Gespräch mit Sigurt beendet hatte. Eine bessere Gelegenheit, ihm mitzuteilen, was sie selbst über Ludgers Tod wusste, würde sich schwerlich finden, hatte sie gedacht, und war ihm gefolgt.

»Ich wollte Euch nicht erschrecken«, sagte sie. »Ich habe Euch gerufen, aber Ihr habt mich wohl nicht gehört.«

»Und was willst du von mir?«

Ich will, dass Ihr aufhört, mich so misstrauisch anzustarren, schoss es ihr durch den Kopf. Wie jedermann in Worms wusste Garsende, dass der Burggraf zwar nicht gut mit dem neuen Bischof stand, aber dennoch verfügte er über einigen Einfluss in der Stadt. Da wäre es doch nützlich, wenn sie ihm behilflich sein konnte. Ja, mehr noch, sie würde wieder ruhiger schlafen können, wenn es ihr gelänge, ihn für ihre Sache zu gewinnen. Garsende warf einen Blick auf seine gerunzelte Stirn, und ihr Mut sank.

»Es gab da eine Unstimmigkeit zwischen dem, was Rainald von Dachenrod über seinen Aufenthalt gestern Abend gesagt, und dem, was mir die Magd der Familie von Blochen darüber berichtet hat«, sagte sie schließlich. »Ich fand, Ihr solltet das wissen.«

»Und wie kommt es, dass die Magd mit dir über Rainald von Dachenrod schwatzt?«

»Als Fastrada hörte, was ihrem Gemahl zugestoßen ist, brach sie völlig zusammen, und Frau Elgard schickte die Magd zu mir, damit ich der armen Frau helfen würde«, antwortete sie ruhig. Sie lächelte. »Herdis ist ein munteres, junges Ding, und ihr Mundwerk stand auf dem Weg in die Hafergasse keinen Augenblick lang still.«

»Na schön. Und was wusste sie nun über Rainald zu berichten?«

»Herdis selbst hat nur Detmar von Blochen gesehen, als er kurz nach Ludger das Haus verließ. Doch der Stallknecht Sigwin war später am Abend auf dem Hof, um seine Blase zu erleichtern, und hat dabei beobachtet, wie der junge Herr von Dachenrod von draußen durch die Pforte auf den Hof schlüpfte und ins Haus ging.« Garsende überlegte, ob sie noch hinzufügen sollte, dass Sigwin das Herz in den Latz gerutscht war und er sich schnell verdrückt hatte, um von Rainald nicht bei seinem Stelldichein mit Herdis erwischt zu werden, entschied dann aber, dass der Burggraf das nicht wissen musste. Bandolfs Stirnrunzeln vertiefte sich, und sie befürchtete schon, dass er dem Wort einer Magd keinen Wert beimessen würde. Er tat es aber offenbar doch.

»Sieh mal einer an«, meinte er leise und bleckte die Zähne. »Und mir sagt das Bürschchen frech ins Gesicht, er hätte geschlafen wie jeder anständige Christenmensch. Das wird er mir erklären müssen.« Laut fragte er: »Hat die Magd dir auch erzählt, wann der Stallknecht pinkeln musste?«

Garsende lachte. »Das weiß ich nun wirklich nicht. Das müsst Ihr den Burschen schon selbst fragen.«

»Du scheinst mit Ludgers Familie gut vertraut zu sein. Wie kommt das?«

»Nicht jedermann hält mein Handwerk für Teufelskunst«, entgegnete Garsende spitz.

»Das habe ich nicht gesagt«, brummte Bandolf verdrossen.

Die Heilerin schluckte das »Habt Ihr doch« hinunter. »Die Frauen im Haus von Blochen haben das eine oder andere Mal meine Dienste in Anspruch genommen. Da bleibt es nicht aus, dass man mit den Belangen der Familie vertraut wird.«

Der Burggraf kratzte sich am Bart, bedachte sie mit einem langen Blick, und Garsende hätte einen Hälbling für seine Gedanken gegeben. Doch er nickte ihr nur zu und wandte sich zum Gehen. Sie trat ihm flink in den Weg.

»Es gibt da noch etwas, das Ihr wissen solltet.«

»Was denn noch?«

Seine Bärbeißigkeit brachte sie nun doch auf, und trotz ihrer guten Vorsätze schlich sich der Ärger in ihre Stimme. »Ludger wurde beobachtet, als er mit dem Gerber sprach.«

»Mit welchem Gerber?«, fragte Bandolf begriffsstutzig.

»Mit dem Gerber, der erwürgt wurde«, versetzte sie knapp, nickte kurz, wie er es getan hatte, drehte sich um und ging mit erhobenem Kopf davon. Ein befriedigtes Lächeln huschte über ihr Gesicht, als der Burggraf hinter ihr hereilte und seinen Schritt dem ihren anpasste.

»Woher weißt du, dass Schnorr ermordet worden ist?«, fragte er scharf.

»Herrje, Burggraf, das ist doch kein Geheimnis«, rief sie ungeduldig. »Ich habe Ohren und Augen im Kopf.«

Zu ihrem Erstaunen lachte er. »Und eine scharfe Zunge noch dazu.« Ärgerlich auf sich selbst biss sie sich auf die Lippen, aber der Burggraf fuhr aufgeräumt fort: »Also schön, heraus damit. Wer hat Ludger und Schnorr beobachtet? Und wann war das?«

Besänftigt überlegte sie, was genau die junge Magd ihr erzählt hatte. »Am Tag vor Michaeli musste von Blochens alter Knecht Alfrad mithelfen, Kornsäcke in die Scheune zu schaffen«, berichtete sie schließlich. »Nach der Mittagszeit hat Alfrad sich dann vom Hof geschlichen und sich draußen in einer Nische vor dem Hausmeier versteckt. Sein Rücken schmerzte, und er wollte wohl ein Nickerchen machen. Daraus wurde aber zu seinem Leidwesen nichts, denn neben der Nische sprach Ludger von Blochen mit dem Gerber. Und das Gespräch war offenbar ein hitziges.«

»Um was ging es dabei?«, wollte der Burggraf wissen. Garsende schaute auf und begegnete seinem angespannten Blick. Bedauernd zuckte sie mit den Schultern. »Das hat Herdis mir nicht erzählt. Aber ich könnte es sicher herausfinden.«

»Bleib du nur bei deinen Tränken und Salben, Weib, und lass das meine Sache sein«, meinte der Burggraf, offenbar erheitert.

Ein Einwand lag auf ihren Lippen, aber er hatte sich schon von ihr abgewandt und schien nachzudenken. Sie hielt es für klüger, seine Gedanken nicht zu stören, und ging schweigend neben ihm einher.

Die Markttage zu Michaeli waren zu Ende, und die meisten fremden Kaufleute und Marktpilger, die von Stadt zu Stadt, von Markt zu Markt zogen, hatten Worms verlassen. Dennoch schwirrte die Stadt noch immer vor reger Betriebsamkeit. Einige waren geblieben, um das Erntedankfest abzuwarten; andere, um sich im Glanz der Großen und Mächtigen zu sonnen und daran zu verdienen. Solange der König und sein Hofstaat sich noch in Worms aufhielten, war hier der Nabel der Welt.

Das sonnige Herbstwetter tat ein Übriges, und auf den Gaden herrschte Gedränge. Herren von Stand und ihre Damen schlenderten zwischen Hühnern, Schweinen, Ziegen und deren Hütern zur Messe oder zu den Hütten der Handwerker, die sich zu Füßen des Doms am Rand des Marktplatzes duckten. Farbenprächtig hoben sich ihre Gewänder von den grauen Kitteln der Hörigen und den dunklen Roben der Kirchenleute ab, die in Geschäften ihrer Häuser unterwegs waren. Mägde, die große Flechtkörbe auf ihren Köpfen balancierten, strebten dem Eisbach und der Gemeindewiese außerhalb der Stadt zu. Ein Büttel zankte sich mit einem armseligen Trunkenbold, der sich mitten auf der breiten Gasse zum Schlafen niedergelegt hatte, und der Burggraf und die Heilerin mussten einer Pilgergruppe ausweichen, die auf dem Weg zu ihrem Quartier in einem der Stifte von Worms war. Ein wenig erheitert stellte Garsende fest, dass ihr hin und wieder ein Nicken zufiel, das ihr ohne ihren Begleiter sicherlich verwehrt geblieben wäre.

»Schnorr muss sich demzufolge auf den Weg zur Hafergasse gemacht haben, nachdem er seine Grube verlassen hatte«, sagte der Burggraf plötzlich laut. Er schien ihre Anwesenheit vergessen zu haben und mit sich selbst zu argumentieren. »Aber was in aller Welt hatte er mit einem Mann wie Ludger zu bereden? Und wieso wird der eine erwürgt und der andere dann nur wenige Tage später auf dem Kirchhof niedergeschlagen?«

»Niedergeschlagen?«, mischte sich Garsende verwundert in seine Gedanken. »Der Bruder Kämmerer sagte, man hätte ihm die Kehle durchgeschnitten.«

»Ludger hatte eine Beule am Kopf«, meinte Bandolf abwesend. »Er muss niedergeschlagen worden sein, damit man ihn töten konnte, ohne dass er sich wehrte.«

Garsende schüttelte den Kopf. »So kann es nicht gewesen sein«, widersprach sie.

»Wieso nicht?«

»Wäre Ludger gleich getötet worden, nachdem man ihn niedergeschlagen hat, dann hätte er keine Beule bekommen.«

»Wovon redest du, Weib?«

»Wunden, die einem Toten oder einem Sterbenden zugefügt werden, verhalten sich anders als bei einem Lebenden«, erklärte Garsende. »Wenn jemand geschlagen wird, der schon tot am Boden liegt oder kurz darauf stirbt, dann sieht man ihm den Schlag nicht mehr an.«

»Jesus! Das ist gespenstisch«, entfuhr es Bandolf, und er bekreuzigte sich. »Woher weißt du das?«

Garsende warf ihm einen schnellen Blick zu, doch der Burggraf schien lediglich neugierig zu sein. »Meine Mutter hat mir davon erzählt. Und ich hatte selbst schon Gelegenheit, derlei Dinge zu beobachten.« Sie seufzte. »Ich bin dem Tod schon öfter begegnet, als mir lieb ist.«

»Das bedeutet also, Ludger wäre geraume Zeit vor seinem Tod niedergeschlagen worden«, grübelte Bandolf. »Aber wieso?«

Sie mussten stehenbleiben, um eine Magd passieren zu lassen, die eine Schar schnatternder Gänse über die Gasse trieb. Er rief laut, um den Lärm des Federviehs zu übertönen: »Wie verhält sich das mit Blut, wenn einem der Hals aufgeschlitzt wird?« Die Köpfe einiger Passanten drehten sich nach ihm um. Der Burggraf brummte etwas über »Maulaffen feilhalten« in seinen Bart, und Garsende entschlüpfte ein Lachen. Sie wartete, bis sie weitergehen konnten und sie sich ihrer Stimme wieder sicher war, dann antwortete sie: »Wunden an Hals und Kopf pflegen gleich stark zu bluten. Es muss doch eine große Blutlache gegeben haben, dort, wo Ludger gefunden wurde?«

Bandolf schüttelte den Kopf. »Da war nichts dergleichen. Aber Ludger hatte auch Zweige und Blätter im Haar, und bei der Stelle, wo er lag, steht weder Baum noch Strauch.«

»Dann scheint Ludger woanders gestorben zu sein.«

»Je mehr ich darüber nachdenke, umso mehr glaube ich das.«

»Aber wieso sollte man seine Leiche fortgetragen haben?«, fragte Garsende, neugierig geworden.

»Woher soll ich das wissen?«, brummte Bandolf. »Aber selbst bei Nacht kann man eine Leiche nicht einfach durch die Gassen von Worms tragen, ohne aufzufallen. Verdammnis! Ich hätte mich auf dem Kirchhof genauer umschauen müssen.«

Abrupt wandte er sich um, ging zwei Schritte und blieb dann noch einmal stehen. »Du hast doch vorhin von Sigurt gesprochen, als du sagtest, er wäre so mitteilsam?«

Garsende nickte.

»Was hast du damit gemeint?«

»Ich fand es nur eigenartig, dass er Euch gegenüber so offen über die Schwächen seines Neffen sprach. Das ist alles.«

Sie sah ihm nach, wie er eilig die Gasse überquerte und in Richtung Kirchhof davonging. Lächelnd schüttelte sie den Kopf und wollte schon ihren Weg zum Marktplatz fortsetzen, als ihr ein verwegener Einfall kam. Einen Moment lang zögerte sie, doch dann machte sie entschlossen auf dem Absatz kehrt.

Mit Schwung stieß Bandolf die Pforte zum Kirchhof auf. Die Begegnung mit der Heilerin hatte ihn beflügelt. Eigenartig, dass ihr die Ungereimtheiten aufgefallen waren, überlegte der Burggraf. Erfahrungsgemäß achteten die meisten Leute nicht auf solche Dinge. Prosperius' Bericht nach Michaeli hatte zwar nicht vermocht, seinen Argwohn Garsende gegenüber gänzlich zu beschwichtigen, doch dass sie in der Stadt allgemein wohlgelitten zu sein schien, beruhigte Bandolfs Gewissen. Immerhin hatte er seinem Weib den Umgang mit der Heilerin gestattet. Wie Prosperius gehört hatte, schien Garsende die Bastardtochter des verstorbenen Konrad von Rieneck zu sein. Der alte Graf hatte sie offenbar in einem Kloster erziehen lassen, was erklärte, warum Garsende sprach wie eine Frau von Stand. Wieso man dann aber verabsäumt hatte, sie anständig unter die Haube zu bringen, blieb ein Rätsel. Bandolfs Schreiber war auch zu

Ohren gekommen, dass der Enkel des alten Rieneck, der neue Graf, Garsende das Land streitig machte, auf dem ihre Hütte stand. Bandolf dachte bei sich, dass er sich wegen der Heilerin wohl nicht mehr lange Gedanken zu machen brauchte.

Pater Emeram zupfte Unkraut aus dem trockenen Boden zwischen den Gräbern aus. Als der Burggraf auf ihn zuging, ließ er die gesammelten Gräser achtlos fallen und sah ihm stirnrunzelnd entgegen, als hätte er vergessen, wer Bandolf war.

»Ihr seht angegriffen aus«, bemerkte der Burggraf. »Ist Euch nicht wohl?«

Der Priester schüttelte zerstreut den Kopf. »Ich habe mich nur gefragt, wieso Ihr schon hier seid. Der Bote, den ich Euch geschickt habe, ist doch noch gar nicht lange fort?«

»Ihr wolltet mit mir sprechen?«

Pater Emeram nickte. »Man hat bei dem toten Ludger etwas Seltsames gefunden, und ich dachte, Ihr würdet Euch das vielleicht gerne anschauen, bevor ich es der Familie aushändige.«

Er führte den Burggrafen zum Beinhaus.

»Ihr macht mich neugierig«, sagte Bandolf. »Was habt Ihr denn gefunden?«

Emeram rang sich ein Lächeln ab und schüttelte den Kopf. »Das weiß ich nicht so genau. Ihr müsst es Euch selbst anschauen.«

Er stieß die niedrige Holzpforte zum Beinhaus auf, und Bandolf bückte sich und trat hinter dem Priester ein. Der unangenehme Geruch nach Tod schlug ihnen entgegen. Bandolf verzog angewidert das Gesicht und sah sich um. Zwei Kerzen, die in schweren Haltern am Kopfende der Bahre inmitten des Raumes standen, verbreiteten ein schummriges Licht. Ansonsten war der Raum dunkel, kühl und leer, und nur ein kleines hölzernes Kruzifix zierte die weiß getünchte Wand gegenüber der Tür. In der Ecke führte ein einfacher Bretterverschlag im Boden in das eigentliche Ossarium hinab, und dort schien der Totendunst auch am stärksten zu sein. Auf der Bahre lag Ludger mit dem Kopf nach Osten; der leblose Körper nun vollends versteift. Es konnte nicht leicht gewesen sein, ihn herzurichten. Bandolf fröstelte, versagte sich einen lästerlichen Fluch, der ihm auf der Zunge lag, und trat näher an die aufgebockte Bahre heran. Mit gemischten Gefühlen schaute er in das bartlose, junge Gesicht.

Obwohl sich die Gehilfen alle Mühe gegeben hatten, die Spuren des gewaltsamen Todes abzuwaschen, prangte die Wunde an Ludgers Hals wie ein Mahnmal auf seiner bleichen Haut. Bandolf beugte sich dicht darüber und studierte die unregelmäßigen tiefen Schnitte.

»Schaut Euch das nur an«, sagte er. Emeram, der mit verschränkten Armen neben der Tür stehengeblieben war, kam näher und folgte Bandolfs Zeigefinger, der auf Ludgers Hals zeigte.

»Eine hässliche Wunde«, sagte er.

Bandolf nickte. »Ja, sehr unsauber. Aber schaut genauer hin. Da sind ober- und unterhalb der Schnitte noch zwei Eindrücke.«

Der Priester beugte sich tiefer hinunter. »Meint Ihr diese blau verfärbten Halbkreise? Was hat das zu bedeuten?«

»Ich habe nicht die leiseste Ahnung«, seufzte Bandolf und richtete sich auf.

Emeram riss sich von dem grausigen Anblick der zerfetzten Kehle los und deutete auf Ludgers rechten Schuh.

»Der Bruder, der den Toten gesäubert hat, hat ihm die Schuhe ausgezogen, um ihm die Füße zu waschen. Dabei hat er das hier entdeckt.« Er griff in den knöchelhohen Schaft des Schuhs und förderte eine Kette zutage. »Das hatte Ludger in seinem Schuh verborgen.« Er ließ die Kette in Bandolfs Hand gleiten. Bandolf umschloss die Kette und griff mit der anderen Hand in den Schuh. Auf der Innenseite des Schafts, von außen nicht zu erkennen, war eine kleine Tasche eingenäht worden, in der man ein paar Münzen oder ein anderes Kleinod mühelos verstecken konnte.

»Das ist schlau gemacht«, sagte er anerkennend. »Ich würde gerne wissen, wer diese Schuhe angefertigt hat.«

Emeram zuckte mit den Schultern. »Die Römer, und auch die Welschen haben viel für derlei Schnickschnack übrig.«

So unvorsichtig, wie Sigurt behauptet hatte, war Ludger offenbar doch nicht gewesen, dachte Bandolf, warf noch einen letzten Blick auf den Toten und ging zurück zur Tür. Emeram sprach ein kurzes Gebet und schlug ein Kreuz über Ludgers steifem Körper. Dann folgte er dem Burggrafen schweigend nach draußen.

Vor dem Beinhaus blieb Bandolf stehen. Erleichtert stützte er sich an der Wand ab und atmete tief durch. Die frische Luft tat ihm gut.

»Vorsicht«, warnte der Priester. »Ihr macht Euer Gewand schmutzig. Das Beinhaus ist vor kurzem neu gekalkt worden.«

Abwesend trat Bandolf einen Schritt beiseite und öffnete seine Hand, um die Kette genauer zu betrachten. Perlen aus Elfenbein waren auf eine Lederschnur aufgezogen und an jedem Ende mit einer filigran verzierten Hohlkugel aus Silber befestigt worden. Ein Verschluss, der die beiden Enden miteinander verbunden hätte, fehlte und war auch offenbar nicht vorgesehen. In die Elfenbeinkugeln hatte man feine Schlangenlinien geschnitzt, und sie waren in regelmäßigen Abständen mit einem Knoten in der Schnur voneinander getrennt.

»So etwas habe ich noch nie gesehen«, murmelte Bandolf.

»Vielleicht eine Halskette, die Fastrada gehört?«, mutmaßte Emeram, der dem Burggrafen über die Schulter schaute.

»Warum sollte Ludger ein Halsband, das seiner Frau gehört, in seinem Schuh verstecken?«

»Vielleicht hat er die Kette erst am Tag seines Todes erstanden und wollte sie Fastrada später geben? Und hat das Schmuckstück solange in seinem Schuh verborgen, damit es nicht gestohlen wird.«

Bandolf zog die Kette auseinander. »Für eine Halskette hat sie keinen passenden Verschluss«, meinte er zweifelnd. Schließlich rollte er das Kleinod zusammen und steckte es in die Innentasche seines Umhangs. »Ich werde die Kette vorläufig behalten und herumzeigen«, entschied er. »Vielleicht erkennt sie jemand wieder.«

Langsam schlenderten die beiden Männer zur Taufkirche hinüber. Emeram schien in eigene Gedanken verstrickt, und Bandolf dachte über das Perlenband nach. Vor dem Eingang seiner Kirche blieb Emeram stehen und räusperte sich: »Ihr scheint nicht zu glauben, dass Ludger von einem Dieb ausgeraubt und getötet wurde?«

»Einiges würde für einen Dieb sprechen«, erwiderte Bandolf zögernd. »Aber ich weiß nicht recht, Pater. Es gibt da auch einige Dinge, die mir an Ludgers Tod nicht gefallen.«

Der Priester runzelte sorgenvoll die Stirn, fragte aber nicht weiter.

Bandolf hatte sich schon verabschiedet, als ihm noch etwas einfiel. Er drehte sich wieder um.

»Heute Morgen sagtet Ihr, Fastrada hätte nun ihre letzte Hoffnung verloren. Was habt Ihr damit gemeint?«

Emeram schaute zu Boden. »Ich darf Euch nicht sagen,

was mir in der Beichte anvertraut wurde«, entgegnete er leise.

»Ihr seid Fastradas Beichtvater?«, fragte der Burggraf erstaunt.

»Odilo von Blochen hatte sich meiner Kirche stets besonders verbunden gefühlt, weil seine Mutter hier begraben liegt. Seine Kinder sind hier getauft worden. Und er selbst wurde ebenfalls auf meinem Friedhof bestattet. Es ist wohl Brauch in der Familie geworden hierherzukommen.«

Mit schmerzlich verzogenem Gesicht nickte er Bandolf zu und stieß die Pforte zur Kirche auf. Ein graues Fellbündel sprang fauchend an dem Priester vorbei und streifte seine Robe. Für einen Augenblick blieb die Domkatze stehen und funkelte die beiden Männer aus ihren gelben Augen an, dann sauste sie wie der Blitz auf den Kirchhof davon. Grinsend schaute Bandolf Penelope hinterher. Eine spaßige Bemerkung lag ihm auf den Lippen und blieb ihm im Hals stecken, als er sich umwandte und das totenbleiche, entsetzte Gesicht des Priesters sah, der knieweich an der Pforte lehnte und aussah, als wäre ihm der Leibhaftige begegnet.

Zwar hatte Emeram ein ums andere Mal versichert, er fühle sich wohl und wäre nur über die Katze erschrocken, aber Bandolf fragte sich dennoch, was mit dem Priester los war. Er kannte ihn als einen Mann, der den Unbilden des Lebens stets mit Gelassenheit begegnet war. Nun schien es so, als hätte Emeram aus irgendeinem Grund seinen Gleichmut verloren.

Irgendetwas schien ihm schwer auf der Seele zu liegen. Ob ihm Ludgers gewaltsames Ende auf seinem Kirchhof so zugesetzt hat?, dachte Bandolf, als er die Andreasgasse zum Marktplatz hinunterging. Aber warum sollte ihm das so zu schaffen machen? Hatte die beiden Männer mehr verbunden als nur das natürliche Band zwischen Priester und Beichtkind?

Nachdem der Burggraf Pater Emeram dem Trost seiner Gebete überlassen hatte, war er über den Kirchhof gegangen und hatte sich aufmerksam umgeschaut. Von der Mauer, die den Kirchhof vom Pfalzhof trennte, bis zur Pforte bei der Andreasgasse hatte er den ganzen Platz nach einer Blutlache oder nach anderen Spuren abgesucht. An der Mauer bei einem verwitterten Holzkreuz in der Nähe der Pforte hatte er Fußabdrücke im Boden, niedergedrückte Grasbüschel, eine eingetrocknete Pfütze mit Erbrochenem und ein paar harte Brotkrumen gefunden, die die Spatzen übriggelassen hatten. Nahm man noch den Pfropfen eines Weinschlauchs dazu, dann konnte das der Ort gewesen sein, an dem sich ein paar Zecher zusammengefunden hatten. Aber ob das in der vergangenen Nacht oder irgendwann vorher gewesen war, hätte Bandolf nicht sagen können. Ganz in der Nähe hatte er noch den abgerissenen Lederriemen einer Sandale gefunden, doch den hatte wohl einer der Dombrüder verloren. Von einer Blutlache oder den Spuren eines Kampfes war weit und breit nichts zu sehen gewesen. Enttäuscht machte sich der Burggraf auf den Heimweg.

Die Mittagszeit war längst überschritten, und sein Magen knurrte vernehmlich. Höchste Zeit, sich eine Stärkung zu gönnen, befand Bandolf und beschleunigte unwillkürlich seinen Schritt, während seine Gedanken um Ludger, den Gerber und nicht zuletzt um den Angriff auf Adalbert von Bremen kreisten.

Es war nicht weiter ungewöhnlich, dass sich Straftaten während der Markttage in der Stadt häuften, da das Getümmel in den Gassen unweigerlich auch das Diebesgesindel anlockte. In den meisten Fällen musste sich der Burggraf mit Schnapphähnen, Beutelschneidern, falschen Bettlern und kleinen Betrügern herumärgern und sich um Saufbrüder kümmern, die zu nächtlicher Stunde randalierten. Natürlich gab es auch hin und wieder Todesfälle, wenn eine Prügelei ausartete oder wenn jemand einem Halsabschneider in die Falle geriet. Die Opfer fand man oft nackt in einer dunklen Ecke liegen, oder sie trieben – ihrer ganzen Habe beraubt – im Eisbach. Vielleicht mochte ein toter Gerber ja noch in dieses Bild passen, auch wenn die Umstände seines Todes merkwürdig waren. Ein Gewaltstreich gegen einen Fürsten der Kirche fiel jedoch völlig aus dem Rahmen. Und ein Edelmann, dem man die Kehle durchgeschnitten, den man aber nur halb beraubt hatte, passte auch nicht zu den üblichen Schandtaten, mit denen sich der Burggraf sonst befassen musste.

»Himmel, Arsch und Zwirn!«, fluchte er so laut, dass ein Mönch, der ihm entgegenkam, erschrocken auf die Seite hüpfte. Der Benediktiner raffte seine staubige schwarze Kutte zusammen und starrte dem Burggrafen empört hinterher.

»Arme Fastrada. Es muss hart sein, nach so kurzer Ehe den Mann zu verlieren«, sagte Matthäa. Die Nachricht von Ludgers unrühmlichem Ende hatte bereits die Halle des Burggrafen erreicht.

»Wie lange waren die beiden verheiratet?«, fragte Bandolf zwischen zwei Bissen in das frische braune Brot, das Filiberta am Morgen gebacken hatte.

»Erst vor zwei Jahren war Hochzeit«, antwortete Matthäa. »Wie trägt denn die arme Elgard am schlimmen Ende ihres Sohnes?«

»Schwer zu sagen.« Bandolf tunkte ein Stück Brot in seine Biersuppe und kaute nachdenklich auf dem Kanten herum.

»An Fastradas Stelle würde ich mir so schnell wie möglich einen neuen Ehemann suchen«, warf Hildrun vorlaut ein.

Filiberta schüttelte den Kopf. »Wenn Frau Elgard es dazu kommen lässt.«

»Was meinst du damit?«, wollte der Burggraf wissen.

»Das pfeifen doch die Spatzen vom Dach, dass Fastrada in ihrem eigenen Haus nichts zu sagen hat«, rief Hildrun und ignorierte Filibertas strengen Blick.

»Wenn Fastradas Familie sie wieder verheiraten möchte, glaube ich nicht, dass Elgard viel dagegen zu sagen hat«, meinte Bandolf.

Matthäa widersprach ihm. »Da wäre ich mir nicht so sicher. Elgard möchte vielleicht nicht aus der Hand geben, was Ludgers Heirat der Familie eingebracht hat.«

»Man möchte ja meinen, ihr eigenes Wittum wäre groß genug«, seufzte Hildrun neidisch.

»Die von Siersberg sind gar nicht so gut gestellt, wie sie gerne tun«, behauptete Filiberta. Sie legte Holz unter dem Kessel nach, in dem die Suppe vor sich hin brodelte, und musste husten, als das Feuer zu qualmen begann. Sie legte noch einen Scheit nach und stand ächzend auf.

»Was du nicht sagst«, staunte der Burggraf und fragte sich wie schon so oft, woher in aller Welt die Frauen seines Hauses immer ihr Wissen bezogen.

»Filiberta hat Recht«, meinte Matthäa. »Die Familie von Siersberg stand nicht gut da, als Odilo von Blochen damals um Elgard warb. Auch ihr Bruder Sigurt hatte sich gut verheiratet, aber seine Frau starb mit ihrem ersten Kind noch im Wochenbett. Von dem, was die Ehe ihm einbrachte, scheint nichts übriggeblieben zu sein, und es wird behauptet, dass Sigurt sich an seine Schwester hält, wenn es ihm an etwas mangelt.«

»Woher wisst Ihr das?«

»Garsende hat mir davon erzählt.«

»Ihr solltet wirklich Besseres wissen, als mit einer Kräuterfrau zu klatschen.« Bandolf schüttelte den Kopf und wunderte sich, warum Matthäa lächelte, als er fortfuhr: »Und Odilo hätte geduldet, dass sein Schwager ihm auf der Tasche liegt?«

»Seiner Gemahlin zuliebe vielleicht«, meinte sie.

»Na, jetzt ist er kalt und hinüber, und Frau Elgard kann schalten, wie sie will«, sagte Hildrun vergnügt und quietschte, weil Filiberta sie an den Ohren zog.

»Solche Reden lässt du bleiben«, schalt die stämmige Magd.

»Wenn es doch wahr ist«, maulte Hildrun. »Das sagt dir jedermann, dass Frau Elgard immer das Säckel öffnet, wenn ihr Bruder es nur will.«

»Und wie verhielt sich das mit Ludger?«, wollte Bandolf wissen. »Als er Oberhaupt der Familie wurde, hat er da zugelassen, dass sein Onkel sein Erbteil schröpft?«

»Dem jungen Herrn wäre es niemals eingefallen, dem hochverehrten Onkel etwas abzuschlagen, glaubt mir«, ließ Prosperius sich plötzlich vernehmen. Der magere Bursche hatte bislang geschwiegen und seine Suppe in sich hineingelöffelt, als wäre es die letzte. Jetzt schien er satt zu sein und leckte sich die Lippen. »Sigurts Wort war für Ludger wie das Evangelium.«

Bandolf hob die Brauen und musterte seinen jungen Schreiber.

»Woher weißt du etwas über Sigurt und Ludger?«, fragte er scharf.

»So etwas hört man eben«, erwiderte Prosperius mit einem unschuldigen Augenaufschlag, doch die leichte Röte, die über sein Gesicht zog, blieb Bandolf nicht verborgen.

»Du hast zu wenig zu tun und treibst dich zu oft in der Stadt herum«, konstatierte der Burggraf. Prosperius rutschte unbehaglich auf der Bank hin und her und war offenkundig froh, als Bandolf seine Aufmerksamkeit wieder seiner Frau zuwandte.

»Ist Detmar seinem Onkel ebenso zugetan wie sein Bruder?«

»Das solltet Ihr vielleicht Garsende fragen«, sagte Matthäa.

Ihr Gatte ignorierte den hintergründigen Blick, den sie ihm zuwarf, schluckte die letzten Bissen seiner Mahlzeit hinunter und wischte sich mit einem herzhaften Rülpsen die fettigen Finger an seinen Beinlingen ab. Dann stand er auf.

»Ihr habt weiße Farbe an Eurem Gewand«, bemerkte Matthäa. Sie nahm ein Tuch und eilte herbei, um das Ärgernis zu beseitigen. Der Burggraf folgte ihrem Blick. Tatsächlich, da war ein großer weißer Fleck in Schulterhöhe auf seinem Ärmel. Unwillkürlich wischte er darüber, und während Matthäa eifrig an dem Flecken rieb, starrte der Burggraf mit gerunzelter Stirn auf das weiße Pulver, das an seinen Fingern haften geblieben war. Plötzlich hielt er Matthäas Hände fest. »Natürlich«, rief er. »Das frisch gekalkte Beinhaus.«

Ohne die verblüfften Blicke zu bemerken, die seinen abrupten Abgang begleiteten, stürmte er aus der Halle.

Bandolf eilte über den Hof, den Blick auf den Boden gerichtet und den Kopf voll mit Bildern. Er bemerkte Garsende erst, als er unsanft mit der Heilerin zusammenstieß.

»Hab doch Obacht«, knurrte er ungnädig, hob den Kopf und starrte in ein großes Augenpaar.

Garsende rieb sich mit schmerzverzogenem Gesicht den Ellbogen. »Ihr habt es wohl sehr eilig?«

Der Burggraf nickte und fragte, um einiges verlegen: »Hast du dir wehgetan?«

Die Heilerin schüttelte den Kopf. »Ein kleiner Stoß, nichts weiter. Aber ich bin froh, dass ich Euch noch antreffe. Die Frage, ob der Knecht Alfrad etwas vom Gespräch zwischen Ludger und dem Gerber gehört hat, ließ mir keine

Ruhe, also bin ich noch einmal zur Hafergasse zurückgelaufen und habe ihn gefragt. Er meinte …«

»Habe ich dir nicht gesagt, du sollst das mir überlassen?«, unterbrach Bandolf sie verärgert. Was mischte das Weib sich denn in seine Angelegenheiten? Er machte seiner Empörung mit einem Schnauben Luft.

Doch wenn sie nun schon einmal gefragt hatte … »Na schön, was hat der Knecht gesagt?«

Garsende schien seinen Unmut nicht zu bemerken und fuhr gelassen fort: »Zunächst konnte Alfrad nicht viel von dem verstehen, worüber Ludger und der Gerber sprachen. Ihr müsst wissen, der alte Knecht hört nicht mehr so gut. Aber während des Gesprächs klaubte der Gerber ein Stück Stoff hervor, das er Ludger zeigte, und hernach wurden die Stimmen dann offenbar lauter.«

»Ein Stück Stoff? Was für ein Stück Stoff?«

»Alfrad sprach von einem bunten, glänzenden Stück Stoff.«

Bandolf runzelte die Stirn, dann forderte er Garsende mit einem Nicken auf weiterzuerzählen.

»Oh, nun, Ludger schien das Stück Stoff gerne an sich nehmen zu wollen. Er sagte, Schnorr würde sich nur in Schwierigkeiten bringen und es könnte schlimm für ihn enden, wenn er allzu laut herausposaunen würde, was er wisse. Der Gerber solle alles nur ihm, Ludger, überlassen. Er wolle schon dafür sorgen, dass alles seine Ordnung haben würde. Worauf der Gerber einlenkte.«

»Also übergab Schnorr das Stück Stoff an Ludger«, folgerte Bandolf.

»Nein. Alfrad sagte, Schnorr habe den Stoff wieder eingesteckt. Dann habe er noch gesehen, dass Ludger Münzen aus seinem Beutel nahm und sie dem alten Gerber gab. Ludger sagte noch etwas, das Alfrad nicht verstehen konnte, und bald darauf machte Schnorr sich aus dem Staub.«

»Münzen?«, grübelte Bandolf. »Wir haben keine Münzen bei Schnorrs Leiche gefunden. Würde er sie nicht bei sich getragen haben, damit sie nicht verloren gehen?«

»Womöglich hat er sie in seiner Hütte vergraben«, meinte Garsende.

»Vielleicht hat er sie aber auch ausgegeben.« Der Burggraf kniff die Augen zusammen. Was hatte der Gerber gemacht, nachdem er Ludger in der Hafergasse verlassen hatte? Wohin war Schnorr mit einer Handvoll Münzen wohl gegangen?

»Zum Fischerwirt«, sagte er halblaut.

»Zum Fischerwirt?«

Bandolf gab keine Antwort. Er beschloss, Prosperius noch einmal in die Schänke zu schicken. Sein Schreiber durfte nicht so zaghaft sein und musste herausfinden, was Bandolf wissen wollte. Der Burggraf nickte entschieden.

»Mehr habe ich nicht erfahren können«, unterbrach Garsende seine Gedanken. »Niemand außer Alfrad scheint gesehen zu haben, dass Ludger mit dem Gerber gesprochen hat. Ludger soll später an jenem Nachmittag mit seinem Onkel Sigurt und einigen anderen Herren zur Jagd geritten sein. Das einzig Ungewöhnliche war, dass Ludger schon vor Einbruch der Nacht allein wieder zurückgekehrt ist, obwohl man ihn erst am folgenden Tag zurückerwartet hatte.«

»Tatsächlich«, bemerkte der Burggraf. In seinem Kopf summten ungereimte Gedanken. Während er noch versuchte, sie zu ordnen, sah er Matthäa in der Tür zum Haus auftauchen. Auch Garsende hatte die Burggräfin bemerkt und grüßte sie mit einem Knicks.

»Komm herein ans Herdfeuer«, rief Matthäa ihr zu.

»Dann will ich Euch nicht länger aufhalten«, sagte Garsende, und Bandolf schaute mit einem zwiespältigen Gefühl im Bauch zu, wie die Heilerin mit seiner Gattin in seinem Haus verschwand. Warum zum Teufel auch hatte er Matthäa den Umgang mit einem Weib erlaubt, das sich unverfroren in seine Belange mischte? Warum tat sie das überhaupt? Hatte sie gar selbst etwas mit Ludgers Tod zu tun? Doch dann wiederum war ihm das, was Garsende ihm berichtet hatte, durchaus von Nutzen.

Der Fleck auf seinem Hemd fiel ihm wieder ein, und Bandolf beschloss, seine Grübelei über die Heilerin zu verschieben. Es gab für ihn Wichtigeres zu bedenken. Mit einem Seufzen wandte der Burggraf sich ab und rief nach seinem Schreiber.

Bandolf kam sich wie ein Hanswurst des Königs vor, als er auf allen vieren durch das Gebüsch vor dem Beinhaus kroch. Inständig hoffte er, dass ihn niemand beobachten würde. Aber das einzige Lebewesen, das er auf dem Kirchhof angetroffen hatte, war Penelope gewesen, die sich auf einem Blätterpolster unter einer Buche von ihrem kleinen Abenteuer in der Kapelle auszuruhen schien.

Dürre Blätter und Zweige raschelten und brachen ab, während Bandolf seinen stämmigen Körper zwischen den Büschen hindurchschob und mit den Augen den Boden absuchte. Plötzlich sah er sich Nase an Nase der Domkatze gegenüber. Penelope, die sein Treiben offenbar für ein verlockendes Spiel hielt, haschte nach seiner Hand, doch der Burggraf ignorierte sie und kroch weiter. Die Katze folgte ihm.

Bandolfs dunkles Haar verfing sich im Buschwerk, und er fluchte laut, als er sich die Hand an einem spitzen Stein aufschürfte. Dann verharrte er plötzlich. Hier, ganz in der Nähe der frisch gekalkten Wand, war eine Schneise mit niedergedrücktem Gebüsch. Bandolf bog das zähe Gestrüpp weiter auseinander und fand endlich, was er gesucht hatte: einen Flecken mit eingetrocknetem Blut auf dem Boden.

»Ludger muss hier beim Beinhaus gewesen sein. Er hatte

Farbe von der Tünche an seinen Händen. Und ich wette um einen Sack Mäuse, dass das sein Blut ist«, teilte er Penelope triumphierend mit.

Er kratzte an den Erdbrocken, um zu sehen, wie tief das Blut eingesickert war, und zerrieb die Erde mit den Blutresten zwischen seinem Daumen und Zeigefinger. Schließlich wischte er sich die Finger an seinen Beinlingen ab und runzelte die Stirn. Der Flecken war bei weitem nicht so groß, wie er nach dem, was Garsende ihm gesagt hatte, erwartet hätte. Aber immerhin – er war da. Kurz darauf entdeckte er eine tönerne Öllampe. Die Lampe war etwas mehr als handtellergroß, dreiflammig und besaß Henkel und eine Kette, an denen man sie für jeden Zweck bequem tragen konnte. Bandolf hob sie auf und betrachtete sie von allen Seiten.

»Sieh mal an, was wir hier haben. Pater Emeram hat sich nicht getäuscht. Hier ist ein Licht gewesen.« Hatte die Lampe Ludger gehört, oder gar seinem Mörder?

»Nun, was hältst du davon?«, fragte er, während er das Öllicht in der Tasche seines Mantels verstaute, aber Penelopes ganze Aufmerksamkeit schien einem Ast zu gelten, den sie zuerst von allen Seiten beschnupperte. Dann leckte und nagte sie daran, und schließlich zerrte sie an einem Stück Stoff, das sich in seiner Rinde verfangen hatte.

»Was hast du denn da?« Die Katze fauchte, als Bandolf sie beiseiteschob und nach ihrer Beute griff. »Du bekommst ihn ja wieder«, sagte er. Vorsichtig löste er das Stück Stoff von dem knorrigen Ast und fuhr mit dem Finger über die feuchte Stelle, die Penelopes Zunge hinterlassen hatte. Seine Fingerkuppe färbte sich rot. Er roch daran, und ein Lächeln flog über sein breites Gesicht. »Das ist Blut«, stellte er fest und stand ächzend auf. »Wenn mich nicht alles täuscht, dann hat Ludger hier sein Leben ausgehaucht.«

Wie versprochen legte Bandolf den Ast zurück vor Penelopes Pfoten. »Das hast du gut gemacht«, lobte er sie und strich über ihren Rücken. Doch die Katze wand sich unwillig unter seiner Hand durch, schien jegliches Interesse an ihrer Beute verloren zu haben und flitzte davon.

Hatte die Heilerin nicht von einem Stück Stoff gesprochen, das der Gerber Ludger nicht hatte geben wollen? Nachdenklich drehte der Burggraf den Stofffetzen in seiner Hand. Garsende hatte jedoch von einem bunten, glänzenden Stoff gesprochen, und dieser hier war matt und dunkelblau. Er rieb noch einmal daran, bevor er ihn der Elfenbeinkette und der Lampe in seiner Manteltasche zugesellte. Langsam ließ er seinen Blick über das niedergedrückte Gebüsch und die getünchte Seitenwand des Beinhauses gleiten und versuchte sich vorzustellen, was sich am vergangenen Abend hier ereignet haben mochte. Schließlich schüttelte er den Kopf. Noch immer wollte sich kein rechtes Bild von den Ereignissen in seinen Gedanken zusammenfügen. Er musste in aller Ruhe darüber nachdenken.

Kapitel 9

Garsende war mit sich zufrieden, als sie sich auf den Heimweg machte. Matthäa hatte sie freundlich in ihrer Halle empfangen. Und der Burggraf hatte ihr zugehört, obgleich er ungehalten über ihre Einmischung schien. Sie wertete das als gutes Omen und beglückwünschte sich, dass sie ihrer Eingebung gefolgt und noch einmal in die Hafergasse zurückgekehrt war. Von Blochens Hausmeier hatte seine neugierige Nase über ihre Schulter gestreckt und war ihr zunächst argwöhnisch auf Schritt und Tritt gefolgt, weil niemand die Heilerin gerufen hatte. Sie musste ihm erst sanft ins Gedächtnis rufen, dass sein Jüngster nur ihretwegen gesund und munter am Gängelband seiner Mutter krabbelte, bevor er sie bei Ludgers Eigenleuten allein ließ. Sie war auch darauf bedacht gewesen, der Familie aus dem Weg zu gehen, um namentlich Frau Elgard keinen Anlass zu geben, sich über ihre ungebührliche Neugier zu beschweren.

Garsende lächelte. Die Beschäftigung mit dem Rätsel um Ludgers Tod hatte sie unerwartet erfrischt, und aus ihrem Wunsch, dem Burggrafen gefällig zu sein, war ein Reiz geworden, an dem sie unvermutet Gefallen fand.

Wie die Gedanken des Burggrafen, kreisten auch ihre um die Frage, was ein alter Gerber von einem Mann wie Ludger gewollt haben könnte und ob ein Zusammenhang in der Tatsache bestand, dass nun beide Männer tot waren. Doch die Sorge um ihr Zuhause mischte sich in ihre Überlegungen, und das Bild des hochnäsigen jungen Rieneck bohrte sich wie ein bitterer Stachel in ihre Gedanken. Noch hatte sie es nicht gewagt, den Burggrafen um Beistand zu bitten, doch lange durfte sie auch nicht mehr zögern.

Die Erkenntnis kam zugleich mit ihren Füßen bei der Lichtung an, auf der ihre Hütte stand. Vor der Tür kauerte ein Häufchen Mensch in einen dunklen Umhang gehüllt, als fröre es, und vor dem Häuflein lief Rainald von Dachenrod, offensichtlich im höchsten Maße ungeduldig, auf und ab.

Als er Garsende bemerkte, rief er: »Endlich! Wo warst du nur so lange?«, und das kauernde Bündel hob den Kopf. Es war Hermia, die ihr mit rot geweinten Augen und blassem Gesicht entgegensah. Rainald ließ Garsende keine Gelegenheit für einen Gruß: »Gleichwohl, nun komm, ich habe einen eiligen Auftrag für dich.«

Garsende bat das Geschwisterpaar in ihre Hütte. Hermia ließ sich sogleich auf Garsendes Bank sinken, während Rainald stehenblieb und sofort zur Sache kam. »Hör zu, Weib. Im Bauch meiner Schwester wächst ein Bastard heran, und ich will, dass du ihn entfernst.«

Hermia schluchzte auf, und Garsende sog vor Schreck den Atem ein. »Das kann ich nicht«, entfuhr es ihr. »Was Ihr von mir verlangt, ist Unrecht.«

Rainald packte Garsende unsanft am Arm und hielt ihn fest. »Unrecht oder nicht, du wirst es dennoch tun.« Er starrte ihr drohend ins Gesicht. »Ich weiß von deinem Streit mit dem Grafen von Rieneck. Du wirst dein Heim und dein Auskommen verlieren, wenn du allein gegen ihn antreten willst, so viel ist sicher. Ich bin bereit, mit meinem Namen für dich einzustehen und dafür zu sorgen, dass du dein Land behältst, wenn du die Angelegenheit hier regelst. Darauf hast du mein Wort. Solltest du dich aber weigern« – er brachte seinen Mund ganz nahe an ihr Gesicht, und sie konnte seine letzte Mahlzeit riechen –, »dann gnade dir Gott. Dann werde ich dafür sorgen, dass du alles verlierst.«

Er meinte es ernst. Daran bestand nicht der leiseste Zweifel. Garsende spürte, wie das Blut aus ihrem Gesicht wich und ihre Beine plötzlich schwach wurden. Ihre Gedanken jagten. Mühsam riss sie sich zusammen und konnte die spontane Weigerung, die ihr auf den Lippen lag, eben noch zurückhalten.

Heilige Maria, Mutter Gottes, steh mir bei. Energisch löste sie sich aus seinem Griff. »Ich will sehen, was ich tun kann«, sagte sie, und ihre Stimme klang in ihren eigenen Ohren spröde.

Rainald verschränkte seine Arme vor der Brust und nickte in Hermias Richtung, doch die Heilerin schüttelte den Kopf. »Ich muss Euch bitten, draußen zu warten, während ich Eure Schwester untersuche.« Rainald warf ihr einen scharfen Blick zu, doch dann beugte er sich und ging hinaus.

Garsende wandte sich an Hermia, die zusammengesunken auf ihrer Bank kauerte, auf ihre schön geschwungenen Lippen biss und ihr ängstlich entgegenblickte. Ihre Augen schwammen in Tränen.

»Ist der Wunsch Eures Bruders denn auch der Eure?«, fragte sie leise. Hermia nickte kaum merklich, und Garsende verfluchte sich für ihre dumme Frage. Was blieb Hermia auch anderes übrig, als sich den Wünschen ihres Bruders zu beugen? Sie seufzte, setzte sich dem jungen Mädchen gegenüber und nahm ihre Hand, während ihr Blick prüfend über Hermias Körper glitt. Doch der Umhang verbarg ihren Leib.

Behutsam sagte Garsende: »Keine Sorge, ich werde Euch keine Schmerzen zufügen.« Hermia rührte sich nicht.

»Ihr werdet für heute diesen Raum ganz unbeschadet verlassen«, versprach die Heilerin, und endlich schien ein Hauch Farbe in Hermias Wangen zurückzukehren. Die Hand, die schlaff in der ihren lag, zuckte kaum merklich.

Garsende sprach weiter. »Wie oft ist Eure Reinigung schon ausgeblieben?«

»Dreimal«, hauchte das Mädchen.

»Und der Kindsvater? Kann er nicht …?« Die falsche Frage. Hermia schüttelte heftig den Kopf, und ihre Tränen flossen aufs Neue. Garsende ließ sie weinen, murmelte beruhigende Worte und strich dem Mädchen über Haar und Schulter, bis das Weinen in einen schluchzenden Schluckauf überging. Dann stand sie auf.

Flink goss sie Wein in einen Becher, maß aus einem Töpfchen ein Gran Mohn, aus einem anderen ein Quäntchen Baldrian ab, mengte es dem Wein bei und drückte den Becher Hermia in die Hand. »Trinkt das. Der Wein wird Euch guttun.« Und während das Mädchen den Becher mit durstigen Schlucken leerte, hoffte Garsende, dass Rainald draußen vor der Tür nicht die Geduld verlieren und sie die nötige Zeit haben würde, einen Ausweg aus ihrer vertrackten Lage zu finden.

»Für den Augenblick kann ich noch überhaupt nichts tun«, erklärte Garsende, nachdem sie ihre Untersuchung beendet hatte und Hermia nach draußen begleitete, wo Rainald ungeduldig auf und ab lief. Sie hoffte, dass ihre Stimme fest genug klang und er ihren Worten Glauben schenken würde. »Da ist eine Entzündung in Hermias Leib, die ihre Körpersäfte nicht richtig fließen lässt, und wenn ich nun dort eingreifen würde, könnte es schweren Schaden für Eure Schwester bedeuten, wenn nicht gar ihren Tod.«

»Ob sie lebt oder stirbt, liegt in Gottes Hand.«

Doch Garsende ließ sich nicht beirren. »Es schadet nicht, noch eine Weile zu warten.« Hinter ihrem Rücken kreuzte sie ihre Finger. Der Allmächtige musste einfach ein Einsehen haben und ihr verzeihen, dass sie so unverfroren log. »Ich gebe Euch ein Pulver mit, das Eure Schwester bis zum

Tag des Heiligen Gallus nehmen muss. Bis dahin wird die entzündliche Stelle verschwunden sein, und ich könnte tun, was Ihr verlangt, ohne dass Eure Schwester Schaden nimmt.«

»Bis zum Sankt-Gallus-Tag?«, rief Rainald. »Bis dahin wird doch alle Welt wissen, dass Hermia von Dachenrod einen Bastard unter ihrem Herzen trägt. Nein, Weib, den Aufschub dulde ich nicht.«

»Ihr wollt Euch doch vor Gott nicht noch mehr versündigen und das Leben Eurer Schwester leichtfertig aufs Spiel setzen?«, versetzte Garsende, bemüht, ihren wachsenden Zorn zu unterdrücken.

Rainald warf seiner Schwester einen Blick zu, die mit gesenktem Kopf neben ihm stand und sich nicht rührte. Sein Kiefer mahlte.

»Na schön, Weib«, sagte er endlich. »Bis zum Sankt-Gallus-Tag. Und keinen Tag länger.«

Er packte Hermia am Arm und führte sie auf den Pfad, der im Waldweg mündete. Dort drehte er sich noch einmal um.

»Und merk dir wohl, hierüber kein Wort zu niemandem.«

Garsende schaute den beiden hinterher, bis der Wald sie verschluckt hatte, dann kehrte sie in ihre Hütte zurück und machte die Tür hinter sich zu. Erschöpft lehnte sie sich an das raue Holz, schloss die Augen und bekreuzigte sich. »Süßer Jesus, was für ein Elend.«

Er dürfe nicht zimperlich sein und müsse herausfinden, was Schnorr am Tag seines Todes gemacht hatte und wo er gewesen war, hatte der Burggraf gesagt. Prosperius verzog das Gesicht. Sein Herr hatte gut reden! Stellte der Burggraf sich vor, sein Schreiber könne die Wahrheit aus dem Fischerwirt herausprügeln? Argwöhnisch spähte Prosperius um die Ecke und in die schmale Lauergasse hinein, wo die fensterlosen Hütten dicht an dicht standen und die engen, unübersichtlichen Durchlässe dunklen Löchern glichen. Die Gegend zwischen Rheintor und dem Bezirk der Juden galt unter den Bürgern von Worms als verrufenes Viertel. Prosperius holte tief Atem, als er vor der schäbigen Holztür der Fischerschänke angekommen war. Das ehemals bunte Schild über der Tür zeigte eine Reuse und einen Kübel mit abgeschlagenen Fischköpfen und quietschte beim leisesten Windhauch.

Prosperius stieß den Verschlag auf und wurde vom Qualm der Feuerstelle und dem Gestank von ranzigem Fett und Fisch empfangen. Dem Stroh, das den Boden bedeckte, entströmte ein modriger Geruch. Ein paar Männer mit wetterharten Gesichtern hockten am Tisch, der die Spuren aller Mahlzeiten aufzuweisen schien, die hier seit Ostern verzehrt worden waren. Als der Schreiber des Burggrafen den Ausschank betrat, verstummten die Gespräche. Die Männer musterten ihn mit Argwohn.

Prosperius schluckte und setzte sich neben einen bulligen Mann mit schütterem Haar auf die Bank. Der Wirt – ein dünner, kleiner Mann, dessen fuchsartiges Gesicht mit eitrigen Pusteln übersät war – schlenderte herbei. »Was willst du?«, schnarrte er unfreundlich.

Prosperius holte seinen Holzbecher hervor, äugte dabei skeptisch in Richtung des Kessels, der über der Feuerstelle hing, und schnupperte. »Was hast du in deinem Topf?«

»Dinkel, Weißfisch und Zwiebeln.«

Prosperius dachte wehmütig an Filibertas Suppen, aber sein Magen knurrte, und so nickte er. »Und bring mir dazu noch Bier.«

Er zückte seinen Löffel, und die Schankmagd – ein junges, mageres Mädchen und ebenso fuchsgesichtig wie der Wirt – brachte ihm helles Brot und eine gefüllte Schüssel.

Prosperius löffelte den undefinierbaren Inhalt aus und kaute das trockene Brot, das verdächtig zwischen seinen Zähnen knirschte. Dabei vermied er sorgfältig, seinen stämmigen Nachbarn anzuschauen, der ihn unablässig schweigend und finster anstarrte, und zerbrach sich den Kopf, wie zur Hölle er die Männer zum Reden bringen sollte. Sein erster Besuch hier war ebenso verlaufen, und er war unverrichteter Dinge zum Burggrafen zurückgekehrt.

Er stopfte sich das letzte Stück Brot in den Mund, kaute und schrie auf. Er hatte auf etwas Hartes gebissen. »Bei allen Heiligen! Wirt, da ist Kreide und Hirschhornsalz in deinem Brot«, rief er unüberlegt.

Die Männer lachten, und der Bulle neben ihm klopfte ihm auf die Schulter. »Das sagen wir ihm auch immer, aber er hört nicht auf uns. Was meinst du, Schreiber, willst du das nicht dem Burggrafen berichten?«

Der Wirt war so puterrot geworden wie Prosperius selbst und schrie: »Da ist nichts als feiner Weizen in meinem Brot.«

»Weizen? Wohl eher hast du Dreck auf der Gasse aufgelesen«, konterte Prosperius' Nachbar.

»Niemand hat dich geheißen, mein Brot zu essen«, gab der Wirt unwirsch zurück.

Der kleine Disput hatte offenbar die Stimmung aufgelockert, und der Lärmpegel stieg wieder. Prosperius überlegte, wie er sich das zunutze machen konnte, als ein Mann vom anderen Ende des Tisches aufstand und sich zwischen ihm und seinem bulligen Nachbarn auf die Bank zwängte. Er hatte ein wettergegerbtes Gesicht voller Runzeln, sein Kittel war mit braunen Flecken übersät, und er roch nach Rheinwasser und Fisch.

»Ich bin Relef, Schreiber, und der Dicke da ist Olfert. Wir sind Fischer. Und weil du nun schon einmal da bist, kannst du uns auch von Nutzen sein.«

»Wegen des Wirts?«, erkundigte sich Prosperius.

Relef lachte schallend. »Er glaubt, ich rege mich über schlechtes Brot auf«, erklärte er Olfert. Prosperius setzte sich gerade. Relef machte sich offenbar über ihn lustig. Und immerhin war er doch der Schreiber des Burggrafen.

»Was willst du von mir?«, fragte er und hoffte, seine Stimme würde gebieterischer klingen, als er sich fühlte.

»Meine Fischer und ich wollen eine Ordnung haben. Mit allem, was dazu gehört. So wie die Weber es hier in Worms schon lange haben«, erklärte Relef. »Wir haben unser Anliegen auch schon dem Bischof vorgetragen, aber der will's nicht zulassen.«

»Du meinst, du willst eine Fischerzunft gründen?«, hakte Prosperius vorsichtig nach.

Relef nickte, und über Prosperius' Gesicht huschte ein erleichtertes Lächeln. Hier war sie, die Gelegenheit. »Und wie kommst du darauf, dass der Burggraf da etwas tun könnte?«, fragte er.

»Der Burggraf hat Einfluss in der Stadt. Vielleicht kann er den Bischof überreden.«

»Hmm«, meinte Prosperius. »Das wäre wohl möglich, aber …« Er schüttelte betrübt den Kopf.

»Was aber?«, rief Relef aufgebracht. »Meine Brüder haben genauso ein Recht, eine Zunft zu gründen, wie es die Weber haben. Und die haben ihre Ordnung schon seit fünf Jahren.«

»Das Privileg hat aber noch Bischof Arnold bestätigt«, erklärte Prosperius. »Mit Bischof Adalbero ist die Sache schwieriger.«

Der vierschrötige Olfert nickte weise mit dem Kopf. »Der neue Bischof ist ein alter Geizhals, das weiß hier jeder. Aber könnte der Burggraf nicht einfach mit dem König über die Sache sprechen?«

Relef beugte sich näher an Prosperius und raunte: »Es

soll dein Schaden nicht sein, wenn du den Burggrafen überzeugst.«

Prosperius lehnte sich zurück und versuchte, nicht allzu zufrieden dreinzuschauen. »Ja weißt du, der Burggraf hat viel um die Ohren. Da waren der Markt, der Gerichtstag, der Überfall auf den Erzbischof von Bremen. Und dann auch noch der heimtückische Mord an dem Gerber, der ihm keine Ruhe lässt. Soll ich meinen Herrn da wirklich noch mit den Wünschen der Fischer belästigen?« Er seufzte. »Wenn ihm natürlich jemand etwas über den toten Schnorr erzählen würde, das ihm weiterhilft …«

Relef runzelte die Stirn. Sein stoppeliges Kinn mahlte, und er dachte augenscheinlich nach.

»Was würde der Burggraf denn wissen wollen?«, fragte er endlich.

»Zum Beispiel, ob Schnorr am Tag vor Michaeli hier gewesen ist«, sagte Prosperius schnell.

»Also schön, Schnorr ist hier gewesen«, gab Relef zu.

»Aber gestorben ist er hier nicht«, rief der Wirt sogleich dazwischen.

»Das hat auch niemand behauptet«, versetzte Bandolfs Schreiber. »Aber ich will wissen, mit wem er gezecht hat.«

»Woher soll ich das wissen? Am Tag vor Michaeli war mein Ausschank zum Bersten voll, und ich hatte alle Hände voll zu tun. Stimmt's nicht, Tochter?« Die junge Schankmagd nickte.

»Ich weiß aber, mit wem Schnorr gezecht hat«, warf Relef ein.

»Mit wem?«

Relef trank einen Schluck aus seinem Becher und wischte sich mit einem Ausdruck voller Genugtuung über den Mund. »Und du wirst auch nicht vergessen, mit dem Burggrafen über die Fischerzunft zu reden?«

Prosperius versicherte hastig, dass er sein Versprechen halten würde, und Relef grinste zufrieden.

»Schnorr ist am Nachmittag hier aufgetaucht«, berichtete er. »Er war ganz aufgedreht, hat noch lauter geprahlt als sonst, und sein Bier hat er mit Meinard getrunken.«

»Meinard? Wer ist das? Einer von deinen Fischern?«

»Ein Taugenichts, der im Saugässchen wohnt. Ein übler Schnapphahn, wenn du mich fragst«, sagte Relef verächtlich. »Schnorr war nicht wählerisch, wenn es ums Zechen ging, und mit Meinard ist er oft zusammengehockt.«

Prosperius vermerkte das. »Und wann ist Schnorr wieder gegangen?«

»Das weiß ich nicht genau. Ich denke, es war nach der Vesper, vielleicht gar nach der Komplet. Mit seinem Geschwätz ist er uns jedenfalls allen auf die Nerven gegangen.«

Neugierig geworden, beugte sich Prosperius vor. »Über was hat er denn geschwatzt?«

Relef zuckte mit den Schultern. »Nur lauter ungereimtes Zeug, wie üblich. Bald würde er seine Grube seinem Ältesten übergeben und müsste sich um sein Auskommen keine Sorgen mehr machen. Meinard fragte ihn, ob er in der vergangenen Nacht auf dem Kirchhof ein grünes Bürschchen ausgenommen hätte. Darauf hat Schnorr aber nur gegackert und gemeint, der Kirchhof böte noch andere Möglichkeiten. Er schrie nach mehr Bier, aber Lupold wollte ihm nicht nachschenken, bevor er seine Ausstände beglichen hätte. Da grölte Schnorr, er könne bald den ganzen Ausschank haben, wenn er nur wollte. Lupold hat nicht schlecht gestaunt, als er dann auch wirklich seine Schulden beglichen hat. Und das mit blanker Münze, wohlgemerkt.«

»Tatsächlich?« Erfreut dachte Prosperius, dass der Burggraf mit dem Tagwerk seines Schreibers zufrieden sein würde. Er fand, er habe hier genug gehört, trank seinen Humpen leer und stand auf. Als er die qualmige Kaschemme verließ, brüllte der Wirt ihm hinterher:

»Mein Brot ist so rein wie die Seele eines Heiligen. Sag das dem Burggrafen, Schreiber. Und wer etwas anderes behauptet, der lügt.«

»Ich hoffe, die Suppe, die ich der Gauersheimerin gebracht habe, wird sie wieder auf die Beine bringen«, bemerkte Matthäa. »Das Fieber hat schon nachgelassen, aber sie hustet immer noch.«

Die Burggräfin saß an ihrem Webstuhl vor dem Feuer, und ihre Mägde arbeiteten mit den Spinnstöcken. Bandolf lauschte mit halbem Ohr, während er die Beschwerden seines Hausmeiers über die Eigenmächtigkeiten des Marschalks über sich ergehen ließ. Doch auch Wernos Quengelei glitt nur halb gehört an seinem Ohr vorbei.

Es war ein ereignisreicher Tag gewesen, und die Gedanken des Burggrafen kreisten um Ludgers Tod. In der Familie von Blochen schien so mancher Hund begraben zu sein, und Bandolf fragte sich, wie er das, was er gehört und erfahren hatte, zusammenbringen sollte. Da war die Mutter des Toten, Elgard. Sie schien wohl Trauer um ihren Sohn zu empfinden, doch so betroffen, wie man hätte annehmen können, war sie ihm nicht erschienen. Was Elgard an offener Trauer fehlte, hatte Ludgers Witwe wiederum im Übermaß gezeigt. Fastrada schien vom Tod ihres Mannes völlig niedergeschmettert und ihr Kummer echt gewesen zu sein. Auch Richenza und die kleine Hermia hatten niedergeschlagen gewirkt, was Bandolf überraschte. Er kniff die Augen zusammen. Was hatte Fastrada noch erzählt? Hermia wäre in Mantel und Tuch auf dem Hof gewesen? Was hatte sie um diese Zeit dort gewollt? Die Kleine behauptete, sie wäre auf dem Abtritt gewesen. Warum hatte sie nicht ihr Nachtgeschirr benutzt?

»… und Herwald hat Jacob angewiesen, das Heu so aufzuteilen, dass …«, drang Wernos Stimme in seine Gedanken. Bandolf nickte.

Voller Häme hatte Fastrada die kleine Dachenroderin beschuldigt, ihrem Gatten nachgelaufen zu sein. Konnte daran womöglich etwas Wahres sein? Bandolf schüttelte den Kopf. Das Mädchen war noch kaum den Kinderschuhen entwachsen. Und selbst wenn Hermia eine kindliche Schwärmerei für Ludger empfunden hatte, was sollte sie mit seinem Tod zu schaffen haben? Nein, da gab Hermias Bruder größeren Anlass zum Verdacht. Er log offenkundig über seinen Aufenthalt am Abend und hatte auch nicht in seiner Kammer geschlafen, wie er jetzt behauptete. Wo aber war er gewesen, als Ludger ermordet worden war? Detmar hatte das Haus ebenfalls verlassen, und …

Werno neben ihm war verstummt, was Bandolf irritierte. Er nickte seinem Hausmeier zu. »… und Jacob hat mich nicht um Erlaubnis gefragt, wo er doch wusste, dass ich derjenige bin, der dabei das Sagen hat. Und ich habe Herwald gesagt, dass …«, fuhr Werno fort.

Einen Vorteil von Ludgers Tod schien jedoch nur Detmar zu haben, denn durch den Tod seines Bruders war er, der Zweitgeborene, nun Oberhaupt der Familie geworden, und alle Güter fielen an ihn. Aber würde er darum auch einen Brudermord auf sein Gewissen laden?

Und was hatte Ludger mit einem alten Trunkenbold wie Schnorr zu schaffen gehabt? Was bedeutete die Elfenbeinkette, die im Schuh des Edelmannes gefunden worden war? Und woher stammte der Stofffetzen, den er beim Beinhaus gefunden hatte?

Werno räusperte sich und riss den Burggrafen aus seinen Gedanken. »Soll ich den Hafer nun so verteilen, wie es mir gutdünkt, oder soll es so bleiben, wie der Marschalk angeordnet hat?«

»Ich habe die Eifersüchteleien zwischen dir und Herwald gründlich satt«, rief Bandolf ungehalten. »Wenn ihr euch nicht einigen könnt, überlasse ich die Verteilung des Heus in Zukunft Jacob.«

»Jacob?«, wiederholte Werno gekränkt. »Aber Jacob ist nur Stallknecht.«

Bandolf knurrte: »Ja, eben. Und jetzt geh und regle die lästige Geschichte mit Herwald.« Er entließ seinen Hausmeier mit einem ungeduldigen Wink, und Werno trollte sich nach einem beleidigten Blick auf seinen Herrn.

Bandolf griff nach seinem Umhang, holte die Elfenbeinkette, die Öllampe und das Stück Stoff aus der Tasche und legte die Sachen vor sich auf den Tisch. Nachdenklich betrachtete er die drei Gegenstände, doch Hildruns laute Stimme lenkte ihn ab.

»Warum habt Ihr Schweinelunge in die Suppe für die Gauersheimerin hineingegeben?«

»Schweinelunge erleichtert das Atmen. Das hat die Heilerin gesagt, als sie heute Nachmittag hier war«, antwortete Filiberta an Matthäas Stelle. Die Burggräfin nickte. »Dazu gab ich noch Spitzwegerich fürs Abhusten und Thymian hinein, damit die Hitze aus dem Kopf weicht und Flüche ihr nichts anhaben können.«

»Die Gauersheimerin wird trotzdem sterben«, unkte Hildrun. Matthäa warf ihr einen tadelnden Blick zu. »Was sagst du denn da?«

»Vor ihrem Haus habe ich einen großen Stein umgedreht, und darunter war nichts Lebendes zu finden. Nicht das kleinste Würmchen«, erklärte die junge Magd mit glänzenden Augen. »Und darum wird sie trotz der guten Kräuter sterben.«

Matthäa und Filiberta sahen sich betreten an. Dagegen ließ sich nicht viel einwenden.

Der Burggraf unterbrach ihr Gespräch.

»Zu welcher Art von Gewand könnte dieses Stück Stoff gehören?«, fragte er und gab Matthäa den dunkelblauen Stofffetzen, den er im Gebüsch vor dem Beinhaus gefunden hatte.

Matthäa ließ ihr Schiffchen sinken, betrachtete den Stoff und rieb das handtellergroße Stück zwischen Daumen und Zeigefinger. »Das ist Wolle«, sagte sie. »Ich würde meinen, es stammt von der Gewandung einer Frau. Vielleicht von einem Schultertuch oder von einem Kopftuch.«

Filiberta warf ebenfalls einen Blick darauf und fügte hinzu: »Und es gehört einer Frau von Stand.«

Bandolf, der an Ludgers offenen Latz gedacht hatte, runzelte die Stirn. »Einer Frau von Stand? Wie kommst du darauf?«

»Nun Herr, es ist weiche Wolle, fein gesponnen und sorgfältig gefärbt«, antwortete die Magd.

Matthäa nickte. »Filiberta hat Recht. Nur eine gut gestellte Frau würde eine so feine Wolle tragen.«

»Könnte der Stoff nicht vielleicht auch zum Hemd eines Mannes passen? Eines reichen Mannes, wenn Ihr so wollt?«, fragte Bandolf hartnäckig. Eine Edelfrau wollte sich so gar nicht in seine bisherigen Überlegungen einfügen.

»Vielleicht«, gab Matthäa zu und schaute ihren Gatten neugierig an. »Wo habt Ihr das Stoffstück denn gefunden?«, wollte sie wissen. Bandolf antwortete nicht, nahm ihr den Stofffetzen aus der Hand und gab ihr stattdessen das Band mit den Elfenbeinperlen. »Könnte dieses Band ebenfalls einer Frau von Stand gehören?«

»Was für eine schöne Arbeit«, rief Matthäa entzückt und betrachtete das Band von allen Seiten. »Woher habt Ihr das?«

»Die Kette war in Ludgers Schuh versteckt. Sie hat keinen Verschluss, und ich frage mich, wie man eine solche Kette tragen könnte.«

»Man könnte sie doch verknoten«, schlug Hildrun vor. Die junge Magd hatte ihre Spindel im Stich gelassen und beugte sich neugierig über Matthäas Schulter.

Die Burggräfin zog zweifelnd die Brauen hoch und legte die Kette um ihren Hals. Das Perlenband fiel ihr bis zur Brust, doch der Knoten verunzierte die Kette und kratzte in ihrem Nacken. »Ich glaube nicht, dass sie als Halskette gedacht ist. Und um sie als Gürtel zu tragen, ist sie zu kurz«, sagte sie und schüttelte den Kopf. »Wenn Ihr sie bei Ludger gefunden habt, dann war sie vielleicht für ihn selbst bestimmt?«

»Und wo hätte er so etwas tragen wollen?«, gab Bandolf zurück. Matthäa zuckte mit den Schultern.

Prosperius, der verstohlen in die Halle lugte und den Burggrafen eifrig zu sich herauswinkte, setzte ihren Spekulationen ein Ende.

»Dann sagte der Fischer Relef, Schnorr habe beim Fischerwirt seine Zeche bezahlt, mit blanken Münzen, was ungewöhnlich war, weil Schnorr auf Jahr und Tag ein Loch im Säckel hatte. Und er meinte noch, der alte Gerber hätte den Ausschank nach der Vesper verlassen.« Nachdenklich runzelte Prosperius die Stirn. »Wenn ich es recht bedenke, so sagte er eigentlich, er wüsste es nicht so genau. Es könnte auch nach der Komplet gewesen sein.« Er wartete, doch Bandolf nickte nur, und so fuhr er fort: »Anschließend bin ich noch ins Saugässchen gegangen, um den Zechkumpan des Gerbers zu befragen. Aber Meinard hat dort nur ein paar Tage als Gehilfe gearbeitet und ist dann gleichzeitig mit einer halben Speckseite seines Herrn verschwunden«, schloss Prosperius seinen Bericht.

Es dämmerte. Schwere Regenwolken waren von Osten her aufgezogen und verdeckten das Zartviolett der untergehenden Sonne. Eine Magd lockte die Hühner vom Hof in ihren Verschlag, der Kurze Thomas schleppte zwei Wassereimer vom Brunnen zum Stall, und aus der Scheune war Wernos Stimme zu hören, der noch ein paar letzte Anordnungen traf. Ansonsten lag über dem Heim des Burggrafen schon die Trägheit des ausklingenden Tages.

Sein junger Schreiber hatte seinen Bericht mit den Zunftwünschen der Fischer begonnen und den Burggrafen mit einem Durcheinander von Erklärungen und Beschwerden über das falsche Weizenbrot des Wirts verwirrt. Doch endlich war er zum Kern der Sache vorgedrungen, und nun schaute er seinen Herrn Beifall heischend an.

Bandolf tat ihm den Gefallen. »Gut gemacht«, sagte er. »Und jetzt geh und lass dir von Filiberta noch eine Schüssel Suppe geben.«

Prosperius grinste und beeilte sich dann, zum Suppentopf in der Halle zu kommen.

Gedankenverloren blieb Bandolf zurück. Irgendetwas, das er heute gehört hatte, hatte ihn stutzig gemacht, hatte einen flüchtigen Gedanken auftauchen lassen, der irgendwo am Rand seines Gedächtnisses nagte und sich nicht mehr fassen lassen wollte.

Es war schon längst dunkel geworden, als Bandolf ebenfalls ins Haus zurückkehrte. In der kleinen Kammer lag Matthäa eingerollt auf seiner Seite der Bettstatt und schlief. Bandolf betrachtete im Schein der Talglampe ihr glattes, rundes Gesicht, ihre hübschen, halb geöffneten Lippen und die langen Wimpern, die Schatten auf ihr blasses Gesicht warfen. Die schmerzliche Erinnerung an das einzige Kind, das sie empfangen und durch einen unseligen Sturz verloren hatte, ließ ihn aufseufzen. Das Unglück lag schon fünf Jahre zurück. Ob Garsende wohl Recht hatte und sein Weib ihm doch noch eines Tages den erhofften Sohn gebären würde? Matthäa trug schwer daran, ebenso wie er. Doch würde

Matthäas Umgang mit der Heilerin dabei mehr helfen oder schaden? Bandolf schwankte zwischen Hoffnung und Zweifel, und es ärgerte ihn, dass er außerstande schien, sich über Garsende schlüssig zu werden. Offenbar war sie ein Weib mit Verstand, vielleicht sogar mit mehr davon, als es ihr anstand, doch hatte sie eigentlich nichts getan, um sein Misstrauen zu verdienen. Dennoch machte ihm ein verbliebener Rest von Argwohn zu schaffen.

»Ich mache mir zu viele Gedanken«, brummte er halblaut. Matthäa seufzte im Schlaf, und Bandolf schob sie vorsichtig zurück auf ihre Seite.

Kapitel 10

Penelope huschte an der Mauer der Hofkapelle St. Stephan entlang. Ihr Schwanz zuckte, und ihre beweglichen Ohren schienen Geräuschen im Innern der Steine nachzulauschen, bis kalter Wind aufkam und ein nächtlicher Regenguss ihrem Beutezug ein jähes Ende setzte. Die Pforte der Kapelle war nur angelehnt. Licht schimmerte durch den schmalen Spalt. Die Katze stellte sich auf die Hinterpfoten und drückte mit ihrem Körper gegen die Pforte. Leise quietschend gab sie nach, und Penelope wand sich hindurch.

»Es zieht hier irgendwo«, schniefte Anno, der Erzbischof von Köln, und zog fröstelnd seine Dalmatika enger um sich. Seine Augen waren gerötet, und seine Nase triefte.

Siegfried, der Erzbischof von Mainz, nickte. »Der Wind hat die Pforte aufgerissen.«

»Dann macht sie wieder zu«, befahl Anno ungehalten. Er schnäuzte sich geräuschvoll in die Finger und wischte den Rotz an seinem Ärmel ab.

Siegfried kam der Aufforderung nach und schloss die Tür. Er prüfte, ob die kleinere Pforte, die direkt von der Kapelle in die Bischofspfalz führte, ebenfalls geschlossen war, und kehrte dann zu Anno zurück. Die Fackeln, die die beiden Männer mitgebracht hatten, und das Ewige Licht des Altars ließen nur Umrisse in der kleinen Kirche erkennen, und so entging ihm die Anwesenheit der grauen Katze, die sich hinter dem Altar zusammengerollt hatte.

Bevor die beiden Fürsten ihr Gespräch wieder aufnehmen

konnten, ächzte die Pforte zum Pfalzhof erneut, und ein hochgewachsener Mann trat ein. Regentropfen glänzten in seinem dunklen Haar und auf seinem reich bestickten Umhang.

Er beugte flüchtig sein Knie vor dem Altar und gesellte sich dann zu den beiden Kirchenfürsten.

»Was gibt es Neues?«, fragte Anno leise.

Rudolf, der Herzog von Schwaben, zuckte mit den Schultern. »Der König hat verkündet, dass er Adalbert von Bremen die beiden Reichsabteien Corvey und Lorsch zusprechen wird.«

Anno, der der abendlichen Ratsversammlung in der Aula Major ferngeblieben war, murmelte einen Fluch. »Und Adalbert?«

»Kann seine Genugtuung kaum verbergen«, brachte Rudolf zwischen zusammengebissenen Zähnen hervor. »Da der Bruder Apotheker vom Domstift ihm abgeraten hat, allzu lange aufzubleiben, hält er nun in seine Pelze gehüllt Hof in seiner Kammer.«

»Wie hat der Herzog von Bayern es aufgenommen, dass sein sächsisches Corvey bald zur Bremer Diözese gehören wird?«, erkundigte sich Siegfried.

Rudolf lächelte. »Otto ist zu klug, um den König offen zu kritisieren oder Adalbert zu brüskieren. Aber als er die Versammlung verließ, war er weiß vor Zorn.« Er beugte sich näher zu Anno. »Otto wird schwankend«, raunte er. »Adalberts Raffgier und sein großer Einfluss auf den König stehen seinem eigenen Ehrgeiz zu sehr im Weg. Es wäre ein günstiger Zeitpunkt, Otto auf unsere Seite zu ziehen.«

Anno nickte. »Ich werde mit ihm sprechen. Gleich morgen früh, bevor ich aufbreche.«

»Ihr wollt abreisen?«, fragte Siegfried erstaunt.

Anno zuckte mit seinen knochigen Schultern. »Ich nehme diese vermaledeite Erkältung zum Vorwand und kehre nach Köln zurück«, sagte er. »Seit dem Bankett zu Michaeli meidet mich der König so auffallend, dass es zu unnötigem Gerede bei Hof kommen könnte. Gerade jetzt scheint es mir nicht angeraten, Gerüchten um den Zwist zwischen Adalbert und mir neue Nahrung zu geben.«

»Ihr hättet Heinrich auf dem Bankett nicht so gängeln sollen«, warf Rudolf ihm vor.

Annos hitziges Temperament geriet in Wallung, und er brauste auf: »Allmächtiger, was heißt hier gängeln? Heinrichs Begünstigung des niederen Adels und solcher Männer wie die Kaufleute und Bürger von Worms schadet uns nur, begreift Ihr das nicht?«

»Heinrich ist jung, und sein Interesse an gewöhnlichen Männern wird bald aufhören«, sagte Rudolf leichthin, und ein verächtliches Lächeln huschte um seine Mundwinkel. »Kein fränkischer König hat je vermocht, das Reich ohne uns Fürsten zu lenken. Wenn Adalbert erst vom Hof entfernt und Otto auf unserer Seite ist, steht der König allein. Und welche Hilfe kann er von einfachen Bürgern und Kaufleuten schon erwarten?«

»Das weiß der Himmel.« Anno verzog düster das Gesicht. »Aber unterschätzt Heinrich nicht. Der König mag jung sein und seinen Launen zu oft nachgeben, aber dumm ist er gewiss nicht.«

»Er ist dumm genug, Adalbert mit Corvey und Lorsch zu belehnen. Wäre er klug gewesen, hätte er das nicht getan«, empörte Siegfried sich laut.

»Zweifellos«, sagte Anno. »Aber um Gottes und unserer Sicherheit willen, mäßigt Eure Stimme.«

Siegfried warf ihm einen beleidigten Blick zu und biss sich auf die Lippen. Eine Pause trat ein. Anno wischte sich über seine schweißglänzende, fiebrige Stirn, dann fragte er Rudolf nuschelnd: »Ist Euch wegen des Überfalls auf Adalbert inzwischen etwas Neues zu Ohren gekommen?«

»Der Burggraf tappt wohl noch völlig im Dunkeln.«

»Und er wird auch nichts herausfinden«, prophezeite Siegfried. »Wie sollte er auch? Niemand hat den Täter gesehen.«

Anno hob skeptisch die Brauen. »Ich habe Erkundigungen über den Burggrafen eingezogen. Nach allem, was ich gehört habe, ist Bandolf von Leyen ein hartnäckiger Mann. Er lässt es augenscheinlich nicht dabei bewenden, nur Halunken dingfest zu machen, die man auf frischer Tat ertappt hat. Nein, er scheint so lange im Dreck zu wühlen, bis das Gewürm freiwillig ans Tageslicht kommt. Seine Erfolge sprechen für sich, also ist seine Vorgehensweise offensichtlich wirksam.«

»Ein solcher Mann könnte nützlich für uns sein«, überlegte Rudolf, doch Anno schüttelte den Kopf. »Ich bezweifle, dass man ihn dingen kann.«

»Mumpitz«, erklärte Siegfried. »Jedermann hat seinen Preis. Gebt einem Ochsen ein einträgliches Lehen, und Ihr werdet sehen, ob er seine Muskelkraft in Zukunft nicht in Eure Dienste stellt.«

»Vorläufig werden wir den Burggrafen im Auge behalten. Dann wird man weitersehen«, sagte Anno und schniefte wieder.

Das eingetretene Schweigen lockte Penelope hinter dem Altar hervor. Unbemerkt tappte sie zu den Männern hinüber und schmiegte sich schnurrend an Siegfrieds Robe. Der dicke Erzbischof von Mainz machte einen wenig graziösen Satz zur Seite, und Penelope wandte sich der nächsten, Annos, Robe zu. Der Erzbischof von Köln nieste und trat nach der Katze. Penelope wich der sandalenbewehrten Gefahr geschickt aus, und Rudolf musste lachen.

»Schafft mir dieses räudige Fellzeug aus den Augen«, rief Anno erbost.

Rudolf packte, immer noch lachend, die Katze im Genick

und trug sie zur Pforte. Dort setzte er sie vor die Tür in den strömenden Regen. Innerhalb kürzester Zeit war Penelopes Fell triefend nass, und ihre Flucht ins Trockene begleitete sie mit einem kläglichen Maunzen.

Am nächsten Vormittag ging es im Haus des Burggrafen zu wie in einem Taubenschlag. Folbert, der Dekan des Domstifts, kam vorbei, um sich im Namen des Bischofs zu erkundigen, ob der Burggraf in der Angelegenheit des Erzbischofs von Bremen etwas Neues zu berichten hätte. Bandolf erklärte vage, es gäbe da möglicherweise einen Hinweis, aber Genaueres könne er noch nicht sagen. Folbert schüttelte seufzend den Kopf. »Meiner Ansicht nach habt Ihr Euer Bestes gegeben, Burggraf. Sicher ist der Dieb schon längst über alle Berge.«

Folbert hielt sich nicht lange auf, und kaum hatte er sich verabschiedet, erschien der Kämmerer Pothinus in Bandolfs Halle.

»Ich komme im Auftrag des Bischofs, Burggraf. Seine Eminenz möchte wissen, welche Fortschritte Ihr bezüglich des Angriffs auf Adalbert von Bremen gemacht habt?«, fragte er, und Bandolf seufzte.

»Möglicherweise gibt es eine Spur, aber Genaueres kann ich Euch noch nicht sagen«, wiederholte er gereizt, was er schon dem Dekan gesagt hatte. »Der Bischof muss sich noch etwas gedulden.«

»Seine Eminenz ist außerordentlich beunruhigt über die Vorfälle in der Stadt«, bemerkte der Kämmerer. »Zuerst der Überfall auf den Erzbischof von Bremen. Dann auch noch die Ermordung Ludgers von Blochen. Ein Mann von Stand, hingemetzelt auf der Schwelle des Doms. Und wie ich höre, gab es gestern Abend eine wilde Rauferei zwischen einigen Brüdern aus Lorsch und Leuten des Erzbischofs von Bremen.« Er unterbrach seine pathetische Rede nur, um Luft zu holen. »Ich sage Euch mit allem gebührenden Respekt, Burggraf, wenn das so weitergeht, wird der Bischof gezwungen sein, dem König seine Besorgnis mitzuteilen.«

»Ich bin überzeugt davon, dass Bischof Adalbero sich dem König gegenüber nicht zurückhält«, erwiderte der Burggraf trocken.

Pothinus zuckte nur mit den Schultern.

»Wo wart Ihr eigentlich in der Nacht, als der Erzbischof überfallen wurde?«, fragte Bandolf. »Ihr seid erst nach mir am Ort des Geschehens gewesen, obwohl Ihr doch den kürzeren Weg hattet.«

Pothinus hob pikiert die Brauen. »Ihr könnt doch wohl nicht allen Ernstes glauben, ich hätte Seiner Eminenz aufgelauert, um ihn seiner Habe zu berauben?«

»Vielleicht nicht. Aber möglicherweise habt Ihr in jener Nacht etwas Ungewöhnliches bemerkt?«

»Auf diese Weise werdet Ihr den Dieb niemals finden«, sagte der Kämmerer verächtlich. »Aber bitte. Wie Ihr wollt. Ich habe tief und fest geschlafen, als der Dekan mich weckte und mir von dem niederträchtigen Angriff auf Seine Eminenz berichtete.«

»Folbert hat Euch die Nachricht überbracht? Nicht einer der Hörigen?«, vergewisserte sich Bandolf erstaunt.

Pothinus sagte spitz: »Unser Dekan ist stets bemüht, in allem der Erste zu sein.«

Bandolf versagte sich ein Grinsen. »Ich vermute, es gab auch keine ungewöhnlichen Vorfälle an dem Abend, als Ludger von Blochen starb?«

»Da vermutet Ihr richtig, Burggraf. Vorgestern Abend hatte ich nach der Komplet noch eine kurze Unterredung mit dem Bischof. Danach ging ich zurück zum Kapitelhaus.«

Der Kämmerer verabschiedete sich, und Bandolf begleitete ihn zur Tür.

»Ihr solltet Eure Zeit nicht mit unnötigen Fragen verschwenden«, legte Pothinus dem Burggrafen von oben herab nahe. »Ein Frauenzimmer wird Ludger von Blochen nicht umgebracht haben und ein Edelmann sicher auch nicht.«

Bandolf, der die Tür für den Kämmerer öffnen wollte, hielt abrupt inne. »Ein Frauenzimmer? Wie kommt Ihr auf ein Frauenzimmer? Oder auf den Edelmann?«

Der Kämmerer zuckte uninteressiert mit den Schultern. »Ich sah ein Weib auf dem Pfalzhof, als ich vom Bischof kam; und dann den jungen Herrn von Dachenrod.«

»Rainald? Was hatte der Mann um diese Zeit dort zu tun?«

»Also wirklich, Burggraf. Woher soll ich das wissen? Ich habe nicht mit ihm gesprochen. Er schien in Gedanken vertieft, und ich glaube, er hat mich nicht einmal bemerkt.«

»Wisst Ihr noch, aus welcher Richtung er gekommen ist?«

Pothinus zog eine Grimasse und schüttelte den Kopf. »Warum interessiert Euch das überhaupt?«

Bandolf ignorierte die Frage. »Und was ist mit der Frau?«, wollte er wissen. »Habt Ihr sie erkannt? Woher kam sie, und in welche Richtung ist sie gegangen?«

»Ich kenne diese Art von Weibern nicht«, sagte Pothinus empört. »Keine ehrbare Frau würde sich um diese Zeit auf dem Pfalzhof herumtreiben. Ganz abgesehen davon war ihr Gesicht unter einem Tuch verborgen.«

Bandolf ging darüber hinweg. »Habt Ihr sie denn gesehen, bevor oder nachdem Ihr Rainald von Dachenrod begegnet seid?«

»Kurz davor, würde ich meinen. Ich sah sie über den Pfalzhof in Richtung der Diebsgasse huschen.«

»Nach Eurem Besuch beim Bischof habt Ihr also zuerst die Frau und kurze Zeit später Rainald von Dachenrod auf dem Pfalzhof gesehen?«, vergewisserte sich Bandolf.

Pothinus nickte.

»Und was hatte es mit dem Tuch auf sich?«, fragte der Burggraf hastig weiter. »Welche Farbe hatte es? War es blau?«

»Welches Tuch?«

»Das Tuch, unter dem sie ihr Gesicht versteckt hatte«, sagte Bandolf geduldig. Er holte den Wollfetzen aus seiner Tasche hervor und zeigte ihn dem Kämmerer. »War es diese Farbe?«

Pothinus warf einen kurzen Blick darauf. »Vielleicht.« Er zuckte ungeduldig mit den Schultern. »Herrje, woher soll ich das wissen? Es war schon dunkel. Ich konnte die Farbe nicht erkennen. Das Tuch war dunkel, aber ob es von derselben Farbe war, das weiß ich nicht.«

Bandolf steckte den Wollfetzen wieder ein und zog die Perlenkette aus Elfenbein hervor, die Ludger in seinem Schuh versteckt hatte.

»Habt Ihr das schon einmal gesehen?«, wollte er vom Kämmerer wissen.

Pothinus sog scharf den Atem ein. »Woher habt Ihr das?«

»Ihr scheint die Kette zu kennen?«, bemerkte Bandolf, ohne die Frage zu beantworten.

»Ich wüsste nicht, dass mir ein solches Band schon einmal untergekommen ist«, versicherte Pothinus schnell und stieß energisch die Tür auf. »Aber jetzt habe ich keine Zeit mehr für Eure sinnlose Fragerei, Burggraf. Ihr habt mich lange genug aufgehalten.«

Erst nachdem der Kämmerer gegangen war, fiel Bandolf ein, dass Pothinus nicht gesagt hatte, was er selbst nach seinem Besuch beim Bischof auf dem Pfalzhof gewollt hatte, als ihm das mysteriöse Weib und Rainald von Dachenrod über den Weg gelaufen waren. Der kürzeste Weg vom Bischof ins Kapitelhaus führte durch den Dom. Sowohl die Bischofspfalz als auch das Kapitelhaus besaßen eine Pforte, die die Gebäude mit dem Gotteshaus verbanden. Um von einem Ort zum anderen zu gelangen, hätte Pothinus nicht ins Freie gemusst. Und hätte er an diesem Abend nur frische Luft schnappen wollen, dann wäre der Weg über den Domplatz zum Kapitelhaus der naheliegende gewesen und nicht der Pfalzhof.

Bandolf war keine Zeit vergönnt, lange über das nachzudenken, was er vom Kämmerer erfahren hatte. Ein Bote aus dem Haus von Blochen sprach bei ihm vor und erklärte, Herr Detmar sei aus Eich zurückgekehrt und wünsche ihn zu sprechen. Noch bevor der Burggraf der schon erwarteten Aufforderung nachkommen konnte, stürzte Bruder Goswin mit glänzenden Augen in Bandolfs Halle. Der Scholasticus des Domstifts verkündete aufgeregt, die Kopie der Handschrift des Dares Phrygius, auf die sie so lange gewartet hätten, sei nun endlich eingetroffen.

»Goswin«, rief Bandolf erfreut. »Ihr seid heute der erste Lichtblick in meiner Halle.« Eilends bat er den Scholasticus an seinen Tisch und brüllte nach Filiberta um frisches Brot und den guten Roten. »Euer Dekan ist schon da gewesen, und anschließend beglückte mich auch noch der Kämmerer mit seinem Besuch. Angeblich wollte er sich nach meinen Fortschritten erkundigen.«

Bruder Goswin zwinkerte und schob seine magere Gestalt auf die Bank. »Pothinus lässt keine Gelegenheit aus, um sich vor dem Bischof großzutun«, lächelte er und richtete seine klugen Augen auf den Burggrafen. »Wenn er nicht aufpasst, wird er sich am Ende noch eine neue Robe leisten müssen, weil seine alte von all den Kniefällen durchgescheuert sein wird. Doch was hat Folbert von Euch gewollt?«

Bandolf grinste. »Wie ich hörte, bewirbt sich auch der Dekan um die Propstei, also werden die Gründe für seinen Besuch wohl dieselben gewesen sein wie die des Kämmerers, vermute ich.«

Goswin, der jegliche Nahrungsaufnahme für eine lästige Pflicht hielt, stopfte das gute Brot, das Filiberta auf den Tisch gestellt hatte, hastig in sich hinein. Es war schwer zu bestimmen, wie alt er war, denn er hatte eine glatte Haut und schmale Gesichtszüge. Die Strenge der hohen Stirn und der scharfen Wangenknochen wurde durch seine kleine Knubbelnase und das Lächeln, das seine Mundwinkel umspielte, abgemildert. Sein blonder Haarkranz stand drahtig von seinem Kopf ab, und die unordentlich an ihm herabhängende Robe vermittelte stets den Eindruck, als sei er in Eile.

»Ich glaube nicht, dass Folbert auf so plumpe Weise versuchen würde, den Bischof für sich einzunehmen. Überhaupt bezweifle ich, dass er sich an den Bischof wenden würde, um die Wormser Domprobstei für sich zu gewinnen«, nuschelte er mit vollem Mund.

»Warum nicht?«

Bruder Goswin zuckte mit den Schultern. Mit einem hastigen Schluck aus seinem Becher spülte er die letzten Bissen hinunter. »Unser geschätzter Dekan stammt aus einer Familie, die während der Zeit von Annos Vormundschaft vom Erzbischof gehätschelt wurde. Daher würde sich Folbert wohl an Anno halten, wenn er Unterstützung brauchte.«

»Und Pothinus?« Bandolf trank einen Schluck aus seinem Becher und wischte sich mit dem Ärmel ein paar Tropfen des guten Roten aus seinem Bart.

»Der Bruder Kämmerer hängt sein Fähnchen nach dem Wind«, erklärte Goswin. Seine Augen blitzten vergnügt. »Solange er glaubt, dass die Fürsten ihn weiterbringen, wird er sich an den Bischof und dessen Bruder, Rudolf von Schwaben, halten. Was denkt Ihr aber, wie schnell Pothinus die Seiten wechseln würde, wenn er vermuten müsste, dass der Einfluss von Erzbischof Adalbert ihm größeren Nutzen bringen könnte?«

»Ich dachte, Adalberts Einfluss am Hof wäre der größere und er wäre deshalb so unbeliebt.«

Bruder Goswin lachte leise. »Für den Augenblick, ja, vielleicht. Aber wie sieht es morgen aus? Pothinus ist nicht dumm. Er weiß, dass Adalberts Thron auf tönernen Füßen steht und viele daran herumzerren. Seine Eminenz, Adalbert von Bremen, ist vielen ein Dorn im Auge. Aber das habe ich Euch ja schon gesagt.«

Bandolf brummte unwirsch: »Da soll noch einer klar sehen.« Sein Gesicht hellte sich auf, und er grinste breit. »Wie steht es denn mit Euch, Bruder Goswin – wäre die Propstei nicht auch ein angemessenes Amt für Euch?«

»Nein, lieber Freund. Ich halte mich lieber an meine Schriften. Mit meinem Scriptorium und der Bibliothek bin ich mehr als zufrieden. Und außerdem«, er zwinkerte dem Burggrafen zu, »wer würde sich dann um die Chronik von Worms kümmern?«

Bandolf lachte und lehnte sich zurück. »Jetzt erzählt mir von der Handschrift.«

Bruder Goswin stürzte sich mit Feuereifer auf den Bericht, wie er zu der Kopie des Augenzeugenberichts von Dares Phrygius über den Trojanischen Krieg gekommen war. Priamos und seine Söhne hätten durchaus nicht ehrlos und verräterisch gehandelt, wie Dictys Cretensis in seinem »Ephemeris Belli Troiani« behauptet hatte. Im Gegensatz zu Dictys, dessen Kompetenz man unbedingt anzweifeln müsse, behaupte nun Dares Phrygius, dass sich die Griechen als ehrlose, viehische Schlächter erwiesen hätten, den Trojanern weit unterlegen. Ja, Dares schrieb sogar, Achilles wäre mehrfach verwundet worden, bevor er auf dem Schlachtfeld fiel. »Und«, trumpfte der Bruder Scholasticus auf und strahlte Bandolf an, »Dares ist Augenzeuge gewesen.«

»War Dictys denn nicht ebenfalls Augenzeuge?«, warf Bandolf ein.

»Das schon«, rief Goswin. »Aber Dares Phrygius war Soldat und daher mitten im Kampfgeschehen, während Dictys nur Begleiter des Idomeneus gewesen ist. Ergo konnte Dictys die Dinge ja nur aus griechischer Sicht betrachten. Er war voreingenommen.«

Der Disput der beiden trojabegeisterten Männer ging noch eine Weile hin und her, aber Bruder Goswin merkte bald, dass der Burggraf nicht recht bei der Sache war. Schließlich legte der Bruder Scholasticus seine schmalen Finger auf Bandolfs Pranke und fragte besorgt: »Was bedrückt Euch, mein Lieber? Ist es immer noch die Sache um Adalbert von Bremen?«

»Das und anderes mehr«, gab Bandolf zu.

»Wollt Ihr darüber sprechen?«

»Was soll ich Euch sagen? Ich habe einen Erzbischof, der überfallen wurde, einen erwürgten Gerber und einen jungen Burschen von Stand, dessen Todesumstände ebenso fragwürdig sind wie die des Gerbers.«

»Im Kapitelhaus heißt es, man habe Ludger von Blochen die Kehle durchgeschnitten und ihn ausgeraubt. Was erscheint Euch daran fragwürdig?«, wollte Bruder Goswin wissen.

»Was ist das für ein Halsabschneider, der Ludger das teure Hemd und die Stiefel lässt? Und das hier übersieht?«, erwiderte Bandolf und zog einmal mehr das Perlenband aus Elfenbein aus seiner Tasche hervor.

»Hmm«, Bruder Goswin kniff die Augen zusammen und betrachtete die Kette von allen Seiten. »Mir ist, als hätte ich so etwas schon einmal gesehen«, sagte er und fuhr sich mit der Hand durch die drahtigen Haare.

»Wirklich? Und wo?«, rief Bandolf und beugte sich erregt nach vorne.

Bruder Goswin schüttelte bedauernd den Kopf. »Wenn ich das nur wüsste.« Er hielt eine der Perlen dicht vor seine Augen. »Wenn mich nicht alles täuscht, dann sind diese Perlen mit arabischen Schriftzeichen verziert.«

»Arabische Schriftzeichen?«, rief Bandolf aus. »Wie bei allen Heiligen kommt Ludger von Blochen an eine Kette mit arabischen Zeichen?«

»Das dürft Ihr mich nicht fragen«, lächelte Bruder Goswin.

»Könnt Ihr die Schriftzeichen lesen?«

»Nicht, ohne sie genauer zu studieren und mit anderen arabischen Schriften aus der Bibliothek zu vergleichen.«

Bandolf drückte ihm die Kette in die Hand. »Dann nehmt sie mit und entziffert die Zeichen für mich. Vielleicht gibt uns die Schrift Aufschluss über Art und Herkunft dieser Kette, oder vielleicht fällt Euch doch noch ein, wo Ihr Ähnliches schon einmal gesehen habt.«

Bruder Goswin schaute sich das Band noch einmal an, bevor er es unter seiner Robe verbarg.

»Wo habt Ihr die Kette denn gefunden?«, wollte er wissen.

»Sie war in einer geheimen Tasche in Ludgers Schuh versteckt. Trotzdem«, Bandolf nagte zweifelnd an seiner Unterlippe. »Ein Halsabschneider, der auf Raub aus ist, hätte sie nicht übersehen.«

»Und wenn der Meuchler gestört wurde?«, mutmaßte Goswin, aber der Burggraf schüttelte den Kopf.

»Das würde nicht erklären, wieso er Ludger beim Beinhaus umgebracht, dann aber zu der Grabstelle geschleppt hat, bei der man die Leiche gefunden hat. Und es würde die Wunde an Ludgers Hals nicht erklären. Der Schnitt sah so aus, als hätte der Mörder den Dolch ein paar Mal angesetzt, bevor es ihm endlich gelungen ist, Ludger den Hals durchzuschneiden. Eine stümperhafte Arbeit. Das ist nicht die Handschrift eines gewerbsmäßigen Halunken.«

»Was denkt Ihr? Wer könnte es gewesen sein?«

Bandolf nahm einen tiefen Zug aus seinem Becher und kaute auf dem Wein herum, bevor er schluckte. »Der Gerber, von dem ich vorhin sprach, wurde am Tag seines Todes zusammen mit Ludger von Blochen gesehen.« Er warf die Arme hoch. »Das mag etwas bedeuten, vielleicht aber auch nicht. Ich habe eine Menge Merkwürdigkeiten, die einfach nicht zusammenpassen. Das ist so, als wollte man ein Mosaik zusammensetzen und die wichtigen Steine fehlen. Und ich weiß nicht einmal, welche Steine überhaupt von Bedeutung sind.«

»Dann solltet Ihr zuerst einmal alle Steine sammeln, bevor Ihr versucht, das Mosaik zusammenzusetzen«, schlug Bruder Goswin vor.

»Das ist leicht gesagt«, knurrte Bandolf. »Was Ludger betrifft, so habe ich schon etliche Steine zusammen. Aber sie wollen sich nicht aneinanderfügen. Da wäre zunächst einmal Ludgers Bruder. Detmar ist der Zweitgeborene, und es kommt ihm sicher gelegen, dass er jetzt Oberhaupt der Familie und Nutznießer der Güter ist. Aber würde er einen Brudermord dafür begehen? Dann wäre da noch die Witwe. Fastrada scheint zwar sehr betrübt über den Tod ihres Gatten, doch Ludger war, wie es scheint, ein Bruder Leichtfuß und hat sein Vergnügen wohl oft in fremden Nestern gesucht. So manches Weib hat sich schon von dieser Art Gatten auf unschöne Weise befreit. Dagegen spricht jedoch die Art, wie Ludger umgekommen ist. Würde ein Weib nicht eine unblutigere Todesart wählen?« Er seufzte. »Wie man hört, hat Ludgers Onkel bei seinem Neffen schmarotzt. Womöglich hatte Ludger es plötzlich satt, dass Sigurt ihm auf der Tasche lag. Die beiden gerieten in Streit, und – nun ja … Andererseits, warum sollte Sigurt die goldene Gans schlachten? Denn selbst wenn Ludger sein Säckel zugeschnürt hätte, würde Elgard es für Sigurt wieder geöffnet haben.« Bandolf schüttelte den Kopf. »Mir ist selten ein so gebieterisches Frauenzimmer untergekommen, und ich wage zu bezweifeln, dass Ludger sich den Wünschen seiner Mutter offen widersetzt hätte.«

»In der Tat ein gestrenges Weib«, pflichtete Goswin ihm bei. »Und nicht für ihre Herzenswärme bekannt.«

»Aber wie kaltherzig Elgard auch sein mag – ihren Sohn hätte sie sicher nicht getötet.«

»Warum nicht?«, fragte Bruder Goswin.

Bandolf verschluckte sich an seinem Wein und musste husten. »Warum nicht?«, prustete er. »Sie war doch seine Mutter.«

Bruder Goswin lächelte milde. »Ich bin erstaunt, dass ein Mann wie Ihr, der schon so viel Schlechtigkeit gesehen hat, noch so unschuldig denken kann«, bemerkte er. »Elgard wäre wohl nicht die erste Mutter, die ihrem Kind den Tod bringt. Denkt an die Weiber, die sich ihrer Bastarde entledigen, kaum dass sie geboren sind. Oder an Frauen, die einen Sohn opfern, um Platz für den anderen zu schaffen. Schon Augustinus sagt, dass der Mensch verderbt sei, besonders aber das Weib. Von Elgard heißt es, sie strebe nach Macht und Reichtum für ihre Familie und sei nicht zimperlich darin.«

Bandolf schüttelte langsam den Kopf. »Dennoch kann ich mir nicht vorstellen, warum Elgard ihren Erstgeborenen hätte töten sollen. Und dann noch auf so grausame Weise.«

»Vielleicht hat sie es ja nicht selbst getan, sondern jemanden dafür gedungen?«, schlug Goswin vor.

»Aber warum hätte sie das tun sollen? Ich kann mir einfach keinen Grund denken.«

Das wusste auch Bruder Goswin nicht zu beantworten, und beide Männer verfielen in nachdenkliches Schweigen.

Filiberta kam mit dem Krug an den Tisch und schenkte nach. Dann zog sich die Magd wieder an die Feuerstelle zurück und widmete sich dem dampfenden Kessel.

»Über Ludger selbst kann ich auch nicht viel sagen«, seufzte der Burggraf, als Filiberta außer Hörweite war. »Ich sah ihn wohl gelegentlich anlässlich eines Banketts in der Bischofspfalz. Aber wirklich gekannt habe ich ihn nicht. Ich habe gehört, er wäre ein junger Tunichtgut gewesen, der sich gerne verworfen gab und sich mit dunklem Gelichter auf dem Kirchhof herumtrieb. Außerdem soll er hinter den Weibern her gewesen sein. Beides ließe sich aber von vielen Bürschchen sagen, die noch nicht ganz trocken hinter den Ohren sind. Und Ludger war noch jung.«

Goswin runzelte plötzlich die Stirn. »Irgendetwas im Zusammenhang mit Ludger ging mir just durch den Kopf«, grübelte er laut. »Potzdonner! Was war es nur?«

Bandolf lehnte sich zurück und ließ den Bruder Scholasticus nachdenken. Endlich erschien ein Lächeln auf Goswins Gesicht. »Doch ja, ich erinnere mich wieder. Es war ein nur kleiner Vorfall, den ich zufällig beobachtet habe. Ich weiß nicht, ob es von Bedeutung ist.«

»Sprecht nur«, forderte Bandolf ihn auf.

»Ich sah Ludger im Kreuzgang unseres Kapitelhauses im Gespräch mit dem Dekan. Ludger schaute sich immer wieder um. Er schien sich nicht wohl in seiner Haut zu fühlen. Da ich von der Domseite gekommen war, konnten die beiden mich nicht sehen. Kurze Zeit später gesellte sich Bruder Pothinus zu ihnen. Ich spitzte die Ohren, konnte aber leider nicht hören, was gesprochen wurde. Ich vermute, Pothinus und Folbert tauschten wohl ihre üblichen Höflichkeiten miteinander aus.«

Bandolf grinste: »Ist übertriebene Neugier nicht auch eine Sünde?«

»Ich muss doch wissen, was vor sich geht«, protestierte Bruder Goswin mit einem Augenzwinkern. »Wie soll ich denn sonst meine Chronik vervollständigen?«

Bandolf lachte, und Goswin fuhr fort: »Schließlich verabschiedete sich Folbert, und nun steckten Pothinus und Ludger die Köpfe zusammen. Ich hatte im Scriptorium zu tun, also ging ich. Aber später begegnete ich dem jungen Ludger noch einmal. Er war allein und offenbar im Begriff, den Kreuzgang zu verlassen. An der Pforte zum Domplatz blieb er stehen. Er zog ein Kästchen aus seinem Mantel hervor, öffnete es und sah hinein. Und ich weiß noch, dass er ein sehr zufriedenes Gesicht machte.«

»Hmm«, meinte Bandolf. »Wann ist das gewesen?«

»Es muss ein paar Tage vor der Ankunft des Königs in Worms gewesen sein«, antwortete Bruder Goswin. »Es hat wohl nichts zu bedeuten.«

»Und Ihr konntet nicht sehen, was sich in dem Kästchen befunden hat?«, vergewisserte sich Bandolf.

Der Scholasticus schüttelte bedauernd den Kopf. »Der Vorfall ist mir vermutlich deshalb im Gedächtnis geblieben, weil Ludgers Familie, im Gegensatz zu Folbert und Pothinus, erklärte Anhänger Adalberts von Bremen sind. Sie haben dem Erzbischof einiges an Ländereien zu verdanken. Sie waren nicht erbaut, als der König Adalbero von Rheinfelden, den Bruder des Schwabenherzogs, als Bischof von Worms einsetzte.«

Die Glocken von St. Johannes und St. Paulus verkündeten die Terz, und Bruder Goswin sprang auf. Im Stehen leerte er eilig seinen Becher. »Ich muss weiter, lieber Freund, und überlasse Euch der Suche nach Euren Mosaiksteinchen.«

Bandolf begleitete den Bruder bis zum Tor hinaus. An der kleinen Eingangspforte im Tor blieb Bruder Goswin stehen und drehte sich um. »Ich werde Euch Bescheid geben, wenn ich über das Perlenband etwas herausgefunden habe«, versprach er. Das Lächeln in seinen Augen verschwand, und er musterte den Burggrafen besorgt. »Seid auf der Hut, lieber Freund. Wenn der Tod Ludgers von Blochen oder der Überfall auf Adalbert von Bremen irgendetwas mit dem Zwist zwischen ihm und Anno von Köln zu tun hat, dann müsst Ihr vorsichtig sein mit dem, was Ihr tut und sagt. Mit den Fürsten ist nicht zu spaßen.«

Bandolf klopfte Goswin beschwichtigend auf die Schulter. »Nur keine Sorge, Bruder. Ich weiß mich zu schützen«, sagte er leichthin.

Doch als er die Pforte hinter Goswin geschlossen hatte, verdüsterte sich Bandolfs Gesicht. Ganz so unbesorgt, wie er vor dem Bruder getan hatte, war ihm nicht zumute.

Die Nacht war für Garsende kaum erholsam gewesen. Unruhig hatte sie sich auf ihrem Lager hin und her geworfen, dem Regen gelauscht, der auf ihr Dach platschte, und dem Wind, der durch ihren Verschlag jaulte. Als sie sich noch vor Morgengrauen erschöpft von der Bettstatt erhob, hatten die endlosen Grübeleien in der Nacht sie einer Lösung ihrer Probleme jedoch keinen Schritt näher gebracht.

Blind für ihr Tun, griff Garsende nach ihrem Gewand, löste ihren langen Zopf und flocht ihn neu, spritzte sich kaltes Wasser ins Gesicht. Ihre Füße fanden von allein den Weg nach draußen, als sie wie jeden Morgen Holz für ihr Herdfeuer holte und ihre Ziegen zu ungewohnt früher Stunde fütterte. Sie bemerkte nicht einmal, wie die vom Regen aufgeweichte Erde an ihren nackten Zehen haften blieb und sie den ganzen Schmutz mit in ihre Hütte brachte.

Wie sie es auch drehte und wendete, es kam stets dasselbe dabei heraus. Weigerte sie sich, Rainalds Aufforderung nachzukommen, dann würde ihr nicht einmal eine Fürsprache des Burggrafen von Worms helfen, ihr Land und Recht zu behalten. Und tat sie, was Rainald von ihr wollte, dann war sie nicht besser als die ärgste Drude, die der Burggraf zu Recht so verabscheute. Schlimmer noch – und schon der Gedanke daran verursachte Garsende Übelkeit –, wenn bekannt würde, was sie getan hatte. Schon der leiseste Verdacht würde ihren Ruf vollkommen zerstören und konnte sie das Leben kosten. Engelmacherinnen wurden mit einem grausamen Tod bestraft.

Schnell schob Garsende diesen Gedanken von sich. Mit ihrer Lüge, Hermia würde den Eingriff zum jetzigen Zeitpunkt nicht überleben, hatte sie sich ein wenig Zeit verschafft. Doch um was zu tun?

Ihre Hände bewegten sich von selbst, schöpften Brei, der von gestern übriggeblieben war, aus dem Kessel, zupften an dem Kanten Brot, das hart geworden war, weil sie am Abend vergessen hatte, es in den Tontopf zurückzulegen, und führten den Löffel von der Schüssel zu ihrem Mund.

Der Brei schmeckte schal.

Die Schüssel war noch halbvoll, als Garsende sie angewidert von sich schob und dann mit leerem Blick auf den Rest des Brotkantens starrte. Heilige Maria, Muttergottes. So hilf mir doch, betete sie stumm und spürte, wie Tränen in ihr aufstiegen. Es muss doch einen Ausweg geben.

Vielleicht hatte die Heilige Jungfrau ein Einsehen gehabt, denn plötzlich kam ihr ein neuer Gedanke. Was wäre, wenn Rainald selbst Dreck am Stecken hätte? Hatte er nicht gelogen, als er sagte, er hätte geschlafen, als Ludger ermordet wurde? Wo war er denn tatsächlich gewesen? Und warum hatte er gelogen? Welchen anderen Grund konnte es dafür geben, als dass er selbst etwas mit dem Mord an seinem zukünftigen Schwager zu tun hatte? Garsende hielt den Atem an. Sie hatte läuten hören, dass es zwischen Ludger und Rainald zu Zwistigkeiten wegen Adelines Mitgift gekommen war. Womöglich war der Zwist ausgeartet, und womöglich hatte sich der Herr von Dachenrod des unbequemen Schwagers in spe entledigt? Oder es hatte noch einen anderen Grund für Rainald gegeben, Ludger übelzuwollen, einen, der noch im Verborgenen lag?

Das musste sie herausfinden!

Der Regen hatte aufgehört, und der Wind hatte sich gelegt, aber schwere Wolken verdüsterten noch immer den Himmel, als Bandolf sich mit seinem Schreiber auf den Weg in die Hafergasse machte.

Nässe glänzte in den halbnackten Bäumen und tropfte von den strohgedeckten Dächern herab. Der mit Unrat verunzierte Boden der Gassen hatte sich in übelriechenden, glitschigen Matsch verwandelt, und die herabgefallenen Blätter blieben aufgeweicht an den Schuhen der beiden Männer kleben. Frauen schürzten ihre Röcke und wateten vorsichtig durch den zähen Schlamm, während die Kinder begeistert von Pfütze zu Pfütze hüpften und jauchzten, wenn das Regenwasser nach allen Seiten spritzte und schimpfende Fußgänger traf.

Zwischen Brot- und Schwertfegergasse mussten Bandolf und Prosperius stehenbleiben, weil sich eine dicke Sau mitten auf dem Weg ein Schlammbad gönnte. Sie war wohl ihrem Hüter entwischt und wälzte sich nun breit und behaglich in der morastigen Brühe. Vergeblich brüllten der Burggraf und sein Schreiber auf die Sau ein, und erst, als Bandolf sich einen herabgefallenen Ast griff und nach ihr schlug, kam das Schwein auf die stelzigen Beine und suchte quiekend das Weite.

Prosperius blickte der flüchtenden Sau traurig hinterher. »Wieso habt Ihr es laufen lassen, Herr?«, fragte er vorwurfsvoll. »Ihr hättet das Schwein zum Eigentum der Stadt erklären können, herrenlos und ohne Aufsicht, wie es war.«

»Ja, ja, das nächste Mal«, sagte Bandolf ungeduldig. Er wollte noch vor der Sext mit Detmar von Blochen sprechen und hatte es eilig. Prosperius schüttelte den Kopf und murrte laut: »Ein schöner Braten ist uns da entgangen.«

»Kannst du nicht einmal an etwas anderes denken als an deine nächste Mahlzeit?«, schimpfte Bandolf.

»Nun ja, Herr – mein Magen donnert oft so laut, da fällt

es mir schwer, auch noch in meinen Kopf hineinzuhorchen«, argumentierte Prosperius.

Bandolf verdrehte entnervt die Augen.

Als sie die Gaden überqueren wollten, kam ihnen der Graf von Laufen hoch zu Ross mit einem kleinen Gefolge entgegen. Das Zaumzeug der Pferde war auf Hochglanz poliert, die Männer trugen Speere bei sich, und kleine Wimpel an den Stöcken der Knechte blähten sich im Wind.

»Gerade der rechte Mann«, rief Bandolf erfreut und eilte auf die Gasse, um sich dem Aufmarsch breitbeinig und winkend in den Weg zu stellen.

Mit allen Anzeichen von Ungeduld gab der Graf seinen Leuten ein Zeichen anzuhalten. »Gott befohlen, Burggraf«, begrüßte er Bandolf mit einem halben Lächeln. »Habt Ihr etwas auf dem Herzen? Wie Ihr seht, bin ich auf dem Weg zur Jagd.«

»Ich werde Euch gewiss nicht lange aufhalten, Graf«, versicherte Bandolf. »Ich habe nur ein paar wenige Fragen.«

Der Graf von Laufen zog eine dünne Augenbraue hoch und nickte dem Burggrafen auffordernd zu.

»Sigurt von Siersberg hat mir gesagt, dass er vorgestern bei Euch gewesen ist. Sicher erinnert Ihr Euch daran?«

»Natürlich. Ich habe mein Gut im Nahetal, das bei Sigurts Ländereien liegt, mit seiner Hufe bei Eich nebst Eigenleuten und einem Stück Wald getauscht.« Der Graf beruhigte sein unruhig tänzelndes Ross und lächelte zufrieden. »Ein guter Handel. Auf den wir beim Wirt am Markt angestoßen haben. Anschließend begossen wir den Abschluss noch mit einem guten Tropfen in meiner Halle.«

»Und wann hat Sigurt Eure Halle verlassen?«, wollte Bandolf wissen.

Der Herr von Laufen warf seinen wohlgeformten Kopf in den Nacken und lachte schallend. »Das weiß ich beim besten Willen nicht mehr, Burggraf. Der Wein floss reichlich, ich war betrunken wie ein Ochsenknecht, und irgendwann nach der Mahlzeit muss ich am Tisch eingenickt sein. Als mich zwei meiner Knechte in die Kammer zu meiner Schlafstatt schleppten, war Sigurt nicht mehr da.«

»Vielleicht weiß aber noch jemand Eurer Leute, wann Sigurt gegangen ist?«

»Wenn Euch so viel daran liegt, will ich mich erkundigen«, versprach der Graf, und kaum hatte Bandolf versichert, dass ihm sehr daran gelegen war, gab er seinem Pferd auch schon die Sporen.

Prosperius schaute dem prächtigen Zug mit glänzenden Augen hinterher. »Ist wohl ein vermögender Mann, der Herr Graf?«

»Gut gestellt wie guten Glaubens«, antwortete der Burggraf kryptisch.

Bandolf schickte seinen jungen Schreiber weiter zur Pfuhlgasse, wo der Tuchschläger Egmund seine Hütte hatte, und klopfte allein an die Pforte zu Ludgers Heim. Der Empfang, der ihm bereitet wurde, fiel um einiges kühler aus als am Tag zuvor. Elgard stand vor der Tür zum Haus, als er eintraf, und Sigurt kam von der Rückseite um die Ecke gestürzt. Sein teures Hemd war schmutzig, an seinen Beinlingen klebten kleine Holzspäne, und in seinem Haar hingen Spinnweben.

»In der Scheune ist auch nichts. Ich habe alles …«, rief er aufgebracht, verstummte aber sofort, als er Bandolf bei Elgard stehen sah. Elgard hielt sich für einen Moment an der dunklen Holzverkleidung fest und presste die schmalen Lippen aufeinander.

»Der Burggraf beehrt uns schon wieder mit seinem Besuch«, sagte sie spitz und öffnete die Tür, um die Männer in die Halle zu bitten. Sigurt rang sich ein Lächeln ab. »Wir haben Euch nicht so früh erwartet«, sagte er, als wolle er sich wegen seines Aufzugs entschuldigen. »Gewiss seid Ihr wegen meines Neffen hier«, sprach er hastig weiter. »Detmar ist in der Halle.«

Bandolf fand das neue Oberhaupt der Familie von Blochen am Tisch im Gespräch mit Rainald von Dachenrod und dem Hausmeier der Familie. Obwohl Detmar nicht klein zu nennen war, wirkte seine Gestalt gedrungen, und im Gegensatz zu seinem Bruder Ludger wies er keinerlei Ähnlichkeit mit Elgard oder Sigurt auf. Helles, blondes Haar umrahmte sein fleischiges Gesicht, und farblose Wimpern ließen seine blauen Augen leicht hervortreten. Seine Nase war groß und plump, das Kinn energisch, und um seine vollen, schön geschwungenen Lippen lag ein harter Zug.

Er blickte auf, als der Burggraf die Halle betrat. »Man sagte mir, Ihr wolltet mit mir sprechen?« Knapp nickte er Bandolf zu, dass er sich setzen könnte, und scheuchte den Hausmeier mit einer unwirschen Geste aus der Halle. Elgard schickte eine Magd nach Brot und Wein.

Bandolf zwängte seine stämmige Gestalt neben Rainald auf die Bank und zog seinen Becher aus der Tasche seines Umhangs. Aus den Augenwinkeln sah er die kleine, blonde Hermia neben der alten Teudeline auf der anderen Seite der Halle an einem Tuch sticheln. Von den anderen Frauen des Hauses war keine zu sehen. Dafür sah Bandolf die Heilerin Garsende bei Hermia sitzen. Sie erwiderte seinen Blick mit einem Nicken und schaute ihm dabei so fest ins Gesicht, als wolle sie ihm etwas mitteilen. Fragend runzelte Bandolf die Stirn, doch er hatte sich wohl getäuscht. Garsende schwieg.

Wie bei seinem ersten Besuch lehnte Sigurt lässig an der Wand, doch Elgard hatte sich aufrecht hinter ihren Sohn gestellt, und ihre Hand lag leicht auf seiner Schulter.

Bandolf räusperte sich. »Es tut mir leid, dass ich Euch in der Trauer um Euren Bruder stören muss, aber ich sehe mich gezwungen, ein paar Fragen zu stellen.«

»Fragen welcher Art?« Detmar kniff seine hellen Augen zusammen und schien an dem Burggrafen vorbeizustarren. Bandolf beschloss, sich nicht mit Plattheiten aufzuhalten, und kam gleich zur Sache.

»Ich muss Euch fragen, wo Ihr in der Nacht gewesen seid, als Euer Bruder ermordet wurde.«

Auf Detmars blassen Wangen erschienen rote Flecken. »Was wollt Ihr mit dieser Frage denn andeuten, Burggraf?«

»Ich will überhaupt nichts andeuten«, erwiderte Bandolf ruhig. »Ihr wurdet dabei beobachtet, wie Ihr kurz nach Ludger am Abend seines Todes das Haus verlassen habt. Es könnte doch sein, dass Ihr gesehen habt, wohin Ludger gegangen ist oder ob jemand mit ihm zusammen war. Vielleicht habt Ihr sogar selbst noch mit ihm gesprochen?«

Elgard sog scharf den Atem ein. »Wer behauptet denn, dass mein Sohn das Haus verlassen hat?« Sie drückte Detmars Schulter, doch ihr Sohn schüttelte ihre Hand ungeduldig ab. Elgard runzelte die Stirn, schob ihre Hände dann in ihre weiten Ärmel und reckte das Kinn.

Detmar rang sich ein schmales Lächeln ab. »Wer immer mich gesehen haben will, muss sich irren. Ich habe mich gleich nach dem Abendbrot niedergelegt. Ich war müde, und früh am nächsten Morgen hatte ich einen langen Ritt zu unserer Hufe nach Eich vor mir.« Mit Nachdruck fügte er hinzu: »Ich habe meinen Bruder nach dem Abendbrot weder gesehen noch gesprochen, das kann ich Euch versichern.«

Unwillkürlich warf Bandolf einen Blick auf Garsende. Die Heilerin hatte ihm von Detmars Weggang an jenem Abend erzählt. Hatte sie gelogen? Er wollte schon das Wort an sie richten, doch ein unbestimmtes Gefühl hielt ihn zurück. Garsende schaute ihn nicht an, obwohl sie in seine Richtung blickte. Bandolf folgte ihrem Blick.

»Aber vielleicht hat der Herr von Dachenrod Ludger

noch gesehen«, sagte er langsam, behielt aber die Heilerin im Auge.

»Ich?« Rainald sprang hastig auf. »Wie kommt Ihr darauf?«

»Ihr seid an besagtem Abend nach der Komplet auf dem Pfalzhof gesehen worden.« Garsende sog scharf den Atem ein, dann umspielte ein Lächeln ihre Lippen.

»Ihr zweifelt an meinen Worten?«, rief Rainald aufgebracht. »Das muss ich mir nicht anhören!« Zornig stürmte er aus der Halle und warf die Pforte mit einem lauten Knall hinter sich zu.

Bandolf hörte, wie Hermia am anderen Ende der Tafel leise aufschluchzte. Er konnte ihr Gesicht nicht erkennen, denn sie hielt ihren Kopf tief über ihre Stichelei gesenkt, und ihre vollen blonden Locken verdeckten ihre Züge.

»Wie könnt Ihr nur wagen, Gäste meines Hauses zu beschuldigen«, rief Elgard aufgebracht. Sie machte Anstalten, Rainald hinterherzueilen, doch ein leichtes Kopfschütteln ihres Bruders hielt sie zurück.

»Bei allen Heiligen«, knurrte der Burggraf, der langsam die Geduld verlor. »Ich beschuldige hier niemanden. Ich gebe lediglich wieder, was mir berichtet wurde. Es sollte schließlich in Eurem Interesse liegen, wenn die Wahrheit ans Licht kommt.«

»Dann solltet Ihr die Wahrheit anderswo suchen«, sagte Detmar scharf. »Mein Bruder wurde heimtückisch von einem Dieb und Halsabschneider ermordet. Warum also belästigt Ihr uns mit Euren Fragen?«

»Mein Neffe hat Recht, Burggraf«, mischte Sigurt sich ein und warf Bandolf einen bedeutungsvollen Blick zu. »Sucht bei dem Gesindel vom Kirchhof nach dem Mörder. Ihr wisst doch noch, worüber wir gestern gesprochen haben?«

Bandolf ging nicht darauf ein. »Je mehr ich darüber erfahre, was Ludger gemacht hat, umso eher kann ich seine

Schritte nachvollziehen, die mich dann vielleicht zu seinem Mörder führen«, erklärte er.

Niemand sagte etwas darauf. Detmar zerrte an seiner Spange und starrte so hartnäckig an Bandolf vorbei, dass der sich fragte, ob er wohl schielte. Elgard tauschte einen fragenden Blick mit ihrem Bruder, der nicht darauf reagierte. Und die Heilerin hatte sich nach vorne gebeugt und starrte mit zusammengekniffenen Augen auf ihre Hände.

Bandolf nahm einen tiefen Schluck aus seinem Becher, wischte sich den Bart mit seinem Ärmel ab und überlegte, wie er hier weiterkommen sollte. »Was hatte Ludger mit dem Gerber Schnorr zu besprechen?«, fragte er schließlich übergangslos.

Detmars Finger verharrten abrupt über seiner Spange, und seine Augen wurden schmal.

Garsende hob den Kopf, und Sigurt lachte laut auf. »Ein Gerber? Wirklich, Burggraf. Eure Fragen werden immer absurder.«

Elgard hob kühl die Augenbrauen. »Mein Sohn hatte nichts mit einem Gerber zu schaffen«, erklärte sie.

»Wann soll mein Bruder denn mit einem Gerber gesprochen haben?«, erkundigte sich Detmar. »Und wieso wollt Ihr das wissen?«

»Es war am Tag vor Michaeli. Da hat man Ludger vor Eurem Haus mit dem Gerber Schnorr zusammen gesehen. Hat jemand von Euch das Gespräch vielleicht beobachtet? Womöglich gehört, worum es ging?«

Sigurt lachte. »Woher soll einer von uns wissen, worüber mein Neffe mit einem Gerber gestritten hat? Vielleicht wollte Ludger sich ein Paar neue Schuhe anpassen lassen und hat mit dem Gerber über den Preis einer Kalbshaut verhandelt?«

»Ich habe nicht gesagt, sie hätten sich gestritten«, bemerkte Bandolf und schaute Sigurt aufmerksam an.

Sigurt zuckte mit den Schultern. »Wenn alles in Ordnung gewesen wäre, hätte Ludger mit diesem Gerber gar nicht erst geredet. Deshalb gehe ich davon aus, dass das Gespräch eine Auseinandersetzung war.«

»Hmm«, machte Bandolf, dann fragte er: »Ihr hattet Euch an jenem Tag mit Eurem Neffen und ein paar anderen zur Jagd verabredet, aber Ludger verließ die Jagdgesellschaft schon frühzeitig und kehrte in die Stadt zurück. Warum hat er das getan?«

Von der anderen Seite der Halle ließ die alte Teudeline ein überraschendes Meckern hören. »Ich kann mich gut an diesen Tag erinnern«, kicherte sie. »Es war der Tag vor Michaeli, und Ihr«, sie zeigte mit einem knochigen Finger auf Elgard, »wart wütend darüber, weil Euch niemand von dem Vorhaben unterrichtet hatte. Ihr wolltet, dass Ludger zu Hause bliebe. Keiftet, er solle sich um Wichtigeres kümmern, als sich den Tag mit seinen Vergnügungen zu vertreiben.« Elgard kniff verärgert die Lippen zusammen und warf der alten Dame einen vernichtenden Blick zu, doch Teudeline fuhr unbekümmert fort: »Sigurt hat ein gutes Wort für Ludger eingelegt, und Ihr musstet zähneknirschend nachgeben.« Sie wackelte mit dem Kopf vor und zurück wie ein Täubchen und schaute den Burggrafen listig an. »Ich habe den jungen Tunichtgut gesehen, als er zurückkam. Es dämmerte schon. Er brachte eilig sein Pferd in den Stall, und dann stahl er sich wieder aus dem Haus«, kicherte sie. »Ich vermute, er hatte vor, sich mit einem seiner Liebchen zu treffen, und wollte nicht, dass Elgard oder sein Weib davon erfuhr.«

»Was redet Ihr denn da?«, fragte Elgard ungehalten, doch Bandolf unterbrach sie.

»Und wann ist Ludger später zurückgekehrt?«

Teudeline zuckte nur mit den Schultern, und auch niemand sonst gab Antwort.

»Hat er gesagt, warum er die Jagdgesellschaft so früh verlassen wollte?«, wandte Bandolf sich an Sigurt.

Ludgers Onkel zog die Augenbrauen hoch. »Er erwähnte dringliche Geschäfte. Genaueres hat er mir nicht gesagt, und ich habe auch nicht gefragt.«

Detmar erhob sich. »Wenn es nichts weiter gibt, dann muss ich Euch bitten zu gehen«, erklärte er nachdrücklich. »Der Tod meines Bruders ist nicht nur ein bedauerlicher Zwischenfall, sondern bringt auch eine Menge Arbeit mit sich. Ich kann nicht länger müßig in der Halle sitzen und Eure sinnlosen Fragen beantworten.«

Bandolf fragte sich, was für Detmar ein Unglück sein mochte, wenn er die Ermordung seines Bruders nur für einen bedauerlichen Zwischenfall hielt. Er trank aus, rülpste laut und stand auf. »Eine Frage habe ich in der Tat noch«, sagte er, zog die Öllampe, die er vor dem Beinhaus gefunden hatte, aus der Tasche seines Umhangs und stellte sie auf den Tisch. »Gehört diese Lampe zu Eurem Haushalt?«

Elgard sog den Atem ein. »Mein Sohn hatte eine Lampe dabei, als er am Abend das Haus verließ«, meinte sie und griff danach. Sie drehte die Lampe um und nickte dann. »Ja, das ist unsere Lampe. Seht Ihr die Markierung?« Für einen Moment hatte Bandolf den Eindruck, als wolle sie gleich in Tränen ausbrechen, während ihre Finger sanft über das eingeritzte, von einem Kreis umrandete Kreuz strichen. Doch sie fing sich schnell wieder. Bandolf wartete darauf, dass sie eine Frage stellen würde, doch sie schwieg, und so fuhr er fort:

»Außerdem wurde eine Schnur mit Elfenbeinperlen in Ludgers Besitz gefunden. Gehörte sie Ludger oder jemandem von Euch?«

»Sie gehört mir«, sagte Elgard schnell und streckte fordernd die Hand aus.

Bandolf bemerkte, wie sie einen warnenden Blick mit ihrem Bruder tauschte und wie Detmar fragend die Brauen hob.

»Aber weder Euer Sohn noch Euer Bruder haben diese Kette je gesehen, oder irre ich mich?«

»Also, das ist doch ...«, schnappte Elgard empört, und Sigurt fiel ihr schnell ins Wort. »Ich kenne nicht jedes Schmuckstück meiner Schwester.«

»Dann frage ich mich nur, aus welchem Grund Ludger eine Kette bei sich trug, die Euch gehört?«

»Ich gab sie ihm vor einigen Tagen«, antwortete Elgard kühl. »Sie war kaputtgegangen. Ludger sollte sie zum Goldschmied in der Judengasse bringen.«

»Die Kette hat einen sehr schönen Verschluss. War er ebenfalls kaputt?«, erkundigte sich der Burggraf leichthin.

»Vielleicht war er lose.«

»Und ist Ludger denn noch beim Goldschmied gewesen, bevor er starb?«

»Herrje, das weiß ich nicht«, rief Elgard unwirsch, und ihre Wangen färbten sich rot. »Aber da Ihr meine Kette offenbar gefunden habt, gebt sie mir wieder zurück.«

Bandolf ignorierte ihre gebieterisch ausgestreckte Hand. »Da die Kette Euch gehört, könnt Ihr doch sicher meine Neugierde befriedigen und mir sagen, was in die Perlen eingeritzt ist?«

»Ihr wollt mir doch mein Eigentum nicht verweigern, Burggraf?«, gab sie anstelle einer Antwort zurück.

Bandolfs Mund verzog sich zu einem sarkastischen Lächeln, und er erwiderte: »Ich habe die Kette nicht bei mir. Ich werde sie Euch später bringen lassen.«

»Es eilt nicht, Burggraf«, versicherte Sigurt hastig, bevor Elgard noch einen Einwand vorbringen konnte, und drängte Bandolf zur Tür.

Kaum hatte sich die kleine Eingangspforte hinter dem Burggrafen geschlossen, als das ganze Tor aufschwang und Rainald von Dachenrod ein gesatteltes Pferd auf die Hafergasse führte. Bevor er aufsitzen konnte, stellte Bandolf sich ihm in den Weg.

»Ihr seid ja immer noch hier«, sagte der junge Mann unmutig, doch sein Zorn war inzwischen offenbar verraucht.

»Und Ihr habt verabsäumt, mir meine Frage zu beantworten«, konterte Bandolf.

»Welche Frage?«

»Wo Ihr in der Nacht gewesen seid, in der Ludger ermordet wurde.«

Rainald fing plötzlich an zu lachen. »Ihr seid ein hartnäckiger Mann, Burggraf. Es würde wohl nichts nützen, wenn ich Euch noch einmal versicherte, dass ich im Haus geschlafen habe?«

Bandolf lächelte. »Nein.«

»Na schön. Wenn Ihr es unbedingt wissen müsst: Ich war bei meiner Kebse«, sagte Rainald und schaute den Burggrafen trotzig an.

»Eine Kebse, ja? Sieh mal an«, bemerkte Bandolf. »Und wo habt Ihr Euch mit Eurem Liebchen getroffen?«

»In ihrem Haus.«

»Wer ist sie? Wo wohnt sie?« Bandolf zog eine Grimasse und schwenkte ungeduldig die Arme. »Herrgott noch mal! So lasst Euch doch nicht jeden Wurm aus der Nase ziehen.«

Röte fuhr in Rainalds teigige Wangen, und er funkelte den Burggrafen an. »Wenn Ihr es unbedingt wissen müsst: Gundela ist Witwe und wohnt in der Andreasgasse.«

»Na also«, rief Bandolf. Dann fiel ihm wieder ein, was der Kämmerer ihm am Morgen erzählt hatte, und er fragte scharf: »Seid Ihr mit dem Frauenzimmer nach der Komplet auf dem Pfalzhof gewesen?«

»Natürlich nicht. Ich habe Gundela in ihrem Haus aufgesucht.«

»Und welchen Weg habt Ihr zur Andreasgasse genommen?«

»Ich bin über den Pfalzhof gegangen, dort über die Mauer auf den Kirchhof geklettert und auf der anderen Seite durch die Pforte auf die Andreasgasse geschlüpft. Das ist der kürzeste Weg«, antwortete Rainald mit schmalen Augen. »Warum wollt Ihr das wissen?«

Doch Bandolf ging nicht darauf ein. »Und auf dem Kirchhof seid Ihr wohl nicht zufällig Ludger von Blochen über den Weg gelaufen?«

»Nein«, sagte Rainald ungeduldig. »Ich habe den Pfad an der Südseite des Doms entlang hinter der Kapelle vorbei genommen. Ich habe zwar auf der anderen Seite ein paar Zecher bei der Kirchhofsmauer gesehen, aber Ludger war nicht darunter.«

»Auch nicht Sigurt oder Detmar? Oder jemand anderer, der Euch bekannt ist?«

»Nein.«

»Und als Ihr von Eurem kleinen Abenteuer zurückgekommen seid, habt Ihr da ebenfalls die Abkürzung genommen?«

»Ja.« Rainald vermied Bandolfs Blick und kam seiner nächsten Frage schnell zuvor. »Aber da waren die Zecher schon fort. Und sonst habe ich niemanden gesehen.« Er hob den Kopf, besann sich wohl wieder auf seinen Stand und sagte herablassend: »Ich habe Euch gesagt, was es zu sagen gibt, Burggraf. Und ich erwarte von Euch, dass Adeline nichts von Gundela zu Ohren kommt. Das braucht sie nicht zu wissen.«

Bandolf strich dem ruhigen Braunen über die helle Blesse. »Ich habe Eure Verlobte heute in der Halle vermisst. Auch Fastrada und Richenza waren nicht da«, stellte er fest.

Rainald zuckte gleichgültig mit den Schultern. »Frau Elgard hat Adeline mit Fastrada zum Nonnenkloster geschickt, um den guten Frauen Butter, frischen Rahm oder Ähnliches zu bringen. Ludgers Witwe müsse auf andere Gedanken kommen, meinte sie. Und Richenza sitzt seit gestern in ihrer Kammer und pflegt ihren Schmerz.«

»Welchen Schmerz?«

»Sie trauert um den teuren Verblichenen«, erwiderte Rainald sarkastisch, griff in die Zügel und schwang sich in den Sattel. Grußlos verschwanden Ross und Reiter um die nächste Ecke.

Kapitel 11

Als Bandolf zurückkehrte, fand er sein Heim in hellem Aufruhr vor. Die Hörigen drängten sich wie aufgescheuchte Hühner in der Diele, tuschelten furchtsam miteinander und wollten auf seine Frage, was los sei, nicht antworten. Beim Herdfeuer fand er Matthäa mit sorgengefurchter Stirn an Hildruns Schlafplatz sitzen, umringt von Herwald, Werno, dem Kurzen Thomas und Filiberta. Bleich und schweißüberströmt wand sich die junge Magd in Krämpfen, während die Burggräfin versuchte, ihr einen Trank einzuflößen, und Filiberta unablässig Beschwörungen murmelte. Der Gestank von Erbrochenem, Kot und Urin drang in Bandolfs Nase.

»Was ist passiert?«, wiederholte er und sah sein Weib an. Matthäa hob den Kopf, doch bevor sie etwas sagen konnte, unterbrach Filiberta ihr Gemurmel und jammerte: »Der Himmel steh uns bei, es ist die Pest, Herr! Ganz bestimmt ist es die Pest. Ich hab's schon auf der Gemeindewiese gehört, dass bei Flonsheim wieder ein Bauer und seine Frau gestorben sind, und ich weiß genau, dass bei uns in der Vorstadt auch ein Pestkarren unterwegs war.«

Bandolf spürte Furcht in seinen Nacken kriechen. Werno warf der stämmigen Magd einen vernichtenden Blick zu, trat näher zu seinem Herrn und raunte: »Filiberta weiß es nicht besser, Herr. Hildrun hat die Cholera, das ist offensichtlich. Wir müssen sie sofort aus dem Haus schaffen.« Wenn er beabsichtigt hatte, den Burggrafen damit zu beruhigen, schlug der Versuch fehl.

»Die Cholera«, murmelte Bandolf entsetzt.

»Jetzt ist es aber genug!«, schimpfte Matthäa. »Ihr macht mir ja alle verrückt mit eurem Geschwatze.« Sie stand auf, drückte Filiberta den Becher in die Hand und befahl ihr, ihren Platz bei der Kranken einzunehmen. Filiberta machte Anstalten zu widersprechen, doch der wütende Blick ihrer Herrin brachte sie zum Schweigen, und sie tat, wie ihr geheißen.

Matthäa drängte den beleidigt dreinschauenden Hausmeier umstandslos zur Seite und zog ihren Gatten außer Hörweite der Hauseigenen. »Es fing gleich an, nachdem Ihr weggegangen seid«, berichtete sie leise. »Hildrun brach aus heiterem Himmel zusammen, und seitdem speit sie wie ein Brünnlein aus, was man ihr einflößt. Ich habe es mit allem versucht, was ich kenne, aber nichts hat geholfen.«

»Spuckt sie Blut?«, fragte Bandolf besorgt.

»Bis jetzt noch nicht. Aber ich weiß nicht, was ich noch versuchen soll.«

»Vielleicht hat Werno Recht. Wir sollten sie vorsichtshalber aus dem Haus schaffen und einen Priester holen«, meinte Bandolf.

Matthäa schüttelte den Kopf. »Mir wäre wohler, Ihr würdet nach Garsende schicken und Hildrun so lange am Feuer belassen, bis sie kommt.«

Bandolf runzelte die Stirn, widersprach ihr aber nicht. Für das Wohl der Hauseigenen trug Matthäa Sorge. Da war es nicht an ihm, sich einzumischen.

»Und wenn es doch die Cholera ist? Oder gar die Pest?«

Matthäa biss sich auf die Lippen. »Dann steh uns der Herrgott bei!« Sie tauschten einen langen Blick, und Bandolf drückte ihre Hand, bevor er sie losließ.

Der Kurze Thomas hatte die Heilerin noch in der Hafergasse vorgefunden. So dauerte es nicht lange, bis sie zusammen mit Penelope eintraf, die mit regenfeuchtem Fell unbemerkt zwischen den beiden ins Haus schlüpfte. Mit Garsendes Ankunft kehrte wieder Ruhe in der Halle des Burggrafen ein. Matthäa scheuchte die Hörigen, die immer noch in der Diele herumlungerten, zurück an ihre Arbeit. Der Kurze Thomas wurde um frisches Regenwasser, Filiberta nach oben um ein reines Tuch geschickt, während Bandolf sich mit einer Schüssel Suppe, einer Hasenkeule und einem Kanten Brot unversehens in die hinterste Ecke seiner Tafel verbannt fand. Werno war tief gekränkt abgezogen, nachdem Garsende angeordnet hatte, dass Hildrun den bevorzugten Schlafplatz nahe am Herdfeuer bekommen sollte, der eigentlich ihm, dem Hausmeier, zustand.

Bandolf war weiß Gott nicht daran gelegen, der Untersuchung aus der Nähe beizuwohnen. Seine einzige Bekanntschaft, die er mit den Gerätschaften eines Heilkundigen gemacht hatte, nämlich Bruder Anselms Zange, mit dem der ihm einen fauligen Backenzahn gezogen hatte, war völlig ausreichend gewesen, um Bandolfs diesbezügliche Neugier zu dämpfen. Dennoch schielte er hin und wieder zum Herdfeuer, um zu sehen, was dort geschah.

Garsende tastete Hildruns Leib ab, roch am Erbrochenen der Kranken und an ihrem Urin und befühlte ihre Stirn und ihre Wangen. Mit sanftem Zwang öffnete sie den Mund der jungen Magd, um ihre Zunge anzuschauen. Leise stöhnend ließ Hildrun die Heilerin gewähren, und erst der Anblick der Blutegel, die Garsende aus einem ihrer mitgebrachten Töpfchen klaubte, entlockte ihr schrillen Protest. Schließlich steckten die Heilerin und seine Gattin die Köpfe zusammen und sprachen so lange flüsternd miteinander, dass der Burggraf nervös wurde. Was immer aber Garsende seinem Weib zu sagen hatte, es zauberte die Farbe zurück in Matthäas Wangen. Bandolf atmete auf.

Endlich hatte das Getuschel ein Ende, und Matthäa

führte die Heilerin an die Tafel, wo sie ihr Speise und Trank anbot.

»Nun?«, knurrte der Burggraf.

»Ihr müsst Euch nicht beunruhigen. Ich habe bei Eurer Magd keine der Anzeichen von Pest oder Cholera festgestellt«, erklärte Garsende mit ernstem Gesicht. »Es ist jedoch nicht ausgeschlossen, dass Hildrun an der Seitenkrankheit leidet.«

Bandolf seufzte. Die Seitenkrankheit führte fast immer zum Tod. »Ist das sicher?«, wollte er wissen.

»Ganz und gar nicht. Die Anzeichen dafür sind sehr schwach und können durchaus eine harmlose Ursache haben. Ich will es nur nicht ausschließen. Bis jetzt erkenne ich jedoch lediglich ein starkes Ungleichgewicht von Hildruns Körpersäften, wobei sich insbesondere die schlechten Säfte der unteren Organe vermehrt und erhitzt haben.«

»Das ist die Strafe Gottes für ihre unverschämte Lasterhaftigkeit«, unkte Filiberta düster. »Man muss Hildrun hinauf aufs Dach schaffen, damit der Wind die üblen Geister aus ihrem Leib austreibt.«

Bandolf glaubte, ein Zwinkern in Garsendes Augen zu erkennen, als sie sich der Magd zuwandte. »Ich denke, das ist nicht nötig. Doch es kann nicht schaden, wenn du dich zu ihr setzt, ihren Kopf nach Osten hin legst und deine Gebete über ihrer Stirn sprichst.«

»Aber sie schläft doch jetzt«, protestierte Filiberta, die offenkundig lieber zugehört hätte, was an der Tafel gesprochen werden würde.

»Gleichwohl«, befahl Matthäa. »Tu, was die Heilerin sagt.«

Filiberta warf Garsende einen scheelen Blick zu und murrte leise vor sich hin, als sie zur Feuerstelle zurückging.

»Soll ich einen Priester kommen lassen?«, fragte Bandolf

und schob seine leere Schüssel von sich. Mit den Fingern zupfte er ein Stück Fleisch von seiner Hasenkeule ab und ließ es neben sich unter die Bank fallen. Penelope, die schon seit geraumer Zeit um seine Waden strich, fing den Brocken geschickt auf, schlang ihn hinunter und leckte sich über ihre rosafarbene Nase. Dann schaute sie auf, und ihr Blick bettelte um eine weitere Köstlichkeit. Bandolf strich über ihr Fell und zeigte ihr seine leere Hand, worauf sich die Katze Matthäas Rocksaum zuwandte. Als Bandolf wieder aufsah, bemerkte er, wie Garsende mit Matthäa einen Blick tauschte.

»Was denn?«, brummte er und runzelte die Stirn. Matthäa schüttelte lächelnd den Kopf, und die Heilerin versicherte hastig, es wäre sicher noch verfrüht, einen Priester zu bemühen. Dann wandte sie sich wieder an die Burggräfin. »Für heute kann man nicht viel mehr tun als das, was ich Euch schon gesagt habe. Wechselt den Umschlag mit Pastinakbrei um ihren Leib zu jeder Hore, und gebt der Kranken noch siebenmal einen kleinen Löffel mit Fenchelabsud. Mehr soll sie nicht zu sich nehmen. Der Aderlass, den ich gemacht habe, wird eine Abkühlung ihrer Körpersäfte bewirken, und erst dann kann ich ihr einen Trank verabreichen, den sie bei sich behält.«

Matthäa nickte. Sie stand auf, um noch einmal nach Hildrun zu sehen, und Garsende begann, schweigend ihre Suppe zu löffeln.

»Hast du Ludger von Blochen gut gekannt?«, fragte der Burggraf unvermittelt.

Garsende sah auf. Sie schien einen Augenblick zu überlegen, dann schüttelte sie den Kopf. »Man hat mich nur einmal wegen Ludger ins Haus gerufen«, antwortete sie. »Das war Anfang des Jahres. Er war übel zugerichtet und musste genäht werden.«

»Wer hat ihn denn so zugerichtet?«

»Derlei Dinge teilt man mir in der Regel nicht mit«, meinte sie. »Ich habe allerdings später gehört, Ludger wäre mit einem Kaufmann zusammengestoßen. Es ging wohl um die Tugend seines Weibes.«

»Ludgers?«

»Nein, des Kaufmanns Frau.«

»Ludger war ein einnehmender Mann. Wenn er mit einem Weib sprach, klangen seine Worte immer süß wie Honig«, warf Matthäa ein, die mit einem Krug Wein an den Tisch zurückkehrte. Sie zwinkerte, und in ihren Augen steckte ein Lachen. »Es würde mich nicht wundern, wenn er ein Liebchen gehabt hätte und von einem gehörnten Ehemann umgebracht worden wäre.«

»Hat Ludger seine süßen Worte auch an Euch gerichtet?«, fragte Bandolf mit einem plötzlichen Anflug von Eifersucht. Matthäa warf ihm einen schalkhaften Blick zu.

»Er schien einfach nicht anders zu können, als mit jeder Frau zu tändeln. Seine Worte hatten nichts zu bedeuten«, beschwichtigte sie ihren Gatten und strich ihm mit einer schnellen Geste über die Hand. Bandolfs Gesicht hellte sich auf, dann gab er sich wieder seiner Grübelei hin. Matthäa füllte die Becher und setzte sich zu der Heilerin. Die beiden Frauen überließen den Burggrafen seinen Gedanken, und ihre Plauderei wandte sich anderen Gegenständen zu.

Während ihre leisen Stimmen an ihm vorbeiplätscherten, dachte Bandolf an das unfruchtbare Gespräch mit dem neuen Oberhaupt der Familie von Blochen und an seinen Zusammenstoß mit Rainald von Dachenrod. Ärgerlich stellte er fest, dass er nichts wirklich Neues erfahren hatte, das den Mord an Ludger für ihn erhellte. Dann fiel ihm ein, dass er vergessen hatte, den Fetzen dunkler Wolle, den er beim Beinhaus gefunden hatte, vorzuzeigen. Sein Unmut wuchs. Und als er schließlich mit seinen Überlegungen bei Elgards Behauptung, das Elfenbeinband gehöre ihr, angekommen war, schlug er mit der flachen Hand auf den Tisch. Die beiden Frauen zuckten zusammen.

»Verdammmich«, rief er aus. »Ich habe das Gefühl, dass man mich in der Hafergasse nur zum Narren hält.«

»Was meint Ihr?«, fragte Matthäa erstaunt, doch über das Gesicht der Heilerin huschte ein wissendes Lächeln.

»Du hast doch sicher auch noch keine Kette mit Elfenbeinperlen, wie ich sie in Ludgers Halle beschrieben habe, an Elgards Hals baumeln sehen. Oder irre ich mich?«, fuhr er Garsende schroff an. Sie schüttelte den Kopf.

»Nein, und ich glaube auch nicht, dass sie ihr wirklich gehört«, fuhr Bandolf launig fort. »Und wenn sie es auch noch so standhaft behauptet.«

»Warum nicht?«, fragte Matthäa.

»Weil weder Detmar noch Sigurt etwas von einer solchen Kette wussten.«

»Vielleicht bekam Frau Elgard sie von jemandem geschenkt, von dem weder Sohn noch Bruder etwas wussten«, warf Garsende ein.

»Du meinst, von einem heimlichen Liebhaber?«

Vage zuckte Garsende mit den Schultern, doch Matthäa sagte mit Nachdruck: »Nein, das glaube ich nicht. Elgard zählt nicht zu jenen Frauen, die sich solcherart versündigen würden. Ich denke, ihre Sünde liegt in ihrem Hochmut.«

»Und in ihrer Habgier«, fügte Bandolf brummig hinzu. »Doch wenn ihr die Kette nicht gehört, und auch nicht einer der anderen Frauen im Haus, warum befand sie sich dann in Ludgers Schuh?«

Darauf wussten weder sein Weib noch die Heilerin eine Antwort, und der Burggraf zog eine Grimasse.

»Glaubt Ihr denn, jemand seiner eigenen Leute, gar seine eigene Mutter, hätte Ludger umgebracht?«, rief Matthäa bestürzt.

»Hmm, nein. Oder vielleicht doch?« Bandolf kaute unschlüssig auf seiner Unterlippe. »Es muss einen Grund geben, weshalb Ludger ermordet wurde, und mir fiele nur Detmar ein, der wirklich Nutzen davon hat, dass sein Bruder tot ist. Und immerhin wissen wir, dass Detmar in der Nacht, als Ludger starb, nicht im Haus gewesen ist. Was er aber hartnäckig leugnet.«

»Auch Rainald von Dachenrod war nicht im Haus, wie er behauptet hat«, erinnerte ihn Garsende.

Bandolf schnaubte: »Pah! Rainald hatte ein Stelldichein mit seiner Kebse in der Andreasgasse. Er kann es nicht gewesen sein.«

»Wenn Ihr das sagt.« Die Stimme der Heilerin klang zweifelnd. Bandolf sah sie stirnrunzelnd an.

»Die Andreasgasse grenzt an den Kirchhof. Wäre es da nicht möglich, dass er auf dem Friedhof gewesen ist?«, beantwortete sie vorsichtig seine unausgesprochene Frage.

»Dem Mann ist dort nichts Verdächtiges aufgefallen«, wischte er ihre Worte vom Tisch, doch Garsendes Einwand blieb in seinem Kopf hängen. In der Tat war das, was sie gesagt hatte, einer weiteren Überlegung wert.

»Welchen Grund sollte Rainald denn gehabt haben, seinen zukünftigen Schwager in die Hölle zu schicken?«

Garsende schien etwas sagen zu wollen, überlegte es sich aber offenbar anders. Sie biss sich auf die Lippen und schwieg.

»Und dann ist da noch das dubiose Gespräch zwischen Ludger und Schnorr«, führte Bandolf aus, »und das Stoffstück, das der Gerber dem Mann gezeigt hat. Ich werde das Gefühl nicht los, dass das etwas zu bedeuten hat. Hinzu kommt die Elfenbeinkette. Wenn sie nicht einer der Frauen in der Hafergasse gehört, warum hatte Ludger das Band dann in seinem Schuh versteckt?«

»Habt Ihr Adeline, Richenza oder Fastrada danach gefragt?«, wollte Matthäa wissen.

»Dazu hatte ich noch keine Gelegenheit.« Das Stirnrunzeln ihres Gatten vertiefte sich. »Und wenn ich's recht bedenke, weiß ich auch nicht, wie ich eine vernünftige Antwort von den Frauen bekommen soll, solange Elgard wie ein Höllenhund dazwischengeht, sobald sie den Mund aufmachen«, erklärte er unwirsch.

Garsende nickte. »Frau Elgard behält ihr Zepter gerne in der Hand.« Sie wischte ihren Holzlöffel am Ärmel ab und steckte ihn zurück in den Beutel, der an der Kordel um ihr Gewand hing. »Es mag geschickter sein, wenn Ihr Eure Fragen nicht offen in der Halle stellen würdet, sondern die Frauen allein erwischen könntet.«

»Du meinst wohl, du könntest das besser?«, fragte Bandolf mit spöttisch gekräuselten Lippen.

»Warum nicht?«

Ihm lag eine scharfe Erwiderung auf der Zunge, doch plötzlich ging ihm auf, dass sie in der Tat Recht haben könnte. Garsende war in Ludgers Haus ein vertrauter Anblick, und niemandem würde es aufstoßen, wenn sie mit den Weibsleuten unter vier Augen schwatzte.

Wieder tauschten die Heilerin und seine Gattin einen dieser irritierenden Blicke. Der Burggraf seufzte. Nachdenklich strich er über seinen Bart, kämpfte mit unausgegorenen Einwänden, doch schließlich siegte sein Wunsch, ein paar Antworten zu bekommen, und wären es auch noch so abwegige.

»Einverstanden«, brummte er. »Versuch nur dein Glück. Sieh zu, ob du herausfinden kannst, was die Frauen über die Kette wissen.«

Doch als Garsende mit einem Korb frischer Eier, die die Burggräfin ihr als Lohn für ihre Dienste überreicht hatte, gegangen war, hatte Bandolf ein flaues Gefühl im Magen.

Garsende beabsichtigte, viel tiefer zu graben, als in der Hafergasse zwischen Aderlass und Pulvermischen nur ein paar harmlose Fragen über das Perlenband einzuflechten. Und hätte der Burggraf davon gewusst, würde ihn zweifellos mehr gedrückt haben als nur sein Magen.

Angesichts ihrer deprimierenden Lage erschien es der Heilerin am klügsten, so viel wie nur möglich über Ludgers Familie zu erfahren. Es hatte sie ebenso erstaunt wie erfreut, dass der Burggraf eingelenkt hatte. Und machte sie ihre Sache gut, konnte er sich später schwerlich weigern, ihr im Streit mit dem Grafen von Rieneck beizustehen. Mochte der Burggraf auch ruppig sein, so schien er doch ein aufrechter Mann, der seine Schuld begleichen würde.

Aufmerksam hatte Garsende zugehört, als Bandolf im Hause von Blochen seine Fragen gestellt hatte, und die Antworten, die Ludgers Anverwandte gegeben hatten, schienen ihr merkwürdig zurückhaltend. Fast so, als wollten sie nicht, dass Ludgers Mörder gefunden wird, grübelte sie, als sie das Haus des Burggrafen verließ.

Warum Bandolf Ludgers Gespräch mit dem Gerber so viel Wert beimaß, mochte ihr nicht einleuchten, und dass er ihren Hinweis auf Rainald von Dachenrod so beiläufig weggewischt hatte, wollte ihr genauso wenig gefallen. Sie war drauf und dran gewesen, dem Burggrafen von Hermias delikatem Zustand zu berichten, hatte dann aber doch geschwiegen. Eine vage Vermutung, die in ihr aufgekeimt war, als Rainald sie mit seinem Ansinnen überfallen hatte, war eben nichts weiter als ein bloßer Gedanke. Garsende wusste Besseres, als deshalb einen Mann anzuschwärzen, der ihr so viel Schaden zufügen konnte. Nein, sie musste erst mehr erfahren.

Fastrada schien ihr die Frau zu sein, die am meisten über die Nacht wissen mochte, in der ihr Gemahl gestorben war. Ihr Gemüt war in Aufruhr, seit die Nachricht von Ludgers Tod gekommen war, und nicht einmal Garsendes Trank hatte die Hitze daraus verschwinden lassen. Hatte Fastrada etwas gesehen in der Nacht, als sie auf ihren säumigen Gatten gewartet hatte?

Von Elgard wusste Garsende, dass sie Tochter und Schwiegertochter zum Nonnenkloster geschickt hatte, und so schlug sie ebenfalls den Weg durch die Pfauenpforte in Richtung Süden nach Mariamünster ein.

Kaum hatte die Heilerin die Ansammlung der armseligen Hütten in der Vorstadt hinter sich gelassen, breitete sich die Ebene des Wormser Umlandes mit satten Wiesen und Feldern vor ihr aus. Die Bergkette, die sich fern im Westen erstreckte, war verhangen, und das Tiefgrün der Wälder verlor sich im nebelhaften Grau der Wolken. Garsende genoss die reine Luft nach dem Regen und den intensiven Duft nach frisch geschnittenem Gras. Hie und da nickte ihr einer der Hörigen, die zwischen den Weinstöcken arbeiteten, einen Gruß zu. Die meisten Wiesen, Weingärten und Felder hier gehörten dem Kloster, ebenso wie der Wildbann über das kleine Waldstück, das Garsende durchschritt.

Die Heilerin beabsichtigte, vor dem Kloster auf die beiden Frauen zu warten. Die Nonnen von Mariamünster standen ihrer Heilkunst noch ablehnender gegenüber als der Burggraf, und insbesondere Mutter Margarete, die strenge Äbtissin des Klosters, verübelte ihr, dass Garsende den Schleier verweigert hatte, der der Bastardtochter des Grafen von Rieneck so großzügig angeboten worden war.

Während Garsende noch überlegte, wie sie ihre Anwesenheit hier erklären sollte, überholte sie ein Reiter. Sein Gesicht war unter der Kapuze des bestickten Umhangs verborgen. Hoch gewachsen, schlank und schneidig saß er im Sattel, und unter seinem Mantel lugte der Knauf eines Schwerts hervor.

Lothar!, schoss es Garsende durch den Kopf. Das Herz schlug ihr plötzlich bis zum Hals. Dann erkannte sie, dass die Farben des Reiters nicht die des Grafen von Braunschweig waren, die ihr heimlicher Geliebter als dessen Gefolgsmann trug. Dennoch starrte sie dem Reiter hinterher und atmete erst auf, als er um die nächste Biegung aus ihrem Blickfeld verschwunden war.

»Himmel«, flüsterte sie. Und als sie sich von ihrem ersten Schrecken erholt hatte: »Verdammnis.« Niemals hätte sie gedacht, dass dieser Mann noch immer so fest in ihren Gedanken ankerte.

Ein paar Schritte vor ihr lag ein Findling am Wegesrand. Eine glückliche Fügung, denn ihre Knie waren weich geworden. Garsende ließ sich darauf nieder, und ihre Gedanken glitten unversehens zwei Jahre zurück, als sie Lothar von Kalborn zum ersten Mal begegnet war.

Sie hatte ihn blutend und schwach wie ein neugeborenes Kätzchen auf einem Treidelpfad am Rheinufer gefunden und ihn mühselig in ihre Hütte geschleppt, nachdem sie seine Wunden notdürftig verbunden hatte. Lothar war ein robuster Mann und, abgesehen von seinen Verletzungen, gesund. Es dauerte nicht lange, bis er wieder bei Kräften gewesen war. Doch die kurze Zeit hatte genügt, um Gefühle in ihr wachzurufen, die sie niemals in sich vermutet hätte.

Vom ersten Augenblick an ließ Lothar keinen Zweifel daran, dass er Garsende begehrte, und noch ehe sie sich darüber Rechenschaft ablegen konnte, was sie tat, waren sie ein Paar.

Unwirsch trat Garsende einen kleinen Stein, der vor ihren Holzpantinen lag, in die regenweiche Erde.

Ihr Glück währte nicht lange. Lothar war im Auftrag seines Herrn unterwegs gewesen, als ihn Wegelagerer überfallen hatten, und er musste bald wieder aufbrechen, um seinen Auftrag zu erfüllen. Er würde wiederkommen, sagte er, als sie sich verabschiedeten. Kaum war er fort, und Garsende wieder Herrin ihrer Gedanken, wurde ihr klar, wie unklug sie sich verhalten hatte. Eine Ehe zwischen Lothar und ihr kam natürlich nicht in Frage. Der alte Graf von Rieneck war nicht mehr da, um einer solchen Verbindung das Gewicht seines Namens und seiner Schatulle zu geben, und sein Sohn würde den Teufel tun, sein Säckel für den Bastard seines Vaters zu öffnen. Aber ohne diese Unterstützung würde Lothars angesehene Sippschaft einer Vermählung zwischen ihm und einer Frau wie ihr niemals zustimmen, und ohne den Segen der Kirche musste ihre Verbindung eine heimliche bleiben. Garsendes guter Leumund sicherte ihr das Wohlwollen der Bürger und die Duldung der Obrigkeit in Worms. Sie durfte nicht zulassen, dass ihr dieses Ansehen verlorenging.

So hatte sie längst beschlossen, Lothar zurückzuweisen, als er dann leibhaftig wieder vor ihrer Tür stand.

Es währte nur einen kurzen Augenblick, und Lothars spottgefärbtes Lächeln und seine zauberhafte Tändelei hatten ihr Herz im Handumdrehen zurückerobert. Wie Spreu im Wind verloren sich ihre Bedenken unter den zärtlichen Küssen, mit denen er ihr Gesicht bedeckte, und erst, als er sie wiederum verließ, kehrte ihr Verstand zurück ... Und so war es zwei Jahre lang geblieben.

Garsende schlug mit der Faust auf den Findling und seufzte schwer.

Was hatte es für einen Sinn, über vergossene Tränen nachzugrübeln? Es war vorbei. Bei Lothars letztem Aufenthalt in Worms hatten sie sich im Streit getrennt. Er würde nicht wiederkommen.

»Und das ist gut so«, versicherte Garsende sich laut. Sie erhob sich, schüttelte energisch ihren Rock aus und war im Begriff weiterzugehen, als sie zwei Frauen den Pfad vom Kloster entlangkommen sah. Garsende kniff die Augen zusammen und erkannte Elgards Tochter, fein gekleidet mit einem grünfarbenen Gewand, das von einem Gürtel um ihre Hüfte gehalten wurde. Ein zarter Schleier, befestigt mit einem silbernen Reif um ihre Stirn, bedeckte Adelines dunkles, langes Haar. Die andere Frau war offenkundig eine Magd, die das Mädchen begleitete. Von Ludgers Witwe war jedoch weit und breit nichts zu sehen.

Flink ließ sich die Heilerin auf die Knie fallen und riss am Wegrand ein Kraut samt Wurzeln aus.

»Garsende? Was machst du hier?«, fragte Adeline überrascht, nachdem die Heilerin ihr einen Gruß zugerufen hatte.

Garsende hob das Pflanzenbüschel hoch. »Der wirksame Breitwegerich wächst nur hier«, flunkerte sie und hoffte, ihre Einschätzung des Mädchens würde sie nicht trügen, dass Adeline keine tiefer gehenden Kenntnisse über Heilkräuter besaß. Wie erhofft, streifte das Mädchen das verleumdete Kraut nur mit einem gleichgültigen Blick. Die Magd jedoch verzog das Gesicht. Bevor sie Garsende womöglich in Verlegenheit bringen konnte, stand die Heilerin hastig auf.

»Wollte Fastrada Euch nicht zum Kloster begleiten?«, fragte sie das Mädchen.

Adeline schüttelte den Kopf. »Sie ist noch bei den Nonnen geblieben, um für Ludgers Seelenheil zu beten«, sagte sie abfällig. »Als hätte sie seit gestern nicht genug gebetet.«

»Und Ihr?« Unmerklich schob sich Garsende zwischen die Magd und Adeline, sodass die Hörige zwei Schritte zurücktreten musste, als sie gemeinsam den Weg in die Stadt fortsetzten.

Adeline zuckte mit den Schultern. »Natürlich habe ich für Ludger gebetet. Ich wünschte meinem Bruder nichts Böses«, sagte sie hochtrabend, wechselte dann unvermittelt von ihrem Dünkel zur Vertraulichkeit und fügte nachdenklich hinzu: »Aber jetzt, da er tot ist, ist doch einiges leichter für mich geworden.«

»Ein strenger Bruder?«, ermunterte Garsende das Mädchen weiterzusprechen.

Einen Moment zögerte Adeline. »Du weißt natürlich, dass ich bald heiraten werde?«, sagte sie dann. »Rainald von Dachenrod stammt aus einer angesehenen Familie mit vielen Ländereien und großem Einfluss. Er wird mich auf seine Güter mitnehmen, und ich bekomme meinen eigenen Haushalt.« Sie lächelte. »Seine Mutter ist schon vor langer Zeit gestorben, also werde ich in der Halle das Sagen haben.«

Ihr hochgerecktes Kinn erinnerte die Heilerin an Elgard, und sie zweifelte keinen Augenblick daran, dass Adeline sich im Haus ihres zukünftigen Gatten Geltung verschaffen würde.

»Und Euer Bruder wollte die Heirat verhindern?«

Adeline lachte. »Aber nein. Wo denkst du hin? Natürlich wollte er die Verbindung. Doch er feilschte ständig um die Geschenke, meine Mitgift und mein Wittum, und das hat die Hochzeit immer wieder verzögert.«

»Wollt Ihr Worms denn so schnell den Rücken kehren?«

»Versteh mich nicht falsch, Heilerin.« Adeline errötete und warf ihren Kopf zurück. »Ich hege Respekt für meine Familie, wie es sich gehört.«

Garsende konnte sich lebhaft vorstellen, dass es mit einer Mutter wie Elgard für Adeline im Haus nicht leicht sein konnte.

»Wenn es sich so verhielt, war Euer Auskommen mit Ludger sicher nicht einfach«, sagte sie mit einem verständnisvollen Lächeln.

»Du sagst es«, seufzte das Mädchen. »Wir haben uns darum auch unentwegt gezankt.«

Eine Gruppe junger Knechte kam schwatzend des Wegs. Sie verstummten, als sie die drei Frauen passierten, nickten ihnen ehrerbietig zu und tuschelten lachend miteinander, nachdem sie an ihnen vorbei waren. Adeline schlug zwar gebührlich die Augen nieder, warf einem der jungen Burschen jedoch unter gesenkten Lidern einen kecken Blick zu, als er ihren Rock auf dem schmalen Weg streifte. Der Hang zur Tändelei musste wohl in der Familie liegen, dachte Garsende erheitert.

Nach einer Weile fragte sie: »Und wie stellt sich Frau Elgard zu Eurer Heirat? Ist sie ebenso um Euer Wittum besorgt?«

»Ach, meine Mutter«, Adeline verzog mürrisch das Gesicht. »Sie hielt stets zu Ludger. Außerdem ist ihr natürlich auch daran gelegen, die Habe der Familie zu vergrößern.« Ihr Gesicht hellte sich auf. »Aber jetzt ist Detmar das Oberhaupt der Familie, und so wird sich für mich alles zum Guten wenden.«

»Dann steht Detmar Euren und Rainalds Wünschen aufgeschlossener gegenüber als Ludger und Eure Mutter?«, folgerte Garsende, und Adeline nickte. »Ja, das tut er. Und er kann sich gegen Mutter auch durchsetzen.«

Sie hatten schon die Abzweigung erreicht, wo ein schmaler Pfad zu ihrer Rechten durch das Nonnenwäldchen zum Leprosenhaus führte. Die Vorstadt war nicht mehr weit entfernt. Unter dem Vorwand, am Wegesrand ein paar Kräuter pflücken zu wollen, blieb Garsende stehen und bückte sich.

»Gewiss war es schwer für Euch, zwischen dem Streit Eurer Brüder zu stehen?«, sagte sie leichthin.

»Was meinst du damit?«

»Da Eure Brüder verschiedener Meinung waren, gab es doch sicher Zank zwischen ihnen.«

Adeline lachte. »Ach so. Ja, oft. Brüder zanken sich doch immer.«

Unter dem missbilligenden Blick der Magd zupfte Garsende an den Blättern eines Schornigels und ärgerte sich, dass hier nirgendwo ein wirklich seltenes Kraut zu finden war. Ihre Finger tasteten unter dem herabgefallenen Herbstlaub. »Dann stritten sich Eure Brüder wohl auch am Abend, als Ludger starb?«, vermutete sie und setzte beiläufig hinzu: »Ach nein, Ihr sagtet ja, Ludger sei guter Dinge gewesen, als er das Haus verließ. Ihr habt ihn doch noch gesehen?«

»Ja, ich sah ihn noch, aber erst später«, bestätigte Adeline. »Zuerst war ich nämlich nach dem Abendessen mit Hermia zusammen hinaufgegangen. Hermia, die Arme, teilt eine Kammer mit Teudeline. Die Alte schnarcht zum Gotterbarmen.« Sie lachte. »Aber Richenza schläft in meiner Kammer.« Das schien ihr zu missfallen, denn sie verzog das Gesicht. »Richenza lag schon auf ihrer Bettstatt und tat so, als würde sie schlafen. In Wirklichkeit gab sie sich aber wieder ihrem Kummer hin. Ich hörte sie deutlich schluchzen.«

»Sie weinte? Was hat sie denn für einen Kummer?«, fragte Garsende mitfühlend.

Adeline rümpfte ihre kleine Nase. »Detmar und Richenza sind einander seit ihrer Kindheit versprochen, und die Hochzeit soll im nächsten Jahr zu Pfingsten stattfinden. Die dumme Gans hat sich aber in Ludger vernarrt. Das konnte ein jeder sehen. Und ebenso offenkundig war es auch, dass Ludger ihre Anhänglichkeit überaus lästig war. Er war oft recht schroff zu ihr, und das bereitete ihr Kummer.«

»Ludger wies Richenza also ab«, sagte Garsende. »Nicht verwunderlich, wenn man bedenkt, dass er selbst gebunden und das Mädchen noch dazu dem Bruder versprochen ist.« Ihre Finger stießen auf etwas Weiches. »Ein Täubling!«, rief sie erfreut, grub den Pilz aus und warf der Magd einen triumphierenden Blick zu, die ihren Fund mit einem Brummen quittierte.

»Ach, Unsinn«, widersprach Adeline. Der Blickwechsel zwischen Magd und Heilerin schien ihr glücklicherweise entgangen zu sein. »Ludger wies Richenza ab, weil sie ihm nicht hübsch genug war. Du hast sie doch gesehen.« Adeline warf Garsende einen Blick zu, als wundere sie sich über ihre Einfalt. »Richenza wollte das nicht wahrhaben. Sie war eifersüchtig auf jede Frau, die Ludger zu nahe kam. Und natürlich besonders auf die arme Fastrada.«

»Die arme Fastrada?«

»Ich glaube, Ludger war nicht gut zu ihr.«

Garsende stand auf und packte Pilz, Wegerich und die Schornigelblätter in ihren Beutel. »Und Hermia?«, fragte sie. »Sie scheint mir auch unglücklich über den Tod Eures Bruders zu sein. Womöglich rührt daher ihr Unwohlsein. War sie auch vernarrt in Ludger wie Richenza?«

Adeline, die höchstens zwei Sommer mehr erlebt hatte als Rainalds blutjunge Schwester, rümpfte die Nase.

»Hermia?«, rief sie aus. »Hermia ist viel zu jung und viel zu fromm, um an Mannsbilder auch nur zu denken. Ihr größter Wunsch wäre, bei den Nonnen aufgenommen zu werden. Und sie ist unglücklich, weil ihre Familie ihr nicht gestatten will, den Schleier zu nehmen. Nein, Hermia hat nichts anderes im Kopf, als in Pater Emerams Kapelle um ihr Seelenheil zu beten, das kannst du mir glauben. Sie heult schon seit Wochen und nicht erst, seit Ludger tot ist.«

»Tatsächlich«, murmelte Garsende.

Die Magd, die jetzt voranging, drehte sich immer wieder um, damit sie Adeline nicht etwa aus den Augen verlöre. Sicher würde sie ihrer Herrin Rede und Antwort stehen, sobald Elgard von Adelines Begegnung mit der Heilerin erfuhr. Ob Garsende ihr Interesse an den Geschehnissen allzu offen bekundet hatte?

Adeline fuhr unbefangen fort: »Fastrada hat sehr an Ludger gehangen. Sie grämte sich aber, weil er ihr oft fernblieb. Das hat sie mir selbst gesagt. Außerdem wollte sie unbedingt ein Kind, einen Sohn, denn sie glaubte wohl, dass meine Mutter sie dann nicht mehr so streng behandeln würde.« Ärgerlich setzte sie hinzu: »Seit Fastrada von Ludgers Tod erfahren hat, ist sie wie ausgewechselt und macht uns alle ganz närrisch mit ihrem Geschwatze. Aber das weißt du ja selbst.«

Garsende nickte: »Sie ist sehr durcheinander, das stimmt. Doch weiß ich nicht, ob nur der Tod ihres Gatten sie krank macht oder ob da noch etwas anderes ist. Ich könnte ihr weit besser helfen, wenn ich mehr wüsste.«

»Ach, da ist nicht mehr. Wenn sie nicht gerade weint und ihr Unglück beklagt, dann unkt sie, sie könne sich wohl denken, wer Ludger ins Grab getrieben hätte. Mutter gegenüber verhält sie sich plötzlich widerspenstig und aufbrausend. Das hätte sie früher nicht gewagt. Und dazwischen hackt sie wie ein hungriger Habicht auf Rainalds kleiner Schwester herum.«

»Heilige Maria, Muttergottes«, seufzte Garsende. »Und wen hat Fastrada als Mörder ihres Gatten in Verdacht?«

»Das ist es ja!«, rief Adeline und warf die Arme hoch. »Sie schwatzt nur düster daher und ergeht sich in Andeutungen, mit denen niemand etwas anfangen kann. Wenn du mich fragst, dann ist das alles nur dummes Gerede, mit dem sie sich wichtig machen will. Mutter ist wütend auf Fastrada und hat ihr gedroht, sie in ihre Kammer zu sperren, wenn sie nicht mit ihrem Geplapper aufhört. Sie befürchtet, dass unsere Hörigen Fastradas Geschwatze aufschnappen und womöglich dumme Gerüchte verbreiten. Mutter würde alles tun, um den Ruf unserer Familie zu schützen.«

Die windschiefen Hütten der Vorstadt kamen in Sicht, und Adeline ging langsamer. Offensichtlich genoss sie den

Plausch mit der Heilerin, frei von der Leber weg und außerhalb der Argusaugen ihrer Mutter, und schien ihn noch ein Weilchen auskosten zu wollen. Die Magd hatte nicht bemerkt, dass ihr Schützling zurückgefallen war, und schritt weiter kräftig aus.

»Andeutungen?«, half Garsende dem Mädchen auf die Sprünge.

Adeline zuckte mit den Schultern. »Wie lang die Nächte seien, wenn man warten muss. Und was man nicht alles sehen würde, wenn der Mond erst aufgegangen wäre. So etwas in der Art. Mutter hat uns zu den Nonnen geschickt, damit sie Fastrada den Trost ihrer Gebete schenken und sie sich wieder beruhigt.«

»Habt Ihr selbst denn nichts in jener Nacht beobachtet, das Fastradas Verhalten erklären könnte?«

»Da gab es weiter nichts«, antwortete das Mädchen gleichgültig. »Mutter hat sich wie üblich mit Ludger gezankt, weil er noch einmal fortgehen wollte. Sie schalt ihn wegen seines liederlichen Betragens, aber es gelang ihm wie immer, sie zu beschwichtigen. Später dann, als mein Oheim nach Hause kam, stritt sie mit ihm, und dann …«

»Ihr habt Sigurt noch gesehen, als er vom Grafen von Laufen zurückkehrte?«, unterbrach Garsende sie überrascht. Adeline errötete.

»Richenzas Schluchzerei ließ mich nicht einschlafen«, erklärte sie. »Ich wurde durstig und dachte, ein Schlückchen gute Milch würde mir dabei helfen, also stand ich wieder auf und stieg die Treppe hinunter. Mutter kam aus der Halle, und ich versteckte mich hinter der Treppe. Sie würde mich doch nur gescholten haben, wenn sie entdeckt hätte, dass ich noch nicht schlief.«

»Und dann?«

»Mutter war im Begriff, nach oben zu gehen, als mein Oheim nach Hause kam. Ungehalten fragte sie den Onkel, wo er den ganzen Tag gewesen wäre. Sie hätte ihn dringend gebraucht. Onkel Sigurts Antwort konnte ich nicht hören, aber Mutter schien sich über das, was er sagte, sehr aufzuregen. Sie zischte, damit wäre er doch zu weit gegangen. Ludger würde sich das sicher nicht länger gefallen lassen. Onkel Sigurt gab zurück, Ludger stecke selbst bis über die Ohren in Schwierigkeiten, dagegen sei seine kleine Eigenmächtigkeit ein Spottgeld. Mutter sagte, sie wüsste um Ludgers Schwächen, worauf der Onkel lauthals lachte. Sie könne beileibe nicht wissen, was das für Schwierigkeiten wären, in die sich ihr Sohn durch seinen Leichtsinn verstrickt hätte. Man müsse sich vorsehen, damit er die Familie nicht noch vollends in den Ruin treiben würde. Mutter wollte wissen, was er damit meine.«

Garsende hielt den Atem an.

»Onkel Sigurt flüsterte ihr etwas ins Ohr, und Mutter wurde bleich wie ein Leintuch. Ich dachte, sie würde jeden Augenblick umsinken«, sagte Adeline unbekümmert, und Garsende biss sich enttäuscht auf die Lippen.

»Und dann?«

»Als der Oheim erfuhr, dass Ludger noch einmal weggegangen war, fluchte er ziemlich wüst. Mutter versuchte ihn zu beschwichtigen, und dann verließen die beiden die Diele.«

»Wohin gingen sie? Zurück in die Halle?«

»Nein, sie gingen hinaus auf den Hof. Mutter kam aber bald darauf zurück und ging die Treppe hoch und in ihre Kammer.«

»Und Euer Oheim?«

»Das weiß ich nicht. Vielleicht war er noch auf dem Abtritt, bevor er schlafen ging. Das Warten hinter der Treppe hatte mich müde gemacht, und ich war auch nicht mehr durstig. Gleich nachdem ich Mutters Tür oben zufallen gehört hatte, schlich ich mich zurück in meine Kammer.«

Garsende, die das Mädchen um gut eine Haupteslänge überragte, schaute auf ihren schleierbedeckten Schopf hinunter. Adeline hatte ihr einiges erzählt, worüber nachzudenken sich lohnte und was für den Burggrafen bestimmt von Interesse wäre. Das Mädchen fing ihren Blick auf und runzelte die Stirn.

»Als Ihr Euch versteckt hattet, habt Ihr da vielleicht gesehen, dass Euer Bruder Detmar das Haus verließ? Oder Hermia? Fastrada sagte doch, sie hätte Hermia draußen auf dem Hof gesehen?«

»Du willst es aber genau wissen«, bemerkte Adeline und warf ihr einen plötzlich misstrauischen Blick zu. Dann zuckte sie mit den Schultern. »Gleichwohl, ich habe sonst niemanden gesehen. Und ich denke, Fastrada hat das nur erfunden, um Hermia eins auszuwischen.«

Am Waldrand wartete die Magd mit verschränkten Armen und verärgert zusammengepressten Lippen.

»Wo wird Eure Hochzeit stattfinden?«, fragte Garsende leichthin, und als sie die Magd erreichten, erging sich Adeline bereits in der Beschreibung zahlreicher Bänder und einer Spitze, die eigens für das Ereignis aus dem fernen Flandern beschafft worden war.

»… und dann wagst du auch noch, mir stinkend wie ein Fass Jauche unter die Augen zu kommen!«, brüllte Bandolf.

Nachdem die Heilerin gegangen war, hatte der Burggraf sich mit unaufschiebbaren Angelegenheiten beschäftigt, die sein Amt mit sich brachte. Und während er sich mit Streitereien um das Eichmaß und den Plänen zu dringend erforderlichen Reparaturen der Stadtmauer herumschlug, war sein junger Schreiber noch immer abgängig. Bandolf hatte ihn in die Pfuhlgasse zum Tuchschläger Eginhard geschickt, doch Prosperius hatte sich mit seiner Rückkehr Zeit gelassen. Als er endlich aufgetaucht war, schwankte er bedenklich und roch, als hätte man seinen Kittel in ein Bierfass getaucht.

Nun stand er kleinlaut vor dem Burggrafen in der Diele und schien in seinem vernebelten Gehirn nach einer Entschuldigung zu suchen, die seinen ergrimmten Herrn beschwichtigen würde.

»Da waren die Wachleute vor dem Martinstor ...«, stammelte er. »... Diensteinteilung, Ihr wisst schon ... und dann gab's da ein Würfelspiel ... wollte nur eben einen winzigen Wurf machen, und dann ...«

Bandolf ließ ihn nicht weiter zu Wort kommen. »Das nächste Mal prügle ich dich, bis dir Hören und Sehen vergeht, merk dir das wohl«, schrie er. »Und jetzt geh und steck deinen Kopf in einen Eimer Wasser. Dann machst du dich gleich auf den Weg zum Markt und lässt dir vom Büttel Bericht erstatten.«

»Und das Vesper?«, wagte Prosperius einzuwerfen und verstummte vor dem drohenden Blick des Burggrafen. Mit hängendem Kopf schlich er nach draußen.

Bandolf war just im Begriff, in die Halle zurückzukehren, als Pater Emeram unerwartet durch die Tür trat. Die Kutte des Priesters war regenfeucht. Er stand mit eingezogenen Schultern im Eingang und lächelte entschuldigend. »Gott zum Gruß, Burggraf. Ich hatte in Eurer Nachbarschaft zu tun und war auf dem Nachhauseweg, als es anfing zu regnen. Ich dachte, ich könnte mich in Eurer Halle wohl ein wenig aufwärmen?«

»Herein mit Euch, Pater«, rief Bandolf aufgeräumt. »Ihr seht ja aus wie ein Bettelmönch. Mein Weib wird Euch einen Becher Würzwein bringen. Der wird Euch guttun.«

Der Priester folgte ihm in die Halle und ließ sich schwer auf die Bank sinken. Matthäa erhitzte einen Krug Wein mit Hilfe einer heißen Eisenstange, die sie in das nach Kräutern duftende Nass tauchte, und füllte den Becher des Priesters.

Dann zog sie sich eilig wieder an die Feuerstelle zurück, wo Hildrun um Aufmerksamkeit heischte und Filiberta mit der Zubereitung des Abendbrots beschäftigt war.

Emeram räusperte sich. »Gibt es schon Neuigkeiten? Neuigkeiten über Ludgers Tod?«

Bandolf schüttelte den Kopf.

»Ich mache mir die größten Vorwürfe, Burggraf«, sagte der Priester leise.

Erstaunt musterte der Burggraf seinen blassen Gast. »Nur weil die Tat auf Eurem Kirchhof geschehen ist, müsst Ihr Euch doch keine Vorwürfe machen. Wie hättet Ihr so etwas verhindern wollen?«

»Und dennoch. Wenn ich …«, Pater Emeram verstummte und schüttelte trübsinnig den Kopf. Das Feuer im Kamin wärmte seinen Rücken, doch er zog, immer noch fröstelnd, die Schultern zusammen. Bandolf warf ihm einen scharfen Blick zu. »Wenn Ihr was? Heraus damit, Pater. Ihr verschweigt mir doch etwas?«

Emeram setzte zu einer Erwiderung an, doch dann presste er plötzlich die Lippen aufeinander, senkte den Kopf und starrte schweigend in seinen Becher.

Bandolf unterdrückte einen lästerlichen Fluch, der ihm vor Ungeduld auf der Zunge lag.

Endlich schüttelte Emeram den Kopf. »Alles, was ich Euch sagen könnte, wisst Ihr bereits. Ludger war ein leichtsinniger junger Mann, der sich seinen sündigen Gelüsten unterwarf. Und am Ende haben ihn seine Sünden wohl eingeholt. Aber ich hätte niemals geglaubt …«, er ließ auch diesen Satz unbeendet, stürzte hastig den heißen Wein hinunter und stand auf.

»Ihr meint, Ludgers Hang zu den Weibern und zum Spiel hätten ihn das Leben gekostet?«, fragte Bandolf stirnrunzelnd. Emeram antwortete nicht. Stattdessen beugte er sich zu Bandolf hinunter und raunte: »Ihr müsst wachsam sein.

Der Teufel schlüpft in jedes Gewand: Bettler, Priester, Bischof, Edelmann.«

Bevor Bandolf noch eine Erwiderung auf seine kryptischen Worte einfiel, hatte Emeram sich umgedreht, Matthäa und den Mägden ein »Gott befohlen« zugerufen und war aus der Halle gestürmt.

Der Burggraf blieb verblüfft zurück. Was bei allen Heiligen hatte dieser Auftritt zu bedeuten gehabt? Wusste Pater Emeram irgendetwas über den Mord? Oder trug der Priester am Ende gar selbst die Schuld an Ludgers Tod?

Kapitel 12

Der nächste Morgen fand Bandolf zu ungewohnt früher Stunde auf den Beinen. Schlecht gelaunt und ungeduldig mit den Fingern auf die Tischplatte trommelnd, wartete er auf sein Frühstück, das er dann hastig hinunterschlang. Kaum hatte er den letzten Rest aus der Schüssel mit einem Bissen Brot ausgewischt und in den Mund gesteckt, stand er auf und teilte seiner überraschten Gattin mit, dass er selbst zur Heilerin gehen würde, um die Medizin für Hildrun zu holen.

»Ihr müsst Euch nicht bemühen«, wandte Matthäa ein. »Garsende wollte zur Sext in die Stadt kommen. Und Hildrun geht es schon viel besser.«

Der Burggraf warf einen kurzen Blick auf die junge Magd, die auf ihrem Lager beim Herdfeuer lag, unlustig auf einem trockenen Kanten Brot kaute und Filiberta einen blumigen Bericht ihrer erbarmungswürdigen Verfassung gab. Seit dem gestrigen Abend ging es ihr wieder gut genug, um aller Welt zu verkünden, wie elend sie sich fühlte.

»Gleichwohl«, brummte der Burggraf und war aus der Tür, bevor Matthäa weitere Einwände hervorbringen konnte.

Nieselregen begleitete Bandolfs Weg in Richtung Roxheim und seine Gedanken. Er wusste selbst nicht genau, weshalb er es plötzlich eilig hatte, mit der Heilerin zu sprechen. Der mühselige Versuch, sein Mosaik um Ludgers Tod, den des Gerbers und des Überfalls auf den Erzbischof von Bremen zusammenzusetzen, hatte ihn lange wach gehalten. Immer wieder waren seine Überlegungen an denselben Punkten steckengeblieben. Was hatte ein alter Trunkenbold wie Schnorr mit einem Edelmann von Ludgers Schlag zu schaffen? Hing sein Tod mit der Ermordung Ludgers zusammen, oder war es nur ein Zufall, dass der Gerber am Tag seines Todes mit Ludger gesprochen hatte?

Nach seinem zweiten Besuch beim Fischerwirt hatte Prosperius berichtet, dass der Gerber nach seinem Gespräch mit Ludger schnurstracks in die Schänke getrabt war und dort seine Zeche mit einem Teil von Ludgers Münzen bezahlt hatte. Nach etlichen Humpen Bier und einem gerüttelt Maß seiner üblichen Prahlerei war er schließlich gegangen. Um was zu tun?

Schnorr musste in der Nacht des Überfalls auf Adalbert von Bremen in der Nähe des Pfalzhofs gewesen sein. Dessen war Bandolf sich sicher. Seine Witwe hatte gesagt, Schnorr wäre in jener Nacht abgängig gewesen, und Alfrads Beschreibung des Stoffs, den der Gerber Ludger gezeigt hatte, konnte sehr wohl zu dem Loch in Adalberts Dalmatika passen. Prahlhans, der Schnorr war, lag der Gedanke nahe, dass er womöglich versucht hatte, sein Wissen in klingende Münzen umzusetzen.

Ein kalter Regentropfen fiel von einem Baum in Bandolfs Halsbeuge, als er in den schmalen Waldpfad einbog, der vom Weg nach Roxheim abzweigte und zu Garsendes Hütte führte. Angewidert schüttelte er sich.

Wie war der Gerber aber an das Stück Stoff gelangt? Hatte er es dem bewusstlosen Erzbischof ausgerissen? Unsinn! Er hatte es gefunden. Und dann? Zeigte er es Ludger. Doch warum nur? Aus welchem Grund hatte er sich damit ausgerechnet an den Herrn von Blochen gewandt? War Ludger gar selbst der Attentäter? Seufzend schüttelte Bandolf den Kopf. Bruder Goswin hatte ihm erzählt, dass Ludgers Familie vom Aufstieg des Erzbischofs von Bremen profitiert hatte. Welchen Grund sollte Ludger da gehabt haben, ihm ans Leder zu wollen? Nein. Ludger hatte seine junge Edelnase ins Geschmeiß auf dem Kirchhof gesteckt, und dort musste Schnorr ihm begegnet sein. Vielleicht dachte der Gerber bei sich, Ludger wäre der rechte Mann, ihm zu raten, wie er seinen Fund in Münzen umwandeln konnte. Doch Ludger riet ihm davon ab. Er warnte, Schnorr würde sich in Schwierigkeiten bringen, und das könnte schlimm für ihn enden.

Ludger hatte Recht gehabt. Der Gerber war tot.

»Warum, zur Hölle, ist aber nun auch Ludger tot?«, fragte Bandolf laut, doch die nass glänzenden Bäume um ihn herum gaben keine Antwort.

Womöglich musste er den Grund für Ludgers Ermordung doch woanders suchen, womöglich in der Hafergasse. Das brachte Bandolfs Gedanken zurück zu Garsende. Seinem Empfinden nach steckte die Heilerin ihre Nase weit über Gebühr in diese Angelegenheit. War sie gar selbst in Ludgers Ermordung verstrickt, und war ihr deshalb so daran gelegen? Und wenn sie unschuldig war, würde ihr Geschwatze mit den Frauen sie vielleicht in Gefahr bringen, und er, der Burggraf, trüge die Verantwortung dafür. Schließlich hatte er der Heilerin zugeredet, sich umzuhören.

Weiter kam der Burggraf nicht mit seinen Überlegungen. Er hatte die Lichtung bei Garsendes Haus erreicht. Bandolf stieg ab, führte seinen Braunen zur Rückseite der Hütte und band ihn am Pferch von Garsendes Ziege fest.

Just kehrte er von dort zurück, als die Tür zur Hütte aufgestoßen wurde, eine kleine Gestalt heraushuschte und schnell auf den Waldrand zulief. Plötzlich blieb sie stehen und warf einen Blick über ihre Schulter zur Hütte zurück. Der dunkle Schal, unter dem sie ihr Gesicht versteckt hatte, verrutschte. Bandolf blieb wie angewurzelt stehen. Er starrte auf das Kopftuch, und für einen flüchtigen Moment fiel sein Blick auf ihre Züge. Hastig griff sie nach dem Schal, zog ihn über ihre Stirn, und während Bandolf noch versuchte, die Gedanken, die ihm plötzlich durch den Kopf schossen, zu sortieren, sprang die kleine Gestalt wie ein aufgescheuchtes Wild davon.

Als der Burggraf die Hütte betrat, stand Garsende mit dem Rücken zur Tür und rührte in einem Kessel über ihrem Herdfeuer. Ohne sich umzudrehen, fragte sie: »Habt Ihr etwas vergessen?«

Wütend darüber, dass er sich offensichtlich wie ein Narr von ihr hatte täuschen lassen, knurrte Bandolf: »Du hast vergessen, mir einiges mitzuteilen.«

Mit der tropfenden Schöpfkelle in der Hand wirbelte die Heilerin herum.

»Wie … was … was meint Ihr?«

Wäre die Gestalt im dunklen Kopftuch vor ihrer Tür nicht Beweis genug gewesen, so hätte ihn jetzt ihr schuldbewusstes Gesicht überzeugt.

»Du!«, fuhr Bandolf sie an. »Schleichst dich in das Vertrauen meines Weibes, speist unverfroren an meiner Tafel, während Mörderpack munter bei dir ein und aus geht.«

»Mörderpack?« Garsende wurde blass. »Ich habe nicht die leiseste Ahnung, wovon Ihr sprecht.«

»Du hast mich hintergangen«, brüllte der Burggraf. »Ich will auf der Stelle wissen, was hier vor sich geht.«

Mit grimmiger Befriedigung sah er zu, wie Garsende matt auf ihre Bank sank. Sie kaute auf ihren Lippen und schwieg, während Bandolf ungeduldig auf seinen Füßen wippte.

Endlich hob sie die Augen zu ihm und sagte leise: »Ich weiß, ich hätte Euch früher von Hermias Schwangerschaft berichten sollen, doch ich schwöre Euch bei meinem Seelenheil, dass ich nicht weiß, ob Ludgers Tod auch nur das Geringste damit zu tun hat.«

Bandolf war so überrascht, dass er seine herrische Pose aufgab. »Die kleine Dachenrod erwartet ein Kind? Wovon redest du eigentlich, Weib?«

»Aber Ihr sagtet doch, dass …« Garsende verstummte.

Stirnrunzelnd schaute er auf sie hinunter: »Ich spreche von dem dunklen Kopftuch, das just aus deiner Tür spaziert kam und dessen Farbe genau zu dem Fetzen Stoff passt, den ich beim Beinhaus gefunden habe. Dort, wo Ludger von Blochen ermordet wurde«, erklärte er barsch.

»Ich weiß von keinem Stofffetzen, den Ihr, wo auch immer, gefunden habt«, meinte Garsende und sah ihn fest an.

»Pah!«, schnaubte der Burggraf. Er setzte zu einer scharfen Erwiderung an, die ungesagt verpuffte, als ihm dämmerte, dass sie Recht haben konnte. Er hatte den dunklen Wollfetzen Matthäa gezeigt, aber die Heilerin war nicht dabei gewesen. Woher also sollte sie wissen … Dennoch, sein Zorn war noch nicht verraucht.

»Und warum hast du mir Hermias Zustand verschwiegen?«, knurrte Bandolf. »Es muss dir doch klar sein, dass ich so etwas wissen muss.«

Für einen Augenblick musterte ihn Garsende so eindringlich, als stünde seine Seele zum Verkauf. Dann seufzte sie tief auf und klopfte neben sich auf die Bank.

»Nehmt Platz, Burggraf. Was ich Euch zu sagen habe, wird ein wenig Zeit in Anspruch nehmen.«

Kapitel 13

Den Weg in die Stadt legten Bandolf und die Heilerin zum großen Teil schweigend zurück. Von Garsendes Streit mit dem Grafen von Rieneck über ihr Eigen hatte der Burggraf schon von seinem Schreiber erfahren, doch was sie über Rainald von Dachenrod und ihr Gespräch mit Adeline berichtet hatte, gab seinen eigenen Überlegungen neue Nahrung. Sein Zorn auf sie verflog. Auch wenn Bandolf nicht guthieß, dass Garsende geschwiegen hatte, verstand er doch ihre Gründe.

Hin und wieder schielte er auf den gesenkten Kopf der Heilerin, die neben seinem Braunen einherging. Garsende hatte darauf bestanden, ihn zu Ludgers Haus zu begleiten. Was immer der Burggraf vorhatte, Hermia würde ihren Beistand brauchen, meinte sie. Und bei sich dachte Bandolf, er würde vielleicht mehr von dem Mädchen erfahren, wenn er ein Weib an seiner Seite hätte.

Elgard zeigte offen ihren Ärger, dass Bandolf sie und ihre Familie schon wieder mit Fragen behelligen wollte. »Warum lasst Ihr uns nicht endlich in Frieden um meinen Sohn trauern, Burggraf?«

Dann warf sie der Heilerin einen ungehaltenen Blick zu. »Und was willst du hier? Ich habe dich nicht rufen lassen.«

Bevor Garsende antworten konnte, erwiderte Bandolf: »Die Heilerin ist auf mein Geheiß hier. Das braucht Euch nicht zu kümmern.« Elgards zusammengepresste Lippen sagten ihm, dass es sie sehr wohl kümmerte, aber sie begleitete die ungebetenen Gäste ohne ein weiteres Wort in die düstere Halle.

Bandolf warf einen kurzen Blick in die Runde und seufzte. Die Dachenroder Geschwister waren offenbar nicht im Haus. Er beschloss, seine Neuigkeiten vorläufig für sich zu behalten und eine andere Richtung einzuschlagen. Es konnte nicht schaden zu hören, was Ludgers Anverwandte zu seinen anderen Erkenntnissen zu sagen hatten. Garsende setzte sich still zu den Frauen, doch der Burggraf blieb stehen.

»Es ist gewiss nicht mein Wunsch, Euch zu quälen«, erklärte er. »Doch möglicherweise geht es um Belange der Krone, und da kann ich keine Rücksicht nehmen.« Aus den Augenwinkeln bemerkte er, dass die Heilerin ihn überrascht anschaute. Unmerklich schüttelte er den Kopf.

»Was soll das bedeuten?«, fuhr Detmar auf. »Wie könnte der Tod meines Bruders Belange des Königs berühren?«

Auch Sigurt reagierte empört. »Was für ein hanebüchener Unsinn!«, rief er. »Mein Neffe wurde auf dem Kirchhof von einem Halunken beraubt und ermordet. Das ist so offensichtlich wie eine Kuh ein Euter hat. Warum wollt Ihr das nicht endlich einsehen?«

Ludgers Witwe, die in der Nähe der Feuerstelle bei Adeline, der Heilerin und der alten Teudeline mit einer zerknitterten Handarbeit zwischen ihren Fingern saß, brach in hysterisches Gelächter aus.

»Warum so aufgebracht, lieber Oheim?«, fragte sie spitz. »Lasst den Burggrafen doch fortfahren. Wer weiß, was er alles ans Tageslicht bringen kann. Ihr habt doch nichts zu verbergen? Oder etwa doch?« Sigurts Augen wurden schmal. Er verhakte seine Daumen im Gürtel und strich mit den Fingern unruhig über die Rundung der kostbaren Schnalle, während er Fastrada einen wachsamen Blick zuwarf. Dann schaute er zu seiner Schwester hinüber, die, um eine Spur blasser geworden, der Witwe einen scharfen Tadel erteilte. »Ihr habt einen großen Verlust erlitten, Fastrada. Glaubt nicht, ich wäre nicht verständig. Aber ich erlaube nicht, dass Ihr in meinem Haus eine so niederträchtige Rede führt.«

»Euer Haus?«, stieß Fastrada hervor. Sie warf ihre zerknüllte Näharbeit auf den Tisch und sprang auf. »Es ist Ludgers Haus gewesen. Und Ludger ist jetzt tot.« Elgard versuchte, sie mit einer Geste zum Schweigen zu bringen, doch Fastrada ließ sich nicht mehr bremsen. »Was fürchtet Ihr denn? Habt Ihr Angst, der Burggraf könnte dem kostbaren Ruf der Familie schaden, wenn er erfährt, was in diesem Haus geschieht? Von Eurer Habsucht? Von Detmars Eifersucht auf meinen armen Gatten? Von Eurem Bruder, der stets eine Hand in Ludgers Beutel hatte? Von ...«

Garsende war ebenfalls aufgesprungen, um der aufgebrachten jungen Frau beizustehen, doch Detmar kam ihr zuvor. Er stieß die Heilerin beiseite, packte die Witwe grob am Arm und drängte sie zur Tür. Garsende warf dem Burggrafen einen Hilfe suchenden Blick zu. Bandolf schüttelte erneut unmerklich den Kopf, und sie ließ sich auf die Bank zurücksinken.

»Schmarotzer!«, keifte Fastrada, wand sich in Detmars Arm und warf einen wilden Blick in die Runde. »Mörderisches Gesindel, Ihr alle!«

Detmar schob die in Tränen aufgelöste Frau hinaus und übergab sie der Obhut einer Magd.

»Ihr werdet mich nicht länger gängeln wie ein unartiges Kind und mir den Mund verbieten. Ihr nicht! Keiner von Euch!«, schrie Fastrada noch. Dann verstummte sie und ließ sich von der Magd fortführen.

Bandolf schaute ihr nachdenklich hinterher. Waren Fastradas Anschuldigungen nur Ausdruck ihrer Verzweiflung, oder wusste die Witwe tatsächlich etwas über den Tod ihres Mannes? Er beschloss, mit Fastrada ein Wort unter vier Augen zu wechseln, sobald sich die Gelegenheit ergeben würde.

Betretenes Schweigen herrschte, bis Detmar wieder in die Halle zurückkehrte.

»Ihr solltet dem Geschwatze meiner Schwägerin keine Beachtung schenken. Der Tod meines Bruders hat sie völlig niedergeworfen. Sie weiß nicht, was sie sagt«, erklärte er und setzte sich wieder auf die Bank.

»Mein Neffe hat Recht, Burggraf. Ich fürchte, Ludgers abscheuliche Ermordung hat Fastrada um den Verstand gebracht.« Sigurt schüttelte traurig den Kopf. »Sie war ihrem Gatten sehr zugetan. Wir fürchten um ihre Gesundheit. Das wird Euch die Heilerin bestätigen.« Er warf Garsende ein vertrauliches Lächeln zu, das sie mit einem erstaunten Stirnrunzeln beantwortete.

Elgard fuhr den Burggrafen an: »Daran seid Ihr schuld. Warum müsst Ihr uns auch andauernd mit Euren Fragen belästigen? Damit wühlt Ihr Fastradas Schmerz nur immer wieder aufs Neue auf. Ein übler Halsabschneider hat meinem armen Sohn das Leben genommen, und keine Eurer absurden Fragen kann daran etwas ändern.«

Bandolf musterte Ludgers Mutter mit halb geschlossenen Augen. »Es war kein gewöhnlicher Halsabschneider, der Ludger umgebracht hat. So viel scheint mir sicher.«

»Was soll denn das nun wieder heißen?«, wollte Sigurt wissen. »Erinnert Euch daran, worüber wir gesprochen haben.«

»Wenn Ihr mich fragt, dann wurde Ludger gewiss nicht ermordet, um ausgeraubt zu werden. Ein Beutelschneider hätte ihm auch Hemd, Beinlinge und die Stiefel abgenommen, und sicher hätte er auch das Perlenband nicht übersehen, das in seinem Schuh versteckt war. Es ist noch nicht einmal sicher, dass Ludger am Schnitt durch seine Kehle gestorben ist. Ich habe merkwürdige Male an seinem Hals gesehen, die womöglich eine andere Sprache sprechen.«

Sigurt schien etwas einwenden zu wollen, doch Bandolf hob die Hand und fuhr fort: »Er wurde auch nicht dort ermordet, wo man ihn gefunden hat. Ich fand Spuren am Beinhaus, die darauf schließen lassen, dass er dort umgebracht wurde. Erst als er schon tot war, hat man ihn bis zum Grab geschleppt. Jemand hat sich viel Mühe gegeben, um es so aussehen zu lassen, als wäre Ludger seiner Habe wegen getötet worden, und ich möchte wissen, warum.«

»Ihr macht Euch lächerlich«, presste Elgard hervor. »Völlig gleichgültig, wie mein Sohn ums Leben kam: Wer außer einem meuchlerischen Dieb sollte den Tod meines Sohnes gewünscht haben?«

Bandolf zuckte mit den Schultern. »Ludger hat vielleicht etwas gewusst, das er nicht hätte wissen sollen?«

»Aah«, machte Sigurt, und ein spöttisches Lächeln kräuselte seine Lippen. »Ihr glaubt, Ludger wäre ein Mann gewesen, dem man Geheimnisse anvertrauen konnte?« Er lachte. »Ihr seid auf dem Holzweg, Burggraf. Wenn Ludger über geheime Kenntnisse verfügt hätte, dann hätte er mir zu allererst davon erzählt. Dessen könnt Ihr Euch ganz gewiss sein. Und danach hätte er jedem anderen davon erzählt, sobald er nur tief genug in seinen Becher geschaut hätte.«

»Und? Hat er Euch ein Geheimnis anvertraut?«, wollte Bandolf wissen.

Sigurt lachte noch um eine Spur lauter. »Ganz bestimmt nicht.«

»Wenn ich nicht wüsste, dass Ihr Euch redlich Mühe gebt, den Mörder meines Bruders zu finden, würde ich Euch für Eure unverfrorenen Andeutungen zur Verantwortung ziehen«, zischte Detmar. »Welche hochgefährlichen Kenntnisse sollte Ludger denn gehabt haben? Mauscheleien unter

Kaufleuten? Die unrechtmäßige Versetzung eines Grenzsteins? Eine Dieberei?«

Bandolf schnippte umständlich einen Krümel von seinem Mantel und ließ sich mit der Antwort Zeit.

»Ludger wurde zusammen mit dem Gerber Schnorr gesehen, und zwar am Tag nach dem Anschlag auf Seine Eminenz, Adalbert von Bremen«, sagte er endlich. »Es wäre durchaus möglich, dass der Gerber den Angriff beobachtet und am nächsten Tag Ludger davon erzählt hat.« Er kniff die Augen zusammen und warf Detmar einen scharfen Blick zu. »Diese Art von Kenntnissen habe ich gemeint.«

Detmar erhob sich drohend. »Das geht zu weit, Burggraf! Wenn Ihr mich und meine Familie beschuldigen wollt, auch nur das Geringste mit dem Angriff auf Seine Eminenz zu tun zu haben, dann …«

»Ich beschuldige niemanden. Ich möchte nur, dass Ihr über diese Möglichkeit nachdenkt«, erklärte Bandolf ruhig und gab der Heilerin ein Zeichen zum Aufbruch. Garsende erhob sich. Während sie unbeachtet vor ihm aus der Halle schlüpfte, drehte Bandolf sich noch einmal um.

»Natürlich könnte Ludgers Tod auch andere Ursachen haben. Eifersucht und Neid vielleicht. Denkbar wäre auch, dass Ludger eine Betrügerei aufgedeckt hat, die er nicht dulden mochte. Der Täter könnte sogar jemand gewesen sein, der seine Hochzeit hintertrieben sah.« In der Halle war es so still geworden, dass nur noch das Knistern des Feuers im Kamin zu hören war. »Ich verspreche Euch, ich werde es herausfinden.«

Kapitel 14

Verdammnis«, brummte der Burggraf, kaum, dass sie Ludgers Heim verlassen hatten. »Ich hätte fragen sollen, wo Hermia und Rainald sich aufhalten.«

Garsende lächelte. »Hermia wird um diese Zeit vermutlich in der St.-Johannes-Kapelle zu finden sein«, sagte sie. »Adeline erzählte mir, sie würde dort oft beten.«

Trotz des schlechten Wetters herrschte Betriebsamkeit in der Stadt. Prächtig aufgeputzte Frauen aus dem Hofstaat der zukünftigen Königin Bertha schürzten geziert ihre Gewänder, um sie vor Schlamm und Unrat zu schützen. Mägde hatten ihre langen Kittel bis zu den Waden hochgebunden, und während ein paar Burschen entzückt hinter ihnen her johlten, beschwerten sich andere lauthals über ihr lasterhaftes Betragen. Boten, die im Auftrag ihrer Herren unterwegs waren, eilten unbeeindruckt durch den Matsch, die Beinlinge bis zu den Knien mit Schlamm bespritzt, und einige Ordensbrüder und Stiftsherren schritten vorsichtig über den Morast hinweg. Fuhrwerke und Reiter in den Farben der Herzöge von Schwaben und Bayern wühlten den matschigen Boden noch mehr auf, und Knechte, Kaufleute und Handwerker wichen fluchend den Schlammbrocken aus, die sie aufwarfen.

»Ihr seid in Ludgers Halle sehr offen gewesen. Und habt doch kein Wort über Hermia oder Rainald verloren«, bemerkte Garsende.

Bandolf nickte. »Ich fand es an der Zeit, die Leute wachzurütteln. Sie beharren mir gar zu sehr auf einen Fremdling, der nichts mit ihnen gemein hat. Ich will, dass sie über meine Worte nachdenken. Und wer weiß, vielleicht erscheint dem einen oder anderen das, was er gehört oder gesehen hat, nun in einem neuen Licht.«

»Zumindest Fastrada scheint eine andere Möglichkeit in Betracht zu ziehen«, sagte Garsende nachdenklich. »Vielleicht hat sie in jener Nacht etwas gesehen, als sie auf ihren Gatten wartete.«

»Der Gedanke ist mir auch schon gekommen«, gab Bandolf zu. »Aber wenn sie wirklich etwas über den Tod ihres Gatten weiß, warum spricht sie nicht mit mir darüber?«

Seine Frage entlockte der Heilerin ein Lachen. »Sie würde es nicht wagen, offen in der Halle mit Euch zu sprechen, solange Elgard ihr über den Mund fahren kann. Ich habe das Gefühl, dass sie sich vor Ludgers Mutter ein wenig fürchtet. Was man ihr nicht verübeln kann, wenn man bedenkt, wie sie von ihr behandelt wird.«

»Du magst Recht haben«, nickte der Burggraf. Nachdenklich strich er sich über seinen Bart. »Aber Fastrada ist nicht die Einzige, die mir etwas zu verschweigen scheint. Auch das neue Oberhaupt der Familie soll mir noch einmal Rede und Antwort stehen.«

»Warum Ludgers Bruder?«

»Detmar leugnet noch immer hartnäckig, dass er das Haus in der Mordnacht noch einmal verlassen hat. Aber die Magd hat ihn nun einmal gesehen, und warum sollte sie lügen? Zudem hätte er gleich zwei gute Gründe gehabt, am Tod seines Bruders interessiert zu sein. Erstens gehört nun all die Habe der Familie ihm, und er muss sich nicht länger mit dem zufriedengeben, was Ludger ihm zukommen ließ. Und dann hast du mir erzählt, dass Richenza ihm versprochen ist, sie aber in Ludger vernarrt war. Zeig mir einen Mann, der an der Vorstellung Gefallen findet, eine Frau zu heiraten, die sich in eine andere Bettstatt sehnt.«

Garsende lachte wieder. »Nun, das wohl nicht.« Dann wurden ihre Züge ernst, und Bandolf dachte, dass ihr das fröhliche Lachen weit besser zu Gesicht stünde. »Ihr habt mir mit Eurer Bemerkung über die hintertriebene Hochzeit keinen Gefallen getan. Adeline wird sich denken, dass Ihr davon nur von mir wissen könnt. Ich glaube nicht, dass sie mir noch einmal Vertrauen schenken wird«, seufzte sie.

»Das ist auch nicht nötig«, sagte Bandolf schnell und schüttelte den Kopf. Ihr schien noch immer nicht bewusst zu sein, dass ein Mord keine Angelegenheit war, in die ein Weib seine Nase stecken sollte. Ganz abgesehen davon, würde sie womöglich jemanden aufscheuchen, wenn er sie weiter in Ludgers Belangen herumstochern ließ. Bevor er aber seinen Gedanken formulieren konnte, lenkte Garsende ihn mit einer Frage ab:

»Was meintet Ihr mit der Betrügerei, von der Ihr in Ludgers Halle gesprochen habt?«

Bandolf grinste breit. »Sigurt war am Tag von Ludgers Ermordung beim Herrn von Laufen, um mit ihm eine Hufe bei Eich gegen ein Gut des Herrn von Laufen im Nahetal zu tauschen«, antwortete er. »Der Handel wurde an jenem Abend besiegelt, und Sigurt besitzt jetzt ein Gut, das bei seinen Ländereien liegt. Dagegen eingetauscht hat der feine Herr von Siersberg aber eine Hufe, die ihm gar nicht gehört. Denn das Gut bei Eich, das er dafür gegeben hat, war Ludgers Eigen. Detmar ist an dem Morgen, als Ludgers Leiche gefunden wurde, nach Eich geritten. Du bist dabei gewesen und hast gehört, wie Elgard davon sprach. Ich habe mich kundig gemacht. Das einzige Gehöft dort und das umliegende Land gehörte Ludger von Blochen.«

Garsende schnappte hörbar nach Luft. »Heilige Maria, Muttergottes! Sigurt hat seinen eigenen Neffen um eine ganze Hufe bestohlen?«, wiederholte sie ungläubig. »Glaubt Ihr, Ludger wusste davon?«

Bandolfs Augen wurden schmal, als er bedächtig den Kopf schüttelte. »Ich glaube nicht. Adeline hat dir erzählt, dass ihre Mutter mit ihrem Onkel einen Streit hatte, als Sigurt vom Herrn von Laufen zurückkehrte. Elgard beschuldigte Sigurt, dass er es zu weit getrieben hätte und Ludger sich das sicher nicht länger gefallen lassen würde. Ich wette um meinen Bart, dass es dabei um Sigurts Schelmenstück mit dem Laufener Gut gegangen ist.«

»Allmächtiger«, hauchte Garsende.

Die Glocken hatten zur Sext geläutet, und als der Burggraf und die Heilerin den Friedhof betraten, lag der Platz um die Taufkirche St. Johannes still vor ihnen. Grau ragten die mächtigen Türme des Doms in den wolkenschweren Himmel und überschatteten den Kirchhof und das Baptisterium, das sich an die Südfassade des Doms schmiegte. Bandolf betrachtete die als Zehneck angelegte Kirche, der es hie und da noch an Ausbau fehlte, und fragte sich, ob es Pater Emeram inzwischen gelungen war, dem fetten Adalbero die nötigen Mittel für die Fertigstellung abzuschwatzen.

Im Dom und in der Taufkirche wurde die Messe gelesen, und Bandolf und Garsende warteten zwischen den Gräbern, bis die Betenden das Gotteshaus verließen. Als eine der Letzten traten Hermia von Dachenrod und ihre Magd aus der Kapelle. Hermia hatte ihren dunklen Umhang fest um sich geschlungen, und ihr Tuch verhüllte ihr schönes Haar.

»Ich will zuerst allein mit ihr sprechen«, raunte der Burggraf.

»Nein«, gab die Heilerin schnell zurück. »Ihr würdet das arme Mädchen mit Eurer Bärbeißigkeit nur verschrecken, und dann würdet Ihr gar nichts mehr von ihr erfahren.«

»Bärbeißig? Was soll das bedeuten?«, knurrte Bandolf empört. »Ich bin nicht …«

Garsende stieß ihn unsanft in die Seite. Hermia hatte den Pfad zur Pforte betreten und war schon ganz in ihrer Nähe. Mit einem verärgerten Seitenblick auf die Heilerin grüßte Bandolf das Mädchen, das wie ein scheues Reh zurückzuckte, als es ihn erkannte.

»Ihr habt mich erschreckt, Burggraf. Und ... und ... die Heilerin? Was ...?«, stammelte sie und klammerte sich an den Arm der Magd. »Wenn Ihr meinen Bruder sprechen wollt ... Er muss jeden Augenblick hier sein ... Er hat versprochen, mich nach der Messe abzuholen.« Hermia haspelte ihre Worte so schnell und leise herunter, dass Bandolf sie kaum verstand.

»Lass uns allein«, befahl Bandolf der Magd. Sie schaute ihre junge Herrin fragend an und entfernte sich erst, als Hermia widerstrebend nickte.

Garsende trat zu dem Mädchen, als wolle sie die Stelle der Magd einnehmen, und sagte in beschwichtigendem Tonfall: »Ihr müsst Euch nicht fürchten. Der Burggraf ist nicht hier, um Euch in Verlegenheit zu bringen. Doch gibt es einige Ungereimtheiten, über die er Klarheit haben muss.«

Hermia nickte kaum merklich. Während die Heilerin Hermia mit einer Frage über die Messe zu beruhigen suchte, musterte Bandolf das Mädchen. Den Kopf gesenkt und ihre kindlich schönen Züge unter ihrem Tuch verborgen, stand sie wie das Abbild der Jungfrau Maria vor ihm. Ärgerlich auf sich selbst versuchte er, das Mitleid, das in ihm aufkeimte, beiseitezuschieben. Der schlaue Teufel verbarg sich oft hinter einer schönen Fassade. Das wollene dunkelblaue Tuch, das sie trug, sprach seine eigene Sprache und bedurfte einer Erklärung. Bandolf zog den Wollfetzen, den er beim Beinhaus gefunden hatte, hervor und hielt das Stück Stoff an Hermias Kopftuch. Beschaffenheit und Farbe stimmten genau überein.

»Wenn ich mir Euer Tuch genau anschauen würde, fände ich dann nicht eine Naht, zu der dieses Stück Stoff passen würde?«, fragte er barsch.

Hermia schaute verständnislos auf den Stofffetzen, den Bandolf ihr entgegenstreckte. Plötzlich wich alle Farbe aus ihrem Gesicht. Sie schlug die Hand vor ihren Mund und stöhnte. Besorgt beugte sich Garsende über das Mädchen, offenkundig bereit, ihr beizuspringen. Mit großen Augen starrte Hermia das Stoffstück an.

»Ihr könnt Euch sicher denken, wo ich diesen Fetzen aus Eurem Kopftuch gefunden habe?«, sagte Bandolf.

Hermia schüttelte wortlos den Kopf.

»Leugnet nicht!«, fuhr Bandolf sie an. »Ihr seid am Beinhaus gewesen, genau dort, wo Ludger von Blochen seinen letzten Atemzug getan hat. Wie sonst sollte ein Fetzen von Eurem Tuch dort hingekommen sein? An einen blutigen Ast, mit dem Ludger offensichtlich geschlagen wurde? Ich selbst habe gesehen, wie Ihr diesen Riss geflickt habt, auch wenn mir nicht gleich aufgefallen ist, dass es sich um denselben Stoff handelte. Doch als ich Euch vor der Hütte der Heilerin gesehen habe, mit ebendiesem Tuch auf dem Kopf, da wurde mir einiges klar. Und was die Heilerin dann zu berichten hatte …« Aus den Augenwinkeln bemerkte er, dass Garsende ihn anfunkelte. Er bedeutete ihr zu schweigen, und widerwillig gehorchte sie.

Hermia indes presste ihre zitternden Lippen fest zusammen, Tränen stürzten in ihre Augen, und ihre kleine Nase färbte sich rot. Mit winzigen Schluchzern, die wie Schluckauf klangen, trat sie einen Schritt auf Bandolfs Hand mit dem Stofffetzen zu, doch sie strauchelte und blieb schwankend stehen. Garsende warf Bandolf einen wütenden Blick zu, während sie schnell nach dem Arm des Mädchens griff, um sie zu stützen.

»Erklärt dem Burggrafen einfach, was geschehen ist. Er

ist ein verständiger Mann, Ihr habt mein Wort, und wird Euch nicht lange quälen«, versprach sie leise.

Doch Hermia sagte noch immer nichts.

»Es hat doch keinen Sinn, dass Ihr schweigt«, sagte Bandolf in milderem Ton. »Für jedermann wird bald offenkundig sein, dass Ihr und Ludger …«

Ein Stöhnen drang durch Hermias bleiche, fest aufeinandergepressten Lippen, und der Burggraf warf ungeduldig die Arme hoch.

»Herr im Himmel, so macht es mir doch nicht so schwer«, rief er aus und nickte der Heilerin auffordernd zu.

Garsende lächelte das Mädchen an und sagte leise zu ihr: »Ihr seid noch sehr jung, und es wird niemanden verwundern, dass Ihr an Ludgers einnehmendem Äußeren Gefallen fandet, auch wenn …«

»Nein, nicht …«, brachte das Mädchen endlich hervor. »Ich war nicht …, wollte nicht … Oh lieber Jesus. Heilige Jungfrau. Barmherzige Muttergottes, hilf mir.«

Bandolf schaute die Heilerin ratlos an, die ihm mit einem Seufzen antwortete. Sie wusste offenbar auch nicht weiter.

Er räusperte sich und versuchte es noch einmal. »Ludger und Ihr wart also ein …«

Zu seinem Entsetzen schlug Hermia die Hände vor ihr Gesicht und brach in haltloses Weinen aus. Tränen tropften zwischen ihren Fingern auf ihren Umhang. Garsende hielt das Mädchen im Arm und strich ihr besänftigend über den Rücken. Endlich schüttelte sie den Kopf. »Das hat so keinen Sinn«, flüsterte sie Bandolf zu. »Lasst mich allein mit ihr sprechen.«

Doch bevor Bandolf antworten konnte, betrat Rainald von Dachenrod den Kirchhof. Er sah seine Schwester an die Brust der Heilerin gesunken, während der Burggraf mit grimmigem Gesicht danebenstand, und stürzte schnaubend wie ein Stier herbei.

»Was macht Ihr da?«, schrie er zornentbrannt. »Was hat das hier zu bedeuten?« Unsanft riss er seine unglückliche Schwester aus Garsendes Arm und machte Anstalten zu gehen.

Bandolf stellte sich ihm in den Weg. »Da Ihr offensichtlich nicht bereit seid, mir Rede und Antwort zu stehen, muss ich mich an Eure Schwester wenden, um die ganze Wahrheit zu erfahren«, sagte er kalt.

»Welche Lügen hast du ihm erzählt?«, fuhr Rainald die Heilerin an. »Warte nur, das wird dich teuer zu stehen kommen!«

Garsende wurde blass.

»Haltet Eure Zunge in Zaum«, warnte Bandolf. »Sonst werdet Ihr es sein, der für das, was Ihr von der Heilerin verlangt habt, bluten wird. Ich bin Eurer Lügen längst überdrüssig.« Er hielt Rainald den Wollfetzen unter die Nase. »Das hier habe ich an einem blutigen Ast hängend beim Beinhaus gefunden. Es gehört zum Kopftuch Eurer Schwester und befand sich an derselben Stelle, an der Ludger von Blochen ermordet wurde.«

Rainald erbleichte und verhielt mitten in seiner Bewegung. Er starrte das Stück Stoff an, dann seine Schwester, die sich schluchzend an seinen Arm klammerte. Während der junge Mann sich noch zu fassen suchte, warf Bandolf Garsende einen durchdringenden Blick zu. Sie schien sofort zu begreifen. Behutsam löste sie Hermias Hände vom Ärmel ihres Bruders. »Kommt mit mir, Kind«, sagte sie leise und legte einen Arm um das Mädchen.

Bandolf raunte: »Wartet vor dem Kirchhof auf mich.« Garsende nickte, führte das Mädchen auf den Weg zur Pforte, und Bandolf hörte sie sanft auf das Mädchen einreden. »… und wenn Ihr Euch wieder gefasst habt, erzählt Ihr mir, was Euch so peinigt. Dann wird Euch wohler ums Herz sein, glaubt mir. Es findet sich für alles ein Ausweg, und

Ihr werdet nicht länger allein ...« Ihre beruhigende Stimme verklang.

Rainald hatte sich nicht gerührt. Schweigend sah er den beiden Frauen hinterher. Als sie hinter der Pforte der Kirchhofsmauer verschwunden waren, räusperte sich Bandolf.

»Es ist an der Zeit, dass Ihr mir die Wahrheit sagt. Hier habe ich den Stofffetzen aus dem Kopftuch Eurer Schwester. Und ich habe das Wort von Ludgers Witwe. Sie hat Hermia in der Mordnacht kurz vor der Komplet in Mantel und Kopftuch im Hof gesehen. Außerdem wurde Eure Schwester gesehen, als sie einige Zeit später den Pfalzhof überquerte.« Er holte tief Luft. »Und ich weiß, dass Hermia ein Kind unter ihrem Herzen trägt.«

»Die Heilerin! Verflucht soll sie sein«, stieß Rainald zwischen zusammengepressten Zähnen hervor.

»Lasst die Heilerin aus dem Spiel«, knurrte Bandolf, ohne nachzudenken. »Ihr selbst habt sie da hineingezogen, und Ihr könnt von Glück reden, dass Ihr an ein Weib geraten seid, das ebenso viel Verstand wie Herz hat und weiß, was sie tut.«

»Was untersteht Ihr Euch?«, gab Rainald zurück, doch seine Worte kamen lahm über seine Lippen.

Bandolf bedachte den Dachenroder mit einem scharfen Blick. Er spürte, dass er den jungen Mann am Haken hatte, und stieß nach: »Und nicht genug damit. Ihr selbst seid in jener Nacht ebenfalls auf dem Pfalzhof gesehen worden, kurz nachdem Eure Schwester den Kirchhof verlassen hatte. Ihr mögt bei Eurer Kebse gewesen sein, doch was ist dann passiert? Habt Ihr Ludger von Blochen umgebracht? Oder war es Eure Schwester?«

Rainald antwortete nicht. Er kaute auf seiner Unterlippe und sah sich um, als wollte er sich vergewissern, dass sie ungestört seien und niemand seinen Worten lauschen würde. Doch außer Pater Emeram, der in einiger Entfernung vor seiner Kapelle auf einen buckligen alten Dombruder einredete, schien sich niemand mehr auf dem Kirchhof aufzuhalten. Rainald holte tief Luft, verankerte seine Daumen in seinem Schwertgürtel, und der hochmütige Ausdruck, den er sonst stets zur Schau trug, hatte einer finsteren Miene Platz gemacht.

»Als ich an jenem Abend das Haus verließ, war Ludger noch in der Halle«, begann er endlich zu sprechen. »Ich wollte zu meiner Kebse, also passte ich einen günstigen Moment ab, um ungesehen über den Hof zu kommen.« Ein freudloses Lachen entfuhr ihm. »Man wähnte mich auf meiner Kammer, und ich wollte unliebsamen Fragen aus dem Weg gehen.«

Bandolf nickte, und Rainald fuhr fort: »Ich nahm die Abkürzung über den Kirchhof zur Andreasgasse.«

»Habt Ihr auf dem Kirchhof jemanden gesehen?«, unterbrach ihn der Burggraf.

»Gegenüber der Kapelle waren wohl ein paar Zecher, aber Genaueres habe ich nicht gesehen. Es war schon dunkel, und ich hatte nur meine Laterne«, antwortete Rainald. »Nach der Komplet verließ ich Gundela und nahm denselben Weg zurück über den Kirchhof.« Er stockte, schloss für einen Moment die Augen und fuhr sich mit einer fahrigen Bewegung durch sein bereits schütteres Haar. »Als ich bei der Kapelle angekommen war, sah ich plötzlich eine kleine Gestalt über die Kirchhofmauer auf den Pfalzhof klettern. Sie stellte ihre Lampe auf dem Mauerabsatz ab, um besser klettern zu können, und dabei erkannte ich Hermias Gesicht im Schein der Laterne. Meine Schwester! Zu dieser Stunde an einem solchen Ort!«, stieß er zwischen den Zähnen hervor.

»Und was tatet Ihr?«

»Was werde ich wohl getan haben?«, gab Rainald bissig zurück. »Ich folgte ihr natürlich. Ich wollte wissen, was sie um diese Zeit auf dem Kirchhof zu suchen gehabt hatte. Bis ich ebenfalls über die Mauer geklettert war, hatte sie aber schon die Diebsgasse erreicht, und ich holte sie erst hinter St. Stephan ein.«

»Wen habt Ihr noch gesehen, als Ihr beim Rückweg von Eurer Kebse über den Kirchhof gegangen seid?«, wollte Bandolf wissen.

»Niemanden.«

»Niemanden?«, fragte Bandolf erstaunt. »Auch nicht Ludger?«

»Nein, auch nicht Ludger. Die Zecher waren fort, und sonst schien keiner mehr auf dem Friedhof zu sein.«

»Und als Ihr den Pfalzhof überquert habt, seid Ihr da dem Kämmerer Pothinus begegnet?«

»Nicht dass ich wüsste. Aber wie ich schon sagte, es war dunkel.«

Bandolf nickte. »Fahrt fort. Was geschah dann?«

»Hinter St. Stephan holte ich Hermia ein«, wiederholte Rainald. »Ich war natürlich aufgebracht. Wütend, meine Schwester um diese Stunde in den Gassen herumschleichen zu sehen. Ich beschimpfte sie und stellte sie zur Rede.« Er seufzte. »Erst nach einer Weile bemerkte ich, dass sie völlig verstört und außer sich war. Sie weinte, und zunächst war nichts anderes aus ihr herauszubekommen, als dass sie verdammt wäre und der Hölle anheimfallen würde. Ich wollte sie beruhigen, doch sie stieß mich weg und rief, ich solle meine Hände nicht an einer Sünderin beschmutzen. Erst nach und nach gestand sie mir, was geschehen war, und schließlich brachte sie stammelnd hervor, sie hätte Ludger getötet.«

»Also doch«, sagte Bandolf und schüttelte traurig den Kopf.

Rainald hatte ihn offenbar nicht gehört. Er scharrte mit seiner Stiefelspitze in der aufgeweichten Erde und schwieg.

Bandolf, der versuchte, das Gehörte in Einklang mit den Steinchen in seinem Mosaik zu bringen, ließ ihn gewähren. Nach einer Weile kehrte Rainalds Blick wieder zurück. Er schaute den Burggrafen mit schmalen Augen an und presste zwischen zusammengebissenen Zähnen hervor: »Der schändliche Hurenbock hat den Tod verdient!« Seine Hände ballten sich zu Fäusten, und es fiel Bandolf nicht schwer zu ahnen, was in ihm vorging. Beschwichtigend klopfte er dem jungen Mann auf die Schulter.

Schwer atmend fuhr Rainald fort: »Ich wusste um Ludgers Ruf. Doch niemals wäre mir eingefallen, dass er seine gierigen Hände nach einem jungen Weib ausstrecken würde, das in Kürze zu seiner Sippschaft gehören sollte. Und Hermia, das dumme Ding, wusste es offenbar nicht besser, als auf seine Betörungen und seine süße Zunge hereinzufallen. Es war zu spät, als sie entdeckte, was für ein verkommener Hundsfott er in Wahrheit gewesen ist«, knirschte er. Mühsam beruhigte er sich. »Wie auch immer. Als Hermia herausfand, dass sein Tun nicht ohne Folgen geblieben ist, wandte sie sich in ihrer Verzweiflung an Ludger. Sie sprach an jenem Tag mit ihm und bat ihn, ihr zu helfen. Ludger nötigte sie dazu, sich zur Komplet mit ihm auf dem Kirchhof zu treffen. Er meinte, es wäre unklug, im Haus, wo die Wände Augen und Ohren haben, darüber zu sprechen. Und meine Schwester war verzweifelt genug, um einzuwilligen. Als sie sich dann zur gegebenen Stunde auf dem Kirchhof einfand, wollte Ludger jedoch nichts mehr davon wissen, dass er Schuld an ihrem Zustand trüge. Er verhöhnte sie und fragte, woher er denn wissen solle, dass er der Einzige gewesen wäre, dem sie beigewohnt hätte.« Rainald schnaubte. »Noch während er sprach, drängte er sie in unverkennbarer Absicht an die Wand des Beinhauses und nestelte an seinem Latz. Hermia war außer sich. Sie griff nach dem nächstbesten Gegenstand, was wohl der Ast gewesen ist, den Ihr gefunden habt, und schlug ihn damit auf den Kopf. Er ging sofort zu Boden. Und Hermia, die glaubte, ihn getötet zu haben, floh.«

»Und dann?«, fragte der Burggraf ungeduldig.

»Nachdem Hermia mir alles gestanden hatte, schickte ich sie in die Hafergasse zurück und befahl ihr, über alles zu schweigen. Dann lief ich zurück zum Kirchhof. Ich wollte wissen, ob sie den Hurensohn wirklich getötet hatte.«

»Und als Ihr Ludger dann putzmunter beim Beinhaus vorfandet, habt Ihr ihm kurzerhand die Kehle durchgeschnitten«, konstatierte Bandolf.

»Ich hätte jedes Recht gehabt, diesen ehrlosen Hundsfott zu töten«, rief Rainald aufgebracht. »Und ich hätte es getan, wenn er nicht schon tot gewesen wäre.«

Der Burggraf runzelte die Stirn und fragte verwirrt: »Also hatte Eure Schwester Ludger doch mit dem Schlag auf den Schädel getötet? Und da Ihr Hermias Tat verschleiern wolltet, habt Ihr ihm die Kehle durchgeschnitten und alles so hergerichtet, dass es aussehen musste, als wäre Ludger einem Halsabschneider zum Opfer gefallen?«

»Nein, das tat ich nicht. Denn als ich zurückkehrte, fand ich den Bastard bereits mit aufgeschlitztem Hals dort drüben liegen«, rief Rainald erbost und wies zu der Grabstelle hinüber, wo Pater Emeram Ludgers Leichnam gefunden hatte.

»Ihr wollt behaupten, jemand anderer habe Ludger ermordet und ihn zu der Grabstelle geschleppt, während Ihr Eurer Schwester gefolgt seid?«, fragte Bandolf ungläubig.

»Herrgott im Himmel. Es hat seine Zeit gedauert, bis ich mir einen Reim aus Hermias wirrem Gerede machen konnte. Genügend Zeit für einen Strauchdieb, die Mordtat zu verüben und sich Ludgers Habe zu bemächtigen.«

Bandolf pfiff durch die Zähne. »Und das soll ich Euch glauben?«, erkundigte er sich freundlich.

Rainald starrte ihn trotzig an. »Genauso ist es gewesen. Gott hat an meiner statt Vergeltung geübt.«

»Oder aber Ihr lügt«, versetzte Bandolf. »Ihr seid zurückgekehrt und fandet Ludger noch betäubt beim Beinhaus liegen. Ihr nutztet die günstige Gelegenheit, Rache am Verführer Eurer Schwester zu üben. Und erst danach wurde Euch bewusst, dass man Euch mit dieser vorschnellen Tat der Ehrlosigkeit bezichtigen würde, und habt es so aussehen lassen, als hätte ein gemeiner Halsabschneider den Mord begangen.«

»Haltet Ihr mich für einen Feigling?«, fragte Rainald wütend. »Ich hätte Ludger die Fehde antragen können, wie es sich für einen rechten Mann gehört.«

»Nicht, ohne die Schande Eurer Schwester ans Tageslicht zu bringen«, erwiderte Bandolf trocken.

Der junge Mann schnaubte. »Was meine Schwester angeht, wird mein Vater entscheiden, was nun geschieht. Doch was den Mord an Ludger betrifft, so haben weder sie noch ich damit zu schaffen.«

Eine Weile schwiegen beide Männer und hingen ihren Gedanken nach. Endlich sagte Bandolf: »Nehmen wir für einen Augenblick an, Ihr sprecht die Wahrheit. Könnte da sonst noch jemand auf dem Kirchhof gewesen sein, als Ihr Ludger bei der Grabstelle fandet? Habt Ihr etwas gesehen oder gehört? Oder ist Eurer Schwester etwas aufgefallen, als sie sich mit Ludger vor dem Beinhaus traf?«

Rainald schüttelte den Kopf. »Hermia sagte nichts dergleichen. Und mir genügte, dass das Schwein tot war.«

Der Burggraf fand Garsende allein, doch mit hochroten Wangen bei der Pforte auf dem Pfalzhof. Ihre dunklen Augen funkelten vor leidenschaftlichem Zorn und belebten ihre Züge. Für einen Moment streifte ihn der Gedanke, wie es wohl wäre, wenn diese Leidenschaft in ihrem Blick auf einen angenehmeren Gegenstand gerichtet würde. Doch sein kurzer Ausflug ins Reich der verbotenen Früchte verflog im Nu, als sie seiner ansichtig wurde und ihn wütend fragte, was in aller Welt er sich nur dabei gedacht habe, das arme Mädchen so hart anzugehen. Die junge Hermia hätte doch wohl schon genügend Schmach ertragen.

Bandolf gab ärgerlich zurück: »Man kann wohl kaum von Schmach sprechen, wenn das Mädchen sich von Ludger verführen ließ. Und sei der Bursche noch so einnehmend gewesen. Immerhin wusste Hermia, dass Ludger gebunden war und ihr nicht würde gehören können.«

»Pah! Verführt«, schnaubte Garsende. »Der Wüstling hat sich an dem jungen Ding vergangen.«

»Ludger hätte sich an Hermia von Dachenrod vergangen?«, wiederholte Bandolf ungläubig und runzelte die Stirn. »Woher willst du das wissen? Davon hat Rainald kein Wort gesagt.«

»Das will ich Euch gerne glauben«, erklärte die Heilerin spöttisch. »Wenn ich Hermias Gestammel richtig gedeutet habe, so war ihr Bruder kaum zu beruhigen, als sie ihm von ihrem Zustand erzählte. Er schäumte vor Zorn, verbot ihr jedes weitere Wort und schickte sie kurzerhand zurück in die Hafergasse.«

»Dann hätte sie es später erwähnen können«, argumentierte Bandolf, dem nicht einleuchten wollte, warum das Mädchen darüber geschwiegen haben sollte. Ihrer Sippschaft stünde für die Schändung ihrer Jungfräulichkeit doch ein hohes Bußgeld zu, während Hermia im anderen Falle nur die Schande bliebe.

»Schwerlich«, meinte Garsende leise. Ihr Blick ging an ihm vorbei, und sie seufzte.

»Nun?«

Ihre Aufmerksamkeit kehrte zurück. »Nachdem Hermia gehört hatte, dass Ludger die Kehle durchschnitten worden war, glaubte sie zunächst, ihr Bruder hätte ihn im Zorn ermordet. Sie wagte nicht, mit Rainald darüber zu sprechen. Und als er sie dann in mein Haus zwang, war das kleine Ding so voller Angst, dass sie die Wahrheit erst recht nicht über die Lippen gebracht hätte.«

»Hmm«, meinte Bandolf skeptisch. »Wo ist das Mädchen jetzt?«

»Nachdem sie mir ihre ganze traurige Geschichte in die Schulter geweint hatte, war sie so erschöpft, dass ich der Magd befohlen habe, sie auf schnellstem Weg in die Hafergasse zurückzubringen«, antwortete Garsende. »Ich hätte sie gerne begleitet, aber …« Sie ließ den Rest ungesagt.

Eine Weile schwiegen beide. Garsende bückte sich, um einen kleinen Stein aus ihrer Holzpantine zu klauben, während Bandolf durch die offene Pforte zurück auf den Kirchhof schaute. Pater Emeram hatte sein Gespräch mit dem greisen Dombruder beendet und war offenbar in seine Kapelle zurückgekehrt, während der bucklige Alte über den Friedhof zur Andreasgasse schlurfte. Eine Seitenpforte vom Dom wurde geöffnet, der Kämmerer kam herausstolziert, nur um gleich darauf auf den Fersen kehrtzumachen und in die noch offene Pforte ein drohendes »Davon wird der Bischof noch erfahren!« hineinzurufen. Eine ferne Stimme schien ihm zu antworten, was Bruder Pothinus veranlasste, in den Dom zurückzustürzen. Bandolf grinste. Mit wem hatte sich der Bruder Kämmerer nun wieder angelegt?

»Hat Rainald Ludger von Blochen umgebracht?«, brach Garsende unvermittelt das Schweigen.

»Grund genug hätte er wohl gehabt. Gleichgültig, ob Hermia nun geschändet wurde oder sich Ludgers Verführungskünsten ergab. Aber ich weiß nicht recht. Rainald von Dachenrod mag ein Hitzkopf sein, der schnell mit Schmähungen bei der Hand ist. Aber für einen Feigling, der hinterrücks einen Wehrlosen tötet, halte ich ihn nicht.« Bandolf seufzte. »Wie auch immer – vor des Königs Gericht stünde mein Wort gegen seines.«

Unversehens grollte sein Bauch so laut, dass Garsende ihn verblüfft anschaute. Sie lachte. »Meine Güte, Ihr solltet nach Hause gehen und Euren Magen füllen, bevor er mit einem Marktschreier verwechselt wird.«

»Die Sext ist längst vorbei«, brummte Bandolf und strich wie beschwichtigend über seinen Leib.

»Wenn Ihr erlaubt, begleite ich Euch. Ich habe der Burggräfin versprochen, heute noch einmal nach der kranken Magd zu schauen.«

In einvernehmlichem Schweigen passierten Burggraf und Heilerin die Hohlgasse und überquerten den Marktplatz.

»Kaum zu glauben, dass sich hinter einem so einnehmenden Äußeren so viel Schlechtigkeit verbirgt«, sagte Garsende plötzlich.

Bandolf schaute sie überrascht an. »Hermia mag wohl noch sehr jung sein und ein Weib. Dennoch bedurfte es keiner großen Kraft, Ludger das Messer an die Kehle zu setzen, wenn er schon am Boden lag.«

»Ich spreche doch nicht von der kleinen Hermia.«

»Von wem denn dann?«

»Von Ludger.«

»Du glaubst also der Kleinen von Dachenrod, sie sei geschändet worden?«

Die Heilerin nickte. »Und warum wollt Ihr das nicht glauben?«

»Ludger war doch offenbar ein Mann, der Mädchen zu betören wusste. Sich sein Vergnügen mit Gewalt zu holen, schien er überhaupt nicht nötig gehabt zu haben«, hielt Bandolf ihr entgegen.

»Vielleicht hat er sich gerade deshalb an Hermia vergangen«, sinnierte Garsende. »Da die Mädchen sich ihm gegenüber offenbar stets willig gezeigt haben, musste es ihn doch bitter ankommen, dass ausgerechnet Hermia sich ihm verweigerte. Jung und sanftmütig, wie das Mädchen ist, hatte er vielleicht geglaubt, leichtes Spiel mit ihr zu haben. Als sie ihn stattdessen hartnäckig abwies, muss das ein schwerer Schlag für seinen Dünkel gewesen sein. Ja, es könnte sein Verlangen sogar noch angestachelt haben. Und so beschloss er kurzerhand, sich das, was sie ihm nicht freiwillig gewähren wollte, mit Gewalt zu nehmen.«

Bandolf schüttelte den Kopf. »Ludger hätte gewusst, welche Folgen es für ihn und seine ganze Familie haben würde, wenn Hermia ein Wort darüber verlöre. Das Bußgeld für eine geschändete Jungfrau ist enorm hoch. Dreimal jedes Kleidungsstück, das das Mädchen trug, an den Vater. Dem Bischof das Banngeld so oft wie die Anzahl ihrer Kleidungsstücke und dem Vater noch dreimal das Banngeld des Bischofs. Außerdem noch zwölf Schilde, zwölf Lanzen und zwanzig Schillinge«, führte er aus. »Mit der Hoffnung auf besseren Stand wäre es dann für die von Blochen vorbei gewesen. Und nicht nur das, es hätte auch Ludgers Leben kosten können. Schließlich hätte die Familie von Dachenrod das Recht auf Vergeltung gehabt. Glaubst du wirklich, Ludger hätte all das riskiert, wo er doch so sehr darauf bedacht war, sich und die Seinen in besseren Stand zu versetzen? Zumal es doch auch so viele andere – willige – Weiber gab?«

»Womöglich kamen ihm die Folgen erst nach seiner Schandtat in den Sinn?«, wandte Garsende ein.

Bandolf dachte darüber nach. »Selbst wenn du Recht hast und das Mädchen die Wahrheit sagt, könnte Hermia immer noch Ludgers Mörderin sein«, sagte er schließlich.

Die Heilerin schien Einwände vorbringen zu wollen, aber er hob die Hand und ließ sie nicht zu Wort kommen. »Hermia trifft sich zu später Stunde mit Ludger auf dem Kirchhof, damit er ihr in ihrer Notlage beisteht. Aber anstatt ihr zu helfen, denkt Ludger nur an sein Vergnügen.

Sie wehrt sich und schlägt ihn mit dem Ast zu Boden, wobei ein Fetzen aus ihrem Tuch daran hängen bleibt. Ludger liegt bewusstlos da und regt sich nicht. Es wäre selbst für ein schmächtiges Ding wie Hermia ein Leichtes gewesen, seinen Dolch zu nehmen und ihm die Kehle aufzuschlitzen. Die Wunde an Ludgers Hals war unsauber. Das würde zur Hand eines Weibes passen.«

»Und was ist mit den Malen an Ludgers Hals, von denen Ihr in der Hafergasse gesprochen habt? Sagtet Ihr nicht, Ludger wäre vielleicht gar nicht an dem Schnitt durch seine Kehle gestorben?«

»Die Abdrücke waren nur schwach, bläulich verfärbte Halbmonde, die kaum zu sehen waren«, meinte Bandolf und runzelte die Stirn. Die Male an Ludgers Hals hatte er in der Tat schon fast wieder vergessen.

»Und wie hätte ein so zartes Weib wie Hermia Ludgers Leichnam zum Grabkreuz schleppen wollen?«

»Diesen Liebesdienst könnte Rainald seiner Schwester erwiesen haben«, sagte Bandolf trocken. »Sie hat Ludgers Leiche beim Beinhaus liegengelassen. Dann trifft sie auf ihren Bruder und erzählt ihm, was sie getan hat. Rainald, der seiner Familie Kummer und Schande ersparen will, kehrt zum Beinhaus zurück, schleppt den toten Ludger zur Grabstelle und tut alles Nötige, damit es so erscheint, als wäre Ludger ausgeraubt und seiner Habe wegen ermordet worden.«

Darauf wusste die Heilerin nichts zu sagen. Sie seufzte. Doch etwas störte Bandolf bei seiner eigenen Ausführung, und er strich sich grübelnd über seinen Bart. Dann fiel es ihm ein. »Die Frage ist nur: Warum hat Rainald nicht alles von Wert an sich genommen?«

»Vielleicht wurde er gestört, bevor er sein Werk beenden konnte«, schlug Garsende vor.

»Möglich. Auf der anderen Seite …«, überlegte Bandolf laut. »Nehmen wir einmal an, es wäre so gewesen, wie Rainald behauptet hat. Und ein anderer hätte Ludger getötet und zur Grabstelle geschleppt. Nun will der Meuchler alles so herrichten, dass jedermann glauben muss, Ludger wäre einem Halsabschneider zum Opfer gefallen. Er nimmt dem Toten Schmuck und Waffen ab und zieht ihm den Mantel aus. In diesem Moment kehrt Rainald zurück, um Ludger auf dem Kirchhof zur Rede zu stellen, und der Mörder kann sein Vorhaben nicht vollenden. Nein, er muss sich vor Rainald verstecken. Und so bleibt Ludger nur halb beraubt auf der Grabstelle liegen.«

Garsende ging auf sein Spekulieren ein. »Warum hat der Mörder ihm denn nicht später den Rest abgenommen? Nachdem Rainald gegangen war?«, fragte sie.

Bandolf grinste. »Aber Rainald hatte Ludger schon tot gesehen. Er hätte sich später daran erinnert, dass Ludger noch Hemd, Stiefel und Beinlinge trug, als er ihn gefunden hat. Vielleicht hat der Mörder auch gar nicht abgewartet, bis Rainald den Kirchhof wieder verließ, sondern hat sofort das Weite gesucht, als er den jungen Mann kommen sah.«

»Dann muss der Mord an Ludger also gar nicht Hermias oder Rainalds Werk gewesen sein?«, schloss Garsende mit einem kleinen Lächeln.

Das Loch in Adalbert von Bremens Dalmatika und das verschrumpelte Gesicht des toten Gerbers glitten an Bandolfs innerem Auge vorbei. »Tod und Teufel, nein«, brummte er widerstrebend.

Sie trennten sich in der Münzergasse. Während Garsende ihren Weg zu Bandolfs Heim fortsetzte, um dort nach Hildrun zu sehen, hielt ein Büttel den schlechtgelaunten Burggrafen von seiner ersehnten Mahlzeit fern. In der Kapelle St. Nazarius, die zum Kloster Lorsch gehörte, war offenbar ein kostbarer Kelch entwendet worden. Der Sakristan hatte dem kleinen Büttel die Hölle heiß gemacht und verlangt, der Burggraf müsse sich dieses perfiden Diebstahls persönlich annehmen. Als mögliche Täter hatte er dem überforderten Büttel eine ganze Anzahl von Namen um die Ohren geschlagen und endlich noch darauf hingewiesen, dass die Sünde der Missgunst auch vor einem gewissen Kirchenfürsten nicht Halt machen würde. Als der Burggraf vor der Pforte der kleinen Kapelle eintraf, fand er jedoch einen kleinlauten Sakristan vor, der peinlich berührt zugab, es habe sich um ein Missverständnis gehandelt. Mit vor Ärger hochrotem Gesicht deutete er auf einen jungen Novizen, der mit gesenktem Kopf neben ihm stand. »Adelmar hat den Kelch unverzeihlicherweise an sich genommen und verabsäumt, es mir sagen«, presste er zwischen zusammengebissenen Zähnen hervor.

Der Burggraf warf einen Blick auf den Knaben, der vergeblich sein spitzbübisches Grinsen unter der Kapuze seiner Novizentracht zu verbergen trachtete.

Um Streiche dieser Art war Bandolf selbst nicht verlegen gewesen, als sein Vater noch das Amt des Vogtes in einem Kloster ausgeübt und er dort zusammen mit den Novizen sein Latein gelernt hatte.

»Dann kann ich wohl davon absehen, die Habe einer gewissen Eminenz nach Eurem Kelch zu durchwühlen?«, konstatierte er.

Verdrossen murmelte der Sakristan etwas von einem Verdacht, der nicht gänzlich außerhalb jeglicher Vorstellung liegen würde, wenn man bedenke, dass …

Bandolf nickte ihm wortlos zu und ging.

Zurück in seiner Halle, stellte ein ausgiebiges Mahl seine gute Laune wieder her. Die Heilerin schien Hildruns Untersuchung beendet zu haben. Doch sie war noch da und half der Burggräfin, getrocknete Kräuter über die Strohlager zu streuen, um sie zu reinigen. Filiberta hockte an Hildruns Bettstatt, die laut quengelte und sich hartnäckig weigerte, ihre Biersuppe auch nur zu kosten, bis Garsende sich einmischte. Ein so hübsches, junges Ding wie Hildrun wolle doch sicher nicht vorzeitig verschrumpeln wie eine alte Pflaume, und das würde bestimmt geschehen, wenn sie jegliche Nahrung verweigerte, erklärte sie. Hildrun griff hastig nach dem Löffel.

Unterdessen genoss der Burggraf geschmortes, kräftig gewürztes Murmeltierfleisch, gekochte Kastanien und eine dicke braune Soße, in die er sein weißes Brot tunkte. Dabei hörte er sich einen sparsamen Bericht seines Marschalks an, der den mangelhaften Zustand einer Scheune des Burggrafen außerhalb der Stadt zum Inhalt hatte. Bandolf, der aus den kargen Wortbrocken, die Herwald ihm hinwarf, nicht recht schlau wurde, beschloss, sich das selbst anzuschauen.

Als er sein Haus verließ, verdunkelten Regenwolken plötzlich den Himmel, und nachdem er den Marktplatz überquert hatte, fielen die ersten dicken Tropfen. Ein scharfer Wind ließ Bandolfs Umhang flattern, Regen strömte hernieder, als hätte der Himmel seine Schleusen geöffnet, und binnen kurzem stand der Marktplatz unter Wasser. Bäche, übervoll mit Unrat, flossen von der Hohlgasse herunter und verwandelten den Morast des Platzes in einen schlammigen See. Blitze zuckten über die Häuser, und es donnerte so laut, als ließe der Erzengel Gabriel seine Posaune erschallen. Die Menschen flüchteten furchtsam in ihre Häuser, suchten Schutz unter vorspringenden Dächern oder duckten sich unter ihre Karren. Der Donner übertönte das Blöken der Ziegen und das ängstliche Muhen der Kühe, und über den nassen Boden flitzten Mäuse und Ratten in jede Ritze und Spalte, die sich ihnen bot. Auch Bandolf brachte sich in einem überdachten Durchlass vor dem Wolkenbruch in Sicherheit und traf auf den klatschnassen Dekan des Domstifts, der sich ebenfalls dort untergestellt hatte.

»Scheußliches Wetter«, rief der Burggraf.

»Der Himmel straft uns für unsere Hoffart«, gab Folbert dumpf zur Antwort.

»Glaubt Ihr?«, fragte Bandolf unbehaglich und überlegte, ob er sich in letzter Zeit der Sünde des Hochmuts schuldig gemacht hatte. Seine letzte Beichte lag schon ein Weilchen zurück, und wenn ihn jetzt der Blitz träfe, würde er unvorbereitet vor den Thron des Herrn treten müssen. Der Gedanke stimmte ihn düster.

Folbert hüllte sich fröstelnd in seine nasse Robe. »Seht Euch nur um, Burggraf«, sagte er und zeigte auf zwei Mönche, die sturzbetrunken über den Marktplatz torkelten. Sie hatten ihre Kutten bis über die Knie hochgezogen und versuchten, kichernd wie die Kinder, sich gegenseitig in die Pfützen zu stoßen. Bandolf musste dem Dekan im Stillen beipflichten. Viele Klöster und Ordensgemeinschaften hatten sich schon weit von den Lehren und Regeln ihrer Gründer entfernt, und die Brüder genossen ihr leichtsinniges, fettes Leben. Einige der Reformen, die Papst Alexander und seine Anhänger forderten und die so manches Kloster wie Cluny bereits vorlebten, waren sicher nötig.

»Woher sollen sie es auch besser wissen«, fuhr Folbert fort, »wenn sogar Kirchenfürsten wie Adalbert von Bremen ihrer Prunksucht und Habgier ganz ungeniert frönen und sich nicht scheuen, gegen den Papst zu rebellieren?«

Dagegen ließ sich ebenfalls nichts einwenden. Weil Bandolf immer noch schwieg, wandte der Dekan sein Gesicht mit der hohen Stirn dem Burggrafen zu, und ein Lächeln milderte die Strenge seiner Züge. »Ich war gerade auf dem Weg zu Euch, als mich das Unwetter überraschte. Ich habe eine Angelegenheit in der Nähe Eures Hauses zu regeln. Daher bat mich Bruder Goswin, Euch auszurichten, dass er bald mehr über besagte Kette wüsste.« Folbert hob fragend eine wohlgeformte Augenbraue und fügte hinzu: »Ich hätte nicht vermutet, dass es zu den Aufgaben des Burggrafen gehört, sich mit Tand und Juwelen abzugeben.«

Bandolf lächelte. »Gewöhnlich muss ich das auch nicht«, erklärte er. »Doch diese Kette fand man versteckt im Schuh des ermordeten Ludger von Blochen. Es ist ein ganz ungewöhnliches Band mit Elfenbeinperlen, und offenbar sind arabische Schriftzeichen darin eingeritzt. Bruder Goswin will mir helfen herauszufinden, was es mit dieser Kette auf sich hat.«

»Tatsächlich«, sagte Folbert und rieb sich nachdenklich über die Stirn. »Wie eigenartig. Glaubt Ihr denn, die Kette hat etwas mit der Ermordung des unseligen jungen Mannes zu tun?«

»Wer weiß?«

Folbert kniff seine Augen zusammen. »Das also hat der Bruder Kämmerer gemeint«, sagte er nach einer Weile und warf dem Burggrafen einen hintergründigen Blick zu.

»Was hat der Bruder Kämmerer gemeint?«, fragte Bandolf neugierig.

»Ach, nichts weiter. Ich hörte ihn nur eine abfällige Bemerkung darüber machen, dass Bruder Goswin seine Zeit neuerdings mit eitlem Tand vergeudet, nur um dem Burggrafen gefällig zu sein.« Folbert lächelte über Bandolfs verärgertes Stirnrunzeln und sagte: »In einer kleinen Gemeinschaft wie der unseren im Kapitelhaus bleibt nichts lange geheim.«

Der Regen hatte kaum nachgelassen, da verabschiedete sich der Dekan vom Burggrafen. Seine Absicht, eine Angelegenheit in der Nähe von Bandolfs Anwesen zu regeln, hatte er offenbar aufgegeben, denn er bog eiligen Schritts in entgegengesetzter Richtung in die Hohlgasse ein. Kurze Zeit später verließ auch Bandolf seinen Unterstand und stapfte über den fast verwaisten Marktplatz nach Hause.

Kapitel 15

Schnorr, der Gerber, tänzelte die Hafergasse entlang. Auf seinem schütteren grauen Haar, das nass an seinem knochigen Schädel klebte, prangte die rote Kappe der Hohen Geistlichkeit, als wäre er zum Bischof der Armen erkoren. Triumphierend schwenkte er eine Lanze vor sich her, auf der der Schädel Adalberts von Bremen aufgespießt war. Sein Hüpfen wurde zum wilden Tanz, Fetzen lösten sich aus seinem vermodernden Kittel und flogen in alle Richtungen. Leere Augenhöhlen starrten anklagend aus seinem eitrigen Gesicht in die Menge der Schaulustigen, die sich an seinem Reigen ergötzten. In Schnorrs Gefolge tanzten die Seelen der Verlorenen gleich Nebelgestalten, und glutäugige Dämonen mit verzerrten Fratzen flankierten den Aufmarsch der Toten. Vor der Pforte zu Ludgers Hof machte der grausige Reigen Halt, und dort erschien der Leichnam Ludgers selbst, um ihn zu begrüßen.

Vom Hemd abwärts war er nackt, und schon fraß das Gewürm an seinem Fleisch, doch sein Lustpfahl ragte stolz aufgerichtet über den bestickten Saum seines Hemdes. Zu seinen mit Erde bedeckten bloßen Füßen kauerte der Knecht Alfrad, schnarchend mit offenen Augen.

Hinter der Pforte hatten sich Ludgers Anverwandte und des Königs Gefolge in voller Zahl versammelt: Elgard und Sigurt, Detmar, Richenza und Adeline, Rainald und Hermia, furchtsam zitternd wie auch die Herzöge, Bischöfe, Grafen und Priester, und allen voran Adalbero, des Königs Bischof von Worms.

In ihrer Mitte stand eine hochgewachsene, dunkle Gestalt. Umhang und Kapuze so tief über den Kopf gezogen, dass niemand ein Gesicht erkennen konnte, umklammerte sie das Richterschwert von Worms.

Vor der Pforte schwenkte der tote Schnorr die Lanze mit Adalberts Kopf vor Ludgers Gesicht und rief mit dumpfer Grabesstimme, hier könne ein jeder sehen, auch der, welcher blind wäre. Ludger drehte sich um, und die Wunde an seinem Hals klappte auf und zu wie das Maul eines Raubfischs, als er anfing zu sprechen: »Gebt mir zurück, was Ihr mir genommen habt, sonst werde ich Euch heimsuchen bis zum Jüngsten Tag!« Seine Stimme schallte dröhnend über die Mauer, sein knorriger fleischloser Finger durchdrang den Stein und zeigte anklagend auf die dunkel verhüllte Gestalt. Hinter ihm und dem grotesken Körper des Gerbers drängten die tanzenden Dämonen vorwärts und verlangten schreiend Einlass. Der Schwertträger hinter der Pforte schlug seinen Umhang zurück und streifte langsam die Kapuze ab. Und Bandolf erkannte mit Entsetzen sein eigenes, schreckensbleiches Gesicht. Er riss das Schwert aus der Scheide, richtete die Klinge gen Himmel und brüllte.

Der Burggraf erwachte mit einem dumpfen Stöhnen, schweißnass am ganzen Körper, und wusste für einen Augenblick lang nicht, wo er sich befand. Dann fühlte er Mathäas Arm tröstlich auf seiner Brust ruhen und atmete erleichtert auf. Er war in seiner Schlafkammer, und die Dämonen der Finsternis in seinem Traum waren nur ein Alp gewesen, der ihn genarrt hatte. Vorsichtig schob er Mathäas Arm beiseite, drehte sich um und schloss die Augen. Doch der Schlaf wollte sich nicht wieder einstellen. Obwohl die Schreckensbilder seines Traums bereits verblasst waren, hatten sie ein beklemmendes Gefühl in ihm hinterlassen und geisterten schemenhaft noch immer durch seinen Kopf. Nach einer Weile stand er seufzend auf und zog sich im Dunkeln an. Leise, um niemanden zu wecken, schlich er die Treppe hinunter in die Halle, stieg vorsichtig über die Leiber seiner Hauseigenen, die um die schwach flackernde Feuerstelle schliefen und schnarchten. Auf dem Tisch entdeckte er noch einen Krug mit kaltem Würzwein, der vom Abendbrot übriggeblieben war, und schenkte sich ein.

Filiberta blinzelte, als sie ihren Herrn herumhantieren hörte. »Kann ich etwas für Euch tun?«, fragte sie undeutlich.

»Schlaf weiter«, brummte der Burggraf. Filiberta schaute ihm schlaftrunken zu, bis er die Halle mit dem weingefüllten Becher in der Hand verließ, dann legte sie sich kopfschüttelnd zurück und war kurz darauf wieder eingeschlafen.

Der Regen hatte aufgehört, und Bandolf setzte sich auf die Mauer zum Kräutergarten, um in der nächtlichen Stille seine durcheinandergeratenen Gedanken zu ordnen. Kaum hatte er den ersten tiefen Schluck aus seinem Becher getrunken, erschreckte ihn ein dunkler Schatten, der aus einer verborgenen Ecke des Gartens plötzlich vor ihm auftauchte und neben ihn auf die Mauer sprang.

»Du hast mich zu Tode erschreckt«, keuchte der Burggraf und zog seine Hand vom Dolch an seinem Gürtel zurück. Penelope, deren Mäulchen noch blutig von ihrer letzten Mahlzeit war, gönnte dem großen Mann an ihrer Seite nur einen kurzen Blick, bevor sie sich mit augenscheinlicher Leidenschaft der Säuberung ihres Fells widmete. Bandolf sah ihr eine Weile zu, dann wanderten seine Gedanken zurück zu den Schemen seines Traums. Schaudernd fragte er sich, ob der Traum womöglich ein Omen gewesen war. Waren Schnorr und Ludger aus ihrem Todesschlaf erwacht, um ihn heimzusuchen, bis er ihre Mörder gefunden hatte?

»Ich gebe mir ja alle Mühe«, knurrte er laut. »Doch es scheint so, als würde das Bild meines Mosaiks immer unklarer werden, je mehr Steine ich dafür zusammentrage.«

Bandolf streckte die Hand aus, um die Katze zu streicheln, doch Penelope wich ihm aus und fuhr stattdessen mit ihrer rauen Zunge über seinen Daumen, als wolle sie ihn in ihr Reinigungsritual einbeziehen. Das kitzelnde Gefühl entlockte dem Burggrafen ein Lächeln.

»Die Engel der Finsternis und die ruhelosen Seelen von Ludger und dem Gerber haben mich heute Nacht heimgesucht«, raunte er vertraulich. »Sie wollen, dass ich ihren Mörder finde.« Offensichtlich unbeeindruckt, rieb sich Penelope mit einer feucht geleckten Pfote über ihre Ohren. Bandolf seufzte. »Je mehr ich über die unselige Geschichte mit der kleinen Dachenrod nachdenke, desto eher bin ich geneigt, Rainalds Geschichte zu glauben. Ich denke, dass der Mörder von Ludger und Schnorr ein und derselbe ist.«

Fest stand für ihn, dass Schnorr sich in der Nacht, als Adalbert von Bremen überfallen worden war, auf dem Kirchhof aufgehalten hatte. Zumindest hatte sich der Gerber dergestalt beim Fischerwirt geäußert. Was also lag näher als die Vermutung, dass Schnorr den Angriff beobachtet hatte?

»Ich denke, Schnorr hat den Attentäter erkannt«, sagte Bandolf. »Und als er sich davonmachte, fand er den Fetzen aus Adalberts Dalmatika, den der Angreifer auf seiner Flucht verloren hat. Schnorr beschließt, seinen Vorteil aus dem zu ziehen, was er gesehen hat, doch bevor er es wagt, den Attentäter aufzusuchen, berät er sich mit Ludger. Alfrad, der alte Knecht, beobachtet dieses Treffen und hört Teile des Gesprächs. Und sieht ein glänzendes Stück Stoff.«

Penelope erstarrte, spitzte die Ohren und schaute aufmerksam an Bandolf vorbei in den dunklen Kräutergarten. Der Burggraf folgte ihrem Blick, konnte aber außer den schwarzen Umrissen der Sträucher nichts erkennen.

»Was hast du denn?«, fragte er leise.

Penelope lauschte noch einen Augenblick, dann schien sie beruhigt zu sein und fuhr mit dem Putzen ihrer Ohren fort.

Bandolf schüttelte den Kopf und klaubte seine Gedanken wieder zusammen. »Wo war ich? Ja, richtig, Schnorr und Ludger. Und das Stück Stoff aus Adalberts Dalmatika. Der Gerber steckt das Beweisstück also wieder ein und geht. Was meinst du? Hat Ludger es dabei bewenden lassen?«, fragte er die Katze, die ihre Säuberung inzwischen beendet und ihren Kopf auf seinen Oberschenkel gebettet hatte. »Und wo ist es jetzt? Wir haben den Stofffetzen weder bei Schnorrs noch bei Ludgers Leiche gefunden.«

Bandolf spielte abwesend mit Penelopes Ohren. Die Katze begann, tief im Hals zu schnurren, und der Burggraf seufzte. »Vermutlich hat der Angreifer Schnorr das Stück Stoff abgenommen, nachdem er ihn getötet hatte, und sich dessen sofort entledigt. Jedenfalls hätte ich das getan.«

Eine Weile grübelte er über Ludgers Gespräch mit dem Gerber noch nach, dann wandten sich seine Gedanken dem nächsten Stein seines Mosaiks zu. »Als Nächstes musste Ludger sterben. Aber warum? Wenn sein Tod mit dem Mord an dem Gerber zusammenhängt, woher hat Schnorrs Mörder denn gewusst, dass der Gerber bereits geplaudert und ihn an Ludger verraten hat? Hat Schnorr es ihm selbst gesagt, bevor er umgebracht wurde? Oder hat der Attentäter, ebenso wie Alfrad, das Gespräch zwischen den beiden Männern belauscht?« Bandolf kniff die Augen zusammen und schüttelte dann den Kopf. »Das ergibt keinen Sinn. Zu dem Zeitpunkt konnte der Attentäter noch gar nicht wissen, dass Schnorr ihn auf dem Pfalzhof erkannt hat, denn Schnorr hat sich zuerst an Ludger gewandt.«

Penelopes Kopf rutschte von seinem Schenkel, und sie stieß einen unmutigen Laut aus. Dann drehte sie sich zweimal um sich selbst, während Bandolf reglos seinem Gedankengang nachhing, und ließ sich, mit dem Rücken an das stämmige Bein des Burggrafen gekuschelt, wieder nieder.

Bandolf fuhr fort: »Wichtiger scheint mir ohnehin die Frage, was Ludger mit dem, was er vom Gerber wusste, dann anfing. Hat Schnorr ihm überhaupt einen Namen genannt? Oder machte er nur Andeutungen über die Person des Angreifers? Und was hat Ludger daraufhin unternommen?«

Er ließ seine schwielige Hand über Penelopes Rücken gleiten und griff mit den Fingern in ihr dichtes Fell. Die Katze streckte sich, laut schnurrend in sichtlichem Wohlbehagen, und presste ihren Rücken an Bandolfs Schenkel.

»Nach dem Gespräch mit dem Gerber war Ludger mit seinem Onkel und einigen anderen Herren zur Jagd. Er verließ jedoch die Gesellschaft frühzeitig, kehrte in die Hafergasse zurück, nur um das Haus kurze Zeit später wieder zu verlassen, wie uns die alte Teudeline erzählt hat. Wo ist Ludger hingegangen? Hat er sein Wissen an diesem Abend einem Dritten anvertraut und ist dabei an den Falschen geraten?« Er beugte sich dicht über die Katze und fragte leise: »Wen mag ein Mann wie Ludger ins Vertrauen gezogen haben? Den Kämmerer? Den Bischof? Vielleicht gar Adalbert von Bremen selbst? Oder hat er sich Pater Emeram, seinem Beichtvater, anvertraut?« Bandolf runzelte die Stirn und dachte über den Priester nach, der kürzlich so unverhofft in seiner Halle aufgetaucht war und sie mit merkwürdigen Andeutungen, mit denen Bandolf nichts hatte anfangen können, wieder verlassen hatte. »Ich sollte vielleicht noch einmal mit dem guten Pater sprechen.«

Er trank einen langen Schluck aus seinem Becher, verzog das Gesicht über den schalen Geschmack des kalten Würzweins und goss den Rest in das Beet seiner Gattin. Dann ließ er den Becher gedankenlos fallen und sagte laut:

»Es besteht natürlich immer noch die Möglichkeit, dass

die beiden Morde nicht das Geringste miteinander zu tun haben und ich zwei Meuchler suchen muss. Den des Gerbers und den des Edelmanns.« Der Burggraf seufzte tief. »Vielleicht war es doch die junge Hermia, die in ihrer Verzweiflung ihrem Peiniger das Lebenslicht ausgeblasen, oder Rainald, der seine Schwester in einem unbedachten Augenblick des Zorns gerächt hat. Oder es war Sigurt, der nicht wollte, dass seine Betrügerei ans Licht kommt, oder Detmar, der seinen Bruder …«

Ein Erinnerungsfetzen flitzte durch seine laute Grübelei, und Bandolf stockte. Eine flüchtige Bemerkung, die Garsende gemacht hatte, drängte sich ihm auf. Der Burggraf saß stocksteif und stierte auf die dunkle Fassade seines Hauses, ohne etwas wahrzunehmen. Sollte er das Pferd gar von hinten aufgezäumt haben?

Hastig versuchte er, seine Steinchen neu zu ordnen, sodass die flüchtige Eingebung sich in sein Mosaik einfügen würde. Doch der neue Gedanke wollte nicht passen und brachte das ganze bisherige Gebilde durcheinander. Er war so tief in seine Gedanken verstrickt, dass er nicht einmal bemerkte, wie vereinzelte Regentropfen herniederfielen und die Katze ihn verließ. Erst als sein Schenkel, an den sich Penelopes warmer Körper zuvor gedrängt hatte, kalt und der Regen stärker wurde, kehrte er ins Haus zurück.

»Wo Euryalus, wo Unseliger, ließ ich zurück dich? Wo soll ich suchen, von neuem entwirrend das ganze Geflecht des Weges im tückischen Wald …«, zitierte Bandolf leise seinen Vergil, als er die Treppe zu seiner Schlafkammer hinaufstieg.

Der Burggraf war nicht der Einzige, der in dieser Nacht keinen Schlaf fand. Pater Emeram, der vergebens Trost vor dem Altar in seiner Kapelle gesucht hatte, wanderte ruhelos über seinen Kirchhof. Seit Ludgers Leiche dort gefunden worden war, mied das Gesindel diesen Ort, und es herrschte friedliche Stille unter den Toten.

Die Sandalen des Priesters verursachten kaum ein Geräusch und trugen ihn wie von selbst zu dem schiefen Holzkreuz, bei dem er Ludger entdeckt hatte. Ein Schauer lief ihm über den Rücken. Bis in alle Ewigkeit würde dieser gewaltsame Tod auf seiner Seele lasten. Durch sein leichtfertiges Geschwätz im Rausch und der sündigen Völlerei hatte er sich vor Gottes Augen selbst verdammt. Ein plötzlicher, nicht zu unterdrückender Zorn verzerrte das ebenmäßige Gesicht des Paters, in dem Kummer und Seelenpein ihre Spuren hinterlassen hatten. Jemand würde ihm in die Hölle folgen, weil er Emerams unseligem Gewäsch in jener Nacht gelauscht und sein Wissen dann auf schnöde Weise missbraucht hatte.

Regentropfen, die wie die Tränen des Herrn vom Himmel fielen, trieben den Pater zurück zu seiner Kapelle. Während er schweren Schritts die Stufen bis zur Pforte hochstieg, dachte er an seine letzte Begegnung mit dem Burggrafen in dessen Halle. So kurz hatte er davor gestanden, dem Mann des Königs seine Schuld zu offenbaren. Doch dann hatte seine Angst obsiegt.

Pater Emeram öffnete die Pforte, und als er sie behutsam hinter sich schloss, wusste er, dass er auch heute Nacht den Schlaf vergeblich suchen würde.

Nur ein paar Gassen weiter wälzte sich Fastrada verzweifelt auf ihrer Schlafstatt. Auch sie fand keinen Frieden. Immer wieder stand sie auf, lief im spärlichen Schein einer Talglampe in ihrer Kammer auf und ab und schwankte zwischen Lachen und Weinen. Bei der Truhe neben der Schlafstatt blieb sie stehen. Mit zitternden Fingern strich sie über die Schnitzereien auf dem Deckel. Dann schluchzte sie plötzlich laut auf, packte die Truhe an den Seiten und schob das schwere Möbelstück beiseite. Schwer atmend kniete die junge Frau nieder und machte sich an einer losen Bohle zu schaffen, die zuvor von der Truhe bedeckt gewesen war. Nachdem sie das Loch darunter endlich freigelegt hatte, starrte Fastrada mit leerem Blick auf die Gegenstände, die sie darin versteckt hatte. Zärtlich berührte sie einen nach dem anderen, und Tränen liefen über ihr Gesicht. Schließlich erhob sie sich, nahm die Wanderung durch die kleine Kammer wieder auf, und während sie sich kichernd und schluchzend in ihren Gedanken verlor, fiel ihr Blick stets zurück auf den Inhalt des Verstecks. Ein Becher mit Würzwein stand neben der Schlafstatt. Fastrada griff abwesend danach und trank einen kleinen Schluck. Die schwere Süße des Weins schien Trost zu spenden. Fastrada nahm noch einen tiefen Schluck, bevor sie den Becher seufzend auf dem Deckel der Truhe abstellte. Unversehens berührten ihre Finger das Messbuch, das ebenfalls auf der Truhe lag. Zart strich sie mit ihrer schmalen Hand über den Einband, dann nahm sie es auf und begann wahllos darin zu blättern. Fastrada konnte nicht lesen, aber sie kannte jedes Gebet, jeden Psalm auswendig und wusste, welches der reich verzierten Bilder und verschnörkelten Anfangsbuchstaben zu welchem Abschnitt gehörte. Bei einer Initiale, die die Anrufung der Muttergottes markierte, stockte ihre Hand. Fastrada schloss die Augen, während ihre Finger über das Bildnis im Anfangsbuchstaben strichen, und flüsterte: »Oh, unschuldiger Christus … Du wirst Deiner Kleider beraubt und mit bitterer Galle getränkt …« Ein gequälter Laut entschlüpfte ihrer trockenen Kehle. »Heilige Maria, dein Herz ist in ein Meer von Bitterkeiten versenkt … Heilige Maria, die du deinen Sohn von Mördern umgeben zum Tode führen sahst …« Fastrada verstummte. Eine Weile blieb sie reglos stehen. Ihre Lider zuckten. »Wie konntest du das nur zulassen?«, rief sie plötzlich zornig. In maßloser Wut zerrte sie die Seite aus dem Buch, zerknüllte das kostbare Pergament und warf es in eine Ecke. Das Loch, das im Boden klaffte, starrte ihr entgegen. Fastrada lachte hysterisch auf, doch ihre Augen füllten sich mit Tränen, und sie konnte die Gegenstände in der Höhlung kaum noch erkennen. Ihr Mund schien wie ausgedörrt. Hastig griff sie nach dem Becher und leerte ihn mit einem langen Schluck. Der Wein stieg ihr jetzt schnell zu Kopf, und Hitze überflutete ihren Körper. Ungeduldig riss Fastrada den Holzverschlag des kleinen Fensters weit auf und kühlte ihre Wangen an den rauen Brettern. Das Talglicht flackerte in der Nachtluft, warf Schatten in die Ecken und Winkel der Kammer, und dann verdichteten sich die Schatten plötzlich zu dämonischen Fratzen und schemenhaften Gesichtern. Ludger forderte sie auf zum tollen Reigen, und Fastrada begann zu tanzen.

Im Kapitelhaus lag Bruder Goswin auf seinem Nachtlager im Dormitorium und starrte an die Decke mit den schön geschnitzten Balken, die er in der Dunkelheit nicht sehen konnte. Das Schnarchen seiner Brüder in Christo begleitete seine Gedanken. Goswin hatte den ganzen Tag damit verbracht, die Zeichen, die in die Elfenbeinkette geritzt waren, zu entziffern. In seinem Eifer hatte er gar nicht bemerkt, wie klamm seine Hände geworden waren und wie sehr ihm die Kälte des Scriptoriums in die Glieder gekrochen war. Als die Glocke ihn zur Vesper rief, tränten seine Augen so stark, dass er die Zeichen kaum noch sehen konnte. Er hatte beschlossen, die Arbeit an dem Perlenband am nächsten Tag fortzusetzen.

Doch jetzt lag er auf seinem Lager und fand keinen Schlaf, und das Rätsel um die Kette, die der Burggraf ihm anvertraut hatte, ließ ihm keine Ruhe. Leise, um seine Mitbrüder nicht zu stören, erhob er sich und schlich sich hinaus. Vorsichtig stieg er die Treppe hinauf, öffnete die knarrende Tür zum Scriptorium und entzündete eine Kerze. Er lächelte. Kerzenwachs war teuer und wurde nur zu Ehren des Herrn in der Kirche verwendet. Außerhalb des Gotteshauses durfte es nur noch im Scriptorium benutzt werden, denn für die Arbeit der Schreiber, Miniaturenmaler und Kopisten brauchte man gutes Licht, und die billigeren Talglichter waren zu dunkel. Bruder Wipert würde ihn schelten, wenn er herausfand, dass Goswin kostbares Kerzenwachs für sich allein verbraucht hatte. Vorsichtig trug er das flackernde Licht hinüber zu seinem Schreibpult und öffnete das Buch in arabischer Schrift, das er sich für den morgigen Tag schon bereitgelegt hatte. Dann holte er das Perlenband hervor, das er unter seiner Kutte um den Hals getragen hatte, und legte es ebenfalls auf sein Pult. Ein Knarren draußen vor der Tür ließ ihn aufhorchen. In der Stille, die nachts im Kapitelhaus herrschte, erschien das Geräusch besonders laut. Bruder Goswin neigte den Kopf und lauschte. Es war nichts mehr zu hören, und der Scholasticus lächelte über sich selbst. Was hatte er denn befürchtet?

Wenn das Holz im Herbst knarrt, dann ist der Winter nicht mehr fern, dachte er.

Bruder Goswin begann zu lesen. Er verglich das Gelesene mit den eingeritzten Linien auf den Elfenbeinperlen und schüttelte immer wieder ratlos den Kopf. Plötzlich stockte er, und ein befriedigtes Lächeln huschte über sein Gesicht. Vorsichtig nahm er die Kette in die Hand und ließ seine Finger über die einzelnen Perlen gleiten. »Zwei, drei, vier …«, murmelte er. Er war so sehr in seine Arbeit vertieft, dass er weder das neuerliche Knarren der Bohlen noch die Gestalt bemerkte, die sich auf leisen Sohlen an ihn heranschlich. Erst als sie schon hinter ihm stand, spürte er ihre Anwesenheit und schnellte herum. Doch es war zu spät. Bruder Goswin fühlte einen starken, stechenden Schmerz in seinem Kopf und fiel ins Dunkle.

KAPITEL 16

»… und weiter schreibst du, dass der genannte Niklas seit Jahr und Tag Wohnung hat zu Worms und das Gewerbe des Bäckers erlernt. Dass mithin erwähnter Niklas ein freier Mann ist und ich dem Ansinnen des Herrn von Manstein somit nicht Folge leisten kann, den ehemals zur Hufe bei Manstein gehörenden Niklas an ihn herauszugeben.«

Der Burggraf hatte die Arme hinter seinem Rücken verschränkt und lief hinter seinem Schreiber auf und ab – eine Angewohnheit, die Prosperius nervös machte. Der junge Bursche runzelte konzentriert die Stirn, während seine Feder über das Pergament kratzte. Als er niedergeschrieben hatte, was Bandolf ihm diktierte, hob er den Kopf und fragte: »Was würdet Ihr tun, wenn der Bäckerlehrling sich noch nicht über Jahr und Tag in Worms aufgehalten hätte?«

»Dann wäre der Bursche noch immer ein Unfreier, und ich würde ihn auf dem schnellsten Weg zum Mansteiner bringen lassen.«

»Und nur, weil Niklas mehr als ein Jahr und einen Tag in der Stadt ist, ist er jetzt ein freier Mann?«

»So ist das Gesetz des Königs«, bestätigte Bandolf.

»Und wie verhält sich das mit der Kirche?«, wollte Prosperius wissen.

»Was meinst du damit?«

»Nun, Herr, wenn es sich um den Hörigen eines Klosters handeln würde, der davongelaufen wäre? Wenn so einer über Jahr und Tag in der Stadt gearbeitet hätte, wäre er hernach dann auch ein freier Mann?«

Bandolf warf seinem jungen Schreiber einen scharfen Blick zu, doch Prosperius hielt sein schmales Gesicht über das Pergament gebeugt.

»Warum willst du das wissen?«, fragte der Burggraf misstrauisch.

Hatte Prosperius ihn belogen? War er gar selbst ein Höriger, der seinem Kloster entlaufen war? Sogleich verwarf er den Gedanken wieder. Prosperius konnte lesen und schreiben. Wo sonst hätte er das lernen können, wenn nicht als Novize in einem Kloster? Für einen Moment schweiften die Gedanken des Burggrafen ab, und er dachte an die Zeit zurück, als er selbst seine Buchstaben gelernt hatte. Er lächelte, als er an seine ersten jämmerlichen Versuche dachte, die Zeichen in seine Wachstafel zu ritzen.

Dann riss ihn ein Bote des Bischofs, der ungehört in die Halle getreten war, aus seinen Gedanken, und sein Lächeln verschwand.

Während sie die Anhöhe zum Pfalzhof hinaufstiegen, hüllte sich der Burggraf in brütendes Schweigen. Der Bischof würde wissen wollen, was er über den Angriff auf den Erzbischof von Bremen herausgefunden hatte, und Bandolf war sich nicht schlüssig, was er ihm sagen sollte. Ihm fehlten noch immer einige wichtige Steinchen für sein Mosaik.

In der Aula Minor nahm Bischof Adalbero just sein Morgenmahl zu sich. Umringt von Geistlichen, Höflingen und anderen Speichelleckern, die stets die Halle des Bischofs bevölkerten, thronte Adalbero auf seinem Stuhl am Kopf der Tafel. Vor ihm dampfte eine Schüssel mit würzigem Brei, in der einen Hand hielt er eine Kaninchenkeule und in der anderen ein Stück Käse. Bruder Osbert, der Cellerar des Domstifts, wachte persönlich darüber, dass es dem Bischof an nichts fehlte. Zu seiner Linken schlang Siegfried, der Erzbischof von Mainz, seinen Brei hinunter, und zu seiner Rechten erläuterte Rudolf, der Herzog von Schwaben, seinem Nachbarn die Vorzüge eines Wanderfalken auf der Jagd. Am unteren Ende der Tafel entdeckte der Burggraf die rundliche Gestalt von Bruder Pothinus, der dem Dekan über seinen Löffel hinweg giftige Blicke zuwarf.

Während Prosperius im Hintergrund der Halle wartete und sich unter diejenigen mischte, denen die Ehre, am Tisch des Bischofs zu speisen, nicht zuteil geworden war, drängte sich Bandolf nach vorne. Der Bischof ignorierte seine Anwesenheit, und der Burggraf musste zähneknirschend warten, bis die Tafel aufgehoben wurde. Erst dann geruhte Adalbero, ihn zur Kenntnis zu nehmen. Als schwitzende Hörige den Bischof mitsamt seinem Stuhl in eine Kammer neben der Halle trugen, befahl ihm Adalbero zu folgen. Rudolf von Schwaben gesellte sich zu ihnen und schloss die Tür, nachdem die Hörigen ihre kostbare Last abgestellt und den Raum verlassen hatten.

Während Bandolf Adalbero seine Referenz erwies, ließ sich Rudolf, dessen schlanke Gestalt im Gegensatz zu der Leibesmasse seines Bruders stand, mit einem Weinpokal in der Hand auf einem gepolsterten Schemel nieder.

»Bisher habt Ihr mir einen Bericht über Eure Fortschritte vorenthalten, Burggraf«, tadelte der Bischof mit sanfter Stimme und einem schmalen Lächeln in seinem feisten Gesicht. »Es ist schon geraume Zeit vergangen, seit der Erzbischof von Bremen überfallen wurde, und ich wünsche zu erfahren, ob Ihr den feigen Dieb inzwischen dingfest gemacht habt. Der König wartet auf Ergebnisse.«

»Ich kann dem König noch nichts Endgültiges berichten«, sagte Bandolf. »Aber eines kann ich mit Bestimmtheit sagen: Der Angriff auf Adalbert von Bremen war gewiss keine Dieberei, sondern ein Anschlag auf das Leben Seiner

Eminenz. Zudem scheint der Überfall in Zusammenhang mit dem Mord an dem Edelmann Ludger von Blochen zu stehen.«

Aus den Augenwinkeln bemerkte er, wie Rudolfs Hand, die den Weinbecher an die Lippen führte, verharrte und der Herzog ihm unter halb gesenkten Lidern einen eigentümlichen Blick zuwarf.

»Das solltet Ihr erklären«, forderte er.

Der Burggraf wandte sich zu ihm um. »Es gab offenbar einen Augenzeugen, Euer Gnaden.«

»Einen Augenzeugen? Tatsächlich?«, fragte der Bischof zweifelnd. Rudolf hob eine Augenbraue und nickte dem Burggrafen fortzufahren.

»In der Nacht, als Seine Eminenz angegriffen wurde, hielt sich der Gerber Schnorr auf dem Pfalzhof auf«, erläuterte Bandolf. »Es ist wahrscheinlich, dass er die Tat gesehen und den Attentäter erkannt hat. Am folgenden Tag wurde der Gerber nämlich dabei beobachtet, wie er Ludger ein Stück Stoff aus der Dalmatika des Erzbischofs zeigte. Der Angreifer hatte Adalberts Gewand zerrissen, als er mit ihm rang, und hat das Stück Stoff offenbar bei seiner Flucht verloren. Der Gerber muss es gefunden und aufgehoben haben. Möglicherweise als Beweis für das, was er gesehen hat.«

»Selbst wenn dem so war und der Gerber die Tat beobachtet hat, wie kommt Ihr darauf, dass Ludgers Tod mit dem Überfall zusammenhängt?«, wollte Rudolf wissen, der den Burggrafen nicht aus den Augen ließ.

»Ich vermute, dass der Gerber Ludger mitgeteilt hat, wer Adalberts Angreifer gewesen ist. Warum sonst hätte er ihm das Stück Stoff gezeigt? Und das wiederum könnte dazu geführt haben, dass der Attentäter sich von Ludger bedroht fühlte und ihn umbrachte, bevor er sein Wissen weitergeben konnte.«

Der Herzog genehmigte sich einen langen Schluck aus

seinem Pokal, dann bemerkte er spöttisch: »Es könnte … Es wäre … Ihr vermutet …? Gibt es in dieser Angelegenheit auch etwas, das Ihr wisst?«

Bevor Bandolf sich rechtfertigen konnte, mischte Adalbero sich mit seiner trägen Stimme ein. »Warum schafft Ihr uns nicht besagten Gerber herbei, damit er hier Rede und Antwort stehen kann?«, fragte er und griff in die Schale mit süßen Spezereien, die wie immer neben seinem Stuhl stand.

Bandolf holte tief Luft. »Der Gerber ist tot, Eminenz. Er wurde erwürgt«, gab er widerstrebend zu.

»So, der Gerber ist also tot, und alles, was Ihr sonst für Eure Behauptungen vorbringen könnt, sind absonderliche Vermutungen?« Der Bischof leckte sich über die Lippen und gestattete sich ein süßliches Lächeln. »Ich fürchte, das wird den König nicht zufriedenstellen.«

Bandolf zog irritiert die Brauen zusammen. Hatte er sich nicht klar ausgedrückt? Ein jeder musste doch sehen, dass es da Zusammenhänge gab! »Ihr müsst zugeben, Eminenz …«, begann er, doch der Bischof unterbrach ihn.

»Genug jetzt. Ich will nichts mehr davon hören. Ihr verrennt Euch in wirre Vermutungen und verliert dabei den Blick auf das Offensichtliche. Worms ist voll von Schnapphähnen und Beutelschneidern. Ihr werdet den Richtigen schon herauspicken, und damit lasst es genug sein.«

Bandolf setzte verärgert zu einer scharfen Erwiderung an. Aber ein unbestimmtes Gefühl mahnte ihn plötzlich zur Vorsicht, und er klappte den Mund wieder zu. Bischof Adalbero starrte ihn schweigend an, dann nickte er, offenbar zufriedengestellt, und malte ein flüchtiges Kreuz in die Luft. »Ihr dürft Euch empfehlen, Burggraf.«

Bandolf biss die Zähne zusammen, damit ihm nicht doch noch eine zynische Bemerkung entschlüpfte, und verbeugte sich vor den beiden Männern.

Er war schon an der Tür, als ihn Rudolf zurückhielt. »Das Stück Stoff aus Adalberts Dalmatika?«

Der Burggraf drehte sich um. »Euer Gnaden?«

»Ist es bei der Leiche des Gerbers gefunden worden?« Der Herzog fuhr mit dem Finger über den Rand seines Pokals und schaute ihn nicht an.

»Nein«, antwortete Bandolf. »Der Mörder hat es wohl an sich genommen und vernichtet.«

Rudolf nahm seine Antwort schweigend zur Kenntnis, doch als Bandolf den Raum verließ, glaubte er ihn murmeln zu hören: »Vielleicht auch nicht.«

Vorsichtig nahm Garsende den kleinen Jaspis aus Ortruds schlaffer Hand und legte ihn zurück in ihren Beutel. Sie hatte ihr den Stein zum Schutz gegen die bösen Luftgeister in die Hand gedrückt, als sie noch glaubte, dass Mutter und Kind die Nacht womöglich nicht überleben würden.

Ulfert, der Hufschmied, hatte sie gestern in sein Haus geholt, kurz bevor die Stadttore geschlossen wurden. Sein junges Weib schrie schon seit Stunden vor Schmerzen, und das Kind wollte nicht kommen. Seine Mutter hatte verlangt, dass ein Priester käme. Der Teufel hielte das Kind fest und müsse weggebetet werden, sagte sie, doch sein Weib verlangte jammernd nach Garsende, und Ulfert hatte ihr zu guter Letzt nachgegeben.

Es war eine lange Nacht gewesen und anstrengend auch für Garsende. Während Ortrud sich in den nicht enden wollenden Wehen wand und irgendwann zu erschöpft zum Schreien war, hatte Ulferts alte Mutter unablässig gebetet, die Heilerin mit kalt verachtenden Blicken taxiert und ihr jede Hilfe verweigert.

Doch jetzt war alles überstanden. Das neue Menschlein lag friedlich im Arm seiner Mutter, die endlich schlafen durfte. Ortrud war jung und stark. Sie hatte gute Aussichten, die schwere Geburt zu überleben. Eine Nachbarin und die Magd räumten die blutigen Laken weg, während die Alte dafür sorgte, dass die Nachgeburt sorgfältig hinter dem Haus vergraben wurde, damit nicht etwa einer übler Dämon durch sie angelockt werden würde.

Garsende zupfte das Leinen zurecht, in das sie das Kind eingewickelt hatte, während der Kleine sie unverwandt anschaute. Sein winziges Händchen griff nach ihrem Finger. Die Heilerin lächelte und schickte ein stummes Dankesgebet an die Mutter Gottes und an alle guten Geister, die ihr in dieser Nacht beigestanden hatten.

Ein Räuspern ließ Garsende aufschauen. »Was bin ich dir für deine Dienste schuldig?«, fragte Ulfert. Unter seinem rußverschmierten Gesicht blitzte ein zufriedenes Grinsen.

Garsende erhob sich und streckte gähnend ihre Glieder. »Gib mir ein ordentlich bemessenes Stück von deiner Speckseite, und ich bin's zufrieden«, sagte sie und streckte ihm ihre Hand entgegen.

Ulfert schlug ein.

Eine von Wolken beschattete Herbstsonne warf trübes Morgenlicht auf die Gassen, als Garsende die Hütte des Hufschmieds verließ. Bis zur Mittelgasse folgte die Heilerin dem Lauf des Eisbachs, dann schlug sie die Richtung zum Markt ein.

Seit dem ersten Hahnenschrei war Leben in der Stadt. Händler priesen ihr Tuchwerk, Schmiedewaren und andere handwerkliche Erzeugnisse an, Pachtbauern und Gutshörige von den Gehöften der Umgebung ihr Getreide und frisch geerntetes Obst. Jedermann versuchte, mit seinem Geschrei das Gebrüll des Nachbarn zu übertönen. Edeldamen und Höflinge, die von der Morgenmesse kamen und nun über den Marktplatz streiften, ergötzten sich am Anblick eines Strauchdiebs, der von den Bütteln des Burggrafen längs über den Marktplatz geprügelt wurde. Offenbar hatte er den Marktfrieden gestört und wurde gleich an Ort und Stelle bestraft. Mitleidig schaute Garsende dem Spektakel hinterher. Der Bursche war sicher noch jünger und dürrer als der magere, junge Schreiber des Burggrafen und hatte vermutlich nur Hunger gehabt.

Eine Magd, deren herausgeputzte Herrin sich vornehm im Hintergrund hielt, stritt mit einer Bauersfrau um den Preis eines Huhns, und ein Bursche, der sich mit einem Fass auf der Schulter durch die Menge drängte, bot frischen Met an. Unter dem Marktkreuz schilderte ein Wandermönch düster das baldige Erscheinen des Herrn, der alle Gottlosen samt und sonders in die Hölle verdammen würde.

Garsende schlenderte am Stand eines Gürtelmachers vorbei, der einem Höfling einen seiner Gürtel um den ausladenden Bauch schlang. »Einen besseren Gürtel werdet Ihr in ganz Worms nicht finden, Herr«, erklärte der Gürtelmacher und strich liebevoll über die Ziselierung der silbernen Gürtelschnalle. »Seht nur, wie fein die Schnalle gearbeitet ist. Mit dieser prächtigen Schnalle werdet Ihr bei Hof Aufsehen erregen!« Während der Höfling noch versuchte, über seinen feisten Wanst hinweg das angepriesene Kleinod zu begutachten, drängte sich ein Büttel zwischen dem Stand und einer Magd hindurch und rempelte dabei den Gürtelmacher an. Der Mann stolperte, fiel auf die Knie, und sein Gesicht prallte gegen den dicken Bauch des Höflings. Wutschnaubend richtete sich der Gürtelmacher auf und schimpfte dem Büttel hinterher. Dann wandte er sich an seinen Kunden. »Entschuldigt Herr, aber ich …« Der Höfling starrte ihn an, grinste und begann dann lauthals zu lachen. »Du kannst selber bei Hof Aufsehen erregen. Als Hanswurst«, rief er und zeigte mit dem Finger auf die Wange des Gürtelmachers, auf der sich die Abdrücke der

Gürtelschnalle so deutlich abzeichneten, als wären sie aufgemalt.

Auch Garsende lächelte, während sie weiterging, zog der Gürtelmacher doch eine köstlich verdutzte Grimasse. Am Stand eines Kannengießers blieb sie stehen und erwog, ihr großzügig bemessenes Stück Speck vom Hufschmied in einen neuen Krug anzulegen. Ihrem Zinnkrug, den schon ihre Großmutter benutzt hatte, fehlte bereits ein Henkel. Doch dann entschied sie leise aufseufzend, dass der alte Krug es noch eine Weile tun musste. Den Speck würde sie vielleicht noch brauchen, wenn Weigand von Rieneck seine Drohung wahr machen und gegen sie klagen würde.

Der Tag des heiligen Lukas rückte unaufhaltsam näher, und sie hatte noch immer keinen Bürgen. Als sie dem Burggrafen von ihren Schwierigkeiten berichtet und ihm dargelegt hatte, wie wenig der junge Graf im Recht war, hatte er zwar schweigend genickt, ihr jedoch weder beigepflichtet noch widersprochen. Und um ihn ganz offen um seinen Beistand zu bitten, dafür schien Garsende ihr jüngstes Einvernehmen noch immer auf zu dünnem Boden zu stehen. Hartnäckige Männer wie er pflegten auch dickschädelig zu sein. Sie mussten vorsichtig angegangen werden, sonst erreichte man womöglich gar nichts. Der Meinung war auch seine Gattin, und Matthäa musste es wohl wissen.

Garsende lächelte mit Wärme. Die Burggräfin war die erste Frau von Stand, die ihr mit freundschaftlicher Offenheit begegnet war. Offenbar hatte der Verlust ihres ungeborenen Kindes eine gewisse Leere in Matthäa hinterlassen, die auszufüllen sie sich sehnte. Sie schien einer Kameradin zu bedürfen, so wie Garsende, deren selbst gewählte Einsamkeit doch hin und wieder schwer zu ertragen war.

Mit einem Mal fand Garsende, dass es eine absurde Idee gewesen war, sich in die Belange des Burggrafen einzumischen. Was habe ich mir nur dabei gedacht? Dass ich ihm

Ludgers Mörder vor die Stiefel legen würde? Sie sah sich über Rainalds hochgewachsene Gestalt werfen und musste lachen. Die Vorstellung war einfach zu närrisch.

Eine Stimme rief ihren Namen und unterbrach ihre Gedanken. Herdis, die junge Magd der Familie von Blochen, schob sich durchs Gedränge und winkte ihr eifrig zu.

»Seid Ihr auf dem Weg in die Hafergasse?«, fragte Herdis atemlos, als sie die Heilerin erreicht hatte.

»Nein. Warum fragst du?«

»Ich dachte, Ihr kämt vielleicht wegen der armen Witwe«, sagte Herdis mit glänzenden Augen.

»Du meinst Fastrada?«, fragte Garsende. »Was ist mit ihr? Hat sich ihr Befinden verschlechtert?«

»Na, das weiß wohl niemand recht, ob's ihr schlecht oder gut geht, jetzt wo sie tot ist«, platzte die junge Magd heraus.

»Fastrada ist tot?«, flüsterte Garsende ungläubig. »So plötzlich?« Sie biss sich auf die Lippen. »Hat sie gar selbst …?« Sie beendete ihren Satz nicht.

Herdis schlug hastig ein Kreuz. »Nicht doch, wo denkt Ihr hin. Frau Elgard sagt, sie wäre in der Nacht friedlich gegangen. War wohl zu viel für sie, der Gatte tot, der Mord und alles.« Sie schaute Garsende neugierig an, augenscheinlich erpicht darauf, die aufregende Neuigkeit ausgiebig zu erörtern.

Doch die Heilerin antwortete nicht. Nach einer Weile begann Herdis auf ihren Füßen zu trippeln, und als sich das Schweigen hinzog, schien sie endlich zu merken, dass Garsende mit ihren Gedanken woanders war. Widerstrebend meinte sie: »Je nun, ich muss weiter.«

Garsende bedachte sie mit einem abwesenden Nicken.

Fastrada war tot. Wie konnte das sein? Garsende hatte sie doch am vorigen Tag noch gesehen. Gewiss, sie war zu bleich und über die Maßen erregt gewesen, aber doch nicht vom Tod gezeichnet? Die Heilerin schüttelte den Kopf. Zwar war Fastrada unglücklich gewesen und hatte sich nach ihrem liederlichen Gatten verzehrt, doch hatte sie keines jener unheilvollen Zeichen von Hinfälligkeit erkennen lassen, wie sie Garsende nur allzu vertraut waren.

Hatte die Witwe selbst Hand an sich gelegt, verzweifelt wie sie gewesen war? Wieder schüttelte Garsende den Kopf.

»In den Nächten, wenn mein Gemahl nicht bei mir ist, überfällt mich stets die Furcht, ich könnte ohne Beichte sterben und müsste für alle Ewigkeiten im Fegefeuer schmoren. Der Gedanke quält mich so sehr, dass der Schlaf mich flieht«, hatte Fastrada gesagt, als sie die Heilerin wegen des Schlafmittels aufgesucht hatte.

Ein Verdacht, so sauer wie ein übler Magensaft, schoss in Garsende hoch. Sie wurde blass.

Ob der Burggraf schon davon wusste? Kurz erwog sie, zu seinem Haus zu laufen und mit ihm zu sprechen, verwarf den Gedanken aber wieder. Was konnte der Burggraf schon unternehmen? Er würde die Familie befragen, und ob er dort die Wahrheit erfahren würde, schien ihr fraglich. Und wenn sie selbst im Hause von Blochen vorsprechen würde, um ihr Beileid zu bekunden? Vielleicht ließ man sie nach der Toten sehen? Garsende schüttelte den Kopf und verwarf auch diesen Gedanken. Nachdem sie gestern zusammen mit dem Burggrafen in der Hafergasse gewesen war, bezweifelte sie, dass sie heute dort willkommen wäre.

Ich werde nach Hause gehen und mich nicht einmischen, beschloss sie mit einem Gefühl von Erleichterung. Sie nickte, wie um ihren Entschluss zu bekräftigen. Dann erst bemerkte sie, dass ihre Füße sie schon ohne ihr Zutun in die Hafergasse geführt hatten und das Tor zu Ludgers Haus nur noch ein paar Schritte entfernt war. Garsende blieb stehen. Ihr guter Vorsatz geriet ins Wanken. Während sie noch unschlüssig auf ihrer Unterlippe nagte, rauschte Pater Emeram, den Kopf gesenkt und offenbar in Eile, an ihr vorbei und klopfte ans Tor zum Hause von Blochen. Die Pforte im Tor wurde für den Priester geöffnet. Ohne nachzudenken, huschte Garsende hinter ihm her.

Prosperius stand, ungeduldig auf seinen Beinen wippend, an der Tür der Aula Minor, als Bandolf die Halle durchquerte. »Ach, Ihr wisst es schon?«, seufzte er nach einem kurzen Blick auf das zornweiße Gesicht und die versteinerte Miene seines Herrn.

»Was soll ich wissen?«, fragte Bandolf, der in Gedanken noch bei dem unerquicklichen Gespräch mit dem Bischof war, und schob seinen Schreiber zur Tür hinaus.

»Von Bruder Goswin natürlich.«

»Was ist mit Bruder Goswin?«

Prosperius riss die Augen auf und schüttelte verwundert den Kopf. »Ich dachte, das wüsstet Ihr.«

»Herrgott, du machst mich ganz irre«, knurrte der Burggraf und verdrehte die Augen. »Also heraus damit. Was hast du zu sagen?«

»Der Bruder Scholasticus ist niedergeschlagen worden«, verkündete Prosperius mit wichtiger Miene. »Alle Welt spricht davon.«

Bandolf blieb abrupt stehen und packte seinen jungen Schreiber am Ärmel. »Ist dem Bruder etwas zugestoßen?«, fragte er hastig.

»Offenbar hat ihm jemand eins über den Schädel gezogen. Man hatte den Bruder zur Prim vermisst, und der Kämmerer hat ein paar Brüder losgeschickt, um ihn zu suchen. Sie fanden ihn bewusstlos im Scriptorium liegen. Soviel ich weiß, ist Bruder Goswin jetzt auf der Krankenstube. Es heißt, es stehe sehr schlecht um ihn.«

»Verdammnis, wie konnte das geschehen? Was hatte Goswin denn mitten in der Nacht im Scriptorium zu tun?«, rief Bandolf besorgt. Prosperius legte den Kopf schief. »Das weiß niemand genau. Die Brüder vermuten, dass es ein Fremder war, der Schriften aus der Bibliothek stehlen wollte. Bruder Goswin muss ihn dabei überrascht haben. Dann hat der Dieb ihn niedergeschlagen und ist geflohen.«

Bandolf runzelte die Stirn. »Ist etwas aus der Bibliothek abhandengekommen?«, wollte er wissen.

»Die Brüder sagen, dass nichts zu fehlen scheint. Sie haben Glück gehabt«, erklärte der junge Schreiber fröhlich.

»Bruder Goswin offenbar weniger«, bemerkte der Burggraf. Er starrte finster vor sich hin, während sich die Gedanken in seinem Kopf überschlugen. Was hatte Bruder Goswin so spät in der Nacht noch im Scriptorium zu schaffen gehabt? Hatte er Geräusche gehört, als der Dieb sich ins Kapitelhaus geschlichen hatte, und war er aufgestanden, um die Ursache festzustellen? Wie war ein Fremder überhaupt dorthin gelangt? Oblag es nicht dem Bruder Thesaurarius, die Gebäude zur Nacht zu verschließen?

»Sieh zu, was du darüber noch in Erfahrung bringen kannst«, befahl er seinem Schreiber und hastete dann über den Domplatz davon.

Der Geruch von abgestandener Luft, Urin, Erbrochenem und starken Kräutern schlug dem Burggrafen entgegen, als er die Krankenstube des Domstifts betrat. Mit einem bangen Gefühl im Magen suchte Bandolf die Reihen der mit Stroh aufgeschütteten Schlafplätze nach seinem Freund ab. Es war noch nicht Winter, und Bruder Goswin teilte das von den übrigen Räumen des Kapitelhauses abgesonderte Hospiz nur mit einigen alten Brüdern, die hier ihre letzten Tage fristeten, und einem jüngeren Bruder. Dessen rechtes Bein war mit Holzstöcken geschient worden, und offenbar langweilte er sich von Herzen. Er rief dem Burggrafen einen erfreuten Gruß zu und war sichtlich enttäuscht, dass Bandolf ihm nur zunickte und an seinem Lager vorbeieilte.

Der Bruder Scholasticus lag gegenüber der Tür am anderen Ende des Raums und schien zu schlafen. Als der Burggraf an seine Bettstatt trat, holte er erschrocken Luft. Goswins bartstoppeliges Gesicht war fahl und wirkte eingefallen. Seine Lider waren geschwollen und blutunterlaufen, und um den Kopf trug er einen dicken Verband. Offenbar hatte Goswin ihn gehört, denn er öffnete mühsam die Augen und verzog seinen Mund zu einem schiefen Grinsen. »Bruder Anselm hat mir versichert, dass Nachrichten über mein baldiges Ableben verfrüht wären«, krächzte er.

Bandolf lächelte. »Ihr seht zum Fürchten aus, Bruder. Wie fühlt Ihr Euch?«

»Als wäre ich in eine Schänkenrauferei geraten.« Bruder Goswin versuchte sich aufzurichten, besann sich aber schnell eines Besseren und sank mit einem Stöhnen wieder zurück. »Mein Schädel brummt wie nach dem letzten Pfingstbankett.«

Bandolf musterte ihn besorgt. »Ihr solltet Euch ausruhen«, sagte er. »Ich kann später wiederkommen. Ich wollte mich nur vergewissern, dass Ihr in guten Händen seid.«

»Macht Ihr Witze?«, fragte Goswin verdrossen. »Bruder Anselm hat mich schon zweimal zur Ader gelassen und flößt mir zu jeder Hore, die ich versäume, einen übelriechenden Trank ein. Da wird mich ein kleiner Plausch mit Euch schon nicht umbringen.« Sein Gesicht verdüsterte sich noch mehr. »Außerdem muss ich Euch etwas sagen. Das Perlenband ist verschwunden.«

»Was?«, rief Bandolf ungläubig.

»Es ist meine Schuld«, seufzte Goswin. »Hätte mich nicht der Ehrgeiz gepackt, das Geheimnis um die Kette noch in der Nacht zu lüften, dann wäre sie jetzt sicher noch in meinem Besitz.«

»Unsinn, das könnt Ihr nicht wissen«, erklärte Bandolf und runzelte die Stirn. »Was ist denn überhaupt passiert?«

Der Bruder Scholasticus schloss die Augen und schien nachzudenken. Er schwieg so lange, dass Bandolf schon glaubte, er sei eingeschlafen. Endlich schlug Goswin die Augen wieder auf und blinzelte den Burggrafen mit seinen geschwollenen Lidern an. »Den ganzen gestrigen Tag habe ich damit verbracht, die Linien auf den Perlen zu entziffern, aber es wollte mir nicht gelingen. Je mehr ich suchte, umso weniger schienen mir die Zeichen ins Arabische zu passen«, begann er. »Meine Kenntnisse über diese Schrift sind leider nur gering, müsst Ihr wissen. Wie auch immer, ich war noch keinen Schritt weitergekommen, als ich mich schlafen legte. Aber die Kette ließ mir keine Ruhe. Mir kam der Gedanke, es könne sich vielleicht um eine weniger bekannte Abart dieser Schrift handeln, also stand ich wieder auf und schlich mich ins Scriptorium. Das Perlenband nahm ich mit. Ich hatte noch eine Handschrift auf meinem Schreibpult liegen, mit der ich die Linien vergleichen wollte. Und schließlich wurde ich fündig.«

»Ihr konntet die Schrift entziffern?«, rief Bandolf aufgeregt.

Goswin lächelte. »Es handelte sich überhaupt nicht um eine Schrift. Die Linien auf den Perlen waren nichts weiter als eine Verzierung. Sie kamen mir nur deshalb so vertraut vor, weil ich diese Art von Ornamentik schon in arabischen Schriften gesehen hatte.«

»Eine Verzierung also? Dann scheint es sich wohl doch um ein Schmuckstück zu handeln«, meinte Bandolf enttäuscht.

»Nein«, sagte Bruder Goswin bestimmt. »Das Band ist eine heidnische Gebetskette.«

»Eine Gebetskette?«

»Die Ungläubigen verwenden solche Perlenbänder, um

die Anzahl der Namen ihres Gottes nicht zu vergessen«, erklärte Goswin.

Bandolf lachte. »Wie viele Namen kann dieser Gott denn haben, dass man Hilfe braucht, um sie sich zu merken?«

»Neunundneunzig Namen – neunundneunzig Perlen.«

»Teufel noch eins«, murmelte Bandolf beeindruckt.

Bruder Goswin grinste, wurde aber schnell wieder ernst. »Ich hatte gerade mit dem Zählen der Perlen begonnen, um meine Erkenntnis nachzuprüfen, als mich ein Schlag auf den Kopf traf«, berichtete er.

»Konntet Ihr sehen, wer Euch niedergeschlagen hat?«

Goswin schüttelte den Kopf und ließ der unbedachten Bewegung sogleich ein Aufstöhnen folgen. »Ich habe nicht einmal bemerkt, dass außer mir noch jemand da war«, seufzte er.

»Und das Perlenband? Die Gebetskette?«

»Man hatte mich schon hierhergebracht, als ich wieder zu mir kam. Ich bat den Gehilfen von Bruder Anselm, ins Scriptorium zu gehen und mir die Kette zu bringen. Aber sie war nicht mehr dort. Anselms Gehilfe suchte den ganzen Platz ab und fragte auch meine Mitbrüder, die sich schon dort eingefunden hatten, nach der Kette. Aber niemand scheint zu wissen, wo sie geblieben ist.«

»Hmm«, machte Bandolf. »Also hat sie jemand entwendet.«

Bruder Goswin nickte schwach. »Ich hatte sie in meiner Hand, als ich niedergeschlagen wurde. Weder im Scriptorium noch in der Bibliothek scheint etwas zu fehlen. Es ist alles noch da, bis auf die Gebetskette«, bemerkte er vielsagend.

»Dann scheint es dem Dieb, der Euch niedergeschlagen hat, nur um dieses Band gegangen zu sein«, sagte Bandolf mehr zu sich selbst.

»Das vermute ich auch«, sagte Goswin.

»Habt Ihr einen Verdacht, wer es gewesen sein könnte?«, wollte Bandolf wissen, doch Bruder Goswin schüttelte den Kopf.

»Hat einer der Domherren vielleicht ein außergewöhnliches Interesse an der Kette bekundet?«

Goswin schaute ihn ungläubig an: »Ihr habt doch nicht etwa einen meiner Mitbrüder in Verdacht?«

»Wer weiß?« Bandolf zuckte mit den Schultern. »Wie ich höre, ist es die Aufgabe des Bruder Thesaurarius, nach der Matutin das Kapitelhaus und die Verbindungspforten zum Dom abzuschließen. Wie hätte ein Fremder in die Bibliothek oder ins Scriptorium eindringen können, wenn Wipert seine Pflichten nicht versäumt hat?«

»Bruder Wipert nimmt es mit seinen Pflichten sehr genau. Ich kann mir nicht vorstellen, dass er vergessen hat abzuschließen«, sinnierte Goswin und seufzte. »Ich will ja zugeben, dass das Perlenband unter meinen Brüdern Aufsehen erregt hat, als ich es ins Kapitelhaus mitbrachte. Pothinus hat des Öfteren seine Nase ins Scriptorium gesteckt, was sonst nicht seine Art ist. Auch Bruder Arbogast hat die Kette bewundert und wollte wissen, woher ich das Band hätte. Kurz nach der Sext trampelte Bruder Osbert in das Scriptorium und drückte sich dort so lange herum, bis ich ihm schließlich die Kette zeigte. Der Vogt des Bischofs und der Bruder Dekan haben sich ebenfalls danach erkundigt.« Goswin lächelte. »Meine Brüder sind neugierig, aber ich kann mir nicht vorstellen, warum einer von ihnen eine heidnische Gebetskette würde stehlen wollen.«

»Etwas Ähnliches sagte auch Bruder Folbert gestern, als er mir Eure Nachricht ausrichtete«, bemerkte der Burggraf.

»Welche Nachricht?« Bruder Goswin runzelte die Stirn.

»Wer hat Euch erlaubt, meine Kranken zu stören?«, dröhnte Bruder Anselm durch den Raum und setzte ihrem

Gespräch ein jähes Ende. Seine tiefe Stimme weckte einen der siechen Brüder, der mit quengelnder Stimme fragte, ob es schon Zeit für das Frühstück wäre. Anselm gab eine beschwichtigende Antwort, dann eilte er zielstrebig an Goswins Lager.

»Bruder Goswin braucht Ruhe«, sagte der vierschrötige Bruder Apotheker mit Nachdruck und drängte den Burggrafen umstandslos beiseite. »Ihr könnt morgen wiederkommen.« Besorgt fühlte er Bruder Goswins Stirn. Ohne Bandolf einen weiteren Blick zu schenken, begann er Goswins Verband zu lösen und seinem protestierenden Patienten einen weiteren Aderlass schmackhaft zu machen.

Obwohl ihm noch immer einige Fragen auf der Zunge brannten, blieb Bandolf nichts weiter übrig, als das Feld zu räumen.

Der Burggraf hatte Recht gehabt. Garsende war in Ludgers Heim ein vertrauter Anblick, und keiner der Hörigen, die auf dem Hof ihrem Tagwerk nachgingen, hielt sie auf, als sie Pater Emeram langsam über den Hof folgte. Hinter einem leer geräumten Handkarren, der zwischen Haus und Scheune stand und ihr spärliche Deckung bot, blieb Garsende stehen und wartete, bis Pater Emeram im Haus verschwunden war.

Hinter dem Priester durch die Pforte zu schlüpfen war eine spontane Regung gewesen, getrieben von dem Gedanken, die tote Fastrada mit eigenen Augen sehen zu müssen. Doch jetzt fragte sich Garsende, ärgerlich auf sich selbst, was zur Hölle sie eigentlich hier machte? Sie wusste, wo sich die Kammer von Ludger und Fastrada befand, doch wie sollte sie ungesehen dorthin gelangen? Und wenn man sie entdeckte, was sollte sie sagen? »Ich wollte mich nur vergewissern, dass beim Tod der armen Witwe alles mit rechten Dingen zugegangen ist«, hörte sie sich erklären. Sarkastisch verzog sie die Lippen. Elgard würde sie umgehend aus dem Haus jagen lassen.

Vorsichtig sah sich Garsende um, aber von der Familie war niemand zu sehen.

Sie werden sich in der Halle eingefunden haben, um mit dem Pater Fastradas Beisetzung zu besprechen, überlegte sie. Vielleicht konnte sie doch ungesehen an der Halle vorbeischlüpfen? Garsende klaubte all ihren Mut zusammen, verließ ihre kümmerliche Deckung und ging mit gemessenen Schritten zum Haus. »Ich bin hier, um mein Beileid zu bekunden«, übte sie flüsternd für den Fall, dass man sie im Hof entdeckte.

Ihr Herz klopfte, und ihr Mund war staubtrocken, als sie schnell ins Haus schlüpfte. Die Diele war dunkel, schien jedoch leer zu sein. Durch ein paar Ritzen in der Hintertür fiel ein wenig Licht, und Garsende konnte die geschlossene Tür zur Halle erkennen, ebenso die Treppe, die zu den Schlafkammern im oberen Stockwerk führte. Ihr Herz klopfte womöglich noch lauter, als sie die kurze Distanz bis zur Treppe zurücklegte und die ersten drei Stufen erklomm. Das Quietschen einer Tür ließ sie mitten in der Bewegung verharren. Sie hielt den Atem an. Licht fiel von oben auf die Treppe, und Garsende hörte Schritte. Pater Emerams Stimme war deutlich zu hören:

»Wie traurig, dass die junge Frau schon so kurz nach dem Tod ihres Gatten heimgegangen ist.«

Garsende spürte förmlich, wie das Blut aus ihren Wangen wich, als sie sich hastig umdrehte, die Stufen hinab und hinter die Treppe floh, wo sie sich, so gut es ging, zusammenkauerte. Dann erst wagte sie, wieder Luft zu holen.

»Ja, sehr traurig«, bestätigte Elgards Stimme von oben. »Doch Fastrada war völlig verzweifelt über den Tod meines Sohnes. Als Ludger von uns ging, nahm er Fastradas Herz mit sich ins Grab.«

»Unsinn«, tönte die alte Teudelinc. »Fastrada hat sich selbst hineingesteigert und sich in merkwürdige Ideen verrannt. All ihr Gerede über Ludger, der sie des Nachts heimgesucht hätte, über den Teufel, der sich am Herz der Mutter labe, und ihr Gefasel über den Schatten des Todes, der über ihrem Haupt schwebt. So etwas ist schlecht für die Verdauung und bringt die Körpersäfte durcheinander.«

Die Stimmen kamen nicht näher. Elgard, Teudeline und der Priester schienen auf dem Treppenabsatz oben stehengeblieben zu sein.

»Warum glaubte die arme Frau denn, der Schatten des Todes hinge über ihrem Haupt?«, fragte Pater Emeram verwundert.

»Sie redete nur wirr daher«, sagte Elgard schnell.

»Welch arme geplagte Seele«, hörte die Heilerin Pater Emeram mitleidig sagen.

Stufen knarrten, und Garsende duckte sich noch tiefer in den Hohlraum hinter der Treppe. Sie spürte, wie sich die Härchen in ihrem Nacken aufstellten, als sie Elgard im Schein ihrer Lampe durch die Stufen hindurch herunterkommen sah. Kurz darauf folgte der Pater, und zum Schluss die alte Teudeline.

»Habt Ihr den Burggrafen schon vom Tod der Witwe unterrichtet?«, wollte Pater Emeram wissen, während Elgard die Tür zur Halle öffnete. Sie wandte sich zu ihm um, und einen entsetzlichen Augenblick lang dachte Garsende, Elgard hätte sie entdeckt. Doch Ludgers Mutter hatte ihre Augen auf den Priester gerichtet und maß ihn mit einem kalten Blick.

»Ich wüsste nicht, was den Burggrafen Fastradas Tod anginge«, antwortete sie in einem Ton, der jegliche Widerrede ausschloss.

Die Tür der Halle schloss sich hinter den dreien.

Es dauerte eine Weile, bis Garsende sich von dem Schrecken erholt hatte und sich aufrichten konnte. Sie war drauf und dran, auf der Stelle kehrtzumachen und dieses Haus auf dem schnellsten Weg wieder zu verlassen. Soll sich der Burggraf doch darum kümmern. Was schert es mich, wie Ludgers Witwe gestorben ist, dachte sie mit einem Anflug von Wut über die missliche Lage, in die sie sich selbst hineinmanövriert hatte. Tief im Herzen wusste sie aber, dass es sie doch scherte. Sie hatte Fastrada nicht gemocht, dennoch war Ludgers Gattin ihr Schützling gewesen. Garsende hatte ihr offenbar nicht helfen können. War sie es ihr da nicht schuldig, sich wenigstens um ihren Tod zu bekümmern?

›Und dann hätte ich den Schrecken ja auch völlig umsonst ausgestanden‹, machte sie sich selbst Mut.

Unschlüssig wartete sie noch einen Moment, lauschte angespannt, dann wagte sie sich aus ihrem Versteck hervor und hastete die Treppe hinauf, so schnell sie es im Dunkeln vermochte. Oben angelangt, öffnete sie vorsichtig die Tür zu Fastradas Kammer und trat ein.

Der Holzverschlag des kleinen Fensters war geschlossen, aber ein paar Talglampen erhellten den Raum, und zwei Kerzen, die man am Kopfende von Fastradas Bettstatt aufgestellt hatte, warfen Licht auf das fahle Gesicht der Toten. Fastrada war allein. Niemand hielt Totenwache, wie Garsende im Stillen befürchtet hatte.

Die Heilerin gedachte Fastradas Seele mit einem stummen Gebet, bekreuzigte sich, dann beugte sie sich über die tote junge Frau.

Fastrada lag ausgestreckt auf ihrer Bettstatt, die Hände gefaltet, und ein schwacher Geruch nach Lavendel, mit dem man den Leichnam offenbar abgerieben hatte, stieg ihr in die Nase. Die Augen der Toten waren geschlossen. Dunkle Wimpern beschatteten ihre bleichen, bläulich schimmernden Wangen. Man hatte Fastradas Lippen mit Zinnobersalbe rot geschminkt, und ihre nach oben gezogenen Mundwinkel schienen ein Lächeln anzudeuten. In der Tat wirkte sie friedlich. Garsende, die sich an ihre traurige Überspanntheit erinnerte, dachte bei sich, dass der Tod Fastrada die Ruhe und Schönheit geschenkt hatte, die ihr zu Lebzeiten verwehrt geblieben waren. Man hatte Ludgers Witwe in ihre besten Gewänder gehüllt. Das Obergewand aus glänzendem blauen Leinen war am Hals mit einer schön gearbeiteten Adlerspange festgesteckt und fiel in Falten gelegt bis zu den Knöcheln. Saum und Ärmel ihres Unterkleides waren aus feinem, safrangelbem Leinen und mit Seidenfäden bestickt.

Garsende besann sich darauf, dass sie sich besser beeilen sollte. Sie holte tief Atem. Dann öffnete sie die Spange an Fastradas Hals, zog den Saum auseinander und legte Kehle und Schultern frei. Behutsam schob sie Fastradas Gewand bis zu den Hüften hoch, betastete den Leib, der sich kalt und wächsern anfühlte, und roch an der Haut. Sie suchte nach all den Unregelmäßigkeiten, die ihr helfen mochten, einen Grund für den plötzlichen Tod der jungen Frau zu finden. Doch Fastradas Körper schien unversehrt zu sein. Nichts deutete darauf hin, dass sie von eigener oder gar fremder Hand ums Leben gekommen war. Garsende wollte sich schon abwenden, als eine der Kerzen aufflackerte und das Licht für einen Moment gebündelt auf Fastradas Lippen fiel. Mit zusammengekniffenen Augen beugte sich die Heilerin noch einmal über das Gesicht der Toten und roch an ihrem Mund. Ein schwacher süßlicher Geruch haftete an den Lippen, die unter dem Zinnober kaum erkennbar blau verfärbt waren. Garsende runzelte die Stirn. Der Geruch war zu schwach, zu sehr mit anderen Düften vermischt, um ihn eindeutig bestimmen zu können, doch gab er ihrem Verdacht neue Nahrung. Behutsam hob sie Fastradas Augenlid an. Mit großen schwarzen Pupillen schien ihr das Auge anklagend entgegenzustarren. Hastig und bis ins Tiefste erschüttert, fuhr Garsende mit bebender Hand über das Lid und schloss es über dem Auge. Einen Moment lang blieb sie wie erstarrt sitzen, unfähig, sich zu rühren, bis ein knarrendes Geräusch von draußen sie aufscheuchte.

Garsende sprang auf, steckte eilig die Spange wieder am Gewand der Toten fest und glättete die Falten, während sie angestrengt lauschte.

Doch draußen schien alles ruhig. Dennoch war es sicher besser, wenn sie jetzt ginge. Als sie der Tür zustrebte, blieb ihr Blick auf dem Holzverschlag haften, mit dem die schmale Fensteröffnung geschlossen war. Hier musste Fastrada in der Nacht von Ludgers Tod gestanden und vergebens nach ihrem Gatten Ausschau gehalten haben. Garsende lauschte wieder, und nachdem sie sich davon überzeugt hatte, dass noch immer alles ruhig war, öffnete sie den Verschlag eine Handbreit und spähte einen kurzen Moment durch den Spalt hinunter. Bis auf Tor und Pforte, die von der Ecke des Haupthauses verdeckt waren, konnte man von hier aus den ganzen Hof einsehen, auch die Vorderfront von Scheune und Stall und den Brunnen. Vorsichtig schloss Garsende den Laden und drehte sich um.

Eine Truhe, die auf der gegenüberliegenden Seite der Bettstatt stand, erregte ihre Aufmerksamkeit. Sie stand so schief, dass das kleine, gebundene Messbuch, das auf dem Deckel lag, bis zum Rand gerutscht war und herunterzufallen drohte. Garsende biss sich auf die Lippen. Noch hatte niemand sie entdeckt, und wenn sie jetzt ginge und man sie unten vor der Halle erwischte, würde sie wenigstens nicht beim Durchwühlen von Fastradas Eigentum angetroffen werden.

»Schnöde Neugierde«, schalt sie leise mit sich selbst, als sie schließlich doch vor der Truhe stand und nach dem Buch griff. Und argumentierte gleich dagegen, dass ihre Neugierde gerade jetzt womöglich nicht allzu fehl am Platze sei.

Wie von selbst schlug das Buch in der Mitte auf und zeigte ihr eine misshandelte Stelle. Jemand hatte eine Seite herausgerissen. Kopfschüttelnd legte Garsende das Buch zurück, und die Truhe wackelte, als sie sich mit einer Hand darauf abstützte. Sie kniff die Augen zusammen, trat einen Schritt zurück und musterte das Möbelstück. Eine lockere Bohle, unter der eine Höhlung zu sein schien, war offenbar der Grund, dass die Truhe nicht gerade stand. Mit einiger Mühe schob Garsende die Truhe auf die Seite, hob die lockere Bohle an und spähte in den Hohlraum hinein. Das Loch wäre groß genug gewesen, um ein kleines Kind darin zu verstecken, doch zu ihrer Enttäuschung war es leer. Sie war schon im Begriff, die Truhe wieder zurückschieben, als sie in der Höhlung ein Aufblinken bemerkte, und einen Lidschlag später hielt sie ein Stück Silber in der Hand, groß wie ein Fußnagel. Bevor sie ihren Fund jedoch in Augenschein nehmen konnte, schreckte ein knackendes Geräusch von draußen sie erneut auf. Erstarrt blieb sie stehen und lauschte. Schritte waren keine zu hören. Hastig steckte sie das Stück Silber in ihren Beutel und versuchte, die Truhe schnell an ihren Platz zurückzuschieben. Doch sie rührte sich nicht von der Stelle. Himmel, das fehlte noch! Mit zitternden Fingern tastete sie den Boden der Truhe ab und erfühlte ein Stück Pergament, das sich zwischen Bohle und dem Boden der Truhe verklemmt hatte. Eilig zerrte sie daran herum, bis es sich gelöst hatte und sie das Möbel endlich an seinen Platz schieben konnte. Sie umklammerte das zusammengeknüllte Pergament mit ihrer Faust, als wäre es ein Talisman, hastete zur Tür und lauschte. Draußen schien alles ruhig zu sein. Leise öffnete sie die Tür und schloss sie hinter sich, lauschte wieder und tastete sich dann mit angehaltenem Atem die dunkle Treppe hinunter. Jetzt musste sie nur noch ungesehen an der Tür zur Halle vorbei, dann hatte sie es geschafft. Auch hier unten schien alles ruhig zu sein. Garsende holte Luft und huschte zum Hauseingang. Einen lautes Knirschen in den Bohlen, just als sie die Tür zur Halle passierte, ließ sie fast aus der Haut fahren, aber glücklicherweise kam niemand aus der Halle gestürmt, um zu fragen, was zum Teufel sie hier machte. Mit einem tiefen Seufzen der Erleichterung öffnete Garsende die Tür zum Hof und blinzelte ins Tageslicht. Dann erstarrte sie.

Kaum zwei Schritte vor ihr standen Sigurt von Siersberg und Rainald von Dachenrod, offensichtlich just im Begriff, ins Haus zu treten.

Die beiden Männer schienen gezecht zu haben. Sie schwankten und stanken nach Schänke. Sigurts Stiefel waren bis zu seinen Beinlingen schlammbespritzt, seine Beinlinge zerknittert, und sein kostbar besticktes Hemd hing ohne seinen Gürtel wie ein Leinensack an ihm herunter. Rainald war kaum besser beieinander. Ein dümmliches Grinsen stand in seinem Gesicht, mit dem er die Heilerin zuerst verwundert, dann verärgert anschaute. Sein Hemd, nicht minder fein bestickt als das von Sigurt, hing unordentlich über seinem Schwertgürtel, und das Leder seines knöchelhohen Schuhwerks war unter dem Dreck kaum zu erkennen.

»Jemand krank?«, erkundigte sich Sigurt undeutlich, während er sich nach vorne beugte, um sich an der Tür festhalten zu können. Sein weinschwerer Atem blies der Heilerin ins Gesicht.

»Ich … ich wollte nur … meine Anteilnahme … Dann dachte ich aber, es wäre vielleicht besser, wenn ich später …«, stotterte Garsende überrumpelt.

»Du steckst mit dem Busch … dem Burgkerl … dem Burggrafen, dem Kerl… unter einer Decke. Geh mir … Geh … mir aus den Augen«, lallte Rainald.

Sigurt kam ihr noch näher, kniff die Augen zusammen und starrte ihr ins Gesicht.

»Was zur Hölle …«, murmelte er, doch Garsende hatte sich wieder gefasst. Wortlos schlängelte sie sich an Sigurt vorbei, eilte über den Hof, und erst als sie die Pforte erreicht hatte, drehte sie sich noch einmal um und warf einen Blick zurück. Die beiden Männer standen noch immer unter der Tür und sahen ihr hinterher.

Nachdenklich verließ Bandolf das Kapitelhaus durch die Pforte, die vom Kreuzgang auf den Domplatz führte. Er schlenderte an der Kellerei vorbei, betrat den Domplatz und schaute zu, wie ein kleiner Trupp von Hörigen Körbe mit frischen Äpfeln und späten Beeren vom Garten des Doms zur Kellerei schleppten. Vor dem Eingang zur Aula Minor und dem Durchgang zum Pfalzhof lauerten Höflinge und Geistliche auf den neuesten Klatsch, der ihren Müßiggang beleben mochte. Bandolfs Magen knurrte und mahnte ihn daran, dass es auf die Sext zuging und er seit dem Frühstück nichts Stärkendes mehr zu sich genommen hatte. Wenn das so weitergeht, wird Matthäa mein Hemd enger machen müssen, dachte er missmutig und gähnte herzhaft. Die letzte Nacht war kurz gewesen, und die Müdigkeit steckte ihm plötzlich in allen Knochen. In der Ecke zwischen Westchor und Bischofspfalz lag noch ein Stapel mit rotbraunen Sandsteinen, die von den letzten Ausbesserungsarbeiten am Dom übrig geblieben waren. Bandolf ließ sich darauf nieder, streckte seine Beine aus und versuchte, seinem müden Verstand ein paar brauchbare Gedanken abzuringen.

Es musste dem Dieb um das Perlenband gegangen sein. Davon war Bandolf überzeugt. Doch was war so wichtig an der Gebetskette, dass sie Goswin fast das Leben gekostet hatte? Wie war Ludger an die Kette gekommen, und wer konnte sich des Nachts ins Kapitelhaus schleichen, um sie zu stehlen? Die Schlussfolgerung lag nahe, dass es einer der Dombrüder gewesen war, denn wer konnte sonst noch beobachtet haben, wie Goswin noch einmal aufgestanden und ins Scriptorium gegangen war? Aber wer war es gewesen, und wieso musste die Gebetskette verschwinden?

Von den Dombrüdern war es kein großer Gedankenschritt zu Pater Emeram. Weder das eigenartige Verhalten, das der Priester an den Tag legte, noch die düsteren Äußerungen, die er in der Halle des Burggrafen gemacht hatte, ergaben für Bandolf irgendeinen Sinn. Etwas trieb den Priester um, und er wollte wissen, was es war. Seufzend stand der Burggraf auf. Sein Mittagsmahl würde warten müssen.

Bandolf traf Pater Emeram vor seiner Kirche an, wo er einem Gehilfen Anweisungen erteilte. Als Pater Emeram den Burggrafen auf sich zukommen sah, überzog eine heftige Röte sein blasses Gesicht, und er machte Anstalten, sich ins Innere der Kapelle zurückzuziehen. Bandolf beschleunigte seine Schritte und erwischte den Priester gerade noch, bevor er ihm die Pforte vor der Nase zuschlagen konnte.

»Es sieht so aus, als wäre ich Euch nicht willkommen, Pater«, stellte er fest, nachdem er dem Altar am anderen Ende der Kapelle mit einer Kniebeuge seine Referenz erwiesen hatte. »Gibt es einen bestimmten Grund dafür?«

»Ich bin sehr beschäftigt«, behauptete Emeram mit gesenktem Kopf.

Der Burggraf musterte ihn nachdenklich. »Ihr seid ein schlechter Lügner, Pater«, sagte er.

Der Priester schüttelte den Kopf und schwieg.

Unmutig warf Bandolf die Arme hoch. »Was ist nur los mit Euch?«, rief er. »Seit Ihr Ludgers Leiche gefunden habt, seht Ihr aus wie der leibhaftige Tod. Ihr macht mir dunkle Andeutungen, die kein Christenmensch verstehen kann, und schleicht herum wie das Fleisch gewordene schlechte Gewissen. Dafür muss es doch einen Grund geben. Und den will ich hier und jetzt erfahren!«

Pater Emeram wich Bandolfs forschendem Blick aus und gab immer noch keine Antwort.

»Habt Ihr Ludger von Blochen umgebracht?«

Pater Emeram fuhr auf und starrte den Burggrafen entsetzt an. »Ich? Ihr glaubt, ich hätte ...? Um Christi willen, nein! Warum hätte ich so etwas tun sollen?«

»Dann sagt mir endlich, was Euch bedrückt«, forderte Bandolf und griff nach dem Arm des Priesters. Alle Farbe war aus Emerams Gesicht gewichen, und mit traurigem Blick schaute er zu dem schlichten Holzkreuz mit dem gepeinigten Leib des Herrn über dem Altar. Er biss sich auf die blutleeren Lippen. Dann endlich nickte er.

»Nun gut, Burggraf, ich werde Euch sagen, was mich bis ans Ende meiner Tage verfolgen wird. Aber nicht hier. Ich will diesen geheiligten Ort nicht mit meiner Sünde beflecken.«

Die beiden Männer schlenderten über den Kirchhof, und während der Priester mit brüchiger Stimme von Bankett, Bischof und Beichte flüsterte, verfinsterte sich Bandolfs Gesicht immer mehr. Wie hatte er sich nur so irren können?

KAPITEL 17

Bandolf fröstelte. Er hatte sich schlaflos hin und her gewälzt, und dabei war seine Felldecke bis über die Knie hochgerutscht. Ungeduldig zerrte er daran, bis sie seine Füße wieder bedeckte, dann warf er sich auf die andere Seite. Matthäas regelmäßiger Atem stockte. Sie seufzte in die Dunkelheit.

»Das ist das dritte Mal heute Nacht, dass Ihr mich weckt. Was ist los mit Euch? Habt Ihr Hummeln verschluckt?«, fragte sie schläfrig.

»Ich kann nicht schlafen«, brummte ihr Gatte.

»Das ist offensichtlich.«

»Hmm.«

»Bedrückt Euch etwas?«

Einen kurzen Moment lang erwog Bandolf, ihr seine Gedanken anzuvertrauen, entschied sich aber schnell dagegen. Was Pater Emeram ihm erzählt hatte, war nicht die Art von Gutenachtgeschichte, die er seiner Frau erzählen wollte. In der Dunkelheit suchte er nach ihrem Gesicht, küsste ihre Brauen und flüsterte: »Es ist nichts, mein Herz. Schlaft weiter.«

»Ich könnte Euch einen Becher Wein wärmen und ein wenig Hopfen untermischen. Das würde Euch sicher zur Ruhe bringen.« Matthäa gähnte, noch während sie sprach.

»Schlaft weiter«, wiederholte Bandolf, und wenig später hörte er wieder ihr regelmäßiges Atmen.

Während der Burggraf dem Schlaf seiner Gattin nachlauschte, glitten seine Gedanken bereits wieder ab zu dem, was ihn wach hielt: zu Pater Emerams Geschichte; der jungen Hermia und ihrem Bruder; dem Gespräch zwischen Schnorr und dem jungen Edelmann Ludger; zum Tod des Gerbers und der zerrissenen Dalmatika von Adalbert von Bremen. Sein Mosaik begann ein teuflisches Bild zu zeigen, auch wenn noch immer einige entscheidende Teilchen fehlten.

Als er gestern in sein Heim zurückgekehrt war, hatte Matthäa ihn mit der Nachricht empfangen, dass Ludgers Witwe gestorben sei. Sie wusste es von der Heilerin, die kurz vor der Sext in das Haus des Burggrafen gekommen war und seiner Frau davon erzählt hatte. Garsende war offenbar sehr aufgeregt gewesen und hatte ihn dringend zu sprechen gewünscht. Aber Bandolf war nicht zu Hause gewesen. Der Streit zwischen einem friesischen Schiffer und einem Kaufmann, der sich weigerte, den vollen Betrag für den Transport seiner Felle zu zahlen, hatte ihn den halben Tag beim Hafen aufgehalten.

Bandolf unterdrückte ein Seufzen. Er zweifelte keinen Augenblick daran, dass auch Fastradas Tod Bestandteil seines Mosaiks war, und er ärgerte sich darüber, dass er nicht eher versucht hatte, unter vier Augen mit Ludgers Witwe zu sprechen. Jetzt war es zu spät. Ob die Heilerin etwas über Fastrada wusste? Hatte sie deshalb mit ihm sprechen wollen? Bandolf nahm sich vor, gleich am nächsten Morgen zu Garsendes Hütte zu reiten. Auch Goswin wollte er noch einmal aufsuchen. Vielleicht hatte der Bruder Scholasticus seinem Gedächtnis doch noch etwas entlocken können, das Aufschluss über die Person gab, die ihn niedergeschlagen hatte.

Bis er die ersten Konturen im Schlafraum erkennen konnte, grübelte Bandolf über seine Mosaiksteinchen nach, dann holte ihn der Schlaf ein. Als es hell geworden war und Matthäa fröstelnd ihre Kleider überstreifte, fand sie ihren Gatten laut schnarchend in seine Felle gehüllt.

Der Burggraf schlang seinen Morgenbrei, den Hildrun ihm mürrisch, aber wieder wohlauf gebracht hatte, hastig in sich hinein. Kaum war der letzte Löffel aufgegessen, scheuchte er Jacob nach seinem Braunen und brach zur Hütte der Heilerin auf. Die Glocke von St. Rupert verkündete schon die Terz, als er durch die Brotpforte ritt. Im Kanter lenkte Bandolf sein Pferd ein Stück am Hafen entlang, dann an der Gemeindewiese vorbei und grüßte dort die Mägde, die Wäsche auf dem Gras zum Trocknen ausgebreitet hatten.

Neben dem furchenreichen Weg, der nach Bobenheim, Roxheim und dann weiter nach Oggersheim führte, breiteten sich abgeerntete Felder und Wiesen aus, die dem Bistum von Worms gehörten. Dann ging das freie Land in Wald über. Ein Bauernkarren kam dem Burggrafen entgegengerumpelt, und hinter sich bemerkte er zwei Reiter. Sie schlossen nicht auf, sondern blieben in seinem Rücken, bis Bandolf den Braunen in einen schmalen Waldpfad lenkte, der zu Garsendes Hütte und weiter zu den sumpfigen Rheinarmen führte.

Der Wald schien sich hinter und über ihm zu schließen. Dichtes Unterholz säumte den Pfad, das Sonnenlicht versteckte sich hinter dem herbstlichen Blätterdach der Bäume, und der laubbedeckte Boden verschluckte das Geräusch der Hufe.

Bandolf schenkte dem morgendlichen Idyll nur wenig Beachtung. So nah an der Stadt war mit Strauchdieben zwar kaum zu rechnen, trotzdem war er auf der Hut. Hinzu kam, dass der Boden durch die Regenfälle der letzten Tage glitschig war und es ihn einige Mühe kostete, den Braunen sicher zu führen. Er war erleichtert, als er die Hütte der Heilerin endlich erreichte.

Garsende arbeitete auf Knien in ihrem Garten, und als sie den Burggrafen bemerkte, stand sie auf und rief ihm einen erfreuten Gruß zu.

»Ihr hättet nicht zu mir zu kommen brauchen. Ich muss heute ohnehin noch in die Stadt und wäre bei Euch vorbeigekommen«, sagte sie, während sie die Erde an ihren Händen mit einem Tuch abrieb. »Aber ich bin froh, Euch zu sehen. Kommt mit ins Haus.«

Bandolf folgte ihr und ließ sich auf ihre Bank fallen. Garsende stellte einen Krug vor ihn auf den Tisch, schenkte ihm ein und setzte sich ihm gegenüber auf einen Schemel. Abwesend schnupperte der Burggraf an der dunklen Flüssigkeit in seinem Becher.

»Brombeerwein«, erklärte sie lächelnd, und nachdem er einen Schluck getrunken und anerkennend genickt hatte: »Ich habe ihn natürlich selbst gebraut.«

»Willst du dich über mich lustig machen?«, fragte er argwöhnisch, als Garsende lachte.

Sie schüttelte den Kopf. »Es ist nur … Ach, wenn Ihr doch bloß Euer Gesicht sehen könntet«, gluckste sie wie ein junges Mädchen. »Glaubt Ihr wirklich, ich wollte Euch vergiften?«

»Unsinn«, brummte er. »Du hast mir etwas Dringliches zu sagen?«

Garsendes Züge wurden ernst. »Gestern Morgen erfuhr ich von Fastradas überraschendem Tod«, sagte sie, und die Röte, die sich über ihr Gesicht breitete, wollte ihm nicht gefallen. Was hatte sie nun wieder ausgeheckt? Ihre nächsten Worte bestätigten seinen Verdacht. »Und gleich, als ich davon hörte, dachte ich … Nun, wie auch immer, ich bin zur Hafergasse gegangen.«

»Herrgott, Weib! Habe ich dir nicht nachdrücklich gesagt, dass du dich heraushalten sollst?«

»Nach allem, was in diesem Haus bisher geschehen ist, kamen mir Zweifel. Ich wollte mich davon überzeugen, dass alles mit rechten Dingen zugegangen ist«, verteidigte sie sich.

»Und dir ist nicht der Gedanke gekommen, das mir zu überlassen?«, erkundigte sich Bandolf launig.

»Ich ... ich hatte eigentlich keinen Plan, wenn Ihr das meint.« Garsende schlug die Augen nieder und spielte mit der Kordel, die um ihre Hüfte geschlungen war. »Ich schlich mich einfach hinter Pater Emeram ins Haus und hinauf in Fastradas Kammer. Und dann ...«

»Bei allen Heiligen! Bist du von allen guten Geistern verlassen?«, donnerte Bandolf und schlug mit der Faust auf den Tisch. »Was hast du dir nur dabei gedacht?«

Garsende hob den Kopf und erwiderte mit Schärfe: »Dank Euch wird man mich wohl kaum jemals wieder in die Hafergasse rufen. Was blieb mir denn anderes übrig, als mich heimlich ins Haus zu schleichen? Hätte ich geklopft, wie es sich gehört, wäre ich wohl kaum in Fastradas Kammer gelangt.«

»Du bist ja schlimmer als Bruder Pothinus«, stöhnte der Burggraf. »Warum kannst du deine Füße nicht stillhalten und musst dich ständig in meine Belange einmischen?«

»Fastrada gehörte auch zu meinen Belangen. Und was das Einmischen betrifft: Rainald von Dachenrod ist zu mir gekommen. Ich habe mich nicht darum gedrängt, erinnert Ihr Euch?«, sagte sie spitz. Bandolf wischte ihren Einwand mit einem kategorischen »Du hättest mich in jedem Fall rufen müssen« vom Tisch.

Überraschend gab Garsende zu: »Ihr habt Recht. Ich habe unüberlegt gehandelt«, sagte sie, warf ihm aber unter ihren halbgesenkten Lidern einen triumphierenden Blick zu. »Doch seht nur, was ich in Fastradas Kammer gefunden habe.«

Sie kramte in ihrem Beutel und legte dann einen kleinen silbernen Gegenstand und ein zerknülltes Stück Pergament auf den Tisch. Neugierig griff Bandolf nach dem Stück Silber und betrachtete es von allen Seiten. Die polierte Fläche war so groß wie sein Daumennagel und wies eingeritzte Linien auf, die sorgfältig geschwärzt worden waren.

»Scheint so, als wäre das Stück von irgendeinem Schmuckstück abgebrochen.«

»Ja. Und ich glaube, ich weiß auch, von welchem. Nämlich von einer Spange. Ludgers Spange.« Garsende lächelte. »Was sagt Ihr dazu?«

Mit gerunzelter Stirn inspizierte der Burggraf nochmals das Stückchen Silber. »Wo hast du das gefunden? Und was bringt dich auf den Gedanken, dass es zu Ludgers Spange gehört?«

Garsende erzählte ihm von der Höhlung unter der Truhe in Ludgers Kammer und wie sie das Versteck entdeckt hatte. »Die Verzierung auf dem Stück Silber kam mir vertraut vor, und später, als ich Muße hatte, es mir genauer anzuschauen, erinnerte ich mich daran, dass Ludgers Spange dieselben Verzierungen aufwies. Er trug diese Spange immer, und sicher auch an jenem Tag, als er ermordet wurde. Elgard sprach doch von einem Erbstück, das einst Odilo von Blochen gehört hatte, als Ihr sie nach den Schmuckstücken fragtet, die Ludger gestohlen wurden.«

»Das Stück könnte auch vor seinem Tod von der Spange abgebrochen sein«, gab Bandolf zu bedenken.

»Aber ist es nicht merkwürdig, dass ich das ausgerechnet in einem Versteck in Ludgers Kammer gefunden habe? Wie kam es dort hinein? Und wozu?«

»Vielleicht hat Ludger selbst seinen Mantel mitsamt Spange hineingelegt, wenn er ihn nicht brauchte.«

»Unsinn«, widersprach Garsende bestimmt. »Die Höhlung war schmutzig. Keine Frau würde dulden, dass man dort ein Gewand aufbewahrt. Nein. Das Loch unter der Bohle ist sicher ein Versteck gewesen.«

»Und wer sollte die Spange dort hineingelegt haben? Fastrada?«, fragte Bandolf mit hochgezogenen Brauen.

»Vielleicht hatte Ludger die Spange irgendwo verloren. Seine Gattin fand sie nach seinem Tod und versteckte sie, damit Elgard ihr das Schmuckstück nicht wegnehmen konnte?«, bot Garsende an. Dann seufzte sie. »Ach, ich weiß nicht.«

Bandolf zog die Brauen zusammen. Ihre Worte kitzelten sein Gedächtnis; eine verschwommene Erinnerung, ein vager Gedanke geisterte durch seinen Kopf, der sich seinem Zugriff bedauerlicherweise verweigerte.

Schließlich schüttelte er den Gedanken ab und griff nach dem zusammengeknüllten Pergament. »Und was hat es damit auf sich?«

»Ich weiß nicht, ob es von Bedeutung ist«, meinte Garsende. »Auf der Truhe lag ein Andachtsbuch, das offenbar Fastrada gehörte. Als ich es in die Hand nahm, öffnete sich das Buch von selbst an einer Stelle, wo man ein Blatt herausgerissen hat. Das Pergament fand ich dann unter der Truhe. Es hatte sich dort verklemmt. Womöglich ist es die fehlende Seite.« Sie lächelte ein wenig gequält. »Als Novizin habe ich mein Latein gelernt, aber das ist lange her, und ich bin nicht geübt darin.«

Als Bandolf das Blatt glättete, stand sie auf und schaute ihm neugierig über die Schulter.

»Barbarei, ein Kunstwerk wie dieses so achtlos zu behandeln«, brummte der Burggraf leise, während er die mit leuchtenden Farben ausgeschmückte Initiale und die sorgsam gemalten Buchstaben bewunderte, die von der Fingerfertigkeit des Kopisten zeugten.

»Heilige Maria, du schmerzhafteste Mutter, die du deinen Sohn von Mördern umgeben zum Tode führen sahst und mit ihm hinwanktest, den Kelch des Leidens bis zum Tode auszutrinken«, übersetzte er. Dann hob er den Kopf und schaute die Heilerin ratlos an.

Garsende bekreuzigte sich. »Das ist ein Vers aus einem

Gebet an die Muttergottes, aber ich weiß auch nicht, was das zu bedeuten hat«, beantwortete sie seine unausgesprochene Frage.

»Falls es sich tatsächlich um die fehlende Seite aus Fastradas Andachtsbuch handelt, wieso hat sie das Blatt herausgerissen? Man zerstört doch nicht grundlos ein kostbares Buch«, grübelte der Burggraf laut.

Garsende ließ sich auf ihren Schemel sinken und nagte auf ihrer Unterlippe. Bandolf musterte sie argwöhnisch. »Was hast du?«, fragte er, und als sie nicht antwortete: »Heraus damit, Weib. Woran denkst du?«

»Vielleicht wollte Fastrada einen Fingerzeig hinterlassen«, sagte sie endlich.

»Einen Fingerzeig? Worauf denn?«

»Herrje, das weiß ich nicht«, rief Garsende ärgerlich. »Ich weiß nur, dass sie seit dem Tod ihres Gatten völlig aufgelöst war. Vielleicht wusste sie etwas? Vielleicht hat sie etwas gesehen, als sie in jener Nacht auf Ludger wartete und von ihrem Fenster aus auf den Hof schaute? Womöglich hat sie Rainald oder Detmar gesehen, als sie das Haus verließen, und sich ihren eigenen Reim darauf gemacht.« Nachdenklich fügte sie hinzu: »Der Teufel labt sich am Herz der Mutter, und der Schatten des Todes schwebt über ihr.«

»Du redest wirres Zeug.«

Ein trauriges Lächeln huschte über das Gesicht der Heilerin. »Fastrada sagte das. Zumindest behauptet das die alte Teudeline.«

Ungeduldig trommelte Bandolf mit den Fingern auf der Tischplatte. »Das macht es nicht verständlicher.«

»Nein«, gab sie zu. »Aber wenn Ludgers Gattin tatsächlich vergiftet wurde, dann ...«

»Vergiftet?«, fuhr Bandolf alarmiert auf. »Allmächtiger! Weißt du, was du da sagst, Weib? Wie kommst du darauf?«

Garsende hob den Kopf und sah ihn offen an. »Ich bin mir

nicht sicher, aber Fastradas Augen waren unnatürlich groß und dunkel, und an ihren Lippen hing ein süßlicher Geruch. Ich konnte sehen, dass sie bläulich verfärbt waren«, erklärte sie. »Man hatte sich offenbar Mühe gegeben, die Verfärbung zu übermalen, aber ich sah es trotzdem.«

»Und was bedeutet das?«

»Es könnte bedeuten, dass Fastrada vor ihrem Tod etwas zu sich genommen hat, das mit einem Gift versetzt war. Sie hat zwar nicht erbrochen – das hätte ich gerochen –, aber die Blaufärbung der Lippen und die vergrößerten Pupillen sind Anzeichen, die man nicht leichtfertig übersehen sollte.« Sie seufzte. »Es könnte Stechapfel oder Schafsbinde gewesen sein.«

»Aber sicher bist du dir nicht?«

Sie schüttelte den Kopf.

Angespannt beugte Bandolf sich vor. »Angenommen, es wäre so gewesen: Was wäre dann mit Fastrada geschehen?«

»Bei Stechapfel und Schafsbinde ist die Wirkung sehr ähnlich«, erklärte Garsende. »Ihr Herz hätte heftig zu schlagen begonnen. Ihre Körpersäfte hätten sich erhitzt. Sie würde starken Durst gelitten haben, und Visionen hätten sie toll gemacht, bevor sie am Ende zusammengebrochen wäre.« Ein Schauder flog über ihren Körper, und sie fügte leise hinzu: »Kein sehr friedlicher Tod.«

»Welcher Tod ist das schon«, seufzte Bandolf, dann fragte er: »Wie kann sich jemand ein solches Gift beschaffen?«

»Das ist nicht schwer«, sagte Garsende. »Der Strauch der Schafsbinde wächst an Wegrändern, in lichtem Wald und auch in manchen Gärten. Er würde Euch überragen und trägt dunkle Beeren, rund wie Kirschen. Man nennt den Strauch auch Tollkirsche. Und weil die Beeren süß und wohlschmeckend sind, könnte man sie auch leicht einem Trunk untermischen. Am gefährlichsten ist aber die Wurzel, und da genügt schon eine Winzigkeit, um jemanden damit zu Tode zu bringen. Es ist wie bei vielen Pflanzen, die zugleich heilsam wie giftig sind. Es kommt auf die Menge an, die man verwendet.«

»Du weißt sehr viel über solche Dinge«, bemerkte Bandolf.

»Es ist altes Wissen«, meinte sie gleichmütig. »Meine Mutter hat es mich gelehrt, und sie wiederum hat es von ihrer Mutter gelernt.« Sie lächelte. »Leben zu geben und zu erhalten, ist seit jeher das Vorrecht der Frauen. Nicht einmal die Kirche bestreitet das.«

Bandolf dachte an Ludgers bedauernswerte Witwe und an sein eigenes Erlebnis als junger Mann mit einer Drude, aber er schwieg. Er hatte nur wenig Lust, sich erneut auf einen Disput mit Garsende über ihr Handwerk einzulassen, bei dem er vermutlich doch den Kürzeren ziehen würde. Genau wie sein eigenes Weib, schien die Heilerin stets das letzte Wort haben zu wollen. Einen Moment lang verweilte er bei Matthäas Eigenheiten, die sie hin und wieder an den Tag legte und die ihn durcheinanderzubringen pflegten, dann schob er den Gedanken von sich. Augenblicklich gab es Dringlicheres zu bedenken. Auch wenn ihm der Verdacht, Fastradas Tod müsse etwas mit den jüngsten Geschehnissen in Worms zu tun haben, sofort durch den Kopf geschossen war, als Matthäa ihm davon erzählt hatte, wollte sich ein Mord an Ludgers Witwe nicht recht in sein Mosaik einfügen.

»Nach allem, was du sagst, könnte sich Fastrada ein solches Gift auch selbst beschafft und ihrem Leben eigenhändig ein Ende gesetzt haben«, konstatierte er schließlich.

Garsende bekreuzigte sich und nickte.

»Und womöglich hat es auch gar kein Gift gegeben, und Fastrada ist an ihrem Kummer gestorben?«

»Ich finde, dass genügend auf ein Gift hinweist, doch mit letzter Gewissheit kann ich es nicht sagen.«

Bandolf seufzte entmutigt. Er leerte seinen Becher und wischte sich mit einem Ärmel über seinen Bart. Wenn die Heilerin Recht hatte und wenn Fastrada das Gift nicht aus freien Stücken zu sich genommen hatte, dann musste ihr Tod irgendetwas mit dem ihres Gatten gemein haben. Womöglich konnte er nur nicht sehen, was es war.

»Schildere mir noch einmal von Anfang an und ganz genau, was du in Ludgers Haus getan und gesehen hast.«

Unlustig verzog Garsende das Gesicht, schickte sich jedoch drein und begann ihren Bericht noch einmal von vorne.

Obwohl es noch nicht Mittag sein konnte, lag der Waldpfad im Zwielicht. Dunkle Wolken waren aufgezogen und ließen kaum Licht durch die Bäume, die hier dicht an dicht standen. Bandolf lenkte seinen Braunen im Schritt, während die Heilerin, offenbar in Gedanken versunken, neben seinem Gaul einherging. Sie müsse nach dem Neugeborenen des Hufschmieds sehen, hatte sie gesagt und sich ihm auf seinem Rückweg in die Stadt angeschlossen.

Kaum ein Wort war zwischen ihnen gefallen, seit sie die Hütte verlassen hatten, und der Burggraf konnte seinen eigenen Überlegungen nachhängen.

Bandolf schaute auf Garsendes gesenkten Kopf hinunter, und ein Lächeln umspielte seine Mundwinkel. Immerhin wusste er jetzt, warum die Heilerin aufgeregt gewesen war, als sie gestern mit Matthäa gesprochen hatte. Beim Verlassen des Hauses war sie ertappt worden, und der Schreck, den sie offenbar ausgestanden hatte, mochte Garsende lehren, ihre neugierige Nase zukünftig aus seinen Angelegenheiten herauszuhalten.

Um der Gerechtigkeit Genüge zu tun, musste er sich aber eingestehen, dass die Heilerin ihm außerordentlich nützlich gewesen war. Ohne ihre ärgerlichen Eigenmächtigkeiten wäre so manches seiner Mosaiksteinchen noch immer im Dunkeln verborgen.

Bandolf seufzte verhalten. Ihm wäre es trotzdem lieber gewesen, sie hätte sich nicht allzu tief in diese Sache verstrickt. Mochte Garsende ihn auch häufig aufbringen, so wollte er doch nicht, dass ihr ein Schaden daraus erwuchs. Schon um Matthäas willen. Warum seine Gattin solchen Gefallen an Garsendes Gesellschaft fand, wollte sich ihm nicht recht erschließen, aber sie tat es offenkundig und schien beschwingter zu sein als seit Langem.

Die Worte auf dem Pergament und das Stückchen Silber gaben Bandolf mehr zu denken, als er vor Garsende zugegeben hatte. Die beiden Gegenstände, jetzt sorgsam in seiner Manteltasche verborgen, hatten ihn auf einen Gedanken gebracht, der ihm nicht gefiel.

»Euer Gaul zieht ein Bein nach«, unterbrach Garsende seine Überlegungen.

Bandolf stieg ab, und während er den hinteren Huf seines Braunen begutachtete, um nach dem Übel zu suchen, fragte er: »Wie hast du denn von Fastradas Tod erfahren?«

»Herdis, Elgards Magd, hat mir davon erzählt«, antwortete Garsende. Sie stand dicht hinter ihm und schaute zu, wie er den Huf seines Braunen mit einem stabilen Zweig auskratzte. »Ich kam vom Haus des Hufschmieds und traf sie auf dem Markt.«

»Und flugs kam dir der Gedanke, heimlich in Fastradas Kammer zu schleichen«, bemerkte Bandolf spöttisch. Er drückte ihr den Zweig in die Hand, bevor er mit beiden Händen den Hinterlauf seines Pferdes abtastete.

Garsende lachte und schüttelte den Kopf. »Zunächst wurde ich von einer kleinen Rauferei und dem Missgeschick eines Gürtelmachers abgelenkt, und erst dann … Nein, der Vorfall mit dem Gürtelmacher war zuvor, und erst danach traf ich Herdis …« Sie verstummte.

Bandolf stellte den gesäuberten Huf vorsichtig zurück auf den Boden, strich seinem Braunen beschwichtigend über den Rücken und prüfte, ob er auftrat. »Alles wieder im Lot«, verkündete er und drehte sich um.

Garsende stand dicht vor ihm, stocksteif und bleich wie ein Leintuch. Mit großen Augen starrte sie vor sich hin.

»Was?«

»Der Gürtelmacher«, hauchte sie. Sie blinzelte und schüttelte den Kopf. Dann, als würde sie die Nähe des Burggrafen verwirren, trat sie abrupt einen Schritt zur Seite. »Allmächtiger! Ich glaube, ich weiß, wer Ludgers Mörder ...«

Bandolf hörte nicht einmal das Surren des Pfeils. Der Aufprall warf seinen Oberkörper zurück. Er schwankte. Der Braune hinter ihm scheute und stieg.

»Verdammter Hurenbock!«, brüllte Bandolf, packte mit der Linken instinktiv den Arm der Heilerin und stieß sie vor sich ins Gebüsch. Einen Lidschlag später hechtete er hinter ihr her. Er fiel über ihren zusammengekauerten Körper, und sie stieß einen kleinen Laut aus.

»Still«, fauchte der Burggraf. Er rappelte sich auf, bekam Garsendes Ärmel zu fassen und zerrte sie tiefer ins Unterholz hinein. Jetzt erst setzte der Schmerz ein. In Wellen jagte er Bandolfs Arm hinauf und hinunter, biss sich in seine Schulter und ließ seine Augen tränen. Silbrige Pünktchen nahmen ihm die Sicht, und er stolperte über eine Wurzel.

Garsende fing ihn ab, bevor er fallen konnte. Keuchend zog sie ihn zu einem Baumstumpf, hinter dem sie sich niederkauerten, und für einen Moment lang traf sich ihr Blick. Dann glitten Garsendes Augen, vor Schreck geweitet, zu seiner rechten Schulter. Bandolf folgte ihrem Blick. Der Pfeil hatte sich in sein Fleisch gebohrt, Blut tränkte seinen Mantel um die Einschussstelle und breitete sich aus. Behutsam berührte sie seine Schulter. Bandolf schüttelte ihre

Hand unwillig ab und griff nach seinem Schwert. Aber sein Schwertarm wollte ihm nicht gehorchen.

Kalter Schweiß trat auf seine Stirn, und bittere Galle stieg ihm in die Kehle, als er sich herumrollte und die Waffe mit der Linken aus der Scheide zerrte. Er wusste, es war eine nutzlose Geste. War er schon mit der Rechten kein Meisterkämpfer, so erst recht nicht mit der Linken. Trotzdem fühlte sich das Schwert in seiner Hand beruhigend an.

»Du Tölpel«, zischte eine Stimme vom Pfad her, kaum einen Steinwurf von ihrer Deckung entfernt. »Du hast den Falschen getroffen.«

Bandolf spürte, wie Garsendes Körper neben ihm erschauerte, doch sie regte sich nicht und gab auch keinen Laut von sich. Angestrengt spähte er zwischen Gebüsch und Stämmen hindurch in Richtung des Weges. Zwei Paar Stiefel aus abgenutztem Leder gerieten in sein Blickfeld.

»Was tut's?«, knurrte eine zweite Stimme. »Wir machen ihm vollends den Garaus, wenn er nicht schon hinüber ist, und dann greifen wir uns das Weib.«

»Bist du toll? Ich krieche nicht durchs Gebüsch, wenn er dort womöglich noch auf der Lauer liegt«, fauchte sein Kumpan.

»Und ich will verdammt sein, wenn ich leer ausgehe.«

»Ich sage, wir verschwinden hier!«

»Dann lass uns wenigstens den Gaul mitnehmen.«

»Willst du am Galgen baumeln? Hasenhirn! Jedermann in Worms kennt den Braunen des Burggrafen.«

Die Stiefel verschwanden aus Bandolfs Sicht. Er hörte noch ein paar gedämpfte Schritte, die sich rasch entfernten. Dann war alles still.

»Sie sind fort, oder?«, wisperte Garsende nach einer Weile.

Bandolf nickte. Mit einem Ächzen zog er sich an dem Baumstumpf hoch. Auch Garsende rappelte sich auf und strich mit einer fahrigen Geste über ihren Rock, an dem feuchtes Laub klebte. Bei ihrer kurzen Flucht durchs Unterholz hatten sich Strähnen aus ihrem langen Zopf gelöst und hingen wirr in ihr blasses Gesicht.

»Ich verstehe das nicht«, murmelte sie, während sie Bandolf durchs Gebüsch auf den Pfad folgte. »Was wollten die beiden nur von mir?«

Bandolf hatte seinen Braunen erreicht, griff in die Mähne und hievte sich stöhnend in den Sattel. »Dich töten«, krächzte er.

Sie schüttelte den Kopf. »Warum mich?« Ihre Stimme klang ganz ruhig, aber in ihren Augen spiegelte sich Furcht.

»Ich werd's herausfinden«, knurrte er durch seine blutleeren Lippen.

»Heilige Jungfrau! Was habt Ihr denn vor?«, rief sie alarmiert.

»Hinterher.«

»Ihr seid wohl nicht bei Trost?«, entfuhr es Garsende. »Ihr werdet ohnmächtig sein, noch ehe Ihr den Wald hinter Euch habt.«

»Unsinn, Weib. Solange ich den Pfeil lasse, wo er ist, werde ich schon nicht verbluten.«

»Je länger Ihr ihn dort lasst, umso größer ist die Gefahr, dass die Wunde eitern wird. Herr im Himmel! Wollt Ihr Euren Arm verlieren?«

Bandolf gab keine Antwort. Seine Arme schienen vollends den Dienst verweigern zu wollen, die Zügel entglitten seinen kraftlosen Fingern. Er hörte, wie Garsende fluchte: »Verdammnis! Wie kann man nur so dickschädelig sein?« und wunderte sich, warum ihre Stimme so erstickt klang.

Dann sackte er zusammen.

Kapitel 18

Blinzelnd schlug Bandolf die Augen auf und schaute irritiert auf die Kräuterbündel, die über ihm von der Decke baumelten. Ächzend vor Schmerz richtete er sich auf und sah Garsende an ihrem Tisch Grünzeug schnipseln.

Er konnte sich nicht mehr daran erinnern, wie er in ihre Hütte gelangt war, aber deutlich war seine Erinnerung noch an die Pein, als Garsende den Pfeil herausgezogen, die Wunde gesäubert und fest verbunden hatte. Dann war er weggedämmert. Jetzt lag Bandolf mit nacktem Oberkörper auf ihrer Bettstatt, und ein dicker Verband zierte seine Schulter.

Garsende hatte ihn offenbar gehört. Sie hob den Kopf und lächelte. »Ihr seid wach?«

»Wie spät ist es?«, krächzte er mit trockenem Mund.

»Kurz vor Sonnenuntergang«, sagte sie. »Wie fühlt Ihr Euch?«

»Als hätte man mir einen Pfeil durch die Schulter gejagt.« Er machte Anstalten aufzustehen.

Garsende sprang hoch. »Ihr solltet noch nicht …«

Doch der Burggraf hatte schon selbst bemerkt, dass die Hütte vor seinen Augen verschwamm, und sank stöhnend zurück auf die Bettstatt.

»Die Falten in Eurem Mantel haben den Pfeil aufgehalten. Die Wunde ist nicht so tief, aber Ihr habt einiges an Blut gelassen, und das macht Euch matt«, erklärte sie. »Wartet mit dem Aufstehen, bis Ihr etwas im Magen habt. Ich habe eine kräftige Suppe vorbereitet, die sollte Euch stärken.«

Augenscheinlich blieb ihm nichts anderes übrig, als sich dreinzuschicken, und während sie geschäftig mit ihren Gerätschaften klapperte, strapazierte Bandolf seinen widerstrebenden Verstand, um herauszufinden, wieso jemand zwei Halunken gedungen hatte, um eine Kräuterfrau aus dem Weg zu schaffen. Wessen Dunstkreis war sie zu nah gekommen? Einen Moment lang verweilte er bei Weigand von Rieneck, der Garsendes Eigen für sich beanspruchte, und fragte sich, ob der Graf womöglich Schergen geschickt hatte, um sein Problem auf endgültige Weise zu lösen. Aber er verwarf den Gedanken schnell wieder. Weigands Aussichten, vor Gericht seinen Anspruch durchzusetzen, waren mehr als günstig. Der Mann musste sein Gewissen nicht mit einem Mord belasten, um zu bekommen, was er wollte. Nein, da waren andere Hände im Spiel gewesen.

Bandolf setzte sich ruckartig auf und bereute umgehend die heftige Bewegung. Schmerz jagte durch seinen Arm. »Verdammnis«, knirschte er durch zusammengebissene Zähne, und Garsende, die Suppe aus dem Kessel in eine Schale schöpfte, drehte sich zu ihm um.

»Hast du nicht kurz vor dem Überfall behauptet, du wüsstest, wer Ludger von Blochen umgebracht hat?«, fragte Bandolf. »Was hat es damit auf sich?«

Garsende gab erst Antwort, nachdem sie ihn dazu überredet hatte, von ihrem Eintopf zu kosten. Den kurzen Wortwechsel, der entstand, als die Heilerin sich anschickte, ihn zu füttern wie ein Kleinkind, entschied er für sich, und so löffelte er mit der Linken ungeschickt seine Suppe, während sie von einem Vorfall mit einem Gürtelmacher erzählte und von kleinen, aber bedeutsamen Nebensächlichkeiten, die ihr aufgefallen waren, die sie aber ihrer Nichtigkeit wegen zunächst kaum beachtet hatte.

Mit jedem ihrer Worte wurde Bandolfs Gesicht grimmiger, und als Garsende geendet hatte, knurrte er verärgert: »Ich hätte es wissen müssen.«

Die Steinchen, die die Heilerin für sich zusammengetragen hatte, fügten sich säuberlich in sein Mosaik. Sogar die Fundstücke aus Fastradas Kammer ergaben für ihn jetzt einen Sinn. Aber was sollte er damit anfangen? Ein Beweis, der auf das Meuchlerpack zeigte, würde vor des Königs Gericht nicht genügen. Bandolf brauchte einen Zeugen – und den hatte er nicht. Würde er die Schurken dennoch vor Gericht anklagen, konnte der König ein Gottesurteil fordern. Seine Fechtkunst war, wie er sich widerstrebend eingestand, bestenfalls leidlich, und wenn er unterlag, würde sein gesamtes Hab und Gut zurück an die Krone fallen. Er hatte keinen Erben.

Garsende räusperte sich und unterbrach seine unerfreulichen Gedanken. »Glaubt Ihr, ich habe mich geirrt?«

»Nein«, gab er zu. »Es fügt sich alles zusammen.«

»Und was wollt Ihr nun tun?«

»Das weiß der Himmel.«

»Wollt Ihr mir sagen, was Euch durch den Kopf geht?«, fragte sie.

Bandolf gab keine Antwort und wandte sich von ihr ab. Seine Augen glitten durch die vollgestellte kleine Stube mit all den Töpfen, Krügen, Sträuchern und Wurzeln, ohne die Dinge richtig wahrzunehmen. Endlich blieb sein Blick wieder an Garsendes Gesicht haften, die ihn aufmerksam anschaute.

»Ich weiß, wer Adalbert von Bremen überfallen hat. Ich weiß, von wessen Hand der Gerber Schnorr und Ludger von Blochen gestorben sind«, sagte er langsam. Und dann legte er ihr, angefangen vom Loch in Adalberts Dalmatika bis hin zu dem Überfall, der ihr gegolten hatte, dar, was er in Erfahrung gebracht und welche Schlussfolgerungen er daraus gezogen hatte.

»Und nun sag du mir, was ich tun will«, schloss er.

Eine Weile herrschte tiefes Schweigen in der Hütte. Die Heilerin war blass geworden und starrte vor sich hin.

»Allmächtiger! Das ist infam«, brachte sie endlich hervor.

Bandolf nickte.

Garsende seufzte tief und stand auf. Sie nahm ihm die leere Schüssel aus der Hand und schaute ihn eindringlich an. »Dann müsst Ihr dem Bischof geben, was er haben will.«

Doch Bandolf schüttelte den Kopf. Seine eigenen Gedanken waren klarer geworden, während er ihr auseinandergesetzt hatte, was geschehen war.

»Ich werde das feige Mörderpack nicht ohne Schaden ziehen lassen. Wenigstens den Schorf will ich ankratzen, damit das faule Fleisch darunter zum Vorschein kommt«, knurrte er.

»Ihr wollt Anklage vor des Königs Gericht erheben?«, rief sie bestürzt. »Das kann nicht Euer Ernst sein. Nach allem, was Ihr sagtet, stünde nur Euer Wort gegen die Schurkerei. Herrje, das kann Euch Kopf und Kragen kosten.«

»Es gibt ein schwaches Glied in dieser teuflischen Kette, und ich gedenke, mir das zunutze zu machen.«

»Wovon, in aller Welt, redet Ihr?«

Bandolf gab ihr keine Antwort. Das Reden hatte ihn erschöpft, seine Lider waren schwer geworden. Mit geschlossenen Augen lehnte er sich zurück, und während er noch über sein Vorhaben nachgrübelte, schlief er ein.

Kein Licht fiel mehr durch die Ritzen in der Tür, und das schwach flackernde Herdfeuer warf kuriose Schatten an die Wände, als der Burggraf wieder erwachte. Er brauchte einen Moment, bis ihm einfiel, wo er sich befand. Dann erkannte er Garsende, die auf der Bank kauerte. Ihr Schopf lag zwischen ihren Armen auf den Tisch gebettet, und sie schien fest zu schlafen. Vorsichtig bewegte Bandolf seinen Arm. Der Schmerz in seiner Schulter hatte nachgelassen. Er setzte sich auf und zog mit einiger Anstrengung sein Hemd über. Mehr Mühe kostete es ihn, seine Stiefel anzuziehen, doch nach einer Weile hatte er auch das zuwege gebracht. Schließlich stand er auf seinen Beinen, tappte zu der Bank hinüber und berührte die Heilerin an der Schulter. Sie schrak hoch, schien aber sofort hellwach zu sein. Als sie sah, dass er vollständig angekleidet war, sprang sie auf. »Ihr wollt doch nicht in Eurem Zustand in die Stadt zurück? Wartet wenigstens noch, bis es hell geworden ist.«

»Das Bankett des Königs findet in zwei Tagen statt. Danach wird Heinrich nach Speyer aufbrechen, und ich habe die Möglichkeit für mein Vorhaben vertan. Mir bleibt nur noch der morgige Tag, um alles in die Wege zu leiten.«

»Ihr wollt also tatsächlich vor den Richtstein?«

»Mein Entschluss steht fest. Und merk dir wohl, kein Wort davon. Zu niemandem.«

»Und Eure Gemahlin?«, fragte Garsende.

»Auch zu Matthäa nicht. Das soll sie nicht bekümmern.«

Die Heilerin versprach ihm, was er verlangte, aber ihr Stirnrunzeln machte ihm deutlich, was sie davon hielt, Matthäa im Unklaren über sein gewagtes Vorhaben zu lassen.

Bandolf, der für einen Moment die unerfreuliche Vorstellung von Matthäas Gesicht beim Anblick seines Leichnams hatte, sagte barsch: »In meiner Halle gibt es viele Augen und Ohren, nicht nur die meines Weibes. Und das, was ich zu tun beabsichtige, darf nicht an die Falschen gelangen.« Widerstrebend gab Garsende ihm Recht. Ihr sorgenvolles Gesicht stimmte ihn milder, und freundlich fügte er hinzu: »Nun geh und pack zusammen, was du mitnehmen willst. Wir müssen aufbrechen.«

»Wir?«

»Ich nehme dich mit in mein Haus. Dort wirst du vorerst sicher sein.«

Garsende schüttelte überrumpelt den Kopf. »Aber ich bin doch nicht mehr in Gefahr«, protestierte sie. »Nun, da der Anschlag Euch getroffen hat. Man wird das sicher nicht noch einmal wagen.«

Bandolf hob skeptisch die Augenbrauen. »Willst du wirklich allein hier draußen abwarten, ob du Recht hast?«, erkundigte er sich.

»Aber ich …«

Bandolf rollte die Augen. »Herrgott, Weib, kannst du nicht einmal tun, was man dir sagt, ohne lange zu disputieren?«

Das entlockte ihr ein Lächeln, und sie gab nach. »Lasst mich aber noch einmal nach Eurer Wunde sehen, bevor wir aufbrechen. Der Weg in der Dunkelheit wird Euch ohnehin bitter genug werden.«

Garsende bestand darauf, mit der Lampe vorauszugehen und seinen Braunen am Zügel zu führen, und erschöpfter, als er vor ihr zugeben wollte, ließ der Burggraf sie gewähren.

Der Weg zurück in die Stadt war beschwerlicher, als er sich vorgestellt hatte. Als er bleich, schweißnass vor Anstrengung und von Garsende gestützt, kurz nach der Matutin in seine Halle stolperte und sich mit einem lauten Ächzen auf die Bank warf, scheuchte er seinen Haushalt aus tiefem Schlummer. Filiberta warf nur einen kurzen Blick auf das bleiche Gesicht ihres Herrn und seinen blutgetränkten Mantel, dann eilte sie nach oben, um Matthäa zu wecken.

Die aufgeregten Fragen seines Weibes und die ruhige Stimme der Heilerin verschwammen in Bandolfs schmerzendem Kopf und vermengten sich mit all den anderen Gedanken. Als Matthäa sich besorgt über ihn beugte, blinzelte er und betrachtete wohlgefällig das hübsche Gesicht seiner Frau durch die halb geschlossenen Lider. »Was ist das für ein Gesträuch in Eurem Garten? Das mit den runden schwarzen Beeren?«

»Meint Ihr den Holunder?«, fragte Matthäa und warf Garsende einen verwirrten Blick zu.

»Nein, der andere«, murmelte er.

»Himmel, Ihr redet ja ganz irre«, rief Matthäa erschrocken.

Bandolf lächelte sie selig an. »Tollkirsche«, sagte er, erfreut, dass er sich an den Namen erinnerte. »Lasst das Gesträuch ausreißen. Es ist unbekömmlich.«

Der Burggraf erwachte erst von den Kirchenglocken, die zur Terz riefen. Er hatte tief geschlafen und nicht einmal bemerkt, wie Matthäa und die Heilerin am frühen Morgen seinen Verband noch einmal gewechselt hatten. Der lange Schlaf hatte ihn erfrischt, und die Pein in seiner Schulter vom Vortag war einem dumpfen Schmerz gewichen, der nurmehr im Hintergrund lauerte. Sein Arm fühlte sich noch schwer und steif an, doch er konnte ihn gebrauchen.

In der Halle erwarteten den Burggrafen neugierige Fragen, die ihm zeigten, dass Garsende Wort gehalten und nichts über den wahren Grund des Überfalls hatte verlauten lassen. Er hoffte, sie würde auch über alles andere schweigen. Während er sich über das ungewohnt nahrhafte Frühstück aus gekochtem Schweinehirn in einer dicken Bohnensuppe hermachte, brummte er zwischen zwei Bissen etwas über Strauchdiebe, die sein Pferd hätten stehlen wollen. Geflissentlich übersah er Matthäas vorwurfsvollen Blick, als er Garsendes Ansinnen, ihn zur Ader zu lassen, rundweg abschlug. Dazu sei später noch genügend Zeit, erklärte er, bevor er sich mit seinem jungen Schreiber im Schlepptau hastig aus dem Staub machte.

»Hast du noch etwas Neues über den Vorfall im Scriptorium gehört?«, fragte der Burggraf, als sie in die Hachgengasse einbogen. »Was erzählen sich die Leute?«

Der junge Schreiber zuckte mit den Schultern. »Überall dasselbe, Herr. Zur Matutin war Bruder Goswin noch bei der Messe, aber zur Prim hat man ihn vermisst. Bruder Pothinus schickte jemanden ins Dormitorium, und als man den Bruder dort nicht fand, suchte man ihn im Kapitelhaus. Schließlich sahen sie ihn im Scriptorium regungslos vor seinem Pult liegen. Die Brüder schafften ihn eilends ins Hospiz. Sie vermuteten, dass ein Dieb am Werk gewesen sei, also schauten sie überall im Kapitelhaus, im Dom und in der Silberkammer nach, ob womöglich etwas fehlt. Aber alles scheint noch an seinem Platz zu sein. Die Brüder glauben, dass der Schnapphahn von Bruder Goswin überrascht wurde und unverrichteter Dinge floh, nachdem er ihn niedergeschlagen hatte.«

»Und wie soll der Dieb ins Kapitelhaus hinein- und wieder herausgekommen sein?«

Prosperius grinste. »Bruder Wipert schwört zwar Stein und Bein, dass er wie immer alle Türen und Läden geschlossen hat, aber die Domherren scheinen ihm nicht recht zu glauben.«

»Angenommen, der Bruder Thesaurarius sagt aber doch die Wahrheit«, überlegte Bandolf laut, »dann lässt das doch nur einen Schluss zu.«

»Herr?«

»Denk nach, Prosperius. Wenn Bruder Wipert alle Zugänge versperrt hat, dann muss es jemand gewesen sein, der sich im Kapitelhaus frei bewegen konnte oder Schlüssel dazu hatte.«

»Ihr meint, es war einer der Dombrüder?«, rief Prosperius ungläubig.

»Oder jemand aus der Bischofspfalz, der einen Schlüssel

zum Dom hat und von dort ins Kapitelhaus gelangt ist«, nickte der Burggraf.

»Und warum sollte ein Domherr oder einer von den Leuten des Bischofs Schriften und Bücher stehlen wollen?«

Der Burggraf gab keine Antwort, und Prosperius, dem allmählich dämmerte, welchen Verdacht sein Herr hegte, bekam kugelrunde Augen.

»Aber das hieße doch …, das würde bedeuten, dass …«, stotterte er.

»Ganz recht.«

Der Burggraf verfiel in Schweigen, und auch Prosperius sagte nichts mehr, bis sie den Marktplatz erreicht hatten und Bandolf unschlüssig stehenblieb. Die vielfältigen Gerüche und Geräusche menschlichen Treibens schlugen ihnen entgegen. Obwohl die Buden und Stände, die man anlässlich des großen Jahrmarkts zu Michaeli aufgestellt hatte, längst abgeschlagen worden waren, befanden sich immer noch mehr fremde Händler, Bauern und Handwerker, Wandermönche und Pilger in Worms als gewöhnlich. Sie würden erst weiterziehen, wenn auch der König und sein Hof die Stadt verlassen hatte. Ihre Waren, ihre Geschäftigkeit, ihr Geschrei lockten immer noch Edelleute, Bürger, Hörige, Beutelschneider und Bettler auf die Gassen und erfüllten den Platz mit buntem Leben.

Bandolf lächelte. Seine Büttel hatten viel zu tun dieser Tage, aber auch der Beutel des Bischofs und sein eigener wurden dabei gut gefüllt. Er würde seine Dienstleute neu ausstatten können, und womöglich konnte er sogar den Bau einer Brücke über den Rhein ins Auge fassen. Für einen Moment geriet sein Entschluss, den er in der vergangenen Nacht gefasst hatte, ins Wanken. Vielleicht sollte er doch lieber alles auf sich beruhen lassen?

»Wohin jetzt?«, unterbrach Prosperius seine Gedanken.

Bandolf holte tief Luft. »Zur Pfalz«, sagte er.

Nachdem sie den Marktplatz überquert hatten, bogen sie in die Andreasgasse ein. Vor der Pforte zum Friedhof der Taufkirche blieb Bandolf wieder stehen und starrte auf den Glockenturm, während sein junger Schreiber neben ihm ungeduldig mit den Füßen scharrte. »Wenn Ihr dem Bischof Eure Aufwartung machen wollt, dann sollten wir uns besser beeilen, Herr«, bemerkte Prosperius nach einer Weile. »Für gewöhnlich empfängt Seine Eminenz nur bis zu seinem zweiten Frühstück kurz vor der Terz. Danach liest er meist die Messe für die Domherren, und anschließend bedarf er wieder einer Stärkung, sonst hält er bis zum Mittagsmahl nicht durch.«

Bandolfs Blick kehrte zu seinem jungen Schreiber zurück, dessen mageres Gesicht selbst den Eindruck vermittelte, als bedürfe er dringend einer Stärkung. »Woher weißt du das?«

Prosperius zuckte vage mit den Schultern.

»Wie auch immer. Wir wollen nicht zum Bischof. Du für dein Teil wirst in die Pfalz gehen und für mich um eine Audienz beim König ersuchen«, befahl der Burggraf. »Mach deutlich, dass es dringend ist und dass ich den König unter vier Augen sprechen muss.«

Prosperius' Kinnlade sackte herab. »Zum König?«, hauchte er. »In die Aula Major?«

Bandolf lächelte. »Und dass du mir nicht an jeder Ecke stehenbleibst, um den Hofdamen nachzuschielen. Es ist eilig.«

Prosperius wurde rot bis über die Ohren. »Ja, Herr ... ich meine, nein, Herr ... Also ich ...« Seine Augen strahlten. »Zum König.«

»Nun geh schon«, sagte Bandolf.

»Ja, Herr.«

»Lass dich auf keinen Fall abweisen«, rief Bandolf hinter ihm her. »Von wem auch immer.« Er wartete, bis Prosperius hinter der Kirchhofsmauer verschwunden war. Dann wandte er sich um und schlug die entgegengesetzte Richtung ein.

Kurz darauf stand der Burggraf vor dem Tor zu St. Magnus, der kleinen, alten Kapelle, die dem Stift St. Andreas angehörte. Bruder Goswin behauptete, dass die Kirche schon zu Zeiten von Kaiser Karl hier gestanden hätte, und Bandolf fragte sich flüchtig, ob noch ein wenig vom Geist des großen Kaisers hier sein mochte, als er die schlichte Holzpforte öffnete und das halbdunkle Kirchenschiff betrat.

Eine helle Knabenstimme, die laut und falsch das »Te deum laudamus« schmetterte, begrüßte ihn.

Das wird den Geist des Kaisers nicht zum Bleiben ermuntern, fuhr es Bandolf durch den Kopf, doch dann mahnte er sich zur Besinnung.

Leise schritt er an der Wand entlang bis zu einer kleinen Seitenpforte in der Nähe des Altarraumes. Dort ließ er sich auf die Knie nieder, schlug ein Kreuz und senkte den Kopf. Der Kantor, der bei dem Knaben auf der anderen Seite stand, hatte offenbar ein Einsehen gehabt, und die Stimme war leiser geworden. Eine Weile lauschte Bandolf dem Gesang und versuchte zu beten. Aber ihm wollte kein Gebet einfallen, das zu seiner misslichen Lage passte. Schließlich erzählte er dem Herrn flüsternd in seinen eigenen Worten, was ihn bedrückte, und bat um ein Zeichen. Das Knarren der Pforte neben ihm ließ ihn zusammenzucken. Er sah auf und erkannte Pater Egidius, den kurzbeinigen Priester der Kirche. Bandolf erhob sich und ging auf ihn zu. »Pater, ich habe gesündigt. Ich möchte beichten.«

Egidius warf dem Burggrafen einen überraschten Blick zu. Dann nickte er. »Folgt mir, mein Sohn.«

Im Garten hinter der Bischofspfalz sprang Penelope dem flatternden Gewand eines Mädchens hinterher. Lachend zog die Kleine ihren Rock weg und rannte auf dem Gartenpfad davon – die Katze hinterher. Das Mädchen blieb stehen, drehte sich um und wedelte lockend mit dem Saum ihres Kleids. »Miez, Miez.«

Penelope duckte sich. Sie setzte zum Sprung an, ihr Schwanz zuckte erregt. Schnell hüpfte das Mädchen zurück, stolperte über einen Distelstrunk und stürzte hintenüber in ein vom Regen aufgeweichtes Beet. Penelope sprang, bekam den Saum zu fassen und schlug ihre Krallen in die feine Stickerei der Borte.

Eine der Hofdamen, die zugeschaut hatten, kam sofort herbeigeeilt, verscheuchte die Katze und half Bertha von Savoyen, der zukünftigen Königin des Reiches, auf die Beine. »Ach, seht nur, was Ihr angerichtet habt«, jammerte sie und zeigte auf die Fäden, die Penelopes Krallen aus dem kostbaren Kunstwerk herausgerissen hatten.

Betreten schaute die Kleine an ihrem Gewand hinunter. Aus den Augenwinkeln bemerkte sie, wie die anderen Frauen hinter vorgehaltener Hand tuschelten. Auch zwei Höflinge hatten ihr Ballspiel unterbrochen und starrten, offenkundig belustigt, zu ihr herüber. Das Blut schoss Bertha in die Wangen, und sie flüsterte mit dünner Stimme: »Verzeiht mir.«

Verlegen spähte sie hinüber zu der großen blattlosen Buche, unter der ihr Verlobter mit Herzog Rudolf von Schwaben über ein Schachbrett gebeugt saß. Hatte er womöglich den peinlichen Vorfall beobachtet? Aber Heinrich, König von Gottes Gnaden, schien zum Glück in sein Spiel vertieft und nichts bemerkt zu haben. Erleichtert seufzte sie auf.

»Ihr müsst Euch umkleiden«, zischte die Hofdame leise und zog sie ungnädig auf eine Pforte zu, die vom Garten in die Bischofspfalz führte.

Berthas Verlegenheit verschlimmerte sich noch, als sie sah, dass ein großer, stämmiger Mann bei der Pforte stand und ihr entgegenblickte. Himmel! Er musste ihr peinliches Benehmen auch mit angesehen haben.

Er verbeugte sich, als sie näher kam. Als er den Kopf wieder hob, blickte sie in ein breites, bärtiges Gesicht und in zwei blaue Augen, die sie freundlich und ohne Spott anschauten. Sein Lächeln brachte ein Grübchen auf seiner rechten Wange zum Vorschein, und Bertha lächelte unwillkürlich zurück.

»Wer war der Mann bei der Pforte?«, fragte sie ihre ungeduldige Begleiterin, als sie hinter ihr die Treppe zu ihrer Kammer hinaufhastete.

»Bandolf von Leyen, der Burggraf von Worms.«

Armes Kind. Sie wird es am Hof nicht leicht haben, dachte der Burggraf von Worms, während er sich im Garten umschaute.

Der unerwartete Sonnenschein hatte Ritter und Edelfrauen von Heinrichs Gefolge aus der Pfalz ins Freie gelockt. Ein paar Höflinge spielten Ball unter den abgeernteten Obstbäumen, und einige Hofdamen, die bei den Kräuterbeeten zusammenstanden, tauschten wohl den neuesten Klatsch aus. Adalbert, der Erzbischof von Bremen, schlenderte mit einem jungen Benediktinermönch auf dem Pfad neben der Gartenmauer entlang. Zwischen dem kahlen Gebüsch, das Kräuterbeete und Obstbäume voneinander trennte, sah Bandolf die gelben Augen der Domkatze hervorblitzen, als würde sie das Treiben der Männer und Frauen aufmerksam beobachten, und unter der Buche in der Nähe saßen König Heinrich und Rudolf von Schwaben über ein Schachbrett gebeugt. Wegen des aufgeweichten Bodens hatte man die schlichten Schemel und die Holzkiste, die als Unterlage für das Spielbrett diente, mit Brettern unterlegt, aber der unbequeme Aufbau schien dem Eifer der beiden keinen Abbruch zu tun. Rudolf beobachtete den

König unter halb geschlossenen Lidern, und Heinrich sah nicht einmal auf, als Bandolf näher kam und das Knie vor seinem blutjungen Monarchen beugte. Er nickte nur, um anzuzeigen, dass er die Anwesenheit des Burggrafen wahrgenommen hatte, und bemerkte: »Der Herzog hat mich in die Enge getrieben.«

Bandolf stellte sich neben ihn und betrachtete neugierig die Aufstellung der Figuren. Er beherrschte das Spiel, und er besaß selbst ein Schachbrett mit schön geschnitzten Holzfiguren. Er kam jedoch selten dazu, es auch zu benutzen, denn es mangelte ihm an einem würdigen Gegner. Bruder Goswin, den er mit den Regeln vertraut gemacht hatte, war ein miserabler Stratege.

Die meisten Figuren waren bereits aus dem Spiel. Rudolfs schwarzer König stand in der obersten Reihe in der Mitte, neben ihm der schwarze Turm. Seinen Bischof* hatte Rudolf in die fünfte Reihe auf das zweite Feld gestellt, wo er Heinrichs weißen König bedrohte. Der weiße König stand in der untersten Reihe auf dem sechsten Feld, und nur der weiße Bischof war noch bei ihm. Heinrichs Turm stand nutzlos im ersten Feld der vierten Reihe, wogegen Rudolfs schwarzer Ritter in günstiger Position in der vierten Reihe auf Heinrichs Zug wartete.

Heinrich hob die Hand und ließ sie zögernd über seinem König kreisen. Unschlüssig biss er sich auf die Lippen. Eine leichte Brise kräuselte sein modisch gestutztes Haar unter dem silbernen Stirnreif und wehte ein Lachen von der Gruppe der Hofdamen herüber. Heinrich hob irritiert den Kopf, und seine Augen trafen auf Rudolfs lauernden Blick. Schnell zog er seine Hand wieder zurück.

Bandolf seufzte verhalten und unterdrückte den spon-

* Anm. d. Autorin: Im Mittelalter wurde der Läufer auch als Bischof, der Springer als Ritter bezeichnet.

tanen Wunsch, sich zugunsten des weißen Königs einzumischen.

Plötzlich huschte ein Lächeln über Heinrichs Gesicht. Er griff entschlossen nach dem weißen Bischof und schob ihn in das fünfte Feld der zweiten Reihe.

»Euer Bischof bedroht meinen König, aber mein Bischof wird ihn schützen«, verkündete er triumphierend.

Bandolf schüttelte unmerklich den Kopf. Rudolf dagegen beugte sich angespannt vor.

»Das wird dem König nichts nützen«, sagte er, »denn nun könnte mein Bischof den Euren schlagen. Und Euer König stünde ganz allein da.«

»Verdammnis«, murmelte Heinrich, als er das Unheil erkannte.

Rudolf griff nach seinem schwarzen Bischof, ohne ihn zu bewegen, während er Heinrich ins Gesicht schaute. Der junge König biss sich auf die Lippen. Rudolf lachte, ließ seinen Bischof wieder los und verschob stattdessen mit einer flinken Bewegung seinen schwarzen Ritter.

»Jetzt habe ich Euch«, sagte er scharf. »Schach dem König!« Das Lachen verschwand aus seinem Gesicht. Er kniff die Augen zusammen und flüsterte: »Euch bleibt nichts anderes übrig, als Euren Bischof zu opfern, wenn Ihr den König retten wollt.«

»Den Teufel werde ich tun und meinen Bischof opfern«, fuhr Heinrich auf und starrte unwillig auf das Spielbrett. »Mein Bischof wird den Euren schlagen.« Gleich darauf schüttelte er den Kopf. Er saß in der Klemme. Widerwillig brachte er seinen König im Querfeld in Sicherheit.

»Also opfert Ihr doch den Bischof, um Euch zu schützen«, stellte Rudolf befriedigt fest und fegte mit einem eigentümlichen Blick auf den jungen König dessen weißen Bischof vom Feld. Heinrich funkelte ihn wütend an, ballte die Hände zu Fäusten, und einen Moment lang befürchtete

Bandolf, der König würde sich auf Rudolf stürzen. Die Anwandlung verflog jedoch so schnell, wie sie gekommen war, und mit einem schiefen Grinsen wandte er sich wieder dem Schachbrett zu.

Der Rest der Partie war schnell beendet. Eine Weile starrte Heinrich noch grübelnd auf seine beiden verbliebenen Figuren, während Rudolf sich entspannt zurücklehnte, dann warf er seufzend den weißen König um.

»Das nächste Mal werde ich gewinnen«, verkündete er vergnügt und stand auf.

Rudolf von Schwaben erhob sich ebenfalls und deutete eine Verbeugung an. »Durchaus möglich, mein König.«

Heinrich nickte.

»Begleitet mich auf einen Spaziergang, Burggraf«, sagte er zu Bandolf und schlug mit beschwingten Schritten den Pfad zu den Obstbäumen ein, ohne Rudolf noch einen weiteren Blick zu schenken. Bandolf beeilte sich, ihm zu folgen.

Natürlich drängte Heinrich darauf, alles zu erfahren, was Bandolf wusste, bevor er tun wollte, worum sein Burggraf ihn bat. Es kostete Bandolf alle Mühe und Überredungskunst, seinen jungen, ungestümen Herrscher davon zu überzeugen, dass er sich bis zum Bankett am folgenden Abend gedulden müsse. Aber schließlich gelang es ihm, und Heinrich willigte ein, ihm seine Hilfe zu gewähren.

Zuletzt wollte der König wissen, ob er sonst noch etwas tun könnte. Bandolf schüttelte den Kopf und wandte sich zum Gehen. Dann fiel ihm plötzlich etwas ein. Er drehte sich noch einmal um. »Doch, Hoheit. Da gäbe es noch eine Sache, wenn's Euch beliebt …«

Nach dem anstrengenden Gespräch mit Heinrich, das zwischen Beeten und Gebüsch im Garten, aber immerhin unter vier Augen stattgefunden hatte, fühlte sich Bandolf so erschöpft wie hungrig. Grünkernbrei, Brot und frischer

Apfelwein beim Wirt am Markt brachten ihn jedoch schnell wieder auf die Beine. Gut gelaunt verließ er die Wirtsstube und machte sich auf den Weg zum Hospiz, um sich nach Goswins Befinden zu erkundigen.

Die Augenlider des Bruder Scholasticus hatten sich mittlerweile schwarzblau gefärbt, und er sah aus, als sei er just seinem Grab entstiegen. Trotzdem schien er schon wieder ganz der Alte zu sein. Als Bandolf die Krankenstube betrat, hielt Goswin Bruder Anselm einen Vortrag über die Vorzüge einer Schrift, die ein Heide namens Avicenna verfasst hatte. Bruder Anselm lauschte Goswins Ausführungen mit unbewegter Miene, und als Goswin geendet hatte, hielt er ihm einen Becher unter die Nase.

Goswin seufzte. »Bruder Anselm will einfach nicht auf mich hören«, beschwerte er sich bei Bandolf. »Leib und Geist sind eins, und mit dem von Gott gegebenen Verstand kann man beides vereinen. So schreibt es der große Medicus Avicenna.« Er warf dem Bruder Apotheker einen herausfordernden Blick zu. »Und nicht, dass man diese Hülle der Seele ständig mit übelriechenden Säften traktieren soll. Hört Ihr meine Worte, Anselm?«

Bruder Anselm hob wortlos eine Augenbraue. Unwillig nahm Goswin den Becher aus seiner Hand und leerte ihn mit einer angewiderten Grimasse.

Anselm schüttelte den Kopf. »Die schlimmsten Kranken sind die, die alles besser zu wissen glauben, nur weil sie eine Schrift über Pflanzenkunde in der Hand hatten«, bemerkte er zu Bandolf, nahm Bruder Goswin den leeren Becher aus der Hand und ging.

»Ignorant!«, rief Goswin ihm erbost hinterher.

Lächelnd legte er sich zurück. »Dabei ist er ein guter Mann, der sein Handwerk versteht«, gab er widerwillig zu.

»Es scheint Euch besser zu gehen, wenn Ihr Euch schon wieder zanken könnt«, stellte Bandolf fest.

»Glaubt mir, der Schein trügt. Wenn ich noch lange hier liegen muss, sterbe ich an Langeweile. Anselm verweigert mir auch noch die kleinste Schrift zu lesen«, klagte Goswin. »Aber lassen wir das. Habt Ihr Neuigkeiten für mich?«

Bandolf lächelte. »Was den Überfall auf Euch betrifft, noch nicht. Aber ich hatte eine Audienz beim König.«

»Tatsächlich?« Goswins Miene hellte sich auf. »Erzählt mir davon.«

Als Bandolf geendet hatte, sagte Goswin besorgt: »Ihr geht ein großes Risiko ein, mein Lieber. Was, wenn Euer Plan fehlschlägt? Wenn es Euch misslingt, die Schuldigen aus ihrer Deckung zu locken?«

»Wenn ich es nicht versuche, wird niemand je zur Rechenschaft gezogen werden.« Bandolf strich nachdenklich über seinen Bart. »Ich gebe zu, mir ist auch nicht wohl dabei, aber ich sehe keine andere Möglichkeit. Es gibt ein schwaches Glied in dieser Kette, und das werde ich mir zunutze machen.«

»Und wie wollt Ihr das anstellen?«

Bandolf schaute sich in der Krankenstube um, doch niemand schien sich für die Plauderei der beiden Männer zu interessieren. »Ich glaube, ich weiß, wo sich ein Beweis finden lässt«, antwortete er mit gesenkter Stimme. »Auf Heinrichs Veranlassung werden sich morgen alle Beteiligten auf dem Abschiedsbankett des Königs in der Pfalz einfinden. Das gibt meinem Hauptmann die Gelegenheit, nach dem Beweis zu suchen. Hat er gefunden, was ich brauche, werde ich es vorlegen und abwarten, welche Wirkung sich zeigt.«

»Und wenn sich keine zeigt?«

Bandolf zuckte nur mit den Schultern. Eine Weile schwiegen die beiden Männer und hingen ihren Gedanken nach, dann sagte Bandolf: »Ein Steinchen für das Mosaik fehlt mir noch. Und das ist der plötzliche Tod von Ludgers Weib.«

»Ihr glaubt nicht daran, dass der Kummer sie in den Tod getrieben hat?«, fragte Goswin überrascht.

»Ich weiß es nicht«, antwortete Bandolf zögernd. »Garsende ist überzeugt davon, dass sie an einem Gift gestorben ist, kann es aber nicht mit letzter Sicherheit sagen.«

»Die Kräuterdrude?« Goswin runzelte skeptisch die Stirn. »Warum fragt Ihr nicht den Bruder Apotheker? Er mag ein sturer Kerl sein, aber wie ich schon sagte, versteht er sein Handwerk. Könnt Ihr von einer Drude dasselbe sagen?«

»Die Heilerin hat mir keinen Grund gegeben, ihre Fähigkeiten anzuzweifeln. Sie ist ein verständiges Weib, und ich vertraue ihrem Urteil«, hörte Bandolf sich überraschend eine Lanze für Garsende brechen. Er lächelte verlegen. »Nehmt es mir nicht übel, Bruder, aber seitdem die Gebetskette aus dem Kapitelhaus gestohlen wurde, bin ich mir nicht sicher, wem ich unter Euren Brüdern noch trauen kann. Ich würde ungern den Falschen fragen.«

»Mir will scheinen, Ihr seid allzu vertrauensselig dem Kräuterweib gegenüber. Lasst Euch nicht durch Tändelei und süße Worte blenden, und denkt an die Worte des heiligen Augustinus«, mahnte Goswin, dessen Stirnrunzeln sich vertieft hatte.

Bandolf lachte. »Süße Worte kann man Garsende schwerlich nachsagen. Im Gegenteil ist ihre spitze Zunge ausgesprochen ärgerlich.«

»Wenn Ihr das sagt. Doch haltet Ihr Euren Argwohn meinen Brüdern gegenüber nicht für ein wenig übertrieben?«

»Nein.«

Bruder Goswin seufzte. »Es fällt mir schwer, meinen Mitbrüdern zu misstrauen«, gestand er. »Habt Ihr denn einen Verdacht?«

»Verdacht ist wohl nicht das richtige Wort. Eher Fragen, auf die ich keine Antwort finde.«

»Fragen? Welche Art von Fragen?«

Bandolf räusperte sich: »Stiehlt Bruder Osbert noch andere Dinge außer dem Wein des Bischofs?«

»Ach, davon wisst Ihr?«, staunte Goswin.

»Ganz Worms weiß davon«, grinste Bandolf, wurde aber gleich wieder ernst. »Warum wollte mir Bruder Pothinus nicht sagen, was er an der Stelle, wo Adalbert von Bremen überfallen worden ist, gefunden hat?«, fuhr er fort. »Was war in dem Kästchen, das Ludger im Kreuzgang überreicht worden ist? Und von wem hat er es erhalten? Wie weit würden Pothinus und Folbert gehen, um das Amt des Propstes zu bekommen? Wer konnte wissen, dass Ihr Euch im Scriptorium befandet, als Ihr niedergeschlagen wurdet? Solche Fragen.«

Goswin lachte. »Da habe ich gleich noch eine weitere Frage, über die Ihr Euch in Mußestunden den Kopf zerbrechen könnt: Wieso behauptet Bruder Folbert, er hätte eine Botschaft von mir für Euch, die ich ihm nicht aufgetragen habe? Und, weil Ihr gerade davon sprecht«, rief er triumphierend, »habe ich auch eine Antwort für Euch. Mir ist nämlich wieder eingefallen, was es mit diesem Kästchen für Ludger auf sich hatte.«

Es war schon nach der Sext, als Bandolf das Hospiz verließ. Sein Bauch meldete unmissverständlich die Mittagsstunde, und er wünschte sich nichts sehnlicher, als in seiner Halle über einem fetten Braten verweilen zu können. Und zur Not würde es auch ein Eintopf tun, dachte er verdrossen. Stattdessen würde er dem Hauptmann seiner Stadtwache und seinem Schreiber in allen Einzelheiten erklären müssen, was sie beide morgen um die Zeit des königlichen Banketts zu tun hatten.

»Warum musste sich Adalbert ausgerechnet in Worms niederschlagen lassen?«, knurrte er halblaut vor sich hin. »Was gäbe ich nicht um eine simple Wirtshausschlägerei.«

»Ihr habt sonderbare Wünsche, Burggraf«, sagte eine erheiterte Stimme hinter ihm. Bandolf fuhr zusammen und drehte sich um. Bruder Arbogast lächelte ihn an.

Bandolf verzog ärgerlich das Gesicht. »Es wäre mir lieber, ein paar Raufbolde dingfest zu machen, als mir um ein verschwundenes Kleinod den Kopf zu zerbrechen«, entfuhr es ihm.

»Also ist es die Elfenbeinkette, die Euch zu schaffen macht, wie?«

Einen Augenblick verwünschte Bandolf seine übereilten Worte. Aber für einen Rückzug war es wohl zu spät. »Niemand will sie gesehen haben, bevor sie bei Ludgers Leiche aufgetaucht ist. Und mir will einfach nicht in den Kopf, wer ein Interesse daran haben könnte, sie zu stehlen.«

Der kleine Sakristan legte den Kopf schief. »Wenn ich es recht bedenke, dann habe ich diese Kette tatsächlich schon einmal gesehen.«

Bandolf packte ihn unsanft am Ärmel. »Was?«, rief er. »Ja, wo denn?«

Arbogast blinzelte erschrocken. »Ich denke, es war zu Ostern. Als unser König im Dom mündig gesprochen wurde«, sagte er langsam.

»Bei allen Heiligen! Wieso habt Ihr mir das nicht schon früher gesagt?«

»Ihr habt mich ja nicht gefragt«, meinte Arbogast vorwurfsvoll und rieb verstohlen seinen Arm. »Außerdem dachte ich, dass Bruder Goswin das ebenso wüsste wie ich.«

»Heraus damit. Wer trug diese Kette? Wem gehörte sie?«

»Wie ich sagte, sah ich sie im Dom, als König Heinrich zu Ostern seine Sporen bekam«, überlegte der Sakristan laut. »Soviel ich weiß, bekam unser guter Papst Alexander die Kette von einem sarazenischen Würdenträger überreicht. Ihr müsst nämlich wissen, dass es sich bei dem Band um eine heidnische Gebetskette handelt.« Er wartete, um zu sehen, ob der Burggraf ihm noch folgen konnte. Vor Ungeduld rollte Bandolf mit den Augen, schwieg aber.

Arbogast fuhr fort: »Im letzten Jahr reiste dann unser Erzkanzler für Italien zusammen mit dem Herzog von Bayern nach Mantua zum Konzil. Und dort übergab der Heilige Vater dem Kanzler die Kette zum Zeichen Seiner Wertschätzung. Und bei ihm sah ich die Kette dann zu Ostern.«

Der Burggraf zog finster die Brauen zusammen und schaute über Arbogasts Kopf hinweg auf die Fassade des Doms. Eine Taube flog das Dach der Nikolauskapelle an und ließ ihren Kot auf die Schindeln fallen, bevor sie landete. Für einen Moment bildete er sich ein, dass das Mauerwerk schwankte, dann flog die Taube wieder auf, und alles stand fest wie immer.

»So ist das also«, murmelte Bandolf und folgte mit seinen Blicken dem Flug der Taube, bis die Sonne ihn blendete. »Ich muss noch einmal mit Bruder Goswin sprechen.« Er drehte sich um und ließ den verblüfften Sakristan grußlos stehen.

»Wollt Ihr denn seinen Namen nicht wissen?«, rief Arbogast dem Burggrafen hinterher.

Ohne sich noch einmal umzudrehen, knurrte Bandolf: »Ich weiß, wer der Erzkanzler für Italien ist.«

Kapitel 19

Fackeln, Kerzen aus Bienenwachs, glimmende Kohlebecken und ein hoch loderndes Feuer im Kamin tauchten die große Halle der Pfalz in festliches Licht. Die Wände hatte man mit kostbaren Wandbehängen geschmückt, die der König auf seinen Reisen stets mit sich führte, und die lange Tafel war mit feinem Leinen bedeckt. Possenreißer und Akrobaten, Gaukler, Schausteller und ein Wanderbarde erfreuten Heinrichs Gäste mit ihren Künsten, als Bandolf mit der festlich gekleideten Matthäa am Arm die Halle betrat.

Der Burggraf sah sich wachsam um. Zu seinem Bedauern ließ sich keiner der Anwesenden Überraschung anmerken, dass die Heilerin höchst lebendig in seinem Fahrtwasser einherging. Garsende trug Matthäas zweites Gewand, das die Burggräfin ihr für diesen besonderen Anlass geborgt hatte und das am Morgen noch mit einer breiten Borte versehen worden war, um es ihrer Größe anzupassen. Das Gewand war noch immer eine Spur zu kurz, doch die Heilerin trug es mit so viel Würde, dass es kaum auffiel. Einzig ein Hauch von Röte, der über ihren schmalen Zügen lag, verriet ihre Aufregung.

Wie Bandolf befriedigt feststellte, hatte der König sein Versprechen gehalten. Alle Mitglieder der Familie von Blochen waren anwesend, nur Hermia von Dachenrod fehlte.

»Ein Lächeln würde Euch gut zu Gesicht stehen«, raunte Matthäa ihm zu, als sie sich einen Weg zu ihrem Platz an der Tafel bahnten.

»Wenn ich Hunger habe, kann ich nicht lächeln«, knurrte Bandolf zurück.

Dem Missstand war bald abgeholfen. Heinrich, König von Gottes Gnaden, wurde angekündigt, und mit seinem Eintritt begann das Bankett. Während Gang um Gang erlesener Speisen aufgetragen wurden, thronte der König in der Mitte der Tafel auf einem erhöhten, mit Schnitzwerk verzierten Stuhl. Sein junges Gesicht glänzte vom Wein, seine Augen strahlten, und er beklatschte begeistert die Schausteller. Ganz offensichtlich unterhielt er sich bestens. Neben ihm teilte seine Verlobte, die kleine Bertha, seinen Teller. Schüchtern zupfte sie am knusprigen Wildbret und lächelte still, wenn jemand sie ansprach. Zur Rechten des Königs hatte Adalbert von Bremen Platz genommen, und ihm folgten weitere Würdenträger des Reiches, Herzöge, Grafen und die Hohe Geistlichkeit nebst Adalbero, dem Bischof zu Worms.

Nach einer fetten Aalpastete lehnte Bandolf sich zurück, vorerst gesättigt, und wandte seine Aufmerksamkeit Ludgers Anverwandten und dann der Gruppe um den jungen König zu. Sein Gesicht verfinsterte sich. Was er von Bruder Arbogast und Bruder Goswin erfahren hatte, ließ sein Unterfangen in noch düstererem Licht erscheinen, und er fragte sich, ob es nicht schlimmer als töricht war, sich und die Seinen der Feindschaft hoher Herren auszusetzen, nur um sein empfindliches Gewissen zu beruhigen. Matthäas helles Auflachen an seiner Seite versetzte ihm einen Stich, brachte es ihm doch in Erinnerung, was er zu verlieren hatte. Noch war Zeit. Noch konnte er zurück. Er musste nur behaupten, dass er sich geirrt hätte. Der König würde nach Speyer abreisen, und mit der Zeit würde sich der Mantel des Vergessens über die Geschehnisse in Worms breiten. Der Burggraf unterdrückte ein tiefes Seufzen.

Erst zwischen Eierpastete und fein gewürzter Rinderleber entsann sich Bandolf wieder seiner Pflichten als Tischgenosse und Ehegatte. Während Garsende am unteren Ende der Tafel einem offenbar halb blinden und ebenso tauben alten Ritter zu erklären versuchte, dass sie nicht seine Nichte war, die er als Kind auf seinen Knien geschaukelt hatte, schien sich Matthäa bestens zu unterhalten. Sie lachte über die Scherze ihres Nachbarn, und ihre Augen glänzten wie ihr prachtvolles Haar unter der mit Bernsteinen geschmückten Haube. Ein junger Landgraf, den er noch nie in Worms gesehen hatte, schäkerte heftig mit ihr, bis Bandolfs grimmiger Blick seinen schwülstigen Schmeicheleien ein abruptes Ende setzte.

Hin und wieder fing er einen verstohlenen Blick seines Königs auf und beantwortete ihn mit einem unmerklichen Kopfschütteln.

Das Bankett neigte sich schon seinem Ende zu, als sich endlich ein Page über den Burggrafen beugte und ihm ins Ohr raunte, sein Schreiber stünde draußen und wolle ihn dringend sprechen.

Vor der Halle trippelte Prosperius aufgeregt von einem Bein aufs andere und grinste übers ganze Gesicht. Bandolf warf einen Blick auf das große, mit Sackleinen umwickelte Bündel, das er unter dem Arm trug.

»Hast du etwas gefunden?«, fragte er.

»Ja, Herr. Alles war genau dort, wo Ihr gesagt hattet.«

»Und hast du auch einen Dolch gefunden?«

Prosperius schüttelte den Kopf. »Ein Dolch war nicht dabei. Aber etwas anderes, von dem ich nicht wusste, ob Euch das nützlich wäre.« Er lüftete das Sacktuch, und Bandolf sog überrascht den Atem ein.

»Das hatte ich nicht erwartet.« Ein grimmiges Lächeln huschte über sein Gesicht. »Wo ist mein Hauptmann?«

»Er wartet vor der Pfalz, wie befohlen.«

»Sag ihm, er soll hereinkommen, sobald die Leute die

Halle verlassen haben, und sich mit zweien seiner Männer dort drüben vor der Tür postieren. Du weißt, was du zu tun hast?«

»Ja, Herr.«

Bandolf kehrte in die Halle zurück, und als er das nächste Mal den Blick des Königs auffing, zögerte er nur einen Augenblick. Dann nickte er.

Es dauerte nicht lange, da gab der junge König das Zeichen, dass das Fest beendet wäre, und verließ mit seinen Beratern die Halle. Bandolf beugte sich über Matthäa und raunte ihr ins Ohr. »Draußen warten zwei meiner Dienstleute. Sie werden Euch nach Hause bringen.«

Matthäa nickte, winkte Garsende zu und erhob sich. Auch die Heilerin stand auf und gesellte sich zu ihr. »Ich habe mich noch nicht dafür bedankt, dass Ihr meine Anwesenheit hier möglich gemacht habt«, sagte sie zu Bandolf. Er zuckte mit den Schultern. »Ich bin dir etwas schuldig.«

»Nachdem der alte Eberwin Garsende den ganzen Abend mit der Schilderung all seiner Feldzüge beglückt hat, kann von der Begleichung einer Schuld wohl noch nicht die Rede sein«, sagte Matthäa und blinzelte ihren Gatten schelmisch an.

»Beschwert Euch beim Mundschenk des Königs, der den Alten dorthin gesetzt hat«, empfahl er ihr und grinste.

Matthäa lachte. »Das nächste Mal. Und nun schafft Euch fort zu Euren Geschäften.« Sie warf ihm verstohlen eine Kusshand zu und ging.

Garsende schickte sich an, ihr zu folgen, doch Bandolf hielt sie zurück. »Nein, du wartest hier auf mich«, sagte er im Befehlston. Bevor sie noch etwas erwidern konnte, ließ er die verblüffte Heilerin stehen und eilte aus der Halle.

Während der junge König seinen Einzug in dem Raum hielt, in dem Bischof Adalbero für gewöhnlich seine Schutzbefohlenen empfing, schaute Bandolf sich um. Gleichermaßen erheitert und beunruhigt, stellte er fest, dass Heinrich die Kammer hatte herrichten lassen, als erwarte ihn ein Schauspiel.

Hoffentlich gebe ich darin nicht den Narren ab, dachte er und musterte die Männer und Frauen, die sich hier auf Geheiß des Königs versammelt hatten.

Heinrich hatte seinen Stuhl gegenüber der Tür aufstellen lassen, umringt von den höchsten Würdenträgern des Reiches, die derzeit in seinem Gefolge reisten: den Herzögen von Schwaben und Bayern, den Erzbischöfen von Bremen und Mainz, und seinem Gastgeber, dem Bischof von Worms, der ungnädig auf seiner Unterlippe nagte. Dem König gegenüber hatten die Mitglieder der Familie von Blochen Aufstellung genommen. Die Männer standen, für die Frauen hatte man einfache Stühle aufgestellt. Detmar, das jetzige Oberhaupt der Familie, stand neben seiner Mutter Elgard, seiner Verlobten Richenza und seiner Schwester Adeline. Hinter Elgards Stuhl stand Sigurt, und Rainald von Dachenrod hielt sich etwas abseits neben dem Stuhl seiner Tante Teudeline. Die Herren des Domstifts, darunter auch die Rivalen um den Platz des Propstes, Folbert und Pothinus, hatten sich um eines der Wärmebecken geschart, die in der Kammer verteilt standen.

Dem Anlass angemessen, trug König Heinrich jetzt einen schweren, edelsteinbesetzten Reif um seine Stirn. Sein Zepter hielt er in der linken Hand, und ein blankes Schwert lag als Symbol der Hohen Gerichtsbarkeit auf seinen Knien. Ebenso wie sein Burggraf beobachtete er mit angespannter Neugier die Gesichter der Versammelten. Als Bandolf vortrat und sein Knie vor dem König beugte, erhob sich unter ihnen aufgeregtes Gemurmel.

Heinrich gebot Schweigen, und das Tuscheln verstummte. Mit einem Gesicht, dem er mühelos eine würdevolle Miene abgeschmeichelt hatte, beugte sich der junge König vor:

»Habt Nachsicht wegen der ungewöhnlichen Stunde, zu der Wir diese Versammlung einberufen haben. Aber erst heute haben Wir erfahren, dass Unser Burggraf zu Worms die schnöden Verbrechen aufgeklärt hat, denen Unser Ritter Ludger von Blochen und Unser hochverehrter Berater und Freund, Adalbert von Bremen, zum Opfer gefallen sind. Da Wir schon morgen Worms verlassen werden und nach Speyer aufbrechen, wollen Wir heute noch hören, was Bandolf von Leyen vorzubringen hat. Erklärt Euch, Burggraf.«

Kapitel 20

Bandolf erhob sich.

Wie der Qualm der Fackeln hing angespannte Neugier in der Kammer, und er glaubte, feindselige Blicke in seinem Rücken spüren zu können. Die Zweifel waren nicht gewichen und stießen ihm sauer auf. Er war versucht, sich vor Heinrichs Stuhl zu werfen und ihn um Vergebung zu bitten, weil er sich geirrt hatte. Es währte nur einen Augenblick, dann hatte er seine Bedenken niedergekämpft.

»Kurz vor Michaeli wurde Seine Eminenz, Adalbert von Bremen«, begann er und deutete in Richtung des Erzbischofs eine Verbeugung an, »nach der Matutin auf dem Pfalzhof überfallen. Er rang mit dem Angreifer, wobei seine Dalmatika zerriss und ein mit Goldfäden besticktes Stück der Borte aus diesem Gewand dem Meuchler in die Hände fiel. Aber nicht genug mit diesem dreisten Anschlag. Am Morgen von Michaeli hat man die Leiche von Schnorr, dem Gerber, kopfüber in seiner Grube hängend, aufgefunden. Er war erwürgt worden. Und einige Tage später wurde der junge Edelmann, Ludger von Blochen, tot auf dem Kirchhof zu St. Johannes entdeckt. Kurze Zeit später verschied auch Fastrada, seine Gemahlin.« Er räusperte sich. »Zunächst scheint es so, als hätten diese Todesfälle nichts miteinander gemein, und doch stellte sich heraus, dass alle Opfer miteinander verbunden sind.«

»Es ist schon spät, Burggraf«, näselte Bischof Adalbero. »Ihr wollt uns doch nicht mit Behauptungen langweilen, die wir bereits kennen.«

Bandolf ließ sich nicht beirren.

»Da der Gerber Schnorr allgemein als Trunkenbold und Raufkumpan bekannt war, glaubte man zuerst an einen Streit unter Zechern, bei dem Schnorr den Kürzeren gezogen hat. Aber der Ort des Verbrechens und auch die Leiche selbst ließen mich daran zweifeln. Bis auf die Würgemale an seinem Hals war die Leiche unversehrt, und ich fand auch sonst keinerlei Spuren eines Kampfes. Der Gerber musste seinen Mörder also gekannt haben. Mehr noch, er hatte sich mit ihm bei den Gerbgruben getroffen und wurde von dem Angriff völlig überrascht.«

»Wieso glaubt Ihr das, und vor allem, was hat der Tod dieses Mannes mit dem Überfall auf mich zu tun?«, wollte Adalbert von Bremen wissen.

»Nun Eminenz, selbst ein alter bezechter Gerber würde sich wehren, wenn er merkt, dass man ihm ans Leben will. Und wenn Schnorr sich gewehrt hätte, dann hätte es auch Kampfspuren bei der Gerbgrube und an seiner Leiche gegeben. Aber es fand sich nichts dergleichen. Und was der Tod dieses Mannes mit Euch zu tun hat, werde ich gleich erklären. Habt nur noch ein wenig Geduld.«

Der Erzbischof von Bremen nickte, und Bandolf fuhr fort:

»Ich fand heraus, dass Schnorr sich zur Zeit des Überfalls auf Seine Eminenz ganz in der Nähe aufgehalten hat, nämlich auf dem Kirchhof von St. Johannes, wo sich zuweilen nachts allerlei Gesindel trifft. Am Tag nach diesem Vorfall prahlte Schnorr vor seinen Zechkumpanen damit, dass er bald zu Wohlstand kommen würde. Schließlich wurde er vor dem Haus Ludgers von Blochen gesehen. Der Gerber sprach mit ihm und zeigte ihm ein Stück golddurchwirkten Stoffes, das Ludger an sich nehmen wollte. Doch Schnorr wollte sich offenbar nicht davon trennen. Ludger gab ihm ein paar Münzen, und am nächsten Tag war der Gerber tot.«

»Ich flehe Euch an, Burggraf, kommt endlich zur Sache.« Der Stuhl des Bischofs von Worms ächzte, als Adalbero seine Leibesfülle zurücklehnte. Wohlgefällig betrachtete er seine Fingerspitzen und ließ die Juwelen an seiner Hand im Schein der Fackeln aufblitzen. »Der Tod eines Gerbers, so bedauerlich er sein mag, ist hier nun wirklich nicht von Interesse.«

»Das ist er durchaus, Bischof, denn Schnorr hatte den Überfall auf Adalbert von Bremen beobachtet und den Angreifer erkannt. Bei seiner Flucht verlor der Schurke das Stück Stoff, das er beim Kampf aus der Robe des Erzbischofs herausgerissen hatte. Schnorr hob den Stofffetzen auf und nahm ihn an sich. Es sollte ihm als Unterpfand dienen, dass er den Überfall gesehen hat. Offenbar glaubte er, dass der Angreifer ihn gut belohnen würde, damit er sein Wissen für sich behält. Aber statt klingender Münze brachte ihm dieses Wissen den Tod.«

»Nun wissen wir das, Burggraf«, bemerkte Rudolf von Schwaben. Seine Stimme klang gelangweilt. »Und wen wollt Ihr nun für den Mord an diesem Gerber zur Verantwortung ziehen?«

»Niemanden, Euer Gnaden«, antwortete Bandolf, ohne sich umzudrehen. »Denn der Mörder von Schnorr fiel selbst einem Verbrechen zum Opfer.«

Einen Moment lang herrschte tiefe Stille in der Kammer.

Dann platzte Detmar heraus: »Was wollt Ihr damit andeuten?«

»Ich will damit sagen, dass Euer Bruder, Ludger von Blochen, den Überfall auf Adalbert von Bremen verübt hat.«

Elgard fuhr aus ihrem Stuhl hoch und blitzte den Burggrafen zornig an: »Wie könnt Ihr es wagen!«

»Ludger?«, stieß Adalbert ungläubig hervor. »Aber das kann ich nicht glauben …« Er verstummte.

»Das kann doch nicht Euer Ernst sein. Wir haben dem Erzbischof von Bremen stets treu zur Seite gestanden. Fragt das, wen Ihr wollt. Warum sollte mein Bruder etwas Derartiges tun?«, rief Detmar wütend.

Sigurt lachte. »Was habt Ihr Euch denn da für einen Unsinn zusammengereimt, Burggraf?«

»Schweigt!«, rief der junge König. Neugierig wandte er sich an Bandolf. »Aber auch Wir würden gerne wissen, wieso von Blochen sich an Unserem Erzbischof von Bremen hätte vergreifen sollen.«

Bandolf seufzte. Ebendiese Frage hätte er gerne umgangen. »Nun, Hoheit, vielleicht hatte der Erzbischof von Bremen ihn unwissentlich gekränkt, wer mag das sagen«, antwortete er vage.

»Also, das ist doch …«, schrie Detmar. Mit wutverzerrtem Gesicht stürmte er an Bandolf vorbei und ließ sich vor Heinrich auf die Knie nieder. »Ich kann nicht zulassen, dass der Name meines Hauses auf derartige Weise beschmutzt wird. Gebt mir Genugtuung! Gestattet mir …«

Zu Bandolfs Erleichterung brachte ihn Heinrich mit einer Geste zum Schweigen. »Wir wollen den Burggrafen zu Ende anhören. Dann werden Wir entscheiden.«

Detmar erhob sich und warf Bandolf einen Blick zu, der nichts Gutes verhieß, als er zurück an seinen Platz trat.

»Welchen Grund habt Ihr für diese Anschuldigung?«, wollte der König von Bandolf wissen.

»Das ergibt sich aus der Wesensart der beiden Männer«, erklärte Bandolf. »Wie der Gerber frönte auch Ludger dem Glücksspiel und der Zecherei, und anstatt sich an seinesgleichen zu halten, suchte er sein Vergnügen unter dem Gesindel der Stadt. Ihr habt mir davon erzählt, erinnert Ihr Euch?«, wandte er sich an Sigurt, der nur mit einem Achselzucken antwortete. Befriedigt nahm Bandolf es zur Kenntnis und fuhr fort. »Bei den verbotenen Gelagen auf dem Friedhof sind sich Ludger und Schnorr begegnet. Als der Gerber dann in jener Nacht auf dem Pfalzhof Ludger erkannte, hielt er das für eine günstige Gelegenheit, seine misslichen Verhältnisse aufzubessern.«

»Ach, das ist doch blanker Unsinn«, sagte Sigurt verächtlich. »Mein törichter Neffe wäre zu so einem Unterfangen niemals in der Lage gewesen. Dazu war er viel zu schwach.«

»Mein Sohn war nicht schwach«, fuhr Elgard ihn an. Für einen Moment starrte Sigurt sie wütend an, und Elgard senkte den Kopf.

Bandolf lächelte schmal. »Am Tag nach dem Überfall auf Adalbert von Bremen«, berichtete er weiter, »verließ Schnorr seine Gerbgrube nach der Sext und begab sich schnurstracks in die Hafergasse. Er sagte Ludger auf den Kopf zu, dass er ihn in der Nacht erkannt hatte, und hielt ihm den Stofffetzen als Beweis dafür unter die Nase. Dann forderte er eine Entlohnung für sein Schweigen. Ludger muss zu Tode erschrocken gewesen sein, dass ihn jemand beobachtet hatte. Er versuchte, den Gerber einstweilen zu beschwichtigen, und gab ihm ein paar Münzen. Dafür wollte er das Stoffstück haben. Aber Schnorr war gierig und wollte mehr. Er behielt das Pfand für sich. Und so beschloss Ludger, sich des unbequemen Mitwissers zu entledigen.«

»Alles nur Vermutungen«, hielt Detmar ihm zornig vor. »Wirre Spekulationen, die Ihr Euch da zusammengereimt habt.«

»Keineswegs. Alfrad, Euer Knecht, hat Teile dieses Gespräches belauscht und davon berichtet.«

»Ihr wollt einen altersschwachen Knecht anführen, der seine eigenen Fürze nicht mehr hören kann?«, spottete Sigurt.

Bevor Bandolf antworten konnte, hörte er Richenza murmeln: »Ich habe den Gerber doch an jenem Tag auch vor dem Haus gesehen.« Sie warf Elgard einen entschuldigenden Blick zu, den Ludgers Mutter kalt erwiderte. Das Mädchen wurde blass und senkte den Kopf.

Erstaunt wollte Bandolf wissen, ob sie das Gespräch gehört hätte, aber Richenza presste schweigend die Lippen aufeinander.

»Sprecht laut, Mädchen«, forderte der junge König.

Richenza starrte auf ihre Hände, die sie in ihrem Schoß miteinander verkreuzte. »Ich kam von der Messe zurück, und da sah ich, dass Ludger mit diesem Mann zusammenstand«, erzählte sie mit dünner Stimme. »Ich hörte, wie der Mann zu Ludger sagte, er hätte ihn in der vergangenen Nacht bei seinem schändlichen Treiben erkannt. Ich versteckte mich schnell hinter der Hausecke, damit er mich nicht sehen konnte.« Ihre blassen Wangen färbten sich rot. »Ich war neugierig«, gestand sie. »Ich dachte … Nun ja, ich dachte, Ludger wäre vielleicht bei einem Frauenzimmer gewesen, und ich …« Hilflos zuckte sie mit den Schultern.

»Sprecht weiter.«

Richenza seufzte. »Ludger lachte, aber ich sah, dass er zornig war. Er sagte, der Gerber solle den Mund halten und sich nicht in Dinge einmischen, von denen er nichts verstünde. Dann flüsterten die beiden miteinander, und ich hörte nur noch, wie Ludger zu dem Gerber sagte, er solle sich nicht verspäten. Dann ging der widerliche alte Mann weg, und Ludger kehrte ins Haus zurück.«

»Warum habt Ihr mir das nicht schon früher gesagt?«, fragte Bandolf ärgerlich.

»Es erschien mir nicht wichtig. Ich hatte es einfach vergessen.«

Elgard hob die Brauen und schaute Bandolf hochmütig ins Gesicht. »Sind diese mageren Worte Euer einziger Beweis für eine Schuld meines Sohnes?«, höhnte sie.

»Durchaus nicht. Denn wenn ich mich nicht sehr irre,

dann gibt es da noch etwas, das Ludger als Angreifer auf Seine Eminenz überführt. Habe ich Recht, Bruder Kämmerer?«

Pothinus fuhr zusammen. »Ich weiß nicht, was Ihr damit meinen könntet«, behauptete er. Einen Augenblick lang schaute er den Burggrafen herausfordernd an, dann glitt Besorgnis über sein rundliches Gesicht, und er senkte den Blick.

Bandolf atmete auf. Er hatte sich also nicht geirrt. »Lasst mich Eurem Gedächtnis nachhelfen«, sagte er. »Als der Erzbischof von Bremen in jener Nacht in die Pfalz getragen wurde, habt Ihr etwas vom Boden aufgehoben. Ich fragte Euch danach, und Ihr sagtet, es sei Euer Ring gewesen, der Euch vom Finger geglitten wäre. Aber in Wirklichkeit war es nicht Euer Ring. Es war etwas anderes.«

Folbert schaute seinen Rivalen scharf an, und auch der Bischof von Worms warf seinem Günstling einen vernichtenden Blick zu.

»Was habt Ihr denn nun gefunden?«, rief König Heinrich ungeduldig. Die würdevolle Maske, die er aufgesetzt hatte, verrutschte, und Neugier blitzte aus seinen Augen.

Bruder Pothinus reckte den Hals. »Ich habe einen Dolch gefunden.« Er starrte Bandolf trotzig an. »Und Ihr könnt Euch Eure Vorwürfe sparen, Burggraf. Ich hatte allen Grund dazu, diesen Fund vor Euch zu verbergen, denn es war von Rechts wegen meine Aufgabe, diesen Überfall auf bischöflichem Grund und Boden zu untersuchen.«

»Aber später, als Ihr wusstet, dass Seine Hoheit mir die Aufgabe übertragen hat, da hättet Ihr ihn mir aushändigen müssen.«

Der Bruder Kämmerer schwieg.

»So schafft diesen Dolch doch endlich herbei«, befahl Heinrich, während seine Finger auf die Armlehne trommelten.

Pothinus schritt hocherhobenen Kopfes aus dem Raum und hinterließ eine Duftwolke aus Weihrauch.

Als die Tür hinter dem Kämmerer zugefallen war, wandte sich Heinrich an seinen Burggrafen. »Fahrt fort. Was geschah weiter?«

»Wie ich schon sagte, kannte Ludger den Gerber von seinen nächtlichen Eskapaden auf dem Kirchhof. Er wusste, dass Schnorr ein Prahlhans war, und befürchtete wohl, er würde auf Dauer den Mund nicht halten können. Und ich denke, er beabsichtigte auch nicht, dem Gerber noch mehr von seinem Silber in den Rachen zu werfen. Also verabredete er sich mit Schnorr noch am selben Abend bei dessen Gerbgruben. Ein Beutel mit Silber im Tausch für das verräterische Stück Stoff aus der Dalmatika des Erzbischofs und Schnorrs Schweigen – das war der Handel. Und als Ludger zur verabredeten Zeit dort eintraf, glaubte sich Schnorr am Ziel seiner Wünsche.« Bandolf runzelte die Stirn. »Wahrscheinlich ist ihm überhaupt nicht in den Sinn gekommen, Ludger könnte ihm ans Leben wollen, und er kehrte ihm arglos den Rücken zu. Und Ludger ergriff die Gelegenheit und erwürgte den lästigen Mitwisser. Er nahm seinen Beutel Silber wieder an sich und hängte den Kopf des Gerbers in die Grube. Vielleicht hoffte er, die scharfe Brühe würde die Würgemale vertuschen und einen Streit unter Zechkumpanen glaubhafter machen.«

»Ihr irrt Euch!«, rief Sigurt triumphierend. »Ludger war an jenem Tag mit mir und einigen anderen Rittern auf der Jagd.«

»Ist das wahr?«, wollte der junge König wissen.

Bandolf schüttelte den Kopf. »Nicht ganz, Hoheit. Wie wir wissen, verließ Ludger die Jagdgesellschaft noch vor dem Abend. Ihr selbst habt mir das gesagt«, wandte er sich an Sigurt. »Und Frau Teudeline hat ebenfalls gesehen, wie

Ludger bei Dämmerung heimkehrte und kurz darauf das Haus wieder verließ. Und wenn Euch das nicht genügt, so kann es der Stallknecht bezeugen.«

»Das hat nicht das Geringste zu bedeuten«, knurrte Detmar. »Woher wollt Ihr denn wissen, wann dieser unselige Mensch sein Leben ausgehaucht hat? Es könnte ebenso gut einer der Gerber gewesen sein, und der Mord könnte stattgefunden haben, bevor mein Bruder die Jagdgesellschaft verließ.«

»Die Gerber verließen ihre Arbeit erst bei Anbruch der Dunkelheit. Schnorr kann folglich nicht vorher gestorben sein, sonst hätten die anderen Gerber das Geschehen beobachten können. Auch in der Nacht kann es nicht passiert sein, denn als ich früh am Morgen zu den Gruben gerufen wurde, war Schnorr schon kalt und steif.«

Schweigen folgte seinen Worten und gab Bandolf Gelegenheit, seine Gedanken zu sammeln. Bisher hatte er sich auf sicherem Boden befunden, doch was er jetzt vorhatte, war ein Manövrieren auf sehr glitschigem Grund. Er warf einen Blick auf die starr gewordenen Gesichter von Ludgers Familie und fragte sich besorgt, ob er die Lücke, die Schwäche finden würde, die er brauchte.

Der Eintritt von Bruder Pothinus unterbrach die kurze Verschnaufpause. Mürrisch überreichte der Kämmerer dem Burggrafen einen Dolch mit glänzender Schneide und einem Griff aus Horn, der mit eingeschnitzten Ornamenten verziert war.

»Ein schönes Stück Schmiedekunst. Und der Griff scheint mir unverwechselbar«, bemerkte Bandolf und streckte ihn Elgard entgegen. »Erkennt Ihr den Dolch Eures Sohnes?«

Elgard senkte den Kopf.

Wortlos hielt Bandolf den Dolch Ludgers Onkel unter die Nase. Sigurt starrte den Burggrafen an, ohne die Waffe auch nur eines Blickes zu würdigen.

»Aber Ihr werdet doch den Dolch Eures Bruders erkennen«, wandte sich Bandolf an Detmar. Rote Flecken überzogen Detmars Gesicht, und er nickte betroffen.

»Dann bleibt mir nur noch festzustellen, dass diese Waffe, mit der Seine Eminenz, Adalbert von Bremen, auf dem Pfalzhof bedroht worden ist, dem Edelmann Ludger von Blochen gehörte; besagter Ludger folglich der Mann war, der in der Nacht vor Michaeli das Verbrechen verübt hat«, sagte Bandolf laut.

König Heinrich nahm das Schwert, das auf seinen Knien lag, erhob sich und hielt die Klinge über seinen Kopf. »Wir pflichten dem Burggrafen von Worms bei«, erklärte er. »Ludger von Blochen ist des niederträchtigen Anschlags auf Erzbischof Adalbert von Bremen schuldig. Sein Tod ist jedoch einer gerechten Bestrafung zuvorgekommen. Gott möge seiner Seele gnädig sein.«

Elgard entfuhr ein Keuchen. Detmar, blass geworden bis in die Lippen, schob trotzig sein Kinn vor, während Sigurt seinen Zorn hinter einem eingefrorenen Lächeln zu verbergen trachtete. Adeline schaute verwirrt um sich, als hätte sie noch nicht recht begriffen, was da soeben vorgegangen war. Ein freudloses Lächeln belebte dagegen Rainalds Gesicht.

»Jetzt wollen Wir hören, wie der feige Mörder selbst den Tod gefunden hat«, fuhr der König fort, noch ehe jemand etwas sagen konnte. Er setzte sich zurück auf seinen Stuhl, legte das Schwert vorsichtig über seine Knie und nickte dem Burggrafen zu. Bandolf hätte schwören mögen, dass in seinen Augen ein verschwörerisches Blinzeln steckte.

Langsam drehte er sich um und heftete seinen Blick auf die Verwandtschaft des toten Ludger. Aller Augen waren auf ihn gerichtet, abwartend, neugierig, lauernd, bedrohlich. Sein Blick fiel auf Rainald, und er schüttelte bedauernd den Kopf. Er konnte dem jungen Edelmann nicht ersparen, die Schande, die seine Familie getroffen hatte, ans Licht zu bringen. Sein Blick glitt weiter, über Richenza und Adeline hinweg, und blieb auf Elgard haften.

»Ihr müsst Euch vor Augen halten, dass Ludger mit seinem liederlichen Lebenswandel den ehrgeizigen Plänen seiner Familie, insbesondere dem Verlangen seiner Mutter nach größerem Ansehen, im Wege stand«, sagte er endlich.

»Es ist keine Schande, wenn man für seine Kinder ein besseres Leben erstrebt«, warf Elgard ärgerlich ein.

Bandolf ignorierte ihren Einwurf. »Seine Habgier verzögerte immer wieder die Heirat seiner Schwester Adeline. Für seinen Onkel Sigurt, der bereits sein eigenes Hab und Gut verschleudert hatte und munter in das Säckel seines Neffen griff, bedeutete Ludgers unkluges Handeln ein ständig wachsendes Wagnis. Und nicht zuletzt Detmar, der als Zweitgeborener hinter seinem Bruder zurückstand, musste tatenlos zusehen, wie Ludger die Habe der Familie vergeudete.«

»Haltet Ihr mich für einen Kain, der seinen Bruder aus Missgunst erschlägt?«, schrie Detmar aufgebracht.

»Wo wart Ihr denn an jenem Abend, als Euer Bruder umgebracht wurde? Eine Antwort auf diese Frage seid Ihr mir bis jetzt schuldig geblieben«, hielt Bandolf ihm entgegen.

Detmar biss sich auf die Lippen. »Ich habe ihn nicht getötet«, sagte er lahm. Bandolf wartete. Im Raum herrschte erwartungsvolle Stille.

Schließlich räusperte sich Detmar. »Ludger plante, die Hochzeit zwischen Rainald und Adeline zum dritten Mal zu verschieben, und wollte die Verhandlungen über den Ehevertrag erneut aufnehmen. Rainald war wütend darüber. Er drohte mit seiner Abreise, und Adeline bat mich, ein gutes Wort bei Ludger für sie einzulegen. Nicht, dass mein

Wort bei Ludger viel Gewicht gehabt hätte.« Er zuckte mit den Schultern. »Als ich sah, wie er das Haus verließ, dachte ich, es wäre vielleicht eine günstige Gelegenheit, unter vier Augen mit ihm zu sprechen. Also folgte ich ihm. Aber als ich in die Stefansgasse einbog, verlor ich Ludger aus den Augen.«

»Und dann?«

»Herr im Himmel. Ich wusste ja nicht, wohin er wollte. Und so bin ich dann für einen Schlummertrunk zum Wirt am Markt gegangen.«

»Dafür sollte es Zeugen geben.«

Peinlich berührt schaute Detmar an Bandolf vorbei. »Womöglich habe ich zu tief in den Weinkrug geschaut. Ich weiß nicht mehr genau, wie ich den restlichen Abend verbracht habe. Die Glocken von St. Johannes haben mich zur Prim geweckt. Beim Marktbrunnen«, murmelte er.

Gelächter ertönte.

»Ruhe!«, donnerte Heinrich, der sein eigenes Grinsen kaum verbergen konnte. »Schweigt still!«

Bandolf sah Elgard an, die sich nicht gerührt hatte. »Aber Ihr wusstet, wohin Ludger in jener Nacht gegangen war. Sigurt hatte es Euch gesagt, nachdem er vom Grafen von Laufen zurückgekehrt war.«

Elgard sah ihn an, und er beantwortete ihre unausgesprochene Frage: »Ja, Euer Streit mit Sigurt wurde belauscht.«

»Ich habe nicht die geringste Ahnung, wovon Ihr da redet«, erwiderte sie kühl. Sigurt, der hinter ihr stand, legte seine Hand auf ihre Schulter. Sein leutseliges Lächeln war verschwunden, und er sah Bandolf mit schmalen Augen an.

»Lasst meine Schwester in Frieden, Burggraf«, presste er zwischen den Zähnen hervor.

Bandolf gab seinen Blick kalt zurück, dann wandte er sich um und in Richtung des Königs. »Der Anschlag auf

Adalbert von Bremen und die Ermordung des Gerbers waren nicht die einzigen Verbrechen, deren sich Ludger von Blochen schuldig gemacht hat. Ludger hatte nicht nur eine Vorliebe fürs Spiel, er hatte auch eine Schwäche für junge Weiber. Und ganz besonderen Gefallen hatte er an Hermia, der schönen, jungen Schwester Rainalds von Dachenrod gefunden. Unablässig stellte er dem Mädchen nach und bedrängte sie. Aber Hermia wies ihn ab, und so beschloss Ludger eines Tages, sein Verlangen mit Gewalt zu stillen.«

»Er schändete eine Jungfrau?«, platzte der junge König heraus. »Ist das wahr?«, wollte er von Rainald wissen, der grimmig nickte.

Empörte Rufe wurden laut, und diesmal war es Adalbert von Bremen, der Ruhe forderte.

»Ludgers Tat blieb nicht ohne Folgen«, erläuterte Bandolf, als sich die Empörung gelegt hatte. »Als Hermia herausfand, dass sie ein Kind unter dem Herzen trug, wandte sie sich in ihrer Not an Ludger, der ja schuld war an ihrer misslichen Lage. Und Ludger versprach ihr listig seinen Beistand. Am Tag seines Todes bestellte er Hermia zum Kirchhof. Und in ihrer Verzweiflung willigte das Mädchen ein.«

Aus den Augenwinkeln beobachtete er Elgard, während er sprach. Sie war sehr blass geworden und starrte auf ihre Finger, die verschlungen auf ihrem Schoß ruhten.

»Ludger erwartete das Mädchen nach der Komplet am Beinhaus, und Hermia kam, wie er es erwartet hatte. Aber anstatt ihr zu helfen, begann er, sie erneut zu bedrängen. Doch dieses Mal wehrte sie sich. Sie griff nach dem nächstbesten Gegenstand, den sie zu fassen bekommen konnte – einem Ast –, und schlug ihm damit auf den Kopf. Ludger brach zusammen, und Hermia entfloh.«

»Also hat das junge Weib Ludger von Blochen umgebracht?«, konstatierte Siegfried von Mainz erstaunt und schnalzte mit der Zunge.

»Nein. Jemand anderer war Ludger heimlich auf den Kirchhof gefolgt und hatte den Vorfall beobachtet.«

Behände drehte Bandolf sich um und war in zwei kurzen Schritten bei Elgard. Er schwieg so lange, bis sie endlich den Kopf hob und ihn ansah. Durchdringend erwiderte er ihren Blick.

»Jemand anderer war Ludger gefolgt und hatte den Vorfall beobachtet«, wiederholte er leise. »Jemand, der erkannte, wie günstig diese Gelegenheit wäre, sich des so überaus lästig gewordenen jungen Mannes ein für alle Mal zu entledigen.« Bandolf beugte sich über Elgards Kopf. »Er versteckte sich hinter dem Beinhaus, bis Hermia gegangen war. Er löste seinen Gürtel. Er schlich sich leise an Ludger heran. Und ehe Euer Sohn noch wusste, wie ihm geschah, lag der Gürtel um seinen Hals und wurde erbarmungslos zugezogen.«

Elgards Augen weiteten sich entsetzt. Kraftlos hob sie den Arm, als wolle sie dem Burggrafen Einhalt gebieten, aber Bandolf neigte sich noch tiefer zu ihr hinunter und raunte ungerührt:

»Euer Sohn schlug verzweifelt um sich. Er rang nach Luft. Aber es gab kein Entrinnen. Er spürte, wie das Leben aus ihm wich.«

Ein winziger Klagelaut drang durch ihre Lippen.

Bandolf richtete sich auf. »Ludger fiel tot zu Boden, feige von hinten erdrosselt!«, rief er.

Sigurts Hand grub sich tief in Elgards Schulter. Im Raum war es mucksmäuschenstill.

»Im Schein der Lampe entdeckte Ludgers Mörder, dass seine Tat Spuren hinterlassen hatte. Spuren, die ihn möglicherweise verraten würden, denn die Schnalle seines Gürtels zeichnete sich deutlich auf Ludgers Hals ab. Und diese Male mussten verschwinden, wollte der Täter nicht entlarvt werden.«

»Es ist schändlich, eine Mutter so zu peinigen«, zischte Sigurt. Sein Gesicht war so weiß wie die getünchte Wand hinter ihm.

»Nein. Schändlich ist, was der Mörder tat«, gab der Burggraf zurück. Elgard stöhnte auf.

»Es genügte ihm nicht, dem jungen Mann nur das Leben zu nehmen«, fuhr Bandolf mit harter Stimme fort. »Nein, er musste den Leichnam auch noch schänden. Wieder und wieder säbelte er an Ludgers Hals, um die Spuren seiner Gürtelschnalle zu tilgen. Er nahm ihm Spange, Ringe und alles, was sonst von Wert war, ab. Dann schleifte er ihn zu den Gräbern und zerrte ihm die Kleidung vom Leib. Und wäre er nicht gestört worden, weil Rainald zurückkam, um Ludger wegen seiner Schwester zur Rede zu stellen, hätte er Euren Sohn noch vollends seiner Würde beraubt und ihn nackt und bloß zurückgelassen. So war es doch?«

Elgards Nasenflügel bebten, und Tränen rannen über ihr fahles Gesicht. Außer ihrem Keuchen war kein Laut zu hören.

»So war es doch?«, brüllte Bandolf in die Stille hinein. Nicht nur Elgard zuckte zusammen.

»Fastrada, Ludgers unglückliche Gemahlin, die den Mörder in jener Nacht gesehen hat, als er nach der Tat zurück ins Haus schlich, hat uns die Wahrheit hinterlassen, habe ich Recht? ›Du schmerzhafteste Mutter, die Du Deinen Sohn zum Tode führen sahst und mit ihm hinwanktest, den Kelch des Leidens bis zum Tode auszutrinken‹«, zitierte er.

Dann beugte er sich wieder zu Elgard hinunter und zischte: »Aber Ihr seid nicht mit Ludger dahingewankt. Nein! Euer Sohn hatte keinen Beistand der Mutter. Er musste den bitteren Kelch ganz allein leeren. Erwürgt und verstümmelt, hat er sein erbärmliches Leben ausgehaucht. Was meint Ihr? Hatte er noch Gelegenheit zu erkennen, wer ihm den Kelch in die Hand drückte? Musste er noch erleben, dass jemand, dem er bedingungslos vertraute, seinen Tod wollte?«

»Schweigt jetzt endlich«, knurrte Sigurt, aber es war zu spät. Elgard brach schluchzend zusammen.

»Ludger war mein Sohn, und ich liebte ihn«, weinte sie. »Aber er war ein verderbter Mensch, und ich hatte doch noch andere Kinder, an deren Zukunft ich denken musste. Ich musste schweigen.«

»Elgard!«, rief Sigurt fassungslos.

»Ich ertrage es nicht länger, Bruder«, hauchte sie.

Für einen flüchtigen Augenblick war Bandolf übel vor Erleichterung. Dann wirbelte er entschlossen herum:

»Vor des Königs Gericht rufe ich Sigurt von Siersberg! Ich klage ihn des feigen Mordes an Ludger von Blochen an!«

Kapitel 21

Ihr seid wohl nicht bei Trost?« Sigurt lachte laut in das aufgeregte Gemurmel der Versammelten hinein. »Zuerst macht Ihr meine Schwester ganz irre mit Eurem Gerede, und jetzt wollt Ihr mich beschuldigen?« Er griff nach seinem Gürtel, an dem sein Dolch in der Scheide steckte. Elgard legte ihre Hand auf seine und sagte mit belegter Stimme: »Es ist zu Ende.«

»Haltet den Mund, törichtes Weib!«, rief Sigurt. Angewidert stieß er ihre Hand von sich. Mit einem raschen Seitenblick auf den Burggrafen lief er an ihm vorbei und ließ sich vor dem Stuhl des Königs auf ein Knie nieder.

»Mein König, ich fordere, dass sich Bandolf von Leyen für diese haltlose Beschuldigung verantwortet. Welchen Grund hätte ich denn gehabt, meinen Neffen zu töten? Er war mir zugetan, und ich lebte unter seinem Dach.«

»Und von seiner Börse«, murmelte Bandolf. Laut sagte er: »Ihr hattet gleich dreierlei Grund, Ludger den Tod zu wünschen. Sein Leichtsinn, sein Hang zu Spiel und Zecherei begann, an der Habe der Familie zu zehren, und es war nur eine Frage der Zeit, bis er alles durchgebracht hätte. Für Euch wäre das fatal gewesen, denn Ihr lebtet von seiner Großzügigkeit. Schließlich kam Euch der Gedanke, selbst für Eure Zukunft zu sorgen. Bedenkenlos habt Ihr ein einträgliches Gut bei Eich mit einem guten Stück Land des Grafen von Laufen getauscht, das in der Nähe Eurer eigenen mageren Ländereien liegt. Das Gut bei Eich jedoch gehörte Ludger. Und sein Einverständnis, es für Euren Gewinn zu veräußern, hattet Ihr sicher nicht. Der Handel wurde am Tag von Ludgers Tod besiegelt. Als Elgard davon erfuhr, machte sie Euch klar, dass Ludger, bei aller Zuneigung zu Euch, diesen Betrug nicht dulden würde.«

»Und deshalb sollte ich meinen Neffen getötet haben?«, höhnte Sigurt unbedacht. »Ich habe Ludger an diesem Tag nicht einmal gesehen. Ich war betrunken, als ich vom Grafen zurückkam. Ich ging sofort in meine Kammer. Und Elgard wird es bezeugen. Ist es nicht so, Schwester?«

Elgard senkte ihr tränennasses Gesicht und schwieg.

»Ist es nicht so?«, beharrte er.

Als sie noch immer nichts sagte, forderte König Heinrich: »Sprecht, Weib. Könnt Ihr bezeugen, dass Euer Bruder das Haus an jenem Abend nicht mehr verließ?«

Stumm schüttelte sie den Kopf.

»Leugnen ist zwecklos. Euer Gespräch wurde belauscht. Und ich habe einen Zeugen«, versetzte Bandolf, noch ehe Sigurt etwas sagen konnte, und deutete auf Adeline. »Ludgers Schwester hat Euren Streit mit angehört.« Adeline schaute verdutzt auf. Dann mochte ihr aufgehen, woher der Burggraf davon wusste, und sie biss sich zornig auf die Lippen. Bandolf fuhr unbeirrt fort:

»Elgard machte Euch bittere Vorwürfe wegen des Guts bei Eich. Mit einem Mal wurde Euch bewusst, dass Ihr zu weit gegangen seid. Um Euch zu rechtfertigen, habt Ihr Elgard erzählt, dass ihr Halunke von Sohn die junge Hermia geschändet hat und dass sie einen Bastard von ihm unter dem Herzen trug. Und habt von Ludgers missglücktem Anschlag auf den Erzbischof von Bremen berichtet. Euch war daran gelegen, Eurer Schwester ganz deutlich zu machen, wie sehr Ludger seiner Familie und insbesondere Elgards eigenem Bestreben schadete.«

»Und woher sollte ich von Hermia gewusst haben? Oder gar davon, dass Ludger hinter dem Anschlag auf Seine Eminenz steckte? Und wie hätte ich wissen können, wo er sich an jenem Abend aufhielt?«, hielt ihm Sigurt entgegen.

»Wo Ihr Ludger um diese Stunde finden würdet, das konntet Ihr Euch leicht denken. Und was Hermia oder den misslungenen Anschlag anbelangt, so vertraute Ludger Euch. Was lag näher, als dass er sich Euch, dem väterlichen Freund, anvertraut hat? Womöglich habt Ihr sogar Ludgers Streit mit dem Gerber mit angehört.«

»Vermutungen«, schnaubte Sigurt.

Richenza sprang auf und zeigte mit dem Finger auf ihn. »Nein!«, rief sie. »Ich habe Euch vor dem Haus gesehen, als Ludger sich mit dem Gerber stritt. Ihr seid an mir vorbeigelaufen und dann hinter dem Holunderbusch vor dem Haus stehengeblieben. Ihr musstet hören, was gesprochen wurde.«

Verblüfft drehte Bandolf sich zu ihr um und schimpfte sich einen Trottel, dass er nicht früher daran gedacht hatte, sie zu befragen.

Sigurts spöttische Stimme unterbrach seine Gedanken. »Und wo ist Euer Zeuge dafür, dass ich selbst Hand an Ludger gelegt habe?«

Bandolf zuckte mit den Schultern. »Einen Zeugen habe ich nicht«, gab er zu. Auf seinen Wink kam Prosperius aus seiner Ecke, wo er bislang unbeachtet auf das Zeichen des Burggrafen gewartet hatte. Das Bündel, das er unter dem Arm trug, legte er mit einer tiefen Verbeugung vor den Stuhl des Königs. Dann zog er sich wieder zurück, vor Aufregung hochrot im Gesicht.

»Was ist das?«, fragte Heinrich und beugte sich neugierig vor.

Mit seiner Stiefelspitze schob Bandolf das grobe Sackleinen beiseite.

»Erklärt uns doch, wie diese Dinge in Eure Truhe gekommen sind«, forderte er Sigurt auf.

»Ihr habt meine Kammer durchwühlt?«, schrie Sigurt aufgebracht. »Wie könnt Ihr es wagen!«

»Er tat es auf mein Geheiß«, antwortete der König.

Sigurt wurde bleich, während alle anderen neugierig eine silberne, ornamentierte Spange, einen dazu passenden Gürtel, zwei Ringe und einen Mantel aus feiner, dunkelblauer Wolle betrachteten. Ein Stück roten Stoffs, mit Goldfäden durchwirkt, lag ganz obenauf. Bandolf hob es auf und reichte es dem Erzbischof von Bremen.

»Wenn mich nicht alles täuscht, Eminenz, dann passt dieses Stück Stoff genau zu dem Riss in der Borte Eurer Dalmatika.« Und zu Sigurt gewandt sagte er: »All diese Dinge gehörten Ludger. Den verräterischen Stofffetzen hatte er dem toten Gerber abgenommen, und er befand sich noch immer in seinem Mantel, als Ihr Ludger umgebracht und seine Sachen an Euch genommen habt. Ich hätte nicht gedacht, dieses Stück Stoff noch vorzufinden, und frage mich, warum Ludger sich dessen nicht längst entledigt hatte. Immerhin untermauert es seine Schuld. Oder Ihr? Ihr musstet doch wissen, was es damit auf sich hat.«

Sigurt schwieg.

Wie versteinert hefteten sich Elgards Augen auf die Habe ihres Sohnes. Dann sagte sie leise: »An jenem Abend hat Sigurt mir erzählt, was Ludger getan hatte. Er sagte, er würde ihm folgen und ihm ins Gewissen reden, ihn zur Vernunft bringen …«

»Zur Hölle mit Euch!«, schrie Sigurt. Ein Dolch blitzte in seiner Hand auf, und ehe Bandolf es sich versah, schwankte die Waffe vor seinen Augen. Bandolf sprang instinktiv zurück, riss seinen Arm hoch, und der Stich ging ins Leere. Sigurt holte aus, aber Bandolf konnte ausweichen, und bevor Sigurt ein drittes Mal zustechen konnte, waren schon Bandolfs Wachen zur Stelle. Einem der beiden gelang es, Sigurt von hinten zu fassen, während ihm der andere die Waffe aus der Hand schlug. Das Gerangel war vorbei, noch ehe einer der Anwesenden hatte aufschreien können.

Blass geworden, sprang Heinrich auf und befahl zornig, den Mann in Ketten zu legen.

Als sich der Aufruhr gelegt hatte und Sigurt gefesselt zwischen den Wachen stand, schien er einzusehen, dass Leugnen keinen Zweck mehr hatte.

»Ludger hat sein Ende herausgefordert. Hätte ich ihn nicht getötet, wäre es früher oder später ein anderer gewesen. Einer der Männer, denen er Hörner aufgesetzt hatte; ein Halsabschneider vom Kirchhof. Irgendwann hätte er uns ins Unglück gestürzt. Das konnte ich nicht zulassen.« Sigurt lachte bitter auf. »Als der Anschlag auf Adalbert von Bremen fehlgeschlagen war, wollte der Tölpel es noch einmal versuchen. Ein Gift sollte es sein. Er hatte schon begonnen, sich in der Stadt nach einem geeigneten Mittel umzuhören. Der Dummkopf! Ebenso gut hätte er sein Vorhaben auf dem Marktplatz verkünden können. Ich wusste, so tölpelhaft, wie er es anstellte, musste er unweigerlich entlarvt werden, und seine lächerlichen Pläne würden auffliegen. Und als dann noch der Bastard der kleinen Dachenrod ins Haus stand, war mir klar, dass ich etwas unternehmen musste.«

Er ignorierte Rainalds empörten Aufschrei. »Elgard flehte mich an jenem Abend an, Ludger ins Gewissen zu reden. Wenn Ludger erst von seinem Vorhaben, Adalbert zu töten, ablassen würde, so meinte sie …«

»Warum wollte mich dieser Mensch überhaupt töten?«, unterbrach ihn der Erzbischof.

Durch die Reihen der Berater des Königs ging ein Raunen. Für einen Augenblick stockte Bandolf der Atem, aber Sigurt antwortete gleichgültig:

»Woher soll ich das wissen? Er behauptete nur, es wäre zum Besten für uns alle. Man müsste Ludger überreden«, fuhr er fort, »diesen unsinnigen Plan aufzugeben, meinte Elgard, und alles würde sich zum Guten wenden. Also folgte ich ihm zum Kirchhof. Ich ahnte, dass ich ihn dort finden würde. Das Erste, was ich dort sah, war mein erbärmlicher Neffe, der über die Kleine von Dachenrod herfiel. Aber sie schlug ihn nieder und rannte davon. Ludger hatte mich nicht bemerkt. Und als Hermia fort war und er sich langsam wieder aufrappelte …« Sigurt zuckte mit den Schultern.

»Da habt Ihr Euren Gürtel genommen und ihn damit erwürgt«, sagte Bandolf.

»Woher wusstet Ihr es?«

»Die Wunde machte mich stutzig. Viel zu unsauber für einen Halsabschneider. Und man konnte die Abdrücke der Gürtelschnalle unter den Schnitten an Ludgers Hals immer noch erkennen. Das Missgeschick eines Gürtelmachers machte deutlich, wie es zu den Abdrücken gekommen war, und dann brauchte es nur noch einen Gürtel zu finden, zu dessen Schnalle sie passten. Ihr habt Euren Gürtel abgelegt, nachdem ich in Ludgers Halle von den Abdrücken an seinem Hals gesprochen hatte. Aber ebendas wurde bemerkt. Heute glaubtet Ihr Euch sicher. Und tragt die Mordwaffe um Euren Leib.«

Sigurts Hand fuhr an seine runde Gürtelschnalle, dann lachte er trocken auf: »Das Missgeschick eines dämlichen Handwerkers? Nicht zu glauben.«

»Danach habt Ihr Ludger zu den Gräbern geschafft und ihm seine Habe abgenommen. Aber Ihr konntet Euer Werk nicht vollenden. Ihr wurdet von Rainald gestört, der kam, um Ludger zur Rede zu stellen, nachdem Hermia ihm alles erzählt hatte.«

Sigurt nickte. »Ich hörte, wie jemand über die Mauer kletterte, also klaubte ich das zusammen, was ich Ludger schon abgenommen hatte, und machte mich aus dem

Staub. Ich dachte, es würde genügen, um einen Raub vorzutäuschen.«

»Und dann?«

»Nichts weiter. Ich kehrte in die Hafergasse zurück.« Sigurt zog verdrossen an der Kette um seine Handgelenke und verfiel in Schweigen.

Bandolf wandte sich an Elgard. »Aber Ihr wart noch wach, als Euer Bruder zurückkehrte. Ihr habt gesehen, dass er blutbeschmiert war und Ludgers Sachen bei sich hatte.«

Sie hob den Kopf und sagte leise: »Sigurt hat mir alles gestanden. Er meinte, so sei es am besten gewesen und er hätte es nur um unser aller Wohl getan. Er beschwor mich, nicht alles zu verderben, indem ich ihn verraten würde. Ich müsste schweigen, sagte er, wenn ich nicht wollte, dass Ludgers Untaten ans Licht kämen und er uns am Ende doch noch in den Ruin treiben würde. Glaubt mir, ich habe jede Stunde mit mir gerungen, aber am Ende gab ich doch nach.« Flehend schaute sie um sich. »Was hätte ich tun sollen? Ludger war tot, und nichts hätte ihn zurückbringen können. Ich musste an Detmar denken, und an Adeline.«

»Ihr hättet an Euer Seelenheil denken müssen, Weib«, entrüstete sich Adalbero.

Ausgerechnet Ihr müsst das sagen, dachte Bandolf und warf dem Bischof von Worms einen finsteren Blick zu. Der Bischof antwortete mit einer fragend hochgezogenen Braue. Bandolf wandte sich widerstrebend ab und fragte Elgard:

»Aber auch Fastrada beobachtete Sigurts Rückkehr durch das Fenster in ihrer Kammer?«

Sie seufzte. »Sie sah mich, als ich über den Hof lief, um Ludgers Sachen im Verschlag mit den Wintervorräten zu verstecken. Ich wollte sie später verbrennen, aber für den Augenblick erschien mir der Verschlag als das sicherste Versteck.«

Nachdenklich strich Bandolf über seinen Bart: »Aber das

war er nicht, oder? Zunächst hatte sich Fastrada nichts weiter dabei gedacht, als sie Euch über den Hof laufen sah. Aber später dann, als sie von Ludgers Tod hörte und Sigurt bestritt, außer Haus gewesen zu sein, und als sie erfuhr, dass Ludger beraubt worden war, da reimte sie sich so manches zusammen. Neugierig geworden, schaute sie nach, was Ihr in der Nacht im Verschlag versteckt hattet, und fand dort zu ihrem Entsetzen die Habe ihres Gatten. Sie nahm sie an sich und versteckte sie nun ihrerseits in ihrer Kammer.«

»Aber woher wisst Ihr …?«

»Als ich zum zweiten Mal in Euer Haus kam, rannte Sigurt gerade zerzaust und schmutzig um die Ecke. Er hatte mich nicht gesehen und rief Euch zu, er habe überall gesucht und nichts gefunden«, erklärte Bandolf. »Ich habe lange darüber nachgegrübelt, was er an jenem Tag wohl gesucht haben könnte, aber es wurde mir erst klar, als dies hier in meine Hände gelangte.«

Er hob Ludgers Spange vom Boden auf. An der Ecke war ein Stück des Ornaments abgebrochen. Dann kramte er aus dem Beutel, der an seinem Gürtel hing, ein Stück Silber hervor und hielt es an die Spange. Es passte genau zu der fehlenden Ecke.

»Das abgebrochene Stück von Ludgers Spange fand sich in einer versteckten Höhlung in Fastradas Kammer.«

»Aber Ihr wart niemals in der Kammer. Ich verstehe nicht? Wer sollte denn …«, stammelte Elgard ratlos. Bandolf antwortete nicht, doch Sigurt verzog spöttisch die Lippen. »Die Heilerin, Schwester. Die Heilerin, die Ihr uns ins Haus schlepptet und die ihre dreiste Nase in unsere Angelegenheiten steckte. Ich habe sie an jenem Tag nach Fastradas Tod im Haus ertappt.«

»Und auf den bloßen Verdacht hin, Garsende könnte irgendetwas bemerkt haben, habt Ihr zwei erbärmliche Schurken geschickt, um die Heilerin aus dem Weg zu räumen?«, rief Bandolf zornig.

Sigurt zuckte nur mit den Schultern. »Ich hatte doch Recht, oder? Das Weib hat tatsächlich das Versteck gefunden. Sonst hättet Ihr nichts davon gewusst.«

Angewidert schüttelte Bandolf den Kopf. »Musste Fastrada wegen dieses Versteckes sterben?«, wandte er sich an Elgard.

Sie antwortete nicht. Sie senkte den Kopf und schlug die Hände vor ihr Gesicht. Sigurt warf ihr einen kurzen Blick zu, dann schaute er den Burggrafen herausfordernd an.

»Verdammnis! Ihr hättet das törichte Weib nur hören sollen. All das Geschwafel über die Mutter Gottes, die zugesehen hat, wie ihr Sohn zu Tode kam. Früher oder später wäre es jemandem in den Sinn gekommen, dass sie Elgard damit meint. Sie verdächtigte meine Schwester, nicht mich. Als ich den Verschlag leer fand, ahnte ich, dass Fastrada Ludgers Habe herausgeholt und versteckt hat. Ich wusste nur nicht, wo. Als sie mit Adeline im Kloster war, habe ich danach gesucht, konnte ihr Versteck aber nicht finden. Erst in der Nacht, als sie starb, entdeckte ich das Loch unter der Truhe.«

»Dann habt Ihr also Fastrada vergiftet?«

»Ich habe sie nicht vergiftet.«

»Dann habt Ihr sie erstickt?«

Sigurt schüttelte den Kopf, und Bandolf rief verärgert: »Ihr leugnet umsonst. Für einen Mord fällt Euer Kopf ebenso wie für zwei.«

Sigurt lächelte plötzlich und nickte: »Ihr habt Recht, Burggraf. Es wäre dumm von mir, noch etwas zu verschweigen. Ich mischte ein Gift in Fastradas Schlaftrunk, bevor die Magd den Becher in ihre Kammer brachte.«

Elgard sah auf, und eine Hand flog an ihren Mund. Bandolf runzelte argwöhnisch die Stirn.

»Und welches Gift habt Ihr benutzt?«, wollte er von Sigurt wissen.

»Das ist doch völlig ohne Bedeutung, Burggraf«, erwiderte Sigurt mit einem Schulterzucken. »Mehr habe ich nicht mehr zu sagen.«

In die Stille, die seinen Worten folgte, drangen die Glockenschläge, die zur Matutin riefen. Doch niemand rührte sich. Der junge König starrte auf das Schwert, das auf seinen Knien ruhte, und schien in schwere Gedanken versunken. Bischof Adalbero blies dem König ein paar Worte ins Ohr, was Heinrich mit einem irritierten Blinzeln zur Kenntnis nahm. Rudolf, der Herzog von Schwaben, beugte sich vor und raunte ihm etwas zu, doch Heinrich schüttelte den Kopf. Dann neigte sich Adalbert von Bremen zu ihm und gab wispernd seinen Rat. Nachdem er alle seine Berater angehört hatte, nickte Heinrich, griff nach dem Richtschwert und erhob sich mit strenger Miene:

»Sigurt von Siersberg, aufgrund Eurer abscheulichen Taten habt Ihr Euer Leben verwirkt. Um Gerechtigkeit widerfahren zu lassen, soll Euer Kopf am Tag des Heiligen Lukas auf dem Richtplatz zu Worms fallen, wovor Euer Leib geschändet werden soll, wie Ihr Euer Opfer geschändet habt. Schafft ihn Uns aus den Augen.«

Seufzer der Erleichterung einerseits und Stöhnen der Bestürzung andererseits wurden laut, und König Heinrich musste die Stimme erheben, um gehört zu werden:

»Elgard von Siersberg, auch Ihr habt schwere Schuld auf Euch geladen, denn Ihr habt über die schändliche Tat Eures Bruders geschwiegen und seinem üblen Treiben Vorschub geleistet. Doch Wir wollen gnädig sein. Ihr sollt der Obhut der guten Schwestern von Mariamünster übergeben werden. Dort sollt Ihr Euer Haar scheren, das Bußgewand tragen und für den Rest Eures Lebens Gott für Eure Sünden um Vergebung bitten.«

Elgard sank zusammen und starrte den König ungläubig an, der ungerührt weitersprach: »Des Weiteren verfügen Wir, dass Buße vom Hause von Blochen an den Grafen von Dachenrod zu entrichten ist, damit auch das Unrecht, das dessen Familie durch Ludgers Schändung der Jungfrau Hermia widerfahren ist, getilgt werde.«

Mit sichtlicher Erleichterung ließ sich der junge König auf seinen Stuhl zurückfallen.

König Heinrich entließ die Versammelten, und nach und nach leerte sich die Kammer. Seinen Burggrafen zu Worms hatte er aufgefordert, noch auf ein Wort zu bleiben. Zwar hatte Bandolf im Stillen gehofft, Heinrich würde sich mit den Erklärungen zufriedengeben, die während der Gerichtsversammlung gefallen waren, aber es überraschte ihn auch nicht, dass er sich geirrt hatte. War dem jungen König nicht schon aufgefallen, dass sein Burggraf einiges ausgelassen hatte, so bestimmt Seiner schlauen Eminenz, Adalbert von Bremen. Auch war er nicht erstaunt, dass Heinrich die Heilerin zu sehen wünschte, von der Bandolf bei seiner Audienz gesprochen hatte.

Garsende, die bereits damit geehrt worden war, dass der König auf dem Bankett ein kurzes Wort an sie gerichtet hatte, warf Bandolf einen fragenden Blick zu, als sie in die Kammer trat und ihn allein mit König Heinrich und seiner Leibwache vorfand. Ehrerbietig sank sie vor dem König in die Knie.

»Du bist also die Heilerin, von der Unser Burggraf gesprochen hat? Er berichtete Uns, dass du Anteil an den Geschehnissen hattest und Uns einen Dienst erwiesen hast«, sagte Heinrich und musterte Garsende neugierig. Was er sah, schien ihn zu beeindrucken. Er nickte.

»Mein Anteil war bescheiden, Hoheit«, antwortete Garsende leise.

»Dennoch Unseres Dankes würdig. Wir werden das im Gedächtnis behalten«, erklärte der junge König.

Garsende hob ihren Kopf. Ein Hauch von Röte belebte ihre herben Züge, und sie lächelte. »Ihr erweist mir viel Güte, Hoheit. Ich danke Euch.«

»Du kannst dich erheben.«

Garsende stand auf, und während sie, wie es sich gehörte, ein paar Schritte zurücktrat, warf sie dem Burggrafen einen strahlenden Blick zu, den Bandolf mit einem verlegenen Brummen quittierte.

Als hätte er am heutigen Tag schon genügend majestätische Würde gezeigt, sprang Heinrich von seinem Stuhl auf. Er trat zu einem der Kohlebecken, und während er sich die Hände über der Glut wärmte, bedachte er seinen Burggrafen mit einem knabenhaften Lächeln. »Auch Ihr habt mir heute einen guten Dienst geleistet, und das soll nicht vergessen werden. Aber jetzt will ich wissen, was Ihr während der Versammlung ausgelassen habt.«

Bandolf unterdrückte ein resigniertes Seufzen. Diese Klippe hätte er gerne umschifft. Trotz besseren Wissens stellte er sich unwissend. »Hoheit?«

Unmutsfalten erschienen auf Heinrichs Stirn. »Haltet mich nicht für dumm, Burggraf«, warnte er. »Ich will wissen, aus welchem Grund Ludger von Blochen einen Anschlag auf meinen Erzbischof von Bremen verübt hat. Glaubt Ihr, mir wäre nicht aufgefallen, dass Ihr das verschwiegen habt?«

Hinter sich spürte Bandolf mehr, als dass er es hörte, wie Garsende scharf Atem holte. »Alles, was ich dazu sagen könnte, wären nichts weiter als Vermutungen, für die es weder Zeugen noch Beweise gibt«, sagte er zögernd.

»Dann will ich Eure Vermutungen hören.«

»Wie Ihr wollt.« Um Zeit zu gewinnen, während er nach den richtigen Worten suchte, trat auch Bandolf zu dem Kohlebecken und wärmte sich die Finger. Er räusperte sich und sagte schließlich:

»Nachdem Ihr mich beauftragt hattet, den Überfall auf Seine Eminenz aufzuklären, fand ich bald heraus, dass der Erzbischof mächtige Rivalen hat.«

»Anno von Köln!«, zischte Heinrich sogleich. Sein Tonfall machte deutlich, was er von seinem Erzbischof zu Köln hielt.

»Ich nehme es an.« Bandolf nickte. »Unter anderem.«

»Wer noch?«

»Ich denke, dass auch Seine Gnaden, Herzog Rudolf von Schwaben, und sein Bruder Adalbero, der Bischof von Worms, ihre Finger mit im Spiel hatten. Ob sonst noch jemand beteiligt war, weiß ich nicht.«

»Pah«, schnaubte der junge König. »Wenn Anno beteiligt war, dann, so sicher wie das Amen in der Messe, auch sein Trabant Siegfried von Mainz.« Eine steile Zornesfalte bildete sich auf seiner Stirn. »Wie habt Ihr das herausgefunden? Sprecht weiter, Burggraf!«

»Als ich Ludgers Leiche untersuchte, fand ich in seinem Schuh in einer geheimen Tasche versteckt eine wertvolle Elfenbeinkette. Wie Bruder Goswin, der Scholasticus vom Domkapitel ist, herausfand, handelte es sich dabei um eine heidnische Gebetskette, die Papst Alexander auf dem Konzil zu Mantua im vergangenen Jahr Anno von Köln zum Zeichen Seines Wohlwollens überreicht hat. Die Frage war nun: Wie kam die Kette von Anno zu Ludger, und warum trug er die Kette nicht, sondern versteckte sie in seinem Schuh? Die zweite Frage zu beantworten, war leicht.«

»Es sollte niemand wissen, dass er sie besaß«, sagte Heinrich ungeduldig. »Aber wieso? Hatte Ludger die Kette gestohlen?«

»Nein, mein König.« Bandolf lächelte. »Er erhielt sie als Unterpfand für seine Dienste.«

»Ihr meint, die Kette wäre der Preis gewesen für das Leben von Adalbert von Bremen?«

»Ein Teil des Preises«, berichtigte Bandolf. »Ich nehme an, Ludger wurde mehr als nur das Perlenband in Aussicht gestellt, wenn er Seine Eminenz aus dem Weg schaffen würde.«

»Aber warum ausgerechnet Ludger von Blochen?«, grübelte Heinrich.

»Nachdem Anno und seine Mitverschwörer beschlossen hatten, Adalbert zu beseitigen, brauchten sie jemanden, der den Plan ausführen würde. Ich vermute, Anno und Rudolf wandten sich damit an Bischof Adalbero. Zum einen, weil er Rudolfs Bruder ist und ihnen somit vertrauenswürdig erschien; und zum zweiten, weil Adalbero der Bischof von Worms ist, wo der Anschlag stattfinden sollte. Bei seiner Suche nach dem geeigneten Mann kam Bischof Adalbero schließlich die Schwatzhaftigkeit eines Priesters zugute, der bei einem Bankett zu tief in den Weinbecher geschaut hatte. Während des Gelages ließ der Pater ein paar unbedachte Bemerkungen über Ludgers anstößigen Lebenswandel fallen.«

»Was hat es auf sich mit den Bemerkungen?«, hakte der junge König nach, als Bandolf schwieg. Der Burggraf drehte sich um und schaute Garsende an. Sie beantwortete seinen Blick mit fragend hochgezogenen Brauen.

»Das kann Euch die Heilerin besser erklären als ich«, sagte Bandolf. Nun wandte sich auch Heinrich um. »Sprich frei heraus«, forderte er Garsende auf. Mit einem schnellen Seitenblick auf den Burggrafen, den er unschwer als ärgerlich deutete, gehorchte sie.

»Kurz nach Ludgers Tod wandte sich Rainald von Dachenrod an mich«, sagte sie leise. »Seine Schwester Hermia trug ein Kind unter dem Herzen, und ich sollte mich ihrer annehmen.«

Garsende machte eine Pause, aber der junge König nickte nur, und offenkundig erleichtert, dass er nicht wissen wollte, wie sie sich Hermias annehmen sollte, fuhr sie fort. »Das junge Mädchen war verzweifelt, und schließlich gestand sie mir, dass Ludger sie geschändet hat. Sie erzählte mir, dass sie sich in ihrer Not und außer sich vor Scham an einen Priester gewandt und ihm alles gebeichtet hat.«

Heinrich fuhr herum und starrte seinen Burggrafen an. »Dann hätte der Priester das Beichtgeheimnis gebrochen?«, rief er empört.

Bandolf schüttelte den Kopf. »Nein, mein König, das wäre zu viel behauptet. Der Priester war in schwerer Bedrängnis. Auf dem Bankett hatte er nichts weiter als eine Äußerung über Ludgers schändliches Treiben fallen gelassen. Doch nun forderte sein Bischof unter vier Augen Aufklärung von ihm. Und unter dem Siegel der Verschwiegenheit vertraute sich der Priester seinem Bischof an. Wenn jemand das Beichtgeheimnis gebrochen hat, dann war es Bischof Adalbero, der das Gehörte für seine Zwecke benutzt hat.«

»Hmm«, machte Heinrich, offenbar nicht recht überzeugt.

Bandolf fuhr hastig fort: »Wie auch immer, Adalbero fand wohl, dass ein Mann, der eine Jungfrau aus hohem Hause schändete, auch nicht davor zurückschrecken würde, einen Mord zu begehen. Ich stelle mir vor, dass der Bischof Ludger zu sich rufen ließ und ihm auf den Kopf zu sagte, welche Strafe ihm für seine schändliche Tat drohte, schilderte ihm die ewige Verdammnis in glühenden Farben. Und als Ludger sich schon in der Hölle braten sah, bot er ihm einen Ausweg an. Ludger würde Milde und Absolution erhalten, wenn er der Kirche einen Dienst erweisen würde. Sigurt sagte uns, Ludger hätte behauptet, der Anschlag auf Adalbert von Bremen sei zum Wohle der ganzen Familie. Daher nehme ich an, dass man ihm auch einträgliches Land und Gut versprochen hat. Und schließlich willigte Ludger ein.«

Bandolf unterbrach sich und lächelte kalt. »So kläglich Ludger auch sonst gewesen sein mag, dumm war er nicht. Er verlangte ein Unterpfand dafür, dass er seinen Lohn nach begangener Tat auch erhalten würde. Und Bischof Adalbero ließ ihm die kostbare Elfenbeinkette zukommen, die er selbst von Anno von Köln kurz nach Ostern geschenkt bekommen hatte.«

»So ein Judas!«, schrie Heinrich außer sich. »Soll er selber in der Hölle braten!«

Erheitert fing Bandolf ein nachgerade mütterliches Lächeln auf, mit dem Garsende den jungen König bedachte. Auch Heinrich mochte es am Rande bemerkt haben. Ein Anflug von Zerknirschung schien über sein Gesicht zu huschen, und er mäßigte seine Stimme, als er sich an seinen Burggrafen wandte. »Woher wisst Ihr das alles?«

»Bruder Arbogast und Bruder Goswin vom Domstift waren mir dabei sehr hilfreich«, erklärte Bandolf. »Arbogast wusste, dass die Gebetskette zuerst Anno von Köln gehört hatte, und Bruder Goswin erinnerte sich glücklicherweise wieder daran, dass er die Kette nach Ostern an Adalberos Gürtel hängen sah. Zudem hatte Goswin beobachtet, wie Ludger von Folbert, dem Dekan, ein Kästchen überreicht bekam, in dem sich die Elfenbeinkette befand.«

»Dann war also der Dekan der Mittler zwischen Bischof Adalbero und Ludger?«

»Ich nehme es an. Folbert zeigte sich ungewöhnlich interessiert an der Kette und an meinen Fortschritten. Er machte auch keinen Hehl daraus, dass er Annos Mann ist und höher hinaus möchte, als nur ein Amt als Dekan zu bekleiden. Ich bin auch überzeugt davon, dass es Folbert war, der Bruder Goswin niedergeschlagen und die Kette entwendet hat.«

Bandolf seufzte. »Bruder Goswin kam die Kette gleich bekannt vor, als ich sie ihm zeigte, doch leider erinnerte er sich erst nach dem Diebstahl wieder daran, dass er sie nicht nur an Bischof Adalberos Gürtel gesehen, sondern später auch beobachtet hatte, wie Folbert sie aus dem Kästchen nahm, um sie Ludger zu zeigen.« Mit einem Lächeln warb er um Nachsicht. »Der gute Bruder Scholasticus ist hin und wieder ein wenig zerstreut.«

Für Heinrich war Bruder Goswins Verfassung offenkundig nicht von Interesse. »Und was ist mit dem Kämmerer?«, wollte er wissen. »Wie mir zu Ohren kam, ist auch Bruder Pothinus außerordentlich ehrgeizig und bemüht sich um das Amt des Propstes. Könnte auch er in die Verschwörung verwickelt sein? Immerhin hat er Euch Ludgers Dolch vorenthalten.«

Bandolf grinste. »Ich bezweifle sehr, dass Pothinus von all dem etwas wusste. Seinen Fund hat er wohl nur für sich behalten, um mir eins auszuwischen.«

Heinrich lachte. Dann verdunkelten sich seine Augen wieder, und er verfiel in brütendes Schweigen.

»Wieso haben Anno und seine Schergen keinen anderen geschickt, um Adalbert zu töten, nachdem Ludger tot war?«, fragte er endlich.

»Der Mord an Ludger muss den Verschwörern einiges Kopfzerbrechen bereitet haben«, antwortete Bandolf lächelnd. »Sie mussten befürchten, dass ihr Vorhaben von Euren Leuten entdeckt worden war und Ludger deshalb beseitigt wurde. Als dann aber nichts weiter geschah, beschlossen sie vermutlich, die Dinge vorläufig auf sich beruhen zu lassen.«

»Und Anno von Köln reiste ab wie ein Hasenfuß«, rief Heinrich. Die Vorstellung schien ihn zu erheitern und zauberte ein schadenfrohes Grinsen auf sein Gesicht. Er schwieg, und Bandolf beobachtete beunruhigt, wie Heinrichs Stimmung wieder umschlug. Zorn färbte seine Wangen rot, und ein unheilvolles Funkeln trat in seine Augen. Plötzlich schrie er unbeherrscht: »Ein schnöder Verrat ist das! Dafür sollen sie mir büßen. Ich werde sie aus dem Reich verbannen lassen. Allesamt! Das wird die Fürsten lehren, sich über mich zu stellen. Nein, besser noch, ich werde sie alle dem Henker übergeben!« In seiner Wut trat er so heftig gegen einen Schemel, der neben dem Kohlebecken stand, dass er krachend gegen die Wand flog und das Holz splitterte. Über seinen Kopf hinweg tauschte Bandolf einen beredten Blick mit Garsende, in deren Gesicht er Bestürzung sah.

»Das könntet Ihr vielleicht tun«, bemerkte Bandolf vorsichtig, »wenn es auch nur einen Zeugen gäbe. Ich habe keinen solchen gefunden, und es gibt auch nicht den geringsten Beweis mehr dafür, wer im ersten Glied verantwortlich für den Anschlag auf das Leben Adalberts von Bremen war.«

Das brachte den König zum Schweigen, und er starrte finster vor sich hin. Sein Kiefer mahlte. Auch Bandolf schwieg und betrachtete unbehaglich seine Stiefelspitzen.

»Wollt Ihr damit sagen, die hinterhältigen Verschwörer werden mir ihren Verrat nicht büßen?«, knirschte Heinrich endlich. Er fuhr herum und fragte zornig: »Und du? Denkst du auch, ich soll die Schurken, die mir den Dolch ins Herz gestoßen haben, ziehen lassen, als wäre nichts geschehen?«

Garsende hob überrascht den Kopf und brauchte offenkundig einen Moment, um zu begreifen, dass der junge König eine Antwort von ihr erwartete. Hörbar schöpfte sie Atem, sagte dann aber mit ruhiger Stimme: »Ich glaube, der Burggraf hat Recht. Die einzige Verbindung zu Erzbischof Anno von Köln und seinen Mitverschwörern scheint die Elfenbeinkette zu sein, von der die Rede gewesen ist. Doch diese Kette wurde gestohlen. So habt Ihr nichts als

Eure Gewissheit, Hoheit, was eine Bestrafung der Fürsten begründen würde.«

»Doch dieses Wissen kann Euch dennoch von Nutzen sein«, bekräftigte Bandolf.

Eine der Fackeln an den Wänden erlosch mit einem Zischen, während König Heinrich dumpf vor sich hin brütete. In seinem jungen Gesicht war deutlich zu lesen, wie er mit seinem Durst nach Rache kämpfte.

Schließlich hob er den Kopf und straffte sich. »Ihr dürft Euch entfernen. Eure Worte werden Wir im Gedächtnis behalten«, erklärte er mit Würde, die jedoch über den schwelenden Zorn hinter seinem Lächeln nicht hinwegtäuschen konnte.

Bandolf beugte sein Knie, und auch Garsende fiel in einen tiefen Knicks. Als sie sich erhoben, winkte der junge König wortlos eine seiner Leibwachen herbei, die dem Burggrafen eine gesiegelte Schriftrolle überreichte. Bandolf dankte, und als er mit Garsende neben sich die Tür passierte, hörte er ihr erleichtertes Aufatmen.

Die dünne Schwanzspitze einer Maus lugte unter dem Laub hervor, mit dem der Pfalzhof bedeckt war. Die Blätter raschelten. Mit ihren Augen, die im Dunkeln wie zwei Öllämpchen leuchteten, verfolgte Penelope jede noch so winzige Bewegung, die ihre Beute verursachte. Sie kauerte sich eng auf den Boden, und ihr eigener, aufgebauschter Schwanz zitterte. Die Katze war bereit zum tödlichen Sprung.

Als eine Tür knarrte und Schritte zu hören waren, drehte sie ihre Ohren in die Richtung des Geräuschs, ohne den Mäuseschwanz aus den Augen zu lassen. Dann sprang sie. Aber die Maus schlug einen Haken, suchte blitzartig das Weite, und Penelope machte einen Satz ins Leere. Augenscheinlich irritiert, suchte sie den Boden ab, doch die Maus war verschwunden. Die Katze maunzte, dann setzte sie sich auf und spähte dem Burggrafen und der Heilerin entgegen.

»Nimm das an dich und verwahre es gut«, sagte Bandolf, und die Lampe in seiner Hand schwankte, als er Garsende die Pergamentrolle übergab. Fragend hob sie die Brauen. »Was ist das?«

»Henricus Rex bestätigt mit Schrift und Siegel, dass das darin bezeichnete Waldstück Garsende, Heilerin zu Worms, zu Eigen gegeben ist«, erklärte er.

Abrupt blieb Garsende stehen, das Schriftstück zitterte in ihrer Hand. »Der König hat mein Eigen bestätigt?«, rief sie aus. »Allmächtiger!« Die Stimme schien ihr zu versagen. Sie schenkte dem Burggrafen ein glückliches Lächeln und presste die Schriftrolle fest an ihre Brust. Erst nach einer Weile sagte sie leise: »Ihr habt den König darum ersucht, nicht wahr? Ich danke Euch. Habt von Herzen Dank.«

»Das war ich dir schuldig«, brummte Bandolf. Bevor sie darauf antworten konnte, begann er hastig zu schildern, was sich vor dem königlichen Gericht zugetragen hatte. »Letztlich ist Elgard viel zu glimpflich davongekommen«, endete er.

»Es wird sie hart genug ankommen, den Rest ihres Lebens im Kloster zu verbringen«, meinte Garsende leichthin. »Schließlich hat sie doch nur versucht, ihre Familie zu schützen.«

»Pah! Ein fettes Leben im Kloster für einen Mord?«, rief Bandolf aus. »Sie war es doch, die Fastrada vergiftet hat.«

Garsende schaute ihn überrascht an. »Sagtet Ihr nicht, Sigurt hätte zugegeben, dass er sie ermordet hat?«

»Und ich war der Tölpel, der ihn darauf gebracht hat«, schnaubte der Burggraf. »Sigurt leugnete zuerst, dass er mit Fastradas Tod etwas zu tun hatte. Erst als ich sagte, es wäre gleichgültig, ob er für einen Mord oder zwei den Kopf verlöre, gab er den Mord an Fastrada zu.« Verärgert schüttelte er den Kopf. »Du hättest Elgards Blick sehen sollen. Ich weiß, dass sie es gewesen ist. Sigurt erwies ihr mit seinem Geständnis nur noch einen letzten Bruderdienst.«

Darauf schien Garsende keine Antwort zu wissen, und schweigend setzten sie ihren Weg fort.

»Was, glaubt Ihr, wird der König jetzt tun?«, fragte sie nach einer Weile.

»Was kann er schon tun?« Bandolf zuckte mit den Schultern. »Heinrich wird Adalbert von Bremen berichten, was ich ihm gesagt habe. Und wenn der Erzbischof so klug ist, wie ich denke, dann wird er den Zorn des Königs dämpfen, ihm raten, nichts zu unternehmen, was seinen Thron gefährden könnte, und ferner die Augen offen halten.«

»Ihr habt wohl dem König einen Dienst erwiesen, doch wie steht es mit Euch?« Garsendes Stimme klang unsicher. »Habt Ihr nicht Sorge, dass die Fürsten sich an Euch rächen werden? Womöglich auch an mir? Nach unserem Zusammentreffen mit dem König müssen sie doch vermuten, was Ihr Seiner Hoheit berichtet habt.«

»Unsinn! Ich habe keinen der Fürsten öffentlich angeklagt. Welchen Sinn sollte es da haben, Vergeltung zu üben? Du glaubst doch nicht, die Hohen Herren würden sich wegen eines Burggrafen den Kopf zerbrechen, oder gar um eine unbedeutende Kräuterfrau?«

Sie warf ihm einen skeptischen Blick zu. »Und was ist mit Bischof Adalbero?«, fragte sie. »Er könnte Euch wie mir das Leben schon sauer machen.«

»Nun hör aber auf mit deiner Unkerei«, befahl Bandolf barsch. »Morgen wird der Hof Worms verlassen, und dann kehrt in der Stadt hoffentlich wieder Ruhe und Frieden ein.« Ganz so wohl, wie er vor der Heilerin tat, war ihm jedoch auch nicht zumute.

Garsende seufzte tief, doch dann lachte sie plötzlich auf: »Womöglich wird uns der Bischof nicht lange Kummer bereiten. Früher oder später werden seine Körpersäfte ganz gewiss überkochen, bei all dem, was er in seinen Magen stopft.«

Bandolf grinste.

Aus der Diebsgasse kam ein junger Bursche auf den Platz gestürmt und hielt auf sie zu. Nach Luft schnappend, kam er vor dem Burggrafen zum Stehen.

»Euer Hausmeier hat gesagt, ich könnte Euch in der Pfalz finden«, keuchte er. »Ihr müsst schnell in die Pilgergasse kommen. Im Rostigen Kübel schlagen sich die Brüder aus Lorsch und welche aus Fulda die Köpfe ein.«

»Eine Wirtshauskeilerei?« Bandolf begann zu lachen.

Penelope, die Domkatze, hob den Kopf und spähte aus dem Laub hervor. Mit gespitzten Ohren schien sie dem brüllenden Gelächter des Burggrafen nachzulauschen, bis es hinter der Diebsgasse verklungen war.

Ein Großes DANKESCHÖN gilt all jenen, die mich beim Schreiben dieses Romans auf vielerlei Art unterstützt haben:

Den Mitarbeitern des Stadtarchivs von Worms, insbesondere Dr. Irene Spille. Sie haben meine vielen Fragen ebenso ausführlich wie freundlich beantwortet und für mich hilfreiche Bücher, Abhandlungen und Artikel ausgegraben, die ich sonst nicht zu Gesicht bekommen hätte.

Den Mitarbeiterinnen des Museums und der Bibliothek der Stadt Worms für ihre freundliche Unterstützung.

Sollten mir bei den historischen Fakten rund um Worms dennoch Fehler unterlaufen sein, zeichne ich allein dafür verantwortlich; ebenso für kleine erzähltechnische Abweichungen.

Meinem Agenten Bastian Schlück und meiner Lektorin Barbara Heinzius. Beide haben mich nicht nur in ihrer beruflichen Eigenschaft sehr unterstützt, sondern mich mit ihrem Enthusiasmus und ihrem großen Vertrauen in mein Buch sehr motiviert.

Marc Albrecht, der das ein oder andere Wochenende für mich geopfert hat, um Bandolf und Garsende auf den Prüfstein zu legen.

Karin Grüning und Kristin Manger, die an meinem Manuskript mitgeschliffen haben und immer ein aufmunterndes Wort für mich bereithatten. Petra Bruns für ihr »historisches Auge«.

Nicole Neumann, die den wunderbaren Stadtplan von Worms mit viel Liebe zum Detail gezeichnet hat.

Petra Anger und ihrem Mann Andy für stundenlange Telefongespräche und seelisch-moralische Unterstützung.

Und nicht zuletzt Michael Eder, dem »besten Ehemann von allen«!, für seine Geduld, sein Verständnis und seine liebevolle Ermunterung.

Historische Zeiten

Mehr Informationen unter www.goldmann-verlag.de

GOLDMANN